a fugitiva

marcel proust

em busca do tempo perdido

volume 6

a fugitiva

tradução carlos drummond de andrade

revisão técnica guilherme ignácio da silva, henriete karam, regina salgado campos
prefácio, notas, resumo guilherme ignácio da silva
posfácio franklin leopoldo e silva

BIBLIOTECA AZUL

Texto fixado conforme as regras do Acordo Ortográfico da Língua Portuguesa (Decreto Legislativo nº 54, de 1995).

EDITOR RESPONSÁVEL
Alexandre Barbosa de Souza

ASSISTENTE EDITORIAL
Juliana de Araujo Rodrigues

CAPA E PROJETO GRÁFICO
warrakloureiro

TRADUÇÃO DOS TRECHOS AUSENTES NA EDIÇÃO ANTERIOR
Guilherme Ignácio da Silva

PREPARAÇÃO
Ana Lima Cecilio

REVISÃO
Bruno Costa

IMAGENS DE CAPA E GUARDA
General Photographic Agency/
Hulton Archive/ Getty Images
© Elliott Erwitt/ Magnum Photos

Dados Internacionais de Catalogação na Publicação (CIP)
Câmara Brasileira do Livro, SP, Brasil

Proust, Marcel, 1871-1922
A fugitiva / Marcel Proust; tradução Carlos Drummond de Andrade; prefácio, notas e resumo Guilherme Ignácio da Silva; posfácio Franklin Leopoldo e Silva. — São Paulo: Globo, 2012. — (Em busca do tempo perdido; v. 6)

Título original: La fugitive.
ISBN 978-85-250-4230-9

1. Romance francês I. Silva, Guilherme Ignácio da. II. Silva, Franklin Leopoldo e. III. Título. IV. Série.

12-11138 CDD-843

Índice para catálogo sistemático:
1. Romances: Literatura francesa 843

1ª edição, 2012 – 1ª reimpressão, 2019

Direitos de edição em língua portuguesa adquiridos por Editora Globo S/A
Rua Marquês de Pombal, 25
20230-240 – Rio de Janeiro – RJ
www.globolivros.com.br

sumário

prefácio

I

O barulho da janela durante a madrugada já era um mau presságio. Nem o passeio ao cair da noite conseguira distrair Albertine das decisões que ela havia tomado: na madrugada seguinte, ela embalou suas roupas e escapou de sua "prisão".

Um adjetivo presente na primeira carta que o herói recebe da "fugitiva" impressiona-o, talvez mais pelas sugestões de um futuro sombrio do que pela caracterização do passado que juntos eles viveram: Albertine, com dons literários, conclui a carta mencionando o passeio antes da fuga como tendo sido "duplamente crepuscular (pois caía a noite, e nós íamos nos separar)". O adjetivo "crepuscular" é adequado, em muitos sentidos, para caracterizar o sexto volume de *Em busca do tempo perdido.*

A fugitiva registra grandes "realizações" do herói e de alguns personagens do livro. Mas essas realizações não são nunca sentidas como tais. O desejo, por exemplo, de saber detalhes ignorados da vida de Albertine era elemento central da necessidade de mantê-la reclusa. Com sua fuga o herói passa a ter acesso quase irrestrito a essa realidade até então oculta, realizando plenamente aquilo que Swann não pôde realizar senão de forma parcial, antes de deixar de amar Odette e se casar com ela.

Como pássaro arrependido de ter escapado da gaiola, era bastante provável que Albertine se decidisse a voltar por vontade própria para o apartamento do herói. Essa simples possibilidade significa a vitória sobre o inimigo, na batalha afetiva que travam. E mesmo o desejo sinistro, sentido também por Swann, de que a amada sofresse um acidente libertador está prestes a se realizar.

Confortado em seu amor próprio com a possibilidade da volta da amada e depois libertado das amarras que monopolizavam sua atenção de amante enciumado, seria então o momento de realizar a tão sonhada viagem a Veneza e de ler, pela primeira vez, uma realização literária própria, divulgada a milhares de pessoas pelo jornal. O livro, nesse sentido, é "duplamente crepuscular": pela incompletude deixada por essas realizações e pela baixeza implicada em algumas delas.

Os principais personagens do livro também não têm tempo de viver conquistas pelas quais tiveram que dar livre curso a suas baixezas. E acabam tomando-as como algo, no fundo, sem importância, de que é melhor talvez se esquecer.

Charles Swann, por exemplo, vinculara seu casamento com Odette de Crécy à possibilidade de um dia poder apresentar a filha do casal, Gilberte, à sua melhor amiga, a duquesa de Guermantes. Essa apresentação enfim acontece. Mas, como não poderia ser diferente, a realização desse anseio vem um pouco tarde demais, pois os jornais já noticiaram a morte do parisiense insigne.

Gilberte de Forcheville, agora filha adotiva do marido nobre da mãe, faz de tudo para dissimular sua ascendência judaica e poder ser enfim recebida pelos Guermantes. A mudança de sobrenome assinala que seus esforços não respondem absolutamente ao desejo do pai. Herdeira rica, Gilberte consegue realizar um casamento que lhe permitiria estabelecer um dos salões mais importantes de Paris. A partir do momento em que se concretizavam definitivamente tantas ambições, "Gilberte pôs-se a ostentar desprezo pelo que desejara tanto, a declarar que todos os moradores do *faubourg* Saint-Germain eram idiotas e infrequentáveis, e, passando da palavra à ação, deixou de frequentá-los".

O noivo, por sua vez, "rapaz, que parecera antes tão orgulhoso, tão ambicioso, convidava para partilhar seu luxo camaradas que sua mãe não teria recebido". De forma que todos os esforços da sra. de Crécy e da sra. de Marsantes "visando sobretudo a uma situação espetacular para seus filhos, não deram lugar a recepção alguma do sr. e da sra. de Saint-Loup".

O sr. Legrandin, personagem que viemos acompanhando desde o primeiro volume, também consegue, enfim, adentrar o universo restrito dos salões da nobreza. Nos finais de semana em que passava em Combray, seus devaneios literários em voz alta dissimulavam mal sua paixão pelas velhas castelãs da região.

No terceiro volume, junto com o herói, ele adentra saltitante o *faubourg* Saint-Germain, sentindo-se honrado de ser recebido no salão decadente da sra. de Villeparisis: " — Agradeço-lhe muito por me receber, senhora [...]. É um prazer de qualidade inteiramente rara e sutil que dá a senhora a um velho solitário".

Agora, com o casamento de seu sobrinho com uma jovem "nobre", o "conde de Méséglise" (nome que ele próprio divulga) passa a ter acesso aos salões de maior prestígio do *faubourg*. Mas, "desde que teve essa situação mundana, deixou de aproveitá-la".

Sua irmã, a sra. de Cambremer-Legrandin, também perde o gosto pela alta sociedade quando consegue dela participar. A duquesa de Guermantes, encantada com a inteligência e a cultura daquela que sempre evitou receber, passa a visitá-la "à tardinha". "Mas o encanto maravilhoso que supunha existir na duquesa de Guermantes se desvaneceu logo que a sra. de Cambremer se viu procurada por ela." Tornando-se "indiferente à amabilidade da duquesa", ela passa a recebê-la "antes por delicadeza do que com prazer".

Talvez, para todos esses casos, pudesse ser válida a conclusão geral do próprio narrador: "Desdenhamos de bom grado um objetivo que não logramos atingir ou que atingimos definitivamente". Entretanto o caso do herói proustiano é mais grave, pois implica no esquecimento paralelo da fugitiva e das ambições artísticas que acalentara por toda a vida.

II

A fugitiva é o volume de grandes "realizações" do herói, mas elas conduzem sempre a uma espécie de "normalidade" que poderia ter sido fatal para ele.

Em uma manhã, sua mãe vem lhe trazer junto com sua correspondência o artigo que há tanto tempo enviara ao jornal *Le Figaro*. Diferentemente de um crítico como Sainte-Beuve, que colocava sua erudição à mercê dos aplausos de admiradores da velha nobreza, o herói recolhe elogios grosseiros daquele que a avó achava "muito vulgar" — assinante distraído do *Figaro*, o duque de Guermantes o felicita "sem reservas, por estar '(se) ocupando'". No mais, chegam até ele apenas cumprimentos de pessoas com quem mantinha pouco ou nenhum contato.

Mesmo a estadia na cidade que motivara em parte o desejo de separação do herói de Albertine termina de forma "crepuscular": tendo passado horas na basílica de São Marcos, visitado as salas da Academia onde estão os quadros de Carpaccio e os afrescos de Giotto em Pádua, o herói conclui sua estadia italiana sentado na sacada do hotel, em um final de tarde, presenciando o esfacelamento de Veneza, ao som de um melancólico e desesperador "Sole mio".

Num primeiro momento, tudo parece realmente estar ligado ao tema da incompatibilidade entre o que foi imaginado e a realidade. O quarto parágrafo do primeiro volume já registrava uma crítica àqueles que "empreendem uma viagem para ver com os próprios olhos uma desejada cidade" e que "imaginam que se pode gozar, em uma coisa real, o encanto da coisa sonhada". O outro grande tema proustiano está também presente: a convicção de que aquele que alcança já não é mais o mesmo que desejava — este último mudou tanto que talvez nem se lembre mais do que um dia desejou.

Por consequência, as pretensões artísticas e o valor que atribui à literatura parecem momentaneamente enfraquecidos. Com a fuga definitiva da amada, o herói passa a alimentar novos "cativeiros", para novas "Albertines", visando restaurar seus antigos hábitos e se proteger no seio de uma "normalidade" restabelecida. Ele realiza primeiro alguns ensaios, ainda na perspectiva da volta iminente da fugitiva. Primeiro, convidando para seu quarto uma menor de idade, que acaba levando-o a prestar depoimento em uma delegacia; depois, tentando substituir Albertine pela amiga, Andrée.

Um novo período se inicia com a passagem de uma jovem loura que ele toma por uma nobre que oferecia seus favores em um bordel.

Em Veneza, quando não está com a mãe, ele percorre as ruelas onde pode encontrar "mais facilmente essas mulheres do povo, vendedoras de fósforos, enfiadeiras de pérolas, trabalhadoras de vidro, rendeiras, pequenas operárias com grandes xales negros"; ao final da estadia, ele planeja levar de volta para Paris "uma jovem vendedora de cristais", "verdadeiro Ticiano" que deseja contemplar diariamente.

Já perto do final do livro, o herói fica embaraçado por ter de deixar Paris para encontrar Gilberte de Saint-Loup em Tansonville porque tinha na cidade "certa moça que dormia num apartamento por (ele) alugado". A intenção de reconstituir os dias passados ao lado de Albertine é clara: "Como outros precisam do aroma das florestas ou do murmúrio de um lago, eu necessitava de seu sono perto de mim, à noite, e, durante o dia, de tê-la sempre a meu lado no carro. Por mais que se esqueça um amor, ele pode determinar a forma do amor que se seguirá".

III

A "busca do tempo perdido" não remete apenas à recuperação do que a mera inteligência não conseguira trazer do passado. Por mais de uma vez, o herói capta sinais que já contêm em si o futuro. Nas tardes de leitura ao ar livre, em Combray, a travessia da cidadezinha pelas tropas de jovens soldados interrompia a tranquilidade do vilarejo — naqueles dias ensolarados da infância, Françoise e o cozinheiro já "discutiam sobre o que se deveria fazer em caso de guerra". Nessa mesma época, o herói implorava ao torreão de Roussainville que lhe "mandasse alguma menina de sua aldeia" — o herói agora está prestes a ficar sabendo que muita coisa acontecia nessas ruínas e que parte de Combray, em breve, também estará sob ruínas.

No terceiro volume, quando da segunda audição de Berma, em noite de gala no teatro da Ópera, o herói detecta o futuro nos camarotes que "compunham um panorama efêmero que as mortes, os escândalos, as doenças, os rompimentos modificariam em breve"; o luxo desses camarotes é parte de uma "espécie de instante eterno e trágico de inconsciente espera e de calmo embotamento que, retrospectivamente, parece ter precedido a explosão de uma bomba ou a primeira chama de um incêndio".

Neste sexto volume, o caso Dreyfus já ficou para trás e, em breve, fará parte de "tempos pré-históricos". Mesmo assim, pairam no livro pressentimentos de que tudo deve ainda piorar. Os diálogos entre Marcel e Albertine e a troca de cartas entre os dois antecipam, no plano pessoal, a técnica do *bluff*, das falsas ameaças de guerra para intimidar o adversário.

Em um plano mais geral, pressente-se a ameaça de um conflito: durante um jantar na casa da duquesa de Guermantes, "parecia iminente a guerra entre a França e a Alemanha"; mais tarde, em um bordel, um "cavalheiro gordo" passa o dia tomando champanhe "em companhia de rapazes, porque, já muito cheio de corpo, queria tornar-se bastante obeso para não ser 'pego' em caso de guerra". O narrador observa que esse bordel já passava a fomentar a prostituição masculina.

Como se estivesse em seu salão com os convidados, a cafetina do bordel, leitora do jornal *Le Gaulois*, comenta com o "cavalheiro gordo" o anúncio do casamento de Robert de Saint-Loup: "Parece que o pequeno Saint-Loup também é". É a primeira alusão à sexualidade de Robert, que, uma vez casado com Gilberte, "não deixaria nunca, daí por diante, de fazer-lhe filhos", mas, nas horas vagas de seu casamento, tenta se envolver com um rapaz que acabará substituindo a antiga amante Rachel, o violinista Morel.

Antes que isso tudo ocorra (no final do terceiro capítulo), um prenúncio desta relação já está presente no início do livro, na cena em que o herói ouve estarrecido os conselhos que Robert dá a um criado do duque e da duquesa de Guermantes: eles têm o mesmo tom satânico das articulações de Morel para provocar a demissão do cocheiro dos Verdurin, em *Sodoma e Gomorra*.

O leitor verá que, no próximo volume, esses indícios se concretizarão nas imagens de prostituição masculina envolvendo soldados desertores, militares de alta patente, milionários e membros da nobreza em um bordel para homens, durante os bombardeios a Paris na Primeira Guerra.

IV

A esses indícios se associa a percepção inequívoca do que se poderia chamar de "normalidade". Exemplo disso é a conversação entre os amantes de longa data, a sra. de Villeparisis e o ex-embaixador, sr. de Norpois, em um hotel de luxo em Veneza. A marquesa rompe o silêncio que prenuncia a morte indagando o amante sobre as compras que ele fizera à tarde:

> — Você passou pelo Salviati?
> — Passei, sim.
> — Eles mandam amanhã?
> — Eu mesmo trouxe a taça. Depois do jantar lhe mostrarei. Vejamos o cardápio.
> — Deu instruções à Bolsa, quanto às minhas ações de Suez?
> — Não, neste momento a atenção da Bolsa está concentrada em títulos de petróleo. É o compartimento que está em evidência. A Royal Dutch não teve uma nova alta de três mil francos. A cotação de quarenta mil francos está sendo prevista. A meu ver, não seria prudente esperar até lá. Mas não há razão para nos apressarmos, dadas as excelentes disposições do mercado. Aqui está o cardápio. Como entrada, há uns salmonetes. Vamos provar?

As pretensões artísticas do herói parecem momentaneamente enfraquecidas e ele se organiza de modo a restaurar seus hábitos. Feito o luto pela fuga da amada, ele retoma sua vida mundana junto a amigos que já não lhe oferecem qualquer interesse: "A fadiga e a tristeza que eu então experimentava resultariam menos, talvez, de haver amado inutilmente quem eu já esquecera do que de começar a me distrair com outras pessoas vivas, pessoas puramente da sociedade, simples amigos dos Guermantes, tão pouco interessantes em si mesmos".

No momento de sua vida em que pensava menos em Combray, ele retorna à cidade e a seus arredores em companhia de uma amiga de infância. Com efeito, o final do livro esclarece uma menção misteriosa das primeiras páginas do primeiro volume da obra: na introdução de *No caminho de Swann*, o narrador despertava de um sonho em que se encontrava em seu quarto "em casa da sra. de Saint-Loup, no campo". Após milhares de páginas, o personagem que mobilizou a vida do herói nos dois primeiros volumes, encontra-se com ele na antiga propriedade da família Swann, em Tansonville, nas redondezas de Combray.

As primeiras reações do herói a esse retorno à cidade são de perplexidade consigo mesmo: "Ora, como não experimentaria eu então, mais vivamente ainda do que naquele tempo, do lado de Guermantes, o sentimento de que jamais seria capaz de escrever, ao qual se acrescentava o de que minha imaginação e minha sensibilidade se tinham enfraquecido, quando percebi que Combray me despertava tão pouco interesse? Entristecia-me ver como eu revivia escassamente os tempos passados".

Nesse final de livro, Gilberte já não é mais bela, não guardando mais a sedução da loura que reencontrara no salão dos Guermantes. Passados muitos anos desde a época de brincadeiras nos Champs Élysées, "tudo que Gilberte me teria recusado antigamente, o que lhe parecera intolerável, inadmissível, ela agora o concedia facilmente — sem dúvida porque eu não o desejava mais".

A noite já caiu, quando Gilberte e Marcel retomam os passeios pelos arredores de Combray. A amiga infeliz, mas atenciosa, o leva para caminhar pelas trilhas que ele percorria na infância, fazendo cair por terra ideias prontas que cultivava desde aquela época: uma simples trilha ligava os caminhos de Méséglise e de Guermantes e as nascentes do Vivonne, que ele "imaginava algo tão extraterrestre como a Entrada dos Infernos", "não eram mais do que uma espécie de lavadouro quadrado, de onde subiam bolhas".

O golpe dessa suposta "realidade" se faz sentir no desânimo do herói em prosseguir as caminhadas com a amiga: "Não compreendendo bem, sem dúvida, qual era a sua natureza, entristecia-me pensar que minha faculdade de sentir e de imaginar devia ter diminuído, para que eu não experimentasse mais prazer nesses passeios".

Mesmo assim, enternecido pela brisa da noite, Marcel relembra o quanto a amara; Gilberte, "por gentileza de dona de casa", lhe comunica o significado do gesto agressivo que fez na primeira vez que os dois se viram: até então a única prova de algum afeto por ele fora a inesquecível "bolinha de ágata" que ela lhe dera nos tempos das brincadeiras nos Champs Élysées; assim como aconteceu com Swann, também para Marcel essa realização chega um pouco tarde demais, quando o "eu" que amava Gilberte já está há muito sepultado.

O passado em Combray também estaria morto para ele? "Morto para sempre? Era possível. Há muito de acaso em tudo isso, e um segundo acaso, o de nossa morte, não nos permite muitas vezes esperar por muito tempo os favores do primeiro".

*

A experiência da dor com a partida da "prisioneira" coloca o herói em contato com certas semelhanças que, embora não se dê conta, serão decisivas em sua redenção artística: "Pelo rumor da chuva me era restituído o cheiro dos lilases de Combray; pela mobilidade do sol no balcão, os pombos dos Champs Élysées; pelo amortecimento dos ruídos no calor da manhã, a frescura das cerejas; o desejo da Bretanha ou de Veneza, pelo rumor do vento e pela volta da Páscoa".

A fugitiva ilustra esse momento tardio da vida do herói proustiano: ele desperta lentamente para os fenômenos da memória involuntária, mas se esqueceu de que Vinteuil os vinculava ao sentido da própria arte; e o livro termina com a observação estéril da sra. de Saint-Loup: "Tudo isso já vai longe".

mágoa e esquecimento[1]

1 A tradução de Drummond traz ainda o título de quatro capítulos do livro que constavam na edição original, publicada postumamente. Como esses títulos haviam sido acrescentados pelos editores e não pelo próprio Proust, eles foram eliminados da nova edição francesa da Bibliothèque de la Pléiade. Devemos as indicações de leitura bibliográfica ao trabalho pioneiro de Jacques Nathan, empreendido ao longo de mais de uma década: *Citations, Références et Allusions de Marcel Proust dans* À la Recherche du Temps Perdu (Paris: Nizet, 1953 e 1969); também à riquíssima edição italiana da Arnoldo Mondadori Editore e à edição francesa da Bibliothèque de la Pléiade, cuja paragrafação foi aqui adotada, exceto nos diálogos, onde mantivemos os travessões adotados na tradução original de Drummond. Quanto aos nomes próprios, consultamos a edição em 10 volumes do *Grand Larousse Encyclopédique*. (N. do R.T.)

A srta. Albertine foi-se embora! Como, em psicologia, o sofrimento vai mais longe do que a psicologia! Ainda há pouco, ao analisar-me, julgara que essa separação sem nos termos visto outra vez era justamente o que eu desejava, e, comparando a mediocridade dos prazeres que Albertine me proporcionava com a riqueza dos desejos que me impedia de realizar, eu me achara sutil, e concluíra que não queria tornar a vê-la, que já não a amava. Mas estas palavras: *A srta. Albertine foi-se embora* acabavam de produzir-me no coração um sofrimento tamanho que eu não podia resistir-lhe por muito tempo. Assim, o que julgara não ser nada para mim era, simplesmente, toda a minha vida. Como a gente se conhece mal!

Impunha-se fazer parar imediatamente meu sofrimento. Terno comigo mesmo, ao jeito de mamãe com a minha avó agonizante, dizia a mim próprio, com aquela mesma boa vontade que temos de não deixar sofrer a quem amamos: "Tem um pouco de paciência, vamos arranjar um remédio... Fica tranquilo, não te deixaremos sofrer desse jeito". Nessa ordem de ideias, procurei o instinto de conservação, para aplicá-los em minha ferida aberta, os primeiros calmantes: "Nada disso tem importância, pois vou fazê-la voltar imediatamente. Verei como há de ser, mas de qualquer forma ela estará aqui esta noite. Por conseguinte, não adianta me atormentar". Não me contentara em dizer: "Nada disso tem importância"; procurara transmitir essa impressão a Françoise, evitando que meu sofrimento transparecesse, porque, mesmo no momento em que eu o sentia com tal violência, meu amor não olvidava que lhe cumpria manter a aparência de amor feliz e correspondido, sobretudo aos olhos de Françoise, que antipatizava com Albertine e sempre duvidara de sua sinceridade. Sim, ainda há pouco, antes da chegada de Françoise, eu supunha não gostar mais de Albertine e não ter de renunciar a coisa alguma; como analista fiel, julgava conhecer bem o fundo de meu coração. Por maior que seja, entretanto, nossa inteligência não pode perceber os elementos de que ele se compõe, e que permanecem insuspeitados até o instante em que, do estado volátil em que subsistem quase o tempo todo, um fenômeno capaz de isolá-los os faça passar a um começo de solidificação. Enganara-se, pensando em ler claramente em meu coração. Mas esse conhecimento, que as mais finas percepções do espírito não me haviam proporcionado, acabava de ser-me transmitido, brilhante, rígido, estranho, como um sal cristalizado, pela brusca reação de dor. Habituara-me de tal modo a ver Albertine junto de mim, e de repente discernia um novo rosto do Hábito! Até então, eu o considerara principalmente como um poder aniquilador, que suprime a originalidade, e até a consciência das percepções; agora, via nele uma divindade terrível, tão grudada a nós, com sua efígie insignificante tão incrustada em nosso coração, que, ao se destacar ou se afastar, esse deus em que mal reparávamos nos inflige tormentos mais terríveis que quaisquer outros, e em sua crueldade rivaliza com a morte.

O mais urgente era ler a carta de Albertine, já que eu pretendia achar meios de fazê-la voltar.[2] Sentia-os em meu poder, pois, sendo algo que só existe em nosso pensamento, o futuro nos parece ainda modificável pela intervenção *in extremis* de nossa vontade. Ao mesmo tempo, porém, lembrava-me ter visto outras forças, que não a minha, agirem sobre ele, e contra as quais, ainda que me fosse dado mais tempo, eu nada teria podido. De que vale ainda não ter soado a hora, se somos impotentes diante do que vai acontecer? No tempo em que Albertine vivia em minha casa, eu estava decidido a tomar a iniciativa de nossa separação. Mas depois ela se fora. Abri a carta. Dizia assim:

> Meu amigo,
>
> Perdoe-me não ter ousado dizer-lhe de viva voz as poucas palavras que se seguem, mas sou tão covarde, tenho tanto medo diante de você, que, embora me esforçando, me faltou coragem para tanto.

2 No volume anterior, após anunciar a partida de Albertine, Françoise entregou uma carta da fugitiva ao herói. (N. do R.T.)

Eis o que eu lhe devia ter dito. Entre nós a vida se tornou impossível; aliás, pelo seu destampatório daquela noite, você viu que havia qualquer coisa de mudado em nossas relações. O que foi possível ajeitar então, dentro de alguns dias se tornaria irreparável. Já que tivemos a sorte de nos reconciliar, é melhor, pois, que nos separemos como bons amigos. Por isso, querido, mando-lhe estas palavras e peço a você que seja bastante bom para me perdoar se lhe causo algum desgosto, pensando no imenso que terei. Meu bem, não quero tornar-me sua inimiga: já será bem duro para mim tornar-me pouco a pouco, e depressa, indiferente a você. Minha decisão é irrevogável. Por isso, antes de lhe mandar esta carta por intermédio de Françoise, já terei pedido a ela minhas malas. Adeus. Deixo-lhe o melhor de mim mesma.
Albertine

"Isso não tem a menor significação", disse com os meus botões, "é até melhor do que eu pensava: Albertine não pensa nada disso, apenas deu um grande golpe, para que eu fique com medo e deixe de ser insuportável. É preciso cuidar do mais urgente: fazer com que Albertine esteja de volta esta noite. Que tristeza pensar como os Bontemps são desonestos: utilizando a sobrinha para me extorquirem dinheiro! Mas, que importa? Mesmo que eu tivesse de dar metade de minha fortuna à sra. Bontemps para que Albertine estivesse aqui esta noite, ainda assim restaria bastante para nós dois vivermos agradavelmente". Ao mesmo tempo, calculava eu se teria tempo de ir, pela manhã, encomendar o iate e o Rolls Royce que ela desejava, nem me lembrando mais, pois desaparecera toda hesitação, que me parecera imprudente oferecer-lhe tais coisas. "Mesmo que o apoio da sra. Bontemps não seja suficiente, mesmo que Albertine não queira obedecer à tia e estabeleça como condição de sua volta que, de ora em diante, terá plena independência, vá lá! Por maior que seja o desgosto que isso me cause, eu aceitarei: Albertine sairá sozinha, como quiser. Tenho que me resignar a uns tantos sacrifícios, por mais dolorosos que sejam, em favor daquilo que mais desejo e que, não obstante o que eu supunha pela manhã, de acordo com os meus raciocínios exatos e absurdos, consiste em que Albertine more nesta casa." De resto, poderia dizer que deixar-lhe essa liberdade seria para mim totalmente doloroso? Eu estaria mentindo. Já verificara, muitas vezes, que o sofrimento por deixá-la à vontade para praticar o mal longe de mim era talvez menor ainda do que essa espécie de tristeza que eu costumava sentir ao vê-la entediar-se comigo, em minha casa. Sem dúvida, no momento exato em que ela me pedisse licença para ir a algum lugar, deixar que ela fosse, com a ideia de que haveria por lá alguma orgia organizada, teria sido horroroso para mim. Mas dizer-lhe assim: "Tome o nosso barco, tome o trem, viaje durante um mês em algum país que eu não conheça, e onde eu não saberei nada do que você fizer" — essa hipótese muitas vezes me sorrira, graças à ideia de que, por força da comparação, e longe de mim, ela acabaria me preferindo, e na volta se sentiria feliz. "Com certeza, ela própria deseja voltar; não exige absolutamente essa liberdade, que, de resto, eu com facilidade iria limitando gradualmente, à força de lhe proporcionar cada dia novos prazeres. Não, o que Albertine quer é que eu deixe de ser implicante, e sobretudo — como antigamente Odette com relação a Swann — que eu me case com ela. Depois de casada, não vai fazer questão de independência; ficaremos os dois aqui, muito felizes." Sem dúvida, isso era o mesmo que renunciar a Veneza. Mas, como as cidades mais desejadas, Veneza, por exemplo (e com maior razão as donas de casa mais agradáveis, digamos, a duquesa de Guermantes; ou as distrações, como, por exemplo, o teatro), se tornam pálidas, indiferentes, mortas, quando estamos ligados a outro coração por um vínculo tão doloroso que nos impede de nos afastarmos dele! "De resto, Albertine tem toda razão nessa história de casamento. Até mamãe acha ridículas essas demoras. Casar com ela é o que eu já devia ter feito há muito tempo, e eis o que é preciso fazer; foi isso que a levou a escrever essa carta, onde não há uma palavra de verdade; foi somente para conseguir isso que ela renunciou por algumas horas àquilo que deve estar desejando tanto quanto eu: voltar. Sim, foi isso que ela quis, esta a sua intenção", dizia-me a razão, compadecida; mas eu sentia que, ao dizê-lo, a razão se mantinha sempre diante da mesma hipótese que adotara desde o começo. Ora, como eu percebia bem, era a outra hipótese que jamais deixara de verificar-se. Sem dúvida, esta segunda hipótese não seria nunca bastante audaciosa a ponto de admitir expressamente que Albertine mantivesse relações íntimas com a srta. Vinteuil e com sua amiga. Entretanto, quando me afundei na torrente dessa notícia terrível, ao chegarmos à estação de Incarville, era a segunda hipótese que se tinha verificado. Hipótese que, depois, jamais admitira que Albertine pudesse deixar-me dessa maneira, por vontade própria, sem me prevenir nem me dar tempo de impedi-la. Mas, apesar de tudo, se, após o salto novo e imenso que a vida ora me compelia a dar, a realidade que se me impunha era para mim tão nova quanto a que defrontamos ante as descobertas de um físico, os interrogatórios de um juiz ou os achados de um historiador sobre os mistérios de um crime ou de uma revolução — essa realidade, ultrapassando as mesquinhas previsões de minha segunda hipótese, entretanto as executava. Esta segunda hipótese não era a da inteligência, é o medo pânico que eu sentira na noite em que Albertine não me beijara, quando ouvi o rumor da janela, esse medo não era racional. Mas — e a continuação o demonstrará melhor, como vários episódios já o puderam indicar — o fato de que a inteligência não é o instrumento mais sutil, mais poderoso, mais apropriado para captar o verdadeiro constitui uma razão a mais para começarmos pela inteligência, e não por um intuitivismo do inconsciente, por uma fé costurada em pressentimentos. É a vida que, pouco a pouco, e caso por caso, nos permite observar que o mais importante para o coração ou para o espírito não nos é ensinado pelo raciocínio, mas por outros poderes. Então, a própria inteligência, ao se dar conta da superioridade destes últimos, abdica diante deles, pelo raciocínio, e aceita converter-se em colaboradora e criada. É a fé experimental. Parecia-

-me também já conhecer a infelicidade em que me debatia (como conhecera a amizade entre Albertine e as duas lésbicas), por a ter lido nos muitos sinais em que (apesar das afirmações contrárias de minha razão, apoiando-se em palavras da própria Albertine) distinguira o cansaço, o horror que ela sentia por viver aquela vida de escrava — sinais traçados por assim dizer com tinta invisível, no fundo das pupilas tristes e submissas de Albertine, em suas faces bruscamente aquecidas por inexplicável rubor, no barulho da janela que se abrira de repente. Sem dúvida, eu não ousara interpretá-los até o fim, e conceber claramente a ideia da partida súbita. Com a alma tranquilizada pela presença de Albertine, pensara somente numa partida arranjada por mim, em data indeterminada, isto é, situada em tempo inexistente; por conseguinte, apenas tivera a ilusão de pensar em partida, como essas pessoas que, estando bem dispostas, pensam na morte e julgam não temê-la, mas na verdade introduzem apenas uma ideia puramente negativa no interior de uma boa saúde, que a aproximação da morte precisamente viria alterar. De resto, a ideia da partida de Albertine, desejada por ela própria, mil vezes poderia vir-me ao espírito, da maneira mais clara, mais nítida do mundo, e nem por isso eu teria imaginado o que seria essa partida para mim, isto é, na realidade: que coisa original, atroz, desconhecida, que mal inteiramente novo. Se a tivesse previsto, poderia pensar nela continuamente, anos e anos, sem que, reunidos, todos esses pensamentos tivessem a mais frágil relação, não somente de intensidade, mas de semelhança, com o inconcebível inferno de que Françoise descerrara o véu, ao dizer: "A srta. Albertine foi-se embora". Para figurar numa situação desconhecida, a imaginação pede elementos conhecidos, e por isso não a figura, mas a sensibilidade, ainda a mais física, recebe, como o traço do raio, a assinatura original, e por muito tempo indelével, do acontecimento novo. E eu mal ousava dizer a mim mesmo que, se tivesse previsto essa partida, talvez fosse incapaz de imaginá-la em seu horror, e até mesmo de impedi-la, diante de Albertine que a anunciava, por entre minhas súplicas e ameaças. Como o desejo de Veneza estava longe de mim agora! Tal como antes, em Combray, o de conhecer a sra. de Guermantes, ao chegar a hora em que eu só queria uma coisa, ter mamãe no meu quarto. E, com efeito, eram todas as inquietações experimentadas na infância, que, ao chamado da nova angústia, haviam acudido para reforçá-la, e amalgamar-se a ela numa espécie de massa homogênea, que me sufocava.

Evidentemente, o golpe físico no coração que um tal afastamento produz, e que, por esse terrível poder registrador que tem o corpo, converte a dor em algo de contemporâneo de todas as épocas de nossa vida em que sofremos, evidentemente, esse golpe no coração, sobre o qual especula talvez um bocado de tal modo nos preocupamos pouco com a dor dos outros — a mulher que deseja imprimir à saudade o máximo de intensidade, seja porque, esboçando apenas uma falsa partida, queira somente pedir condições melhores, seja porque, partindo para sempre — para sempre! —, deseje vingar-se, ferindo, ou para continuar a ser amada, ou com interesse na qualidade da lembrança que deixará, quebrando violentamente essa rede de cansaços e indiferenças que sentira tecer-se —, evidentemente, esse golpe no coração, nós nos havíamos prometido evitá-lo, resolvendo que nos separaríamos bem. Mas é raro que a gente se separe bem, pois, se estivesse bem, não se separaria... E depois, a mulher com quem nos mostramos mais indiferentes, apesar de tudo, percebe obscuramente que, ao nos fatigarmos dela, em virtude de um mesmo hábito, nós nos ligamos cada vez mais a ela, e conclui que um dos elementos essenciais à boa separação é ir-se embora prevenindo o outro. Ora, ela receia que, prevenindo, impeça a sua própria partida. Toda mulher sente que, se for grande o seu poder sobre um homem, o único meio de ir-se embora é fugir. Fugitiva por ser rainha, eis aí. Certamente, há um intervalo inconcebível entre esse enjoo que ela inspirava ainda há um instante e, porque foi embora, essa furiosa necessidade de tornar a vê-la. Mas para isso, além das oferecidas no decorrer desta obra, e de outras que o serão mais adiante, há umas tantas razões. Em primeiro lugar, a partida ocorre muitas vezes no momento em que a indiferença — real ou imaginada — é a maior, no ponto extremo de oscilação do pêndulo. Diz a mulher, com seus botões: "Não, isso não pode continuar assim", justamente porque o homem vive falando em deixá-la, ou pensando nisso: e é ela quem o abandona. Então, voltando o pêndulo a seu outro extremo, há um intervalo máximo. Em um segundo, volta a esse ponto; ainda uma vez, apesar de todas as razões dadas, é tão natural! O coração bate; de resto, a mulher que se foi embora já não é a mesma que estava aqui. Sua existência junto a nós, demasiado conhecida, vê-se de repente acrescentada com as vidas às quais ela irá fatalmente unir-se, e foi talvez com o propósito dessa união que ela nos deixou. De sorte que essa riqueza nova, da vida da mulher que se vai, retroage sobre a mulher que vivia a nosso lado, e que talvez premeditasse ir-se embora. A série de fatos psicológicos que podemos deduzir e que fazem parte de sua vida conosco, de nosso fastio excessivamente acentuado com relação a ela, de nosso ciúme também (e que faz com que o homem abandonado por várias mulheres o tenha sido quase sempre da mesma maneira, graças a seu caráter, e a reações sempre idênticas, que podem ser calculadas; cada um tem sua maneira própria de ser traído, como sua maneira de resfriar-se) — a essa série, não muito misteriosa para nós, correspondia sem dúvida uma série de fatos que ignorávamos. Ela devia, há algum tempo já, manter relações escritas ou verbais, ou através de mensageiros, com determinado homem ou determinada mulher: devia esperar determinado sinal, que talvez nós mesmos tenhamos dado, sem saber, ao dizermos: "X veio ver-me ontem", se porventura ela houvesse combinado com X que, na véspera do dia em que os dois devessem encontrar-se, ele viria ver-me. Quantas hipóteses possíveis! Possíveis, somente. Eu construía tão bem a verdade, mas no plano do possível somente, que um dia, abrindo por engano uma carta endereçada a minha amante, carta escrita em linguagem combinada, e que dizia assim: "Continuo esperando aviso para ir à casa do marquês de Saint-Loup; avise amanhã pelo telefone", reconstitui uma espécie de fuga projetada; o nome do marquês de Saint-Loup, ali, significava outra coisa, pois minha amante não conhecia suficientemente Saint-Loup, porém me ouvira falar nele, e, de resto, a assinatura era uma espécie de pseudônimo, sem conteúdo inteligível. Ora, a carta não era dirigida a minha amante, e sim a outra pessoa da casa, de nome diferente, que fora lido mal. Não estava escrita com sinais combinados, e sim em mau francês, pois era de uma americana, efetivamente amiga de Saint-Loup, segundo me informou ele. A maneira estranha com que essa americana traçava certas letras dera aspecto de pseudônimo a um nome perfeitamente real, mas estrangeiro. Enganara-me, pois, redondamente, aquele dia, em minhas suspeitas. Mas a amarração intelectual que ligara em mim esses fatos, todos falsos, ela própria revestia a forma tão justa, tão inflexível da verdade, que, três meses depois, quando minha amante, que pensava então em passar toda a vida comigo, me deixou, foi de modo absolutamente idêntico ao que eu imaginara da primeira vez: chegou uma carta com as mesmas particularidades que eu falsamente atribuira à primeira, mas desta vez tendo de fato a significação de um sinal. Esta foi a maior infelicidade de toda a minha vida. E, apesar de tudo, o sofrimento que me causou era talvez ultrapassado pela curiosidade em conhecer as causas dessa infelicidade, que Albertine desejara e conseguira. Mas a origem dos grandes acontecimentos é como a dos rios, podemos devassar a superfície da terra sem encontrá-la. Então, havia muito tempo que Albertine premeditava fugir? Já disse (mas na ocasião me parecera apenas afetação, mau humor, "cara amarrada", como dizia Françoise) que, a partir do dia em que deixou de me beijar, era como se estivesse carregando defunto, muito firme, gelada, com uma voz triste para as coisas mais simples, gestos lentos, e não sorriu nunca mais. Não posso dizer que algum fato provasse conivência com o exterior. Françoise me contou depois que, na antevéspera, tendo ido ao quarto de Albertine, lá não encontrara ninguém; as cortinas estavam cerradas, mas, pela qualidade do ar, e pelo rumor, sentiu que a janela estava aberta. E, realmente, encontrou Albertine na varanda. Mas com quem teria ela podido comunicar-se dali? De resto, as cortinas cerradas sobre a janela aberta sem dúvida se explicavam: ela sabia que eu tinha medo de correntes de ar, e, embora pouco me protegessem, as cortinas impediriam Françoise de perceber, no corredor, que as venezianas estavam abertas tão cedo. Não, não vejo nada senão um pequeno fato, provando apenas que, na véspera, ela já estava determinada a ir embora. Efetivamente, tirara de meu quarto, sem eu perceber, uma grande quantidade de papel e pano de embalagem, e com isso passou a noite empacotando seus inúmeros *peignoirs* e roupões, a fim de viajar pela manhã. Não posso atribuir importância ao fato de me haver restituído quase à força, naquela noite, os mil francos que me devia. Não há nada de especial nisso, era extremamente escrupulosa em matéria de dinheiro.

Sim, tirou papéis de embrulho na véspera, mas não era só desde a véspera que ela sabia que teria de ir embora. Não foi por mágoa que me deixou; a resolução de partir, de renunciar à vida que sonhara, é que lhe deu aquele ar de mágoa. Mágoa de uma solenidade quase fria para comigo, salvo na última noite, em que, depois de ficar em minha companhia mais tempo do que desejava, ela me disse — palavra que me espantou, vindo de quem queria demorar mais — ela me disse, da porta: "Adeus, pequenino. Adeus, pequenino...". Não liguei para isso, no momento. Françoise me contou que no dia seguinte, pela manhã, ao dizer que se ia embora (de resto, isto se explica pela fadiga, pois não se despira, e passara a noite inteira embrulhando coisas, salvo as que teria de pedir a Françoise, pois não estavam no seu quarto de dormir nem no de *toilette*), Albertine tinha um ar tão triste, estava tão mais rígida e gelada que nos dias anteriores, que ao dizer "Adeus, Françoise", parecia prestes a cair. Quando sabemos dessas coisas, compreendemos que a mulher que nos agradava menos que as outras encontradas facilmente no passeio mais comum, e de quem tínhamos raiva por sermos compelidos a sacrificá-las a ela, é pelo contrário a que agora preferimos mil vezes. Pois a opção já não se coloca mais entre um certo prazer — que o uso, e talvez a mediocridade, tornaram quase nulo — e outros prazeres, estes tentadores e deslumbrantes, mas entre estes prazeres e algo bem mais forte do que eles, a compaixão que a dor nos provoca.

Ao prometer a mim mesmo que Albertine estaria aqui esta noite, eu atendera ao mais urgente, aplicando o curativo de uma crença nova no lugar da que fora antes arrancada, e de que eu vivera até então. Mas, por mais rapidamente que houvesse agido meu instinto de conservação, quando Françoise me falou, durante um segundo permaneceu desamparado, e embora soubesse que Albertine estaria aqui à noite, a dor que eu sentira no instante em que não me informara ainda a mim mesmo de sua volta (o instante em seguida a estas palavras: *A srta. Albertine pediu as malas e foi-se embora),* essa dor renascia espontaneamente em mim, tal qual como antes, isto é, como se eu ignorasse ainda a volta próxima de Albertine. De resto, era preciso que voltasse, mas por si mesma. Em qualquer hipótese, parecer que lhe insinuava esse gesto, ou pedir-lhe que voltasse, seria ir ao encontro de meu objetivo. Evidentemente, faltavam-me forças para renunciar a ela como renunciara a Gilberte. E mais ainda do que tornar a ver Albertine, o que eu queria era terminar com a angústia física que meu coração, mais fraco do que antigamente, já não podia suportar. Depois, à força de me habituar a não querer, quer se tratasse de trabalho ou de outra coisa, eu me tornara mais covarde. Sobretudo, essa angústia era incomparavelmente mais forte por várias razões, e a mais importante não era talvez que eu jamais experimentara prazer sensual com a sra. de Guermantes ou com Gilberte, e sim que, não as vendo diariamente e a qualquer hora, não tendo possibilidade e, por consequência, necessidade disso, faltaria, no amor que eu lhes dedicara, a força imensa do Hábito. Agora que o meu coração, incapaz de querer e de suportar com paciência o sofrimento, só encontrava uma solução possível, a volta de Albertine a qualquer preço, talvez a solução oposta (renúncia voluntária, resignação progressiva) me parecesse uma solução de romance, inverossímil na vida, se eu próprio não houvesse optado por ela quando se tratava de Gilberte. Sabia, pois, que essa outra solução também poderia ser aceita, e pelo mesmo homem, pois eu continuara mais ou menos o mesmo. Apenas, o tempo desempenhara seu papel, esse tempo que me envelhecera, que pusera Albertine constantemente a meu lado, quando levávamos vida em comum. Mas, pelo menos, sem renunciar a ela, o que me restava do que havia sentido por Gilberte era o orgulho de não querer ser para Albertine um boneco repulsivo, a pedir sua volta; queria que ela voltasse sem que eu parecesse ligar para isso. Levantei-me para não perder tempo, mas o sofrimento me deteve: era a primeira vez que me levantava, depois que Albertine se fora. Não obstante, carecia vestir-me depressa, para ir conversar com o seu porteiro.

O sofrimento, ramificação de um choque moral imposto, tende a mudar de forma; esperamos volatizá-lo, fazendo projetos, pedindo informações; queremos que ele passe por inúmeras metamorfoses: isso exige menos coragem do que arcar com o sofrimento aberto; parece tão estreita, tão fria, essa cama onde nos deitamos com a nossa dor! Levantei-me de novo; caminhei pelo quarto com prudência infinita, colocando-me de modo a não enxergar a cadeira de Albertine, a pianola cujos pedais ela calcava com suas chinelas douradas, qualquer dos objetos que ela usava e que, todos, na linguagem particular que minhas lembranças lhes ensinaram, pareciam oferecer-me uma tradução, uma versão diferente, comunicar-me pela segunda vez a notícia de sua partida. Mas, sem olhá-los, eu os via, e as forças me abandonaram; caí sentado numa dessas poltronas de cetim azul, cujo lustro, uma hora antes, no claro-escuro do quarto anestesiado por um raio de luz, me inspirara sonhos apaixonadamente acariciados então, e agora tão distantes. Ai de mim! Só me sentara ali antes daquele minuto, quando Albertine ainda estava na casa. Por isso não pude ficar e me levantei; assim, a cada instante, algum dos inúmeros e humildes "eus" que nos compõem ignorava ainda a partida de Albertine, e precisava ser notificado; era preciso — e isso era mais cruel ainda do que se eles fossem estranhos e não usassem de minha sensibilidade para sofrer — anunciar a todos estes seres, a todos estes "eus", ainda não informados, a desgraça que acabava de acontecer; era preciso que cada um deles, por seu turno, escutasse pela primeira vez estas palavras: *Albertine pediu as malas* — aquelas malas em forma de caixão, que eu vira serem carregadas em Balbec, ao lado das de mamãe —, *Albertine partiu.* A cada um tinha eu de contar minha mágoa, essa mágoa que de modo algum é uma conclusão pessimista livremente extraída de um conjunto de circunstâncias funestas, mas a revivescência intermitente e involuntária de uma impressão específica, vinda de fora, e que não escolhemos. A alguns desses "eus", há muito tempo eu não via. Por exemplo (esquecera-me que era dia do barbeiro), aquele que eu era quando cortava o cabelo. Esquecera-me desse "eu" — e então sua chegada me fez rebentar em soluços, como, num enterro, a de um velho serviçal aposentado que conheceu a falecida. Depois, lembrei-me de repente que já há oito dias vinha eu sentindo, por momentos, um medo pânico e inconfessado. Nesses instantes, porém, discutia comigo mesmo, dizendo: "É inútil considerar a hipótese de uma partida brusca, você não acha? Um absurdo. Se eu confiasse tal coisa a um homem inteligente e sensato" (e teria feito isso para me tranquilizar, se o ciúme não me vedasse confidências), "ele me diria por certo: 'Mas você está louco. É impossível!'. E, realmente, nos últimos dias não tivéramos nenhuma briga. Nós todos vamos embora por algum motivo. Dizemos qual é. Damos direito de responder. Ninguém vai embora desse jeito. Não, é uma infantilidade, a única hipótese absurda". E no entanto, todas as manhãs, encontrando-a em casa ao tocar a campainha, eu soltava um imenso suspiro de alívio. E quando Françoise me deu a carta de Albertine, tive imediatamente certeza de que se tratava da coisa que não podia acontecer, dessa partida de certo modo percebida com vários dias de antecedência, sem embargo das razões lógicas para ficar tranquilo. Dissera-o a mim mesmo, com uma perspicácia quase feliz em meu desespero, como o assassino que tem certeza de não ser descoberto, mas que sente medo, e vê de repente o nome de sua vítima escrito na capa de um processo, em frente ao juiz de instrução que mandou chamá-lo. Toda a minha esperança era que Albertine tivesse ido para a Touraine, em casa de sua tia, onde, afinal de contas, estaria suficientemente vigiada, não podendo fazer grande coisa até que eu a trouxesse de volta. Meu maior receio era que houvesse ficado em Paris, ou partido para Amsterdã ou Montjouvain, isto é, que houvesse fugido para se entregar a alguma aventura cujos preliminares me escapassem. Mas, na realidade, ao falar a mim mesmo em Paris, Amsterdã e Montjouvain, isto é, em vários lugares, eu pensava em lugares simplesmente possíveis. Assim, quando o porteiro de Albertine me respondeu que ela viajara para Touraine, essa residência que eu supunha desejar me pareceu a mais terrível de todas, porque esta, sim, era real, e pela primeira vez, torturado ante a certeza do presente e a incerteza do futuro, imaginei Albertine começando uma vida que ela quisera separada de mim, talvez por muito tempo, talvez para sempre, e realizando nela esse desconhecido que antes me perturbara com tanta frequência, justamente quando tinha eu a ventura de possuir e de acariciar o seu aspecto exterior, aquele meigo rosto impenetrável e cativo. Era esse desconhecido que constituía o fundo de meu amor.

À porta da casa de Albertine, encontrei uma menina pobre, que me olhava com grandes olhos, e tinha um ar tão doce que lhe perguntei se não queria ir até minha casa, como teria feito com um cão de olhar fiel. Pareceu alegrar-se com isso. Em casa, embalei-a no colo por algum tempo, mas sua presença, fazendo-

-me sentir demasiado a falta de Albertine, logo se tornou insuportável. Pedi-lhe que fosse embora, depois de lhe dar uma nota de quinhentos francos. E contudo, logo depois, o pensamento de ter qualquer outra menina perto de mim, de nunca ficar sozinho, sem o conforto de uma presença inocente, foi o único sonho que me permitiu suportar a ideia de que talvez Albertine demorasse um pouco a voltar.

Quanto à própria Albertine, quase que só existia em mim sob a forma do seu nome, que, salvo algumas raras tréguas ao acordar, vinha inscrever-se em meu cérebro e daí não saía mais. Se pensasse alto, eu o repetiria continuamente, e meu palavrório seria tão monótono, tão limitado como se me convertessem num passarinho semelhante ao da fábula, cujo canto repetia eternamente o nome daquela a quem amara quando homem. Dizemos a nós mesmos esse nome, e, se o calamos, parece que o escrevemos em nós, que ele deixa seu rastro no cérebro, e este acabará como uma espécie de parede em que alguém se divertiu a rabiscar, inteiramente coberta pelo nome, reproduzido mil vezes, daquela a quem amamos. Repetimo-lo a toda hora em pensamento, enquanto estamos felizes, e mais ainda quando infelizes. E só de repetir esse nome, que não nos dá nada mais além daquilo que já sabíamos, experimentamos um desejo continuamente renovado, mas, com o correr do tempo, certa fadiga. Nem mesmo no prazer carnal eu pensava naquele momento; nem sequer via diante de meu pensamento a imagem daquela Albertine, entretanto causa de tal revolução em meu ser; não lhe distinguia o corpo, e se quisesse isolar a ideia (há sempre alguma) que se ligava ao meu sofrimento, seria, alternadamente, de um lado, dúvida quanto às disposições com que partira, com ou sem propósito de regressar; de outro, como trazê-la de volta. Há talvez uma verdade e um símbolo, no ínfimo espaço ocupado em nossa ansiedade por aquela a quem nós a atribuímos. Efetivamente, a pessoa em si pouco tem a ver com quase todo o processo de emoções e angústias, que certos acasos de outrora nos fizeram experimentar com relação a ela, e que o hábito ligou a sua pessoa. Bem o prova, mais ainda do que o tédio que experimentamos na felicidade, o quanto nos parecerá indiferente ver ou não ver essa mesma pessoa, ser ou não ser estimado por ela, tê-la ou não a nossa disposição, quando só tivermos de nos propor o problema (tão inútil, que já não o proporemos) relativamente à própria pessoa — esquecido como foi o conjunto de emoções e angústias, pelo menos no que se refira a ela, pois pode ter se desenvolvido de novo, mas transferido a outra. Antes disso, quando esse conjunto ainda se achava ligado a ela, julgávamos que nossa felicidade dependia de sua presença: dependia somente do fim de nossa ansiedade. Nosso inconsciente era, pois, mais lúcido do que nós mesmos, naquele momento, ao tornar tão insignificante o rosto da mulher amada, rosto que talvez até houvéssemos esquecido, que podíamos conhecer mal e julgar medíocre, no terrível drama de encontrá-la para não esperá-la mais, de que poderia depender até a nossa própria vida. Proporções minúsculas do rosto feminino, efeito lógico e necessário do modo pelo qual o amor se desenvolve, clara alegoria da natureza subjetiva desse amor.

O estado de ânimo com que Albertine se fora era, sem dúvida, semelhante ao dos povos que preparam com uma demonstração militar a ação de sua diplomacia. Fora embora só para obter de mim melhores condições, mais liberdade, mais luxo. Nesse caso, de nós dois quem sairia vencedor teria sido eu, se tivesse força de esperar — de esperar o momento em que, vendo que não obtinha nada, ela voltaria espontaneamente. Mas, se no jogo ou na guerra, onde se trata somente de ganhar, podemos resistir ao *bluff*, as condições impostas pelo amor e pelo ciúme, sem falar nas do sofrimento, já não são as mesmas. Se para esperar, para "durar", eu deixasse Albertine longe de mim por vários dias, várias semanas talvez, arruinaria aquilo que fora meu objetivo durante mais de um ano: não deixá-la livre sequer uma hora. Todas as minhas preocupações se tornariam inúteis se eu lhe proporcionasse tempo e facilidade para enganar-me tanto quanto lhe aprouvesse, e, mesmo que ela afinal se rendesse, eu não poderia mais esquecer o tempo em que ficara sozinho; e vencendo-a por fim, apesar de tudo, no passado, quero dizer, irreparavelmente, seria eu o vencido.

No tocante aos meios de trazer de volta Albertine, havia tanto maior possibilidade de êxito quanto a hipótese de que ela fora embora só pela esperança de ser chamada sob melhores condições parecia mais plausível. Sem dúvida, para as pessoas que não acreditavam na sinceridade de Albertine, certamente para Françoise, por exemplo, esta hipótese o era. Mas, para a minha razão, a quem a única explicação de certas rabugices, de certas atitudes, antes que eu soubesse de alguma coisa, só podia ser a intenção de partir para sempre, era difícil acreditar, agora que essa partida se produzira, que se tratava apenas de simulação. Falo por minha razão, não por mim. A hipótese de simulação tornava-se para mim tanto mais necessária quanto mais improvável, e ganhava em força o que perdia em verossimilhança. Quando nos vemos à beira do abismo e parece que Deus nos abandonou, não hesitamos em esperar dele um milagre. Reconheço que nisso tudo fui o mais apático, embora o mais dolorido dos policiais. Mas a fuga de Albertine não me restituíra as qualidades que o hábito de mandar vigiá-la me havia retirado. Eu só pensava numa coisa: encarregar a outro essa procura. Esse outro foi Saint-Loup, que aceitou. A ansiedade de tantos dias, transferida a outro, me pôs alegre, e eu me agitava, confiante no êxito, com as mãos bruscamente secas como antes, sem mais aquele suor com que Françoise as molhara ao dizer: "A srta. Albertine foi-se embora". Estarão lembrados de que, quando deliberei viver com Albertine e até casar-me, foi para guardá-la, para saber o que ela fazia, para impedir que retomasse seus hábitos com a srta. Vinteuil. Foi por ocasião do atroz desmoronamento de sua revelação em Balbec, quando ela me disse, como uma coisa muito natural e que, apesar de ser o maior desgosto até então experimentado em minha vida, eu consegui fingir que achava mesmo natural — ela me disse a coisa que, nas piores suposições, eu jamais teria sido bastante audacioso para imaginar. (É espantoso como o ciúme, que passa o tempo engendrando pequenas suposições falsas, tem pouca imaginação quando se trata de descobrir a verdade.) Ora, esse amor nascido principalmente da necessidade de obstar que Albertine praticasse o mal, esse amor guardara em seu desenvolvimento o sinal de origem. Estar com ela importava-me pouco, desde que eu pudesse impedir o "ente de fuga" de ir para cá ou para lá. Para impedi-lo, recorria eu aos olhos e à companhia dos que saíam com ela, e bastava que me fizessem à noite um relatoriozinho reconfortante para que minhas inquietações se dissipassem em bom humor.

Tendo afirmado a mim mesmo que, mesmo à custa de qualquer sacrifício de minha parte, Albertine estaria de volta naquela mesma noite, suspendi a dor que Françoise me causara ao contar a partida de Albertine (porque então meu ser, pego de surpresa, por um instante julgara definitiva a partida). Mas quando, após uma interrupção, por um impulso de sua vida autônoma, o sofrimento inicial voltava espontaneamente, era sempre e do mesmo modo atroz, porque anterior à promessa consoladora, que eu me fizera, de trazer Albertine naquela noite mesmo. Esta frase, que o teria apaziguado, meu sofrimento a ignorava. Para pôr em execução os meios de conseguir essa volta ainda uma vez (não que tal atitude desse algum dia bons resultados, mas é que eu sempre a tomara desde que amei Albertine), eu estava condenado a continuar fingindo que não a amava, que não sofria com o seu afastamento, condenado a continuar mentindo. Poderia ser tanto mais enérgico em fazê-la voltar quanto mais parecesse haver renunciado a ela. Propunha-me escrever a Albertine uma carta de despedida em que considerasse definitivo seu afastamento, enquanto mandaria Saint-Loup exercer sobre a sra. Bontemps, como se fosse à minha revelia, a pressão mais brutal para que Albertine voltasse o mais depressa possível. É exato que eu experimentara com Gilberte o perigo das cartas cheias de indiferença, que, a princípio fingida, acaba se tornando verdadeira. E essa experiência deveria ter me impedido de escrever a Albertine cartas da mesma natureza que a das escritas antes a Gilberte. Mas o que chamamos experiência é apenas revelação, aos nossos próprios olhos, de um traço de nosso caráter que reaparece naturalmente, e com tanto mais força quanto havíamos revelado a nós mesmos já uma vez, de sorte que o movimento espontâneo que nos guiara da primeira vez se acha reforçado por todas as sugestões da lembrança. O plágio humano a que os indivíduos escapam mais dificilmente (e mesmo os povos que perseveram em seus erros, e os vão agravando) é o plágio de nós mesmos.

Saint-Loup, que eu sabia estar em Paris, foi convocado imediatamente; acorreu rápido e eficiente como antes em Doncières, e prometeu partir logo para a Touraine. Propus-lhe a seguinte combinação: ele desceria em Châtellerault, pediria que lhe indicassem a casa da sra. Bontemps e esperaria que Albertine saísse, pois ela poderia reconhecê-lo.

— Então, essa moça me conhece? — perguntou-me ele.

Respondi que, a meu ver, não. O projeto encheu-me de uma alegria infinita. Estava, não obstante, em absoluta contradição com aquilo que de começo eu me prometera: arranjar-me de modo a não parecer que mandara chamar Albertine; e a iniciativa teria inegavelmente esse ar, mas tinha também, sobre *o que convinha,* a vantagem inestimável de me permitir dizer a mim mesmo que alguém, mandado por mim, ia ver Albertine, e sem dúvida trazê-la de volta. Se eu pudesse ver claro em meu coração no começo, teria previsto que esta solução, oculta na sombra e que me parecia deplorável, é que triunfaria sobre as soluções de paciência, e era ela que eu decidira querer, por falta de vontade. Como Saint-Loup se surpreendesse com o fato de uma jovem haver morado em minha casa durante todo um inverno, sem que eu lhe contasse coisa alguma a respeito, e como, por outro lado, ele me voltasse a falar muitas vezes na jovem de Balbec, sem que eu jamais lhe respondesse: "Pois ela está morando aqui", poderia ele ficar magoado com a minha falta de confiança. É verdade que talvez a sra. Bontemps lhe falasse sobre Balbec. Mas eu estava demasiado impaciente quanto a sua partida e a sua chegada para querer, para poder pensar nas consequências eventuais dessa viagem. Quanto a reconhecer Albertine (para quem, de resto, ele sistematicamente evitara olhar, ao encontrá-la em Doncières), ela, na opinião geral, mudara e engordara tanto que isso não era nada provável. Perguntou-me se eu não possuía um retrato de Albertine. A princípio respondi que não, para evitar que por meio da fotografia, tirada mais ou menos na época de Balbec, ele reconhecesse Albertine, a quem entretanto mal vira no vagão. Mas refleti que, no último retrato, ela já estaria tão diferente da Albertine de Balbec quanto o estava agora a Albertine viva, e ele não a reconheceria nem no retrato nem na realidade. Enquanto eu procurava a fotografia, ele, docemente, me passou a mão pela testa, como para me consolar. Senti-me comovido com o pesar que lhe causava a dor adivinhada em mim. Em primeiro lugar, embora se houvesse separado de Rachel, o que então experimentara não estava ainda tão longe que ele não nutrisse uma simpatia, uma compaixão particular ante esse gênero de sofrimento, como nos sentimos mais vizinhos de alguém que tem a nossa doença. Depois, tamanha era a sua afeição a mim que a ideia de meu sofrimento lhe era insuportável. Por isso consagrava àquela que o causara um misto de rancor e admiração. Julgava-me um ser tão superior que, no seu entender, para que eu me submetesse a outra criatura, era preciso que ela fosse realmente extraordinária. Supus que ele realmente achasse bonito o retrato de Albertine, mas como, apesar de tudo, não esperava que produzisse nele a impressão de Helena aos velhos troianos, enquanto procurava, disse modestamente:

— Ah, sabes? Não fiques esperando grande coisa... Antes de mais nada, a fotografia é ruim. O que ela é, acima de tudo, é graciosa.

— Oh, sim, deve ser uma maravilha — exclamou ele, com entusiasmo ingênuo e sincero, tentando imaginar como seria uma criatura capaz de lançar-me em tamanho desespero e agitação. — Não gosto que ela te faça sofrer assim, mas também era de se prever que uma pessoa como tu, artista até o sabugo das unhas, amando em tudo e com tal amor e beleza, estivesse predestinado a sofrer mais do que ninguém ao encontrá-la nalguma mulher.

Afinal, achei a fotografia.

— Certamente é maravilhosa — continuava dizendo Robert, que não me vira estender-lhe a fotografia.

De repente percebeu-a, mantendo-a um instante nas mãos. Seu rosto exprimia uma estupefação próxima da estupidez.

— É essa a moça de quem gostas? — acabou por dizer, num tom em que o espanto era dominado pelo receio de me aborrecer.

Não fez observação alguma, assumiu o ar sensato e cauteloso, forçosamente um pouco desdenhoso, que temos em face de um doente — mesmo que tenha sido um homem notável e nosso amigo —, mas que não é mais nada disso, pois, acometido de demência furiosa, nos fala sobre uma criatura celeste que lhe apareceu, e continua a vê-la no lugar em que nós, homens sãos, apenas enxergamos um *édredon*. Compreendi imediatamente o espanto de Robert, igual àquele em que me afundara à vista de sua amante, com a diferença de que eu encontrei nela a mulher já conhecida, ao passo que ele julgava não ter visto nunca Albertine. Sem dúvida, a diferença entre o que víamos ambos, de uma mesma pessoa, era igualmente grande. Ia longe o tempo em que eu, bem modestamente, começava a adicionar às sensações visuais, quando contemplava Albertine, sensações outras de sabor, cheiro, tato. Desde então, sensações mais profundas, mais doces, menos definíveis, se juntaram a essas, e, finalmente, sensações dolorosas. Em suma, tal como uma pedra à cuja volta caiu neve, Albertine era apenas o centro gerador de uma construção imensa, que passava pelo plano do meu coração. Robert, para quem era invisível toda essa estratificação de sensações, captava somente um resíduo que ela, pelo contrário, me impedia de perceber. O que Robert, em face da fotografia de Albertine, era, não a emoção dos velhos troianos ao verem passar Helena, exclamando: "*Notre mal ne vaut pas un seul de ses regards*",[3] mas exatamente a inversa, que nos faz dizer: "Como, então é por causa *disso* que ele se amargurou tanto, teve tanto desgosto, praticou tantas loucuras?!". Devemos confessar que esse gênero de reação, à vista da pessoa que causou o sofrimento, transtornou a vida e às vezes produziu a morte de alguém a quem amamos, é infinitamente mais comum do que o dos velhos troianos e, para dizer tudo, habitual. A razão não está somente em que o amor é individual, nem ainda no fato de que, quando já não o sentimos, nos parece natural considerá-lo evitável e filosofar sobre a loucura dos outros. Não, a razão é que chegando ao grau capaz de causar tantos males, a construção das sensações interpostas entre o rosto da mulher e os olhos do amante — esse enorme ovo doloroso que o envolve e o dissimula, tanto quanto a camada de neve a uma fonte — já se estendeu para o ponto onde se detém o olhar do amante, onde ele encontra seu prazer e sua mágoa, fique tão distanciado do ponto onde os outros o veem, quanto está longe o sol verdadeiro do local em que sua luz condensada nos deixa percebê-lo no céu. Além do mais, durante esse tempo, sob a crisálida de dores e ternuras que torna invisíveis ao amante as piores me-

3 "Nosso tormento não vale um só de seus olhares." Trata-se do quarto verso do soneto de número LXVII (Livro II) dos *Sonnets pour Hélène*, 141 sonetos de inspiração petrarquista que Ronsard escreveu por volta de 1575. É recorrente nesses sonetos o elogio ao olhar de Helena de Troia. No verso citado, diante da beleza de Helena, os velhos troianos diminuem a importância da guerra em que estão envolvidos. A cena da foto de Albertine vista por Robert retoma o tema da amada que não vale o sofrimento que desperta no amante, mais especificamente, uma cena anterior em que os papéis estavam invertidos: no terceiro volume, é o herói que se espanta com o fato de Robert dilapidar sua fortuna por Rachel, jovem que o herói havia visto anteriormente em um bordel. (N. do R.T.)

tamorfoses da criatura amada, o rosto teve tempo de envelhecer e mudar. De sorte que, se o rosto que o amante viu pela primeira vez está muito longe do outro que ele passou a ver, desde que ama e sofre, está, em sentido inverso, igualmente longe do rosto que pode ser visto agora pelo espectador indiferente. (Que teria acontecido se Robert, em lugar da fotografia de uma jovem, tivesse visto a de uma velha amante?) Até nem precisamos, para sentir esse espanto, ver pela primeira vez quem causou tamanhos estragos. Muitas vezes a conhecemos, como meu tio-avô conhecia Odette. É muito provável que a mulher que faz sofrer seu apaixonado tenha sido sempre boa moça para com alguém que não se preocupava com ela, como Odette, tão cruel para Swann, fora a atenciosa "dama de cor-de-rosa" de meu tio-avô, ou, então, que a pessoa de quem cada decisão é calculada previamente, com o temor que inspira um deus, por aquele que a ama, seja, pelo contrário, uma pessoa insignificante, disposta a fazer em tudo a vontade alheia, aos olhos de quem não a ama, tal como era a amante de Saint-Loup para mim, que nela via apenas a "Rachel quando do Senhor" que tantas vezes me fora proposta. Tinha presente minha estupefação, na primeira vez em que a vira em companhia de Saint-Loup, ante a ideia de que alguém pudesse torturar-se por não saber o que essa mulher teria feito, o que teria dito baixinho a alguém, e por que havia desejado romper. Ora, eu sentia que todo esse passado, mas de Albertine, para o qual se dirigia, com um conhecimento canhestro e vibrátil, cada fibra de meu coração e de minha vida, deveria parecer tão insignificante a Saint-Loup quanto talvez a mim mesmo, algum dia. Já me via transitar pouco a pouco, no tocante à insignificância ou à gravidade do passado de Albertine, do estado de espírito em que achava naquele momento ao estado de espírito de Saint-Loup, pois não tinha ilusão sobre o que pudesse pensar Saint-Loup — sobre o que pode pensar qualquer outro que não seja o amante. E isso não me fazia sofrer demasiadamente. Deixemos as mulheres bonitas aos homens sem imaginação. Lembrava-me dessa trágica explicação de tantos dentre nós, que constitui um retrato estupendo, mas não parecido, como o de Odette por Elstir, menos retrato da amante que do sentimento deformador. Nele faltava apenas — ao contrário de tantos outros retratos — que fosse ao mesmo tempo obra de um grande pintor e de um amante (e contudo se dizia que Elstir o fora de Odette). Essa dessemelhança, a vida inteira de uma amante — de um amante cujas loucuras ninguém compreende —, a vida inteira de Swann o prova. Mas quando o amante se desdobra em um pintor como Elstir, então a palavra mágica é pronunciada e a mulher terá enfim, a nossos olhos, esses lábios que jamais o vulgo percebeu nela, esse nariz que ninguém lhe conhecera, esse andar imprevisto. Diz o retrato: "Aquilo que eu amei, aquilo que me fez sofrer, que eu vi continuamente, é *isto*". Pela ginástica inversa, eu, que pela imaginação tentara acrescentar a Rachel tudo que Saint-Loup lhe acrescentara por si mesmo, buscava retirar minha contribuição cardíaca e mental ao composto de Albertine, imaginando-a tal qual devia parecer a Saint-Loup, ou como Rachel a mim. Mas que importância tem isso?[4] Tais diferenças, ainda que nós mesmos as percebêssemos, que importância lhes atribuiríamos? Quando antes, em Balbec, me esperava sob as arcadas de Incarville e pulava para o meu carro, não somente Albertine ainda não havia engordado como até, pelo excesso de exercício, emagrecera demais; seca, prejudicada por um chapéu horroroso que só deixava aparecer a pontinha do nariz feio e duas faces brancas como farinha, era bem pouco o que eu distinguia dela, mas o bastante para que, diante do pulo que dava em meu carro, eu soubesse que era ela, que fora pontual e não tinha ido a outro lugar; isto é suficiente: o que amamos está demasiadamente no passado, consiste demasiadamente no tempo que perdemos juntos, para que tenhamos necessidade da mulher inteira; queremos apenas ter certeza de que é ela mesma, de que não nos enganamos quanto à identi-

4. Essa pergunta é um acréscimo da edição da Bibliothèque de la Pléiade. (N. do R.T.)

dade, muito mais importante do que a beleza para aqueles que amam; as faces podem cavar-se, o corpo pode definhar, mesmo para os que, de início, mais se orgulhavam, aos olhos do próximo, por dominar uma beldade: esse palminho de cara, esse sinal em que se resume a personalidade permanente da mulher, essa fórmula algébrica, essa constante, basta isso para que um homem disputado na roda mais fina, e que a aprecia, não possa dispor de uma só noite, pois passa o tempo, até a hora de dormir, penteando e despenteando a mulher amada, ou simplesmente perto dela, para estar com ela, ou para que ela esteja com ele, ou somente para que ela não esteja com outros.

— Tens certeza — perguntou-me Robert — de que preciso oferecer uns trinta mil francos a essa mulher, para o *comité* eleitoral do marido? Ela é desonesta a esse ponto? Salvo engano, bastariam mil francos.

— Não, por favor, não regateies numa coisa que significa tanto para mim. Deves dizer o seguinte, e de resto há uma parte de verdade nisto: "Meu amigo pediu a um parente estes trinta mil francos para o *comité* eleitoral do tio de sua noiva. E foi por causa desse noivado que lhe deram o dinheiro. Então, meu amigo me pediu que entregasse essa quantia à senhora, de modo que Albertine não soubesse de nada. Nisso, Albertine o abandona. Ele não sabe o que há de fazer. Será obrigado a restituir os trinta mil francos, se não casar com Albertine. E, se casar, é preciso, pelo menos para guardar as aparências, que ela volte imediatamente, pois o afastamento prolongado causaria péssima impressão". Parece inventado!

— Até que não — respondeu-me Saint-Loup, por bondade, por discrição e também por saber que as circunstâncias muitas vezes são mais extraordinárias do que parecem.

Afinal de contas, não era nada impossível que essa história de trinta mil francos encerrasse uma grande dose de verdade, como eu lhe dizia. Era possível, mas não era verdade, e essa dose de verdade constituía justamente uma mentira. Nós nos mentíamos, Robert e eu, como em todas as conversas em que um amigo deseja sinceramente ajudar o outro, presa de desespero amoroso. O amigo conselheiro, apoio e consolo, pode lamentar a tristeza do outro, senti-la não, e quanto melhor for para o outro mais lhe mentirá. O outro lhe revela o que é necessário para ser ajudado, mas, talvez justamente para receber ajuda, omite muita coisa. E feliz, afinal de contas, é aquele que toma trabalho, viaja, desempenha a missão, mas não tem sofrimento interior. Naquele momento, era eu o que Robert fora em Doncières, ao supor que Rachel o abandonara.

— Enfim, seja feita tua vontade; se eu sofrer algum vexame, dou-o por bem empregado. E depois, não importa que isso me pareça um tanto esquisito, esse comércio tão pouco disfarçado... Sei muito bem que em nossa sociedade existem duquesas, até das mais devotas, que por trinta mil francos fariam coisas mais sérias do que essa de dizer à sobrinha que não fique na Touraine. Enfim, estou duplamente satisfeito por te prestar um serviço, pois só assim é que concordas em me ver. Se eu casar — acrescentou —, será que não nos veremos mais, que não vais fazer minha casa um pouco tua? ...

Interrompeu-se, tendo pensado de repente, supus então, que se porventura também eu me casasse, sua mulher não poderia ter relações chegadas com Albertine. Lembrei-me do que haviam dito os Cambremer sobre o seu provável casamento com a filha do príncipe de Guermantes.

Tendo consultado o mostrador, viu que só poderia partir à noite. Nisto Françoise me perguntou:

— É para tirar do escritório a cama da srta. Albertine?

— Pelo contrário — respondi —, é para fazê-la.

Eu esperava que ela voltasse de uma hora para outra, e não queria que Françoise pudesse imaginar sequer que havia dúvida quanto a isso. Era preciso que a viagem de Albertine parecesse coisa combinada entre nós, e não significasse absolutamente que ela passara a gostar menos de mim. Mas Françoise olhou-me com ar, se não de incredulidade, pelo menos de dúvida. Também ela formulara duas hipóteses. Suas narinas se dilataram, farejando briga, e de há muito tempo devia senti-la. Só não estava inteiramente certa disso, talvez porque, como eu, tinha medo de acreditar demais no que lhe causaria excessivo prazer. Agora, o peso da história não repousava mais sobre meu espírito fatigado, mas sobre Saint-Loup. A alegria me penetrava, porque tomara uma decisão, e dizia a mim mesmo: "Respondi taco a taco, agi".

Saint-Loup devia estar acabando de tomar o trem, quando, na saleta, cruzei com Bloch, que eu não ouvira tocar a campainha, de sorte que fui obrigado a recebê-lo por um instante. Ele me vira ultimamente com Albertine (a quem conhecia de Balbec) num dia em que ela estava de mau humor.

— Jantei com o sr. Bontemps — contou-me — e, como tenho certa influência sobre ele, manifestei tristeza por saber que sua sobrinha não estava sendo delicada contigo. Disse que seria bom ele interceder nesse sentido.

Fiquei fulo de raiva, pois esses pedidos e essas queixas destruíam todo o efeito da missão de Saint-Loup, pondo-me diretamente em contato com Albertine, a quem eu parecia implorar. Por cúmulo de azar, Françoise, permanecendo na saleta, ouviu tudo. Dirigi a Bloch todas as censuras imagináveis, dizendo-lhe que absolutamente não o encarregara de tal missão, e que, de resto, o caso era falso. Daí por diante, Bloch não deixou de sorrir um só instante, menos por prazer, creio eu, do que por constrangimento em face da contrariedade que me causava. Mostrou-se espantado, em meio ao riso, por suscitar tamanha cólera. Talvez dissesse isso para diminuir a meus olhos a importância de sua iniciativa indiscreta, ou porque tivesse natureza covarde, vivendo alegre e perigosamente entre mentiras, como as medusas à flor da água, ou, talvez ainda mesmo se pertencesse a uma espécie diferente de homem, porque os outros, não podendo colocar-se no mesmo ponto de vista que nós, não compreendem a importância do mal que podem causar-nos certas palavras ditas ao acaso. Acabava de levá-lo até a porta, não encontrando nada para remediar o que ele fizera, quando bateram de novo, e Françoise me entregou uma intimação para ir à delegacia de polícia. Os pais da garota, que eu trouxera para casa, apresentaram queixa contra mim, por corrupção de menor. Há momentos na vida em que uma espécie de beleza nasce da multiplicidade dos aborrecimentos que nos assaltam, entrecruzando-se como *leitmotiv* wagnerianos, e também da noção, então emergente, de que os fatos não se situam no conjunto dos reflexos contidos nesse pobre espelhinho que a inteligência leva a sua frente e a que chama de futuro, senão que estão fora deles, surgindo tão bruscamente como a pessoa que vai testemunhar o flagrante de um crime. Entregue a si mesmo, já um fato se modifica, ou porque o malogro o aumente a nossos olhos, ou porque a satisfação o reduza. Mas, raramente está só. Os sentimentos despertados por cada um deles se contradizem, e, em certa medida, como eu senti indo ver o diretor da Segurança, isso constitui, pelo menos momentaneamente, um revulsivo tão eficaz quanto o medo. Na Segurança, encontrei os pais da garota, que me insultaram, dizendo: "Deste pão nós não comemos", e me devolveram os quinhentos francos, que eu não queria aceitar, e o diretor da Segurança, que adotando como exemplo incomparável a facilidade de réplica dos juízes criminais, de cada frase minha pegava uma palavra, e com ela compunha uma espirituosa e acabrunhadora resposta. De minha inocência no fato, nem sequer se cogitou, pois era a única hipótese que nem por um instante foi admitida por alguém. Contudo, as dificuldades de prova fizeram com que eu me livrasse à custa de uma descompostura violentíssima, na presença dos pais. Mas, logo que eles saíram, o diretor da Segurança, que gostava de meninas, mudou de tom e me repreendeu como um compadre:

— De outra vez, seja mais hábil. Ora essa, não se faz uma atracação tão rápida, pois estraga o negócio. E depois, em qualquer parte o senhor encontrará meninas bem melhores do que essa, e muito mais baratas. Aquele preço foi de um exagero louco...

Senti tão vivamente que ele não compreenderia se tentasse explicar-lhe a verdade que, sem dizer palavra, e com sua permissão, me retirei. Até chegar em casa, todos os transeuntes pareciam inspetores encarregados de observar minhas ações e meus gestos. Mas esse *leitmotiv*, assim como o da raiva contra Bloch, se extinguiu para só deixar espaço ao da viagem de Albertine. Ora, este voltara, mas num "modo" quase alegre desde a partida de Saint-Loup. Uma vez que ele se incumbira de procurar a sra. Bontemps, meus sofrimentos se haviam dispersado. Eu supunha que era por ter agido, e o supunha de boa-fé, pois nunca sabemos o que se esconde em nossa alma. No fundo, o que me fazia feliz não era o fato de haver descarregado minhas indecisões sobre Saint-Loup, como eu pensava. De resto, não me enganava absolutamente; o remédio específico para um acontecimento infeliz (e três quartos dos acontecimentos são assim) é uma resolução; pois graças a uma brusca reviravolta em nossas ideias, interrompe o fluxo das que vêm do acontecimento passado e lhe prolongam a vibração, quebrando-o por meio de um fluxo de ideias inversas, vindo de fora e do futuro. Mas esses pensamentos novos nos são benéficos (e era o caso dos que me assaltavam naquele instante) sobretudo quando, das entranhas desse futuro, é uma esperança que nos trazem. No fundo, o que me punha tão feliz era a certeza secreta de que, não podendo Saint-Loup fracassar em sua missão, Albertine teria fatalmente de voltar. Compreendi isso porque, não tendo recebido resposta de Saint-Loup desde o primeiro dia, recomecei a sofrer. Minha resolução e meu gesto de conferir-lhe plenos poderes não eram, pois, causa de minha alegria, que mesmo sem isso teria durado, e sim aquele "O êxito é certo" que eu pensara ao exclamar: "Aconteça o que acontecer". A ideia sugerida pela sua demora, de que realmente podia acontecer outra coisa diferente do êxito, era tão odiosa que perdi a alegria. De fato, nossa previsão, nossa esperança de acontecimentos propícios é que nos enche de uma alegria atribuída a outras causas, e que cessa para nos fazer recair no sofrimento, se já não temos tanta certeza de que se realizará aquilo que desejamos. É sempre essa crença invisível que suporta o edifício do nosso mundo sensitivo, e este oscilaria sem o seu apoio. Vimos que ela constituía para nós o valor ou a nulidade das criaturas, o êxtase ou o tédio de contemplá-las. Dá-nos também possibilidade de suportar um desgosto que nos parece medíocre, simplesmente porque nos persuadimos de que caminha para o fim — ou o seu crescimento brusco, até que uma nova presença valha tanto quanto nossa vida, ou talvez mais do que ela. Uma coisa, de resto, acabou tornando minha dor no coração tão aguda como no primeiro instante, quando, é preciso confessá-lo, já não o era mais. Consistiu em reler uma frase da carta de Albertine. É em vão que amamos as criaturas: quando, no isolamento, só defrontamos a dor de perdê-las, a que nosso espírito dá em certa medida a forma por ele desejada, essa dor é suportável e diferente daquela outra, menos humana, menos nossa, tão estranha e imprevista quanto um acidente no mundo moral e na zona do coração — que tem como causa menos diretamente as próprias criaturas, do que o modo pelo qual soubemos que não tornaríamos a vê-las. Eu podia pensar em Albertine e chorar docemente, concordando em não vê-la esta noite, como já ontem não a vira; ler outra vez: *Minha decisão é irrevogável* era outra coisa, era como ingerir um medicamento perigoso, que me provocasse uma crise cardíaca a que eu não pudesse sobreviver. Há nas coisas, nos fatos e nas cartas de rompimento um perigo particular, que amplia e desnatura a própria dor que as pessoas podem causar-nos. Mas este sofrimento durou pouco. Apesar de tudo, eu estava tão convencido do êxito e da habilidade de Saint-Loup, a volta de Albertine me parecia tão certa, que perguntava a mim mesmo se tinha razão para desejá-la. E, contudo, alegrava-me com ela. Infelizmente, pois parecia encerrado o caso da Segurança, Françoise me comunicou que um inspetor viera perguntar se tinha o hábito de trazer moças para casa; supondo que ele se referia a Albertine, o porteiro respondera afirmativamente, e desde então a casa passou a ser vigiada. Daí por diante, seria impossível, por ocasião de meus desgostos, mandar vir uma garota para me consolar, sem o risco de passar diante dela pela vergonha de ver surgir um policial, e ela me tomar por um malfeitor. Ao mesmo tempo, compreendi como vivemos mais em função de certos sonhos do que imaginamos, pois a impossibilidade de acalentar jamais uma garota me pareceu tirar à vida todo seu valor; mas, além disso, descobri também como é compreensível que certas pessoas recusem facilmente a riqueza e se arrisquem à morte, contrariando nossa suposição de que o interesse e o medo de morrer governam o mundo. Pois se eu pudesse imaginar que até uma garota desconhecida, à chegada de um policial, faria uma ideia vergonhosa de mim, como teria preferido matar-me! Não havia mesmo comparação possível entre os dois sofrimentos. Ora, na vida, nunca reparamos em que as pessoas a quem oferecemos dinheiro ou a quem ameaçamos de morte podem ter amantes, ou simplesmente camaradas, a cuja estima deem grande apreço, ainda quando não se estimem a si mesmas. Mas, de repente, por uma confusão de que dava conta (não pensei, de fato, que, sendo maior, Albertine podia morar comigo, e até ser minha amante), me pareceu que a corrupção de menores era também aplicável a Albertine. Então, senti a vida trancada por todos os lados. E ao pensar que não vivera castamente em sua companhia encontrei, na punição que me fora infligida por haver obrigado uma garota desconhecida a aceitar dinheiro, essa relação que existe quase sempre nos castigos humanos, e que faz que não haja, quase nunca, nem condenação justa nem erro judiciário, mas sim uma espécie de harmonia entre a ideia falsa que o juiz concebe de um ato inocente e os fatos culposos que ele ignorou. Mas então, ao pensar que a volta de Albertine talvez me acarretasse uma condenação infamante, degradando-me a seus olhos, e lhe causasse um dano que ela própria não perdoaria, deixei de desejar essa volta, que me assustava. Queria telegrafar-lhe que não voltasse. E logo, submergindo tudo mais, invadiu-me o desejo apaixonado de que voltasse. E que, tendo considerado por um instante a possibilidade de dizer-lhe que não voltasse, e de viver sem ela, de repente me senti, pelo contrário, prestes a sacrificar todas as viagens, todos os prazeres, todos os trabalhos, para que Albertine voltasse. Ah!, como esse amor a Albertine, de que eu julgava poder calcular a sorte, à vista do que eu dedicara a Gilberte, se desenvolvera em perfeito contraste com este último! Como era impossível ficar sem vê-la! E para cada ato, por mínimo que fosse, mas envolto antes na atmosfera propícia que era a presença de Albertine, precisava eu, de cada vez, à custa de novos esforços, e com a mesma dor, recomeçar a aprendizagem da separação. Depois, a concorrência das outras formas da vida deixou na sombra essa nova dor, e, durante esses dias, os primeiros da primavera, na esperança de que Saint-Loup pudesse ver a sra. Bontemps, tive mesmo, ao imaginar Veneza e lindas mulheres desconhecidas, alguns momentos de calma agradável. Assim que me apercebi disto, senti um terror pânico. A calma que acabara de gozar era a primeira aparição dessa grande força intermitente, que ia lutar em mim contra a dor, contra o amor, e acabaria vitoriosa. Isso de que eu acabava de experimentar o antegozo e de conhecer o presságio era, por um instante apenas, o que mais tarde constituiria em mim um estado permanente, uma vida em que eu não poderia mais sofrer por Albertine, em que não amaria mais. E meu amor, que acabava de reconhecer o único inimigo pelo qual poderia ser vencido, o Esquecimento, estremeceu como o leão, na jaula em que o trancaram, ao avistar subitamente o píton que há de devorá-lo.

Pensava o tempo todo em Albertine, e jamais, ao entrar no quarto, Françoise me dizia bastante depressa: "Não há cartas", para abreviar minha angústia. Mas, de tempos em tempos, fazendo passar essa ou aquela corrente de ideias através de meu desgosto, eu conseguia renovar, arejar um pouco a atmosfera viciada do coração; à noite, porém, se conseguia adormecer, era como se a lembrança de Albertine fosse o remédio que me proporcionara o sono, e cujo efeito, ao acabar, me despertasse. Pensava nela o tempo todo, enquanto dormia. Era um sono especial, seu, que ela me proporcionava, e no qual, de resto, eu não teria mais liberdade que durante a vigília de pensar noutra coisa. O sono e sua lembrança eram duas substâncias misturadas que nos dão a tomar de uma só vez, para dormir. De resto, acordado, meu sofrimento ia aumentando a cada dia, em lugar de diminuir, não porque o esquecimento deixasse de executar sua obra, mas porque, por isso mesmo, favorecia a idealização da imagem saudosa, e, desse modo, a assimilação de meu sofrimento inicial a sofrimentos análogos, que o reforçavam. Até que essa imagem era suportável. Mas, se de repente eu pensava em seu quarto, nesse quarto onde a cama permanecia vazia, em seu piano, em seu automóvel, perdia as forças, fechava os olhos e reclinava a cabeça sobre o ombro, como alguém prestes a desmaiar. O ruído das portas me fazia quase o mesmo mal, porque não era ela quem as abria.

Quando se tornou possível a chegada de um telegrama de Saint-Loup, não tive coragem de perguntar: "Há algum telegrama?". Chegou, afinal, mas apenas adiando tudo, dizendo: "Senhoras ausentes três dias". Sem dúvida, se eu suportara os quatro dias que já se haviam passado depois que ela se fora, era porque dizia a mim mesmo: "É só uma questão de tempo, antes do fim da semana ela estará aqui". Mas esta razão não impedia que para meu coração, para meu corpo, o ato a realizar fosse o mesmo: viver sem ela, chegar em casa e não encontrá-la, passar diante da porta de seu quarto — abri-la, ainda não tinha coragem para tanto — sabendo que ela não estava lá, deitar-me sem lhe dizer boa-noite, eis aí coisas que meu coração tivera de executar em sua terrível integralidade, como se eu não devesse mais tornar a ver Albertine. Mas o fato de já as ter executado quatro vezes provava que era capaz, agora, de continuar a executá-las. E daí a pouco, talvez, a razão que me ajudava assim a continuar vivendo — o próximo regresso de Albertine —, essa razão, eu deixaria de precisar do seu apoio (poderia dizer a mim mesmo: "*Ela não voltará nunca mais*", e viver apesar de tudo, como já o fizera durante quatro dias), à maneira do homem ferido que recobra o hábito de andar e pode dispensar as muletas. Sem dúvida, à noite, voltando para casa, eu encontrava ainda, a cortar-me a respiração, a sufocar-me com o vazio da solitude, as lembranças, justapostas numa série interminável, de todas as noites em que Albertine me esperava: mas já encontrava também a lembrança da véspera, da antevéspera e das duas noites precedentes, quero dizer, a lembrança das quatro noites transcorridas após a viagem de Albertine, durante as quais eu passara sem ela, sozinho, e entretanto vivera, quatro noites já, compondo uma faixa de lembranças muito tênue ao lado da outra, mas que cada nova manhã iria talvez acolchoando. Nada direi sobre a declaração que recebi nesse período, em carta de uma sobrinha da sra. de Guermantes, considerada a moça mais bonita de Paris, nem sobre as sondagens que me fez o duque de Guermantes, em nome dos pais, resignados, pela felicidade da filha, à desigualdade social do partido e a um casamento impróprio. Tais incidentes, que poderiam ser gratos ao amor-próprio, são dolorosos demais quando amamos. Gostaríamos, mas não cometemos essa indelicadeza, de comunicá-los à mulher que faz de nós um juízo menos desfavorável, embora este não fosse modificado se ela soubesse que podemos ser objeto de outro muito diferente. O que me escrevera a sobrinha do duque só poderia impacientar Albertine. Como no momento de acordar, em que retomava meu desgosto no ponto em que eu ficara antes de adormecer, à maneira do livro fechado por um instante e que não me deixaria mais até a noite, só a um pensamento relativo a Albertine é que podia ligar-se para mim toda sensação, vinda de fora como de dentro. A campainha tocava: é uma carta sua, é ela própria, talvez! Se me sentia bem-disposto, e não demasiado infeliz, já não era ciumento, não tinha mais queixas dela, gostaria de tornar a vê-la depressa, beijá-la, passar alegremente a vida inteira em sua companhia. Telegrafar-lhe: *Venha depressa*, me parecia ter se convertido numa coisa muito simples, como se meu novo estado de espírito houvesse mudado, não apenas minhas disposições, mas também as coisas exteriores, tornando-as mais fáceis. Se meu ânimo era sombrio, toda a minha raiva contra ela voltava, já não sentia vontade de beijá-la, mas, ante a impossibilidade de vir a ser feliz por seu intermédio, queria fazer-lhe mal, impedi-la de pertencer a outros. Mas esses humores opostos conduziam a idêntico resultado: era necessário que ela voltasse o mais depressa possível. E contudo, por maior que fosse a alegria que, de momento, essa volta pudesse me proporcionar, eu sentia que daí a pouco as mesmas dificuldades se apresentariam, que a busca da felicidade pela satisfação do desejo moral era tão ingênua como o projeto de alcançar o horizonte caminhando para frente. Quanto mais avança o desejo, tanto mais a posse verdadeira se afasta. De sorte que, se a felicidade, ou, pelo menos, a ausência de sofrimento, pode ser encontrada, não é satisfação, e sim a redução progressiva, a extinção final do desejo, que devemos procurar. Procuramos ver o objetivo do nosso amor; devíamos procurar não vê-lo: só o esquecimento acaba trazendo a extinção do desejo. E imagino que, se um escritor formulasse verdades deste gênero, o livro que as contivesse, ele o dedicaria a certa mulher, de quem lhe fosse agradável reaproximar-se nesse ensejo, dizendo-lhe: "Este é o teu livro". E assim, dizendo verdades no livro, mentiria na dedicatória, pois só lhe importa que o livro seja dessa mulher como lhe importa a joia que dessa mulher recebeu, e que lhe será preciosa apenas enquanto amar a sua ofertante. Os laços entre uma pessoa e nós só existem em nosso pensamento. Ao debilitar-se, a memória os afrouxa, e, malgrado a ilusão com que gostaríamos de nos enganar, e com a qual, por amor, por amizade, por respeito humano, por dever, enganamos os outros, nós existimos sozinhos. O homem é a criatura que não pode sair de si, que só conhece os outros em si, e, dizendo o contrário, mente. Eu teria tanto medo, se houvesse alguém capaz de fazê-lo, que me retirassem essa precisão dela, esse amor a Albertine, que me persuadia de que ele era inestimável para minha vida. Poder ouvir, sem encantamento e sem dor, os nomes das estações por onde o trem passava para ir à Touraine me teria parecido uma diminuição de mim mesmo (no fundo, simplesmente porque isto teria provado que Albertine se ia tornando indiferente para mim); era bom, dizia comigo, que ao me perguntar continuamente o que estaria ela fazendo, pensando ou querendo a cada instante, se ela esperava e se iria voltar, mantivesse eu aberta essa porta de comunicação que o amor rasgara em mim, e sentisse a vida de uma outra pessoa inundar, pelas represas abertas, o reservatório que não desejaria ficar outra vez estagnado. E logo, como o silêncio de Saint-Loup se prolongasse, uma ansiedade secundária — espera de um novo telegrama, de um telefonema de Saint-Loup — mascarou a primeira, a inquietação do resultado, de saber se Albertine voltaria. Escutar o menor ruído, à espera do telegrama, tornara-se para mim tão insuportável que parecia-me, qualquer que fosse o telegrama, e era a única coisa em que eu pensava agora, sua chegada poria fim a meus sofrimentos. Entretanto, ao receber, afinal, um telegrama de Robert, dizendo-me que se avistara com a sra. Bontemps, mas, apesar de todas as precauções, fora visto por Albertine, e isso estragara tudo, explodi de fúria e desespero, pois era isso o que eu acima de tudo quisera evitar. Conhecida por Albertine, a viagem de Saint-Loup dava-me um ar de submissão que só serviria para induzi-la a não voltar, e o horror a essa submissão, de resto, era tudo quanto eu guardara do orgulho que meu amor tivera ao tempo de Gilberte, e que perdera. Maldizia Robert. Depois, disse a mim mesmo que se esse meio não dera certo, eu arranjaria outro. Já que o homem pode agir sobre o mundo exterior, como é que, movimentando esperteza, inteligência, interesse, afeição, não chegaria eu a eliminar esta coisa atroz: a ausência de Albertine? Achamos que, conforme nosso desejo, mudaremos as coisas em torno; achamos isso porque, fora daí, não vemos solução favorável. Não pensamos na que se verifica mais frequentemente, e é favorável também: não chegamos a mudar as coisas conforme nosso desejo, mas, pouco a pouco, é nosso desejo que muda. A situação que esperávamos mudar, porque nos era insuportável, torna-se indiferente. Não podemos suportar o obstáculo como queríamos a todo transe, mas a vida nos fez contorná-lo e ultrapassá-lo, e, ao nos voltarmos para as lonjuras do passado, mal podemos distingui-lo, de tal modo se tornou ele imperceptível.

Escutei, no andar superior ao nosso, as árias de *Manon* tocadas por uma vizinha. Apliquei essas palavras, que eu conhecia, a Albertine e a mim e fui presa de um sentimento tão profundo que comecei a chorar. Eram assim:

Hélas, l'oiseau qui fuit ce qu'il croit l'esclavage,
Le plus souvent, la nuit
D'un vol désespéré revient battre au vitrage.

e, sobre a morte de Manon:

Manon, réponds-moi donc, seul amour de mon âme,
Je n'ai su qu'aujourd'hui la bonté de ton coeur.[5]

Se Manon voltara para Des Grieux, parecia-me que eu era para Albertine o grande amor de sua vida.[6] Ai de mim! É provável

5 "Da suposta prisão foge o pássaro,/ na maioria das vezes, durante a madrugada/ esvoaça e em desespero vem chocar-se na vidraça.// Responde, pois, Manon, meu grande amor,/ Só hoje descobri de tu 'alma a secreta bondade." (N. do T.) A edição consultada por Drummond não trazia o segundo verso ("*Le plus souvent, la nuit*") e, por isso, o tradutor também não incluiu sua tradução em nota. Além disso, num primeiro momento, não aparecia a especificação de que as árias eram da peça *Manon*.

6 Citação de trechos da peça *Manon*, de Jules Massenet. A jovem Manon tem como lema de vida "passar a vida inteira se divertindo!". Quando conhece Des Grieux, os dois fogem de Amiens para Paris com a promessa de felicidade a dois. A família de

que, se Albertine houvesse escutado naquele momento a mesma ária, não seria eu que a teria amado sob o nome de Des Grieux, e, mesmo que lhe ocorresse semelhante ideia, minha lembrança a impediria de enternecer-se ouvindo essa música, que afinal de contas se enquadrava bastante, apesar de mais bem escrita e mais fina, no gênero que ela apreciava. Quanto a mim, não tive coragem de abandonar-me a tamanha doçura, nem de pensar que Albertine me chamava de "meu grande amor" e reconhecera ter se enganado quanto à "suposta prisão". Eu sabia que não podemos ler um romance sem emprestar à heroína os traços daquela a quem amamos. Mas é inútil que o desfecho seja feliz: nosso amor não progrediu um palmo, e, ao fecharmos o livro, aquela a quem amamos, e que finalmente viera até nós no romance, nem por isso gosta mais de nós na vida. Furioso, telegrafei a Saint-Loup que voltasse o mais depressa possível a Paris, a fim de, pelo menos, evitar o aspecto de uma insistência impertinente, na missão que eu tanto quisera ocultar. Mas, antes mesmo que ele tivesse voltado segundo minhas instruções, foi da própria Albertine que recebi esta carta:

"Meu amigo, você mandou seu amigo Saint-Loup procurar minha tia, o que foi insensato. Meu querido amigo, se precisava de mim, por que não me escreveu diretamente? Eu me sentiria tão feliz em voltar!". Se dizia isso, então é porque se arrependera

---

Des Grieux consegue separá-los e ele vai para o convento de Saint-Sulpice. Mesmo com a relação interrompida, Manon continua eufórica: "Aproveitemos bastante da juventude,/ Dos dias que a primavera nos traz;/ Amemos, vivamos, cantemos sem parar,/ Temos apenas vinte anos". A citação do pássaro que volta à sua prisão faz parte do terceiro ato da peça, quando, arrependida, Manon vem procurar Des Grieux no convento. O herói proustiano também gostaria que o final de sua relação com Albertine envolvesse arrependimento por parte da "prisioneira", subitamente consciente do valor de sua "prisão". Ele, entretanto, omite a alusão ao final da peça, quando, salva da prisão por Des Grieux, Manon, agonizando, é tomada de bondade repentina, associada à própria constatação da proximidade da morte: "Único amor de minha alma! Só hoje estou me dando conta da bondade de seu coração! [...] Manon pede perdão, piedade por seus erros". E cai morta na última cena da peça. (N. do R.T.)

de haver partido, e só estava à espera de um pretexto para voltar. Portanto, bastava-me fazer o que ela dissera, escrever-lhe que precisava dela, e Albertine voltaria. Ia pois tornar a vê-la, a essa Albertine de Balbec (pois, desde que se fora, voltara a sê-lo para mim; como um caracol marinho em que já não prestamos atenção, de tanto conservá-lo em cima da cômoda, e no qual, desde que nos separamos dele, porque o demos ou perdemos, ficamos a pensar, o que não fazíamos mais, ela me lembrava toda a jovial beleza das montanhas azuis do mar). E não era somente ela que se tornara um ser de imaginação, isto é, apetecível, pois também a vida em sua companhia se convertera numa vida imaginária, isto é, liberta de todas as dificuldades, de sorte que eu pensava comigo: "Como seremos felizes!". Mas, desde que tinha certeza dessa volta, não convinha parecer que buscava precipitá-la, e sim, pelo contrário, apagar a má impressão causada pela missão de Saint-Loup, que mais tarde eu poderia desautorar, dizendo que ele agira por conta própria, como partidário que sempre fora de nosso casamento.

Enquanto isso, relia sua carta e, apesar de tudo, me sentia decepcionado com o pouco que uma carta contém de uma pessoa. Sem dúvida, as letras traçadas exprimem nosso pensamento, como também o fazem nossos traços fisionômicos: é sempre diante de um pensamento que nos encontramos. Mas, apesar de tudo, na pessoa, o pensamento só nos aparece depois de se haver difundido nessa corola do rosto desabrochado como um nenúfar. Isso, afinal de contas, o modifica muito. E, talvez, uma das causas de nossas perpétuas decepções em amor esteja nesses perpétuos desvios que fazem com que, à espera da pessoa ideal a quem amamos, cada encontro nos traga, em resposta, uma pessoa de carne em que já existe tão pouco do nosso sonho. Depois, quando reclamamos algo dessa pessoa, dela recebemos uma carta em que da pessoa mesma resta muito pouco, tal como, nas letras de álgebra, já existe a determinação das cifras da aritmética, as quais, por sua vez, não encerram mais as propriedades das flores ou dos frutos somados. E contudo, o amor, a criatura amada, suas cartas, são talvez, afinal de contas, traduções (por menos satisfatório que seja passar de uma a outra) da mesma realidade, pois essa carta que nos parece insuficiente quando a lemos, nós suamos frio enquanto ela não chegava e basta para acalmar nossa angústia, quando não para saciar, com seus sinaizinhos negros, nosso desejo que sabe muito bem que ali só existe, apesar de tudo, a equivalência de uma palavra, de um sorriso, de um beijo, e não realmente essas coisas.

Escrevi a Albertine:

> Minha amiga, eu ia justamente escrever-lhe, e agradeço-lhe por me dizer que, se houvesse precisado de sua presença, você teria acudido logo; fica-lhe muito bem compreender de maneira tão elevada o devotamento a um velho amigo, e minha estima só pode aumentar com isso. Contudo, não lhe pedi tal coisa, nem pedirei; tornar a ver-nos, pelo menos durante muito tempo ainda, talvez não fosse penoso para você, jovem insensível. Para mim, a quem por vezes você julgou tão indiferente, seria muito. A vida nos separou. Você tomou uma resolução que me parece muito ajuizada, e tomou-a no momento exato, com um pressentimento maravilhoso: foi-se embora no dia em que eu acabava de obter o consentimento de mamãe para pedir você em casamento. Ia contar-lhe tudo ao acordar, logo que recebi a carta dela (ao mesmo tempo em que a sua). Talvez você ficasse com medo de me fazer sofrer, indo embora nessa ocasião. Teríamos, talvez, ligado nossas vidas por aquilo que seria para nós ambos, quem sabe, a pior das desgraças. Se isso estava para acontecer, bendita a sua sabedoria. Perderíamos todos os seus frutos se nos tornássemos a ver. Não é que isso não constitua para mim uma tentação. Mas é pequeno o meu merecimento em resistir. Você sabe como eu sou inconstante, como esqueço depressa. Não mereço que tenham pena de mim.[7]

7 Frase que é um acréscimo à edição original do texto pela Pléiade. (N. do R.T.)

Você mesma já me disse isso tantas vezes: sou, acima de tudo, um homem cheio de hábitos. Os que começo a adquirir longe de você não são bem fortes. Evidentemente, neste instante, os que eu contraí em sua companhia, e que o seu afastamento perturbou, ainda são mais fortes. Não o serão por muito tempo. Justamente por isso pensei em aproveitar esses poucos e últimos dias em que nos vermos não seria ainda para mim o que será daqui a uma quinzena, talvez menos (desculpe a franqueza) um incômodo — pensei em aproveitá-los, antes do esquecimento final, para resolvermos juntos algumas pequenas questões materiais em que você, minha boa e encantadora amiga, poderia ser útil a quem durante cinco anos se imaginou seu noivo. Como eu não punha em dúvida a aprovação de mamãe, e como, por outro lado, desejava que tivéssemos ambos essa liberdade que você me havia tão gentil e fartamente sacrificado — sacrifício que se poderia admitir para uma vida em comum de algumas semanas, mas que se teria tornado tão odioso para você como para mim, agora que devíamos passar a vida inteira juntos (quase me dá pena, no momento em que lhe escrevo, pensar que isso esteve a pique de acontecer, esteve por poucos segundos) —, tinha pensado em organizar nossa existência da maneira mais independente possível. Para começar, queria que você possuísse aquele iate no qual poderia viajar, enquanto eu, demasiado doente, ficaria à sua espera no porto (já havia escrito a Elstir para me aconselhar, pois você aprecia o gosto dele); em terra, eu desejava que você dispusesse de um automóvel só seu, absolutamente seu, em que saísse e viajasse ao sabor de sua fantasia. O iate já estava quase pronto; de acordo com o desejo manifestado por você em Balbec, chama-se *O Cisne*. E, lembrando-me de que você preferia os carros Rolls Royce a quaisquer outros, eu tinha encomendado um. Ora, já que nunca mais nos veremos, e como não espero fazê-la aceitar o barco nem o carro (a mim eles não servirão para nada), eu pensava — pois fiz a encomenda a um intermediário, mas em seu nome — que talvez pudesse, cancelando a encomenda, evitar-me esse iate e esse carro, já agora inúteis. Mas para isso, e para muitas outras coisas, seria preciso conversar. Ora, parece que enquanto eu for suscetível de gostar de você (o que vai durar muito) seria loucura, por causa de um barco a vela e de um Rolls Royce, nos tornarmos a ver, arriscando a felicidade de sua vida, pois você acredita que ela consiste em viver longe de mim. Não, prefiro ficar com o Rolls Royce e até com o iate. E como não me servirei deles, e ambos provavelmente ficarão, o resto da vida, um no porto, desarmado, outro na cocheira, mandarei gravar no... (meu Deus, não tenho coragem de empregar um nome inexato de peça, cometendo uma barbaridade que a chocaria) do iate estes dois versos de Mallarmé, de que você gostava tanto:

Un cygne d'autrefois se souvient que c'est lui
Magnificent mais qui sans espoir se délivre
Pour n'avoir pas chanté la région ou vivre
Quand du stérile hiver a respiendi l'ennui.[8]

Lembra-se? São daquele poema que começa assim: *'Le vierge, la vivace et le bel aujourd'hui*".[9] Ai de mim! 'Hoje' não é mais virgem, nem belo. Mas aqueles que sabem, como eu, que bem depressa farão desse 'hoje' um 'amanhã' suportável, também são pouco *suportáveis*. Quanto ao Rolls Royce, merece antes aqueles versos do mesmo poeta, que você dizia não compreender:

Tonnerre et rubis aux moyeux
Dis si je ne suis pas joyeux
De voir dans l'air que ce feu trouc

8 "Um cisne de outro tempo e que se reconhece/ Magnificente e sem alento se desprende/ Por não haver cantado a terra de refúgio/ Quando o infecundo inverno em tédio resplandece." (N. do T.)
9 "O virgem, o vivaz, o belo dia de hoje." (N. do T.)

Flamber les royaumes épars
Que mourir pourpre la roue
Du seul vespéral de mes chars.[10]

Adeus para sempre, minha querida Albertine, e obrigado também pelo lindo passeio que fizemos juntos, na véspera de nossa separação. Conservo dele uma lembrança bem agradável.
P.S. Não respondo ao que você me diz sobre uma suposta interferência de Saint-Loup (de resto, não creio absolutamente que ele esteja na Touraine) junto a sua tia. Isto é puro Sherlock Holmes. Que ideia você faz de mim?

Sem dúvida, da mesma maneira que, tempos atrás, eu dissera a Albertine: "Não gosto de você", para que ela gostasse de mim; "esqueço as pessoas quando deixo de vê-las", para que ela me viesse ver muitas vezes; "resolvi deixá-la", para prevenir qualquer ideia de separação, agora, era por querer absolutamente que ela voltasse dentro de oito dias que eu lhe escrevia: "Acho perigoso tornar a vê-la"; porque viver separado dela me parecia pior do que

10 "No eixo relâmpago e rubis/ Dize se não estou feliz/ Vendo no ar que este fogo corta// E queimar os reinos esparsos/ Extinguir-se púrpura a roda/ De um só vesperal de meus carros." (N. do T.)
A primeira edição do traz pequenos erros no poema de Mallarmé, que foram corrigidos na nova edição da Pléiade. Por isso, a tradução original de Drummond recebeu alguns ajustes. Citação de versos de dois sonetos de Stéphane Mallarmé: o primeiro, indicado pelo herói, se inicia por "O virgem, o vivaz e belo dia de hoje". A segunda sequência de versos, também de Mallarmé, são os versos invertidos dos tercetos do soneto sem título que começa por "Introduzir-me em tua história". A citação de poemas muito sofisticados, que parecem ter feito parte da intimidade do casal, reforça um elemento essencial da relação dos dois: o do desenvolvimento artístico e intelectual de Albertine no contato com o herói. Nesse sentido, as citações de Mallarmé são, como o carro de luxo e o iate, elementos da atração que o convívio com o herói pode ter para a jovem de origem humilde. O tema dos poemas partilhados entre um casal retorna mais adiante, na cena em que o barão de Charlus recita versos para Morel. (N. do R.T.)

a morte, é que eu lhe escrevia: "Você tinha razão, juntos seríamos infelizes". Pobre de mim! Ao escrever-lhe, para simular que não fazia caso dela (única prova de orgulho remanescente de meu antigo amor por Gilberte em meu amor por Albertine),[11] e também pela doçura de dizer certas coisas que só podiam me comover a mim e não a ela, primeiro deveria prever que tal carta teria como resultado uma resposta negativa, isto é, confirmando o que eu dizia; era até provável que isso acontecesse, pois, mesmo que Albertine fosse menos inteligente do que na realidade era, não duvidaria um instante da falsidade de minhas palavras. Com efeito, pondo de lado as intenções que eu anunciava nessa carta, o simples fato de a ter escrito, mesmo que não se seguisse à missão de Saint-Loup, bastava para provar que eu desejava sua volta, e induzi-la a deixar que eu me fisgasse cada vez mais ao anzol. Depois, tendo previsto a possibilidade de uma resposta negativa, eu devia prever, ainda, que essa resposta bruscamente me restituiria, em sua extrema vivacidade, meu amor a Albertine. E deveria, ainda antes de mandar a carta, perguntar a mim próprio se, no caso de Albertine responder no mesmo tom e não querer voltar, eu seria bastante senhor de meu sofrimento para me impor silêncio e não lhe telegrafar: "Volte", nem lhe mandar um emissário. Depois de lhe ter escrito que não mais nos veríamos, isto seria mostrar, até a última evidência, que eu não podia passar sem ela, dando como resultado que ela recusasse mais energicamente ainda, e que, não podendo mais suportar minha angústia, corresse eu a sua casa, quem sabe, talvez para não ser recebido. E esta dúvida teria sido, depois de três enormes inabilidades, a pior de todas, pelo que não me restaria outra coisa a fazer senão suicidar-me à porta de sua casa. A maneira desastrosa como é construído o universo psicopatológico exige, porém, que o ato desajeitado, o ato que cumpriria evitar acima de tudo, seja precisamente aquele que, abrindo, até

11 O trecho entre parênteses é acréscimo da edição da Bibliothèque de la Pléiade. (N. do R.T.)

que lhe saibamos o resultado, novas perspectivas de esperança, nos desembaraça momentaneamente do sofrimento intolerável que a recusa fizera nascer em nós. De sorte que, quando o sofrimento é muito forte, nós nos precipitamos na inabilidade que consiste em escrever, em rogar por intermédio de outrem, em ir ver, em provar que não podemos passar sem a mulher amada.

Contudo, não previ nada disso. Parecia-me que essa carta, pelo contrário, faria Albertine voltar o mais depressa possível. Assim, pensando nesse resultado, sentia grande doçura em escrevê-la. Mas, ao mesmo tempo, escrevendo-a, não tinha parado de chorar; a princípio, como no dia em que eu simulara uma separação, porque as palavras, representando-me a ideia que exprimiam, embora tendessem a um fim contrário (pronunciadas mentirosamente, por orgulho, para não confessar que a amava), traziam em si sua tristeza, mas também porque eu sentia que essa ideia continha algo de verdadeiro. Parecendo seguro o efeito da carta, arrependi-me de havê-la mandado. Porque, ao imaginar a volta, afinal de contas tão fácil, de Albertine, bruscamente as razões que faziam de nosso casamento uma coisa má para mim, reapareceram com toda a força. Esperava que ela se recusasse a voltar. Punha-me a calcular que minha liberdade, e todo o futuro de minha vida, estavam suspensos a sua recusa; fizera uma loucura em escrever; deveria ter retomado essa carta, quando Françoise, ao me dar também o jornal que acabava de chegar, a trouxera de novo. Ela não sabia quantos selos devia pôr no envelope. Mas logo mudei de opinião; já não desejava que Albertine voltasse; queria, porém, que a decisão partisse dela, pondo termo a minha ansiedade, e resolvi restituir a carta a Françoise. Abri o jornal; anunciava um espetáculo da Berma.[12] Lembrei-me, então, das duas maneiras diferentes como eu escutara *Fedra*, e foi agora de uma outra e diversa maneira que pensei na

12 A edição consultada por Drummond trazia "morte da Berma", em vez de "espetáculo". (N. do R.T.)

cena da declaração.[13] Aquilo que eu havia recitado para mim mesmo tantas vezes, e escutara no teatro, parecia-me o enunciado de leis que eu tinha de experimentar em minha própria vida. Há em nossa alma coisas a que não sabemos como estamos presos. Se vivemos sem elas, é porque adiamos, com medo da derrota, ou do sofrimento, o instante de entrar-lhes na posse. É o que me acontecera com relação a Gilberte, quando supunha renunciar a ela. Se, antes do momento em que atingimos o completo desprendimento das coisas — momento bem posterior àquele em que nos julgamos desprendidos delas —, a moça a quem amamos, por exemplo, fica noiva, então enlouquecemos, já não podemos suportar a vida, que nos parecia tão melancolicamente calma. Ou, então, se a coisa está em nosso poder, acreditamos que ela representa uma carga, e a cederíamos de bom grado. É o que me havia acontecido com relação a Albertine. Mas, se uma viagem nos subtrai a criatura desdenhada, já não conseguimos viver. Ora, não é exato que o "enredo" de *Fedra* reunia os dois casos? Hipólito vai partir, e Fedra, que até então procurara oferecer-se à sua inimizade — por escrúpulo, como diz, ou melhor, como o poeta a obriga a dizer — porque não vê solução, e porque sente não ser amada, Fedra não resiste. Vai confessar-lhe seu amor, e é a cena que eu tantas vezes recitara:

On dit qu'un prompt départ vous éloigne de nous.[14]

Sem dúvida, pode-se julgar acessório este motivo da partida de Hipólito, ao lado do outro — a morte de Teseu. Da mesma ma-

13 O narrador remete ao momento crítico da peça, quando, na iminência da partida de Hipólito (filho de Teseu, seu marido, que ela supõe estar morto), Fedra lhe confessa seus sentimentos e, diante do espanto e da recusa deste, ela leva a confissão às últimas consequências. A partida repentina de Albertine modifica radicalmente a postura do herói, colocando-o em contato com o amor que ainda sente por ela e que parecia extinto. Esboça-se aqui nova semelhança entre as situações: assim como na tragédia de Racine, um destino sombrio aguarda o ser amado em fuga. (N. do R.T.)
14 "Dizem que breve ireis para longe de nós." (N. do T.)

neira, quando, alguns versos mais adiante, Fedra simula por um instante haver sido mal compreendida:

Aurais-je perdu tout le soin de ma gloire?[15]

pode-se acreditar que é porque Hipólito repeliu sua declaração:

Madame, oubliez-vous que Thésée est mon père, et qu'il est votre époux[16]

Ainda, porém, que ele não manifestasse tal indignação, Fedra poderia sentir do mesmo modo, em face da felicidade, que esta valia muito pouco. Vendo, entretanto, que não alcançara a felicidade, e que Hipólito julga ter compreendido mal, e se desculpa, então — assim como eu, querendo restituir a carta a Françoise — deseja ela que a recusa venha dele, e quer arriscar a sorte até o fim:

Ah! cruel, tu m'as trop entendue.[17]

E até as grosserias que, segundo me contaram, Odette fizera a Swann, e eu a Albertine, grosserias que substituíram o amor inicial por um novo, feito de piedade, de enternecimento, de necessidade de efusão, e que não é senão uma variante do primeiro, também elas se acham nesta cena:

Tu me haïssais plus, je ne t'aimais pas moins.
Tes malheurs te prêtaient encore de nouveaux charmes.[18]

15 "Haveria eu perdido o zelo de minha honra?" (N. do T.)
16 "Senhora, estais lembrada que Teseu é meu pai e também vosso esposo?" (n.do t.)
17 "Ah, cruel, tu bem me compreendeste!" (N. do T.)
18 "Porque me odiavas, eu não te amava menos.// Cada nova desgraça era um teu novo encanto." (N. do T.)

A prova de que o "zelo de sua honra" não é o que mais interessa Fedra está em que ela perdoaria a Hipólito e recusaria os conselhos de Oenone, se nesse momento não viesse a saber que Hipólito gosta de Arícia. De tal modo o ciúme, que no amor equivale à perda total da felicidade, é mais sensível do que a honra. Então, Fedra permite a Oenone (que, sob esse nome, é apenas a pior parte dela mesma) caluniar Hipólito, sem chamar a si o "encargo de defendê-lo", e ainda conduz aquele que não a quer a um destino cujas calamidades, de resto, não a consolam de modo algum, pois sua morte voluntária se segue imediatamente à de Hipólito. E pelo menos assim, reduzindo a parte dos escrúpulos "jansenistas", como diria Bergotte, que Racine atribuíra a Fedra, para torná-la na aparência menos culpada, que eu imaginava tal cena, espécie de profecia dos episódios amorosos de minha própria existência. Tais reflexões, de resto, em nada haviam alterado minha deliberação — e entreguei a carta a Françoise, para que a pusesse finalmente no correio, com intenção de realizar junto a Albertine essa tentativa que, sabendo não se ter efetuado, já agora me parecia indispensável. Sem dúvida, erramos ao acreditar que a consumação de nosso desejo signifique pouca coisa, pois, desde que supomos que ele não se pode realizar, de novo nos apegamos a ele, e só admitimos que não valia a pena ir-lhe à caça quando já estamos certos de atingi-lo. Contudo, assim mesmo temos razão. Porque, se essa realização e essa felicidade só se nos afiguram mesquinhas à luz da certeza, a verdade é que são qualquer coisa de instável, de que não podem resultar senão aborrecimentos. E serão estes tanto mais vivos quanto mais completamente se realizar o desejo, e mais impossíveis de suportar se, contra a lei da natureza, a felicidade se houver prolongado por algum tempo, recebendo a consagração do hábito. Em outro sentido também, as duas tendências — na espécie, a que me fazia ter empenho em que a carta seguisse, e a de, supondo a carta já expedida, arrepender-me — encerram, uma e outra, em si, a sua verdade. Quanto à primeira, é compreensível que corramos atrás de nossa felicidade — ou de nossa desgraça — e, ao mesmo tempo, desejemos colocar diante de nós, por meio desse ato novo que vai começar a desenrolar suas consequências, uma expectativa que não nos deixe entregues ao desespero absoluto — numa palavra: que procuremos fazer passar por outras formas, a nosso ver menos cruéis, o mal de que padecemos. Mas a outra tendência não é menos importante, pois, originária da crença no êxito de nossa iniciativa, constitui simplesmente o começo antecipado da desilusão que nos assaltaria logo, em presença da satisfação do desejo, ou o pesar de se haver fixado para nós, à custa das demais excluídas, certa forma de felicidade. Eu entregara a carta a Françoise, pedindo-lhe que fosse levá-la depressa ao correio. Logo que a carta seguiu, voltei a considerar iminente o regresso de Albertine. Não deixava ele de sugerir-me graciosas imagens, que, com sua doçura, neutralizavam um pouco os perigos que eu vislumbrava nessa volta. Doçura, há tanto perdida, de tê-la perto de mim, e que me embriagava.

O tempo passa, e pouco a pouco todas as nossas palavras mentirosas se tornam verdadeiras, como já o experimentara eu, demasiadamente, com Gilberte; a indiferença que aparentava quando vivia soluçando acabara por se fazer efetiva; e, pouco a pouco, a vida — como dissera a Gilberte, numa fórmula mentirosa, mas que, retrospectivamente, se tornara verdadeira —, a vida nos tinha separado. Eu sabia disso, e dizia comigo: "Se Albertine deixa passar algum tempo, minhas mentiras se converterão em verdade. E agora que o mais duro já se foi, não seria melhor que ela deixasse passar este mês? Se Albertine voltar, terei de renunciar a esta vida verdadeira, que, por certo, não estou ainda em condições de apreciar, mas que, progressivamente, poderá começar a exibir-me seus encantos, à medida que se for atenuando a recordação de Albertine".

Disse que o esquecimento começara seu trabalho. Mas um dos efeitos do esquecimento era precisamente — fazendo com que muitos dos aspectos desagradáveis de Albertine, e dos momentos enfadonhos que eu passara em sua companhia, não se figurassem mais à minha memória, deixando, pois, de constituir motivos para desejar que ela não estivesse ali, como era meu desejo quando ela ainda estava —, um dos efeitos era dar-me dela uma imagem sumária, embelezada por todo o amor que eu havia dedicado a outras. Sob esta forma particular o esquecimento, que entretanto manobrava por me habituar à separação ao mostrar-me Albertine mais meiga, tinha como resultado que eu desejasse ainda mais o seu regresso.

Desde que ela se fora, quantas vezes, supondo que não se podia perceber sinais de lágrimas em meu rosto, chamei Françoise para dizer-lhe: "É preciso ver se a srta. Albertine não esqueceu nada. Trate de arrumar o quarto para que esteja em ordem quando ela voltar". Ou, simplesmente: "Ainda outro dia, a srta. Albertine me disse — olhe, justamente na véspera de viajar...". Queria eu diminuir em Françoise o execrável prazer que lhe causara a viagem de Albertine, deixando-lhe entrever que ele seria curto. Queria também mostrar que não tinha medo de aludir a essa viagem, apresentando-se à maneira de certos generais que a um recuo forçado chamam de retirada estratégica, segundo planos preestabelecidos — como coisa desejada, constituindo um episódio de que eu escondia momentaneamente a verdadeira significação, e de modo algum poderia ser interpretado como termo de minha amizade com Albertine. Pronunciando-lhe constantemente o nome, queria fazer, enfim, com que penetrasse de novo, como um pouco de ar, alguma coisa dela naquele quarto em que se fizera o vácuo após sua partida, e onde eu já não respirava mais. É assim que procuramos diminuir as proporções de nossa dor, introduzindo-a na linguagem falada, entre a encomenda de um terno e ordens para o jantar.

Ao arrumar o quarto de Albertine, bisbilhoteira, Françoise abriu a gaveta da mesinha de peroba rosa, em que minha amiga punha os objetos de que se despojava para dormir.

— Oh, senhor, a srta. Albertine esqueceu-se de levar os anéis! Ficaram na gaveta.

Meu primeiro movimento foi dizer: "É preciso mandá-los". Mas ficaria parecendo que eu não tinha certeza de sua volta.

— Bem — respondi, após um instante de silêncio —, quase não vale a pena mandá-los, ela estará fora por pouco tempo. Dê-me aqui, eu verei isso.

Françoise entregou-me os anéis, com certa desconfiança. Detestava Albertine; porém, julgando-me por si mesma, achava que não se podia confiar-me uma carta escrita por minha amiga, sem receio de que eu a abrisse.

— É bom o senhor tomar cuidado para não perder, pois são bonitos de verdade! Não sei quem deu a ela, se foi o senhor ou um outro, mas está se vendo que foi uma pessoa rica e de bom gosto...

— Não fui eu — respondi a Françoise —, e de resto os dois não foram dados pela mesma pessoa. Um é presente da tia, e o outro ela comprou.

— Não foram dados pela mesma pessoa?! O senhor está caçoando... São iguaizinhos, menos o rubi posto a mais neste aqui. Há a mesma águia nos dois, as mesmas iniciais por dentro...

Não sei se Françoise percebia o mal que me causava, mas esboçou um sorriso que não lhe abandonaria os lábios.

— Como, a mesma águia? Você está louca. No de rubis há realmente uma águia, mas no outro o que está cinzelado é uma espécie de cabeça de homem.

— Cabeça de homem?! Onde foi que o senhor viu isso? Eu vi, com os meus óculos, que é uma das asas da águia. Pegue na sua lente e verá a outra asa, do outro lado, e a cabeça e o bico no meio. Mas que trabalho bonito!

A ansiosa necessidade de saber se Albertine havia mentido fez-me esquecer que eu devia guardar certa dignidade perante Françoise e recusar-lhe o prazer maligno, senão de me torturar, pelo menos de desacreditar minha amiga. Eu arquejava, enquanto Françoise foi buscar a lente; peguei-a, pedi a Françoise que me mostrasse a águia no anel de rubis. Ela não teve dificuldade em me fazer reconhecer as asas, estilizadas da mesma maneira que no outro anel, o relevo de cada pluma e a cabeça. Fez-me observar também inscrições semelhantes, às quais, é verdade, se acrescentavam outras, no anel de rubis. E, na face interna dos dois, o monograma de Albertine.

— Mas estou espantada de ver que o senhor precisou disso tudo para descobrir que é o mesmo anel — disse Françoise. — Mesmo sem olhar de perto a gente percebe muito bem o mesmo jeito, a mesma maneira de preguear o ouro, a mesma forma. Só com uma olhadela eu era capaz de jurar que os dois vieram do mesmo lugar. Isto se percebe como o tempero de uma boa cozinheira.

E, de fato, à sua curiosidade de serviçal, atiçada pelo rancor e habituada a registrar minúcias com precisão assustadora, juntara-se, para auxiliá-la nesta perícia, o gosto que ela possuía, esse mesmo gosto, realmente, que revelava na cozinha, aguçado talvez, como eu percebera ao seguir para Balbec, em sua maneira de vestir, pela faceirice de mulher que tinha sido bonita e que reparara nas joias e *toilettes* das outras. Se eu me houvesse enganado com a caixinha de remédio e, em vez de tomar alguns comprimidos de veronal, num dia em que verificasse haver bebido chá em excesso, ingerisse outros tantos comprimidos de cafeína, meu coração não bateria com mais força. Pedi a Françoise que se retirasse. Desejaria ver Albertine imediatamente. Ao horror de sua mentira, ao ciúme em face do desconhecido, juntava-se a dor de que ela se tivesse deixado presentear assim. Mais a presenteava eu, é verdade, porém a mulher a quem mantemos não nos parece mantida enquanto não sabemos que o é por outros. E contudo, pois que gastara continuamente tanto dinheiro com ela, eu a aceitara apesar de tamanha baixeza moral; baixeza que mantivera nela, que aumentara talvez, talvez criara. Depois, como temos o dom de inventar histórias para embalar o sofrimento, ou, estando a ponto de morrer de fome, chegamos a persuadir-nos de que um desconhecido nos deixará uma fortuna de cem milhões, imaginei Albertine em meus braços, explicando-me, com uma só palavra, que fora por causa da semelhança de forma que ela comprara o outro anel, e ela ainda quem mandara gravar nele suas iniciais. Mas esta explicação ainda era frágil; não tivera tempo de afundar em meu espírito suas raízes benéficas, e a dor não podia apaziguar-se tão depressa. E eu cismava em tantos homens por aí, a dizerem que sua amante é muito delicada e sofrendo torturas semelhantes. É assim que mentem aos outros e a si próprios. Não mentem de todo; passam com essa mulher horas verdadeiramente gratas. Mas pensei em tudo que essa amabilidade que elas têm com eles diante dos amigos, e que os induz a se vangloriarem, em tudo que essa amabilidade que têm quando estão sozinhas com o amante recobre de horas desconhecidas, em que o amante sofreu, duvidou, andou por toda parte a pesquisar em busca da verdade! E a tais sofrimentos que está ligada a doçura de amar, de nos encantarmos com as palavras mais insignificantes de certa mulher, que sabemos ser insignificantes mas que perfumamos com o seu cheiro. Naquele momento, já não podia eu deleitar-me em aspirar, pela recordação, o perfume de Albertine. Consternado, com os dois anéis na mão, olhava para aquela águia impiedosa, cujo bico me lavrava o coração, cujas asas de plumas salientes haviam arrebatado a confiança que eu continuava a depositar na amiga, e sob cujas garras meu espírito dilacerado não podia fugir sequer por um instante às perguntas formuladas incessantemente em torno desse desconhecido de que a águia sem dúvida simbolizava o nome, sem contudo me permitir que o lesse, desconhecido que, sem dúvida, ela amara antigamente, com quem, sem dúvida, tornara a encontrar-se não havia muito tempo, pois foi no dia tão doce, tão familial, do nosso passeio no Bois que eu vi pela primeira vez o segundo anel, aquele em que a águia parecia mergulhar o bico na poça de sangue claro do rubi.[19]

De resto, se de manhã à noite eu não parava de sofrer com o afastamento de Albertine, isso não significava que só pensasse

19 O passeio a que se refere acontece no final de *A prisioneira*. (N. do R.T.)

nela. Por um lado, como o seu encanto, havia já muito tempo, conquistara gradativamente até mesmo os objetos mais distanciados dela, e que não ficavam menos eletrizados pela mesma emoção que ela me causava, se alguma coisa me fazia pensar em Incarville, nos Verdurin, ou em um novo papel de Léa, um fluxo de sofrimento vinha atingir-me. Por outro lado, aquilo que eu próprio chamava de "pensar em Albertine" era pensar nos meios de fazê-la voltar, de nos ligarmos de novo, de apurar o que estaria ela fazendo. De sorte que se, durante essas horas de martírio incessante, um gráfico pudesse representar as imagens que acompanhavam meu sofrimento, ver-se-iam nele a estação de Combray, as notas de banco oferecidas à sra. Bontemps, Saint-Loup debruçado à escrivaninha inclinada de uma agência de telégrafo, preenchendo para mim um formulário de telegrama — nunca a imagem de Albertine. Da mesma maneira que, no curso todo da vida, nosso egoísmo vê sempre a sua frente os objetivos preciosos para o nosso eu, sem olhar para esse mesmo eu que não para de considerá-los, assim também o desejo, que dirige nossos atos, desce até eles mas não remonta a si mesmo, seja porque, demasiado utilitário, se precipite na ação e desdenhe o conhecimento, seja porque procuramos o futuro para corrigir as decepções do presente, seja finalmente porque a inércia do espírito o leve a deslizar sobre a rampa lisa da imaginação, de preferência a galgar a outra, abrupta, da introspecção. Na realidade, nessas horas de crise em que jogaríamos toda a nossa vida, à proporção que a criatura de que ela depende revela melhor a imensidão do lugar que ocupa a nossos olhos, nada deixando no mundo que não se subverta por sua influência, proporcionalmente a imagem dessa criatura diminui até tornar-se imperceptível. Em todas as coisas encontramos o efeito de sua presença pela emoção que sentimos; ela própria, que é a causa, não a encontramos em parte alguma. Durante esses dias, sentia-me tão incapaz de imaginar Albertine que quase poderia acreditar que não a amasse, do mesmo modo que mamãe, nos instantes de desespero em que jamais lhe era possível imaginar minha avó (salvo uma vez, no encontro fortuito de um sonho, a que atribuía tamanho valor, embora dormindo, que se esforçava por prolongá-lo), teria podido acusar-se, e com efeito se acusava, de não sentir a perda de sua mãe, cuja morte entretanto a matava, mas cujos traços lhe fugiam à lembrança.

Por que haveria eu de acreditar que Albertine não gostava de mulheres? Porque me dissera, especialmente nos últimos tempos, que não gostava: mas por acaso nossa vida não repousava na constante mentira? E nem uma vez me dissera ela: "Por que é que não posso ter liberdade para sair? Por que você pergunta aos outros o que eu faço?". Mas era realmente uma vida bem singular, para que ela me deixasse de perguntar tais coisas, se não houvesse compreendido por quê. E, ao meu silêncio em torno dos motivos de sua clausura, não era compreensível que correspondesse, de sua parte, o mesmo e constante silêncio em torno de seus constantes desejos, suas inúmeras recordações, seus inúmeros desejos e esperanças? Françoise parecia saber que eu mentia quando aludi ao regresso próximo de Albertine. Sua crença parecia fundada em algo mais, além desta verdade que orientava habitualmente nossa criada — que os patrões não gostam de ser humilhados perante seus servidores, e só lhes dão a conhecer da realidade aquilo que não se afaste muito de uma ficção lisonjeira, própria a manter o respeito. Desta vez, a crença de Françoise se diria fundada em outra coisa, como se ela própria já houvesse entretido a desconfiança no espírito de Albertine, exacerbado sua raiva, em suma, a tivesse levado até um ponto em que lhe seria possível prever como inevitável a partida. Mas a ideia que ela fazia da natureza interesseira de Albertine, a exasperação com que, no seu rancor, exagerava o "lucro" que Albertine presumivelmente tirava de mim, podiam, em certa medida, abalar sua certeza. Por isso, quando, diante dela, eu me referia ao regresso próximo de Albertine como a uma coisa muito natural, Françoise me encarava, para ver se eu não estaria inventando, do mesmo modo que, quando o *maître d'hotel*, para aborrecê-la, trocando as palavras, lia a notícia de uma nova política em que lhe custava acreditar, como, por exemplo, o fechamento das igrejas e a deportação dos padres, lá mesmo do fundo da cozinha, e sem poder ler, ela fixava o jornal, instintiva e avidamente, como se pudesse ver se aquilo estava escrito de verdade.

Vendo que, depois de ter escrito uma longa carta, eu a subscritara para a sra. Bontemps, esse terror até aí tão vago de que Albertine voltasse cresceu em Françoise. Espraiou-se em verdadeira consternação quando, certa manhã, teve ela de me entregar, em meio à correspondência, uma carta em cujo envelope reconhecera a letra de Albertine. Perguntava a si mesma se a partida de Albertine não fora uma simples comédia, suposição que a desolava duplamente, por garantir definitivamente para o futuro a vida de Albertine em nossa casa, e por significar para mim, isto é, para ela mesma, na medida em que eu era patrão de Françoise, a humilhação de haver sido logrado por Albertine. Por maior que fosse a minha impaciência em abrir a carta, não pude impedir-me de considerar por um instante o olhar de Françoise, de onde todas as esperanças tinham fugido, induzindo desse presságio a iminência da volta de Albertine, tal como o amador de esportes de inverno conclui, com alegria, que o frio está chegando, ao ver a fuga das andorinhas. Afinal, Françoise se retirou, e quando me certifiquei de que ela fechara a porta, abri sem ruído, para não demonstrar ansiedade, a seguinte carta:

> Meu amigo, obrigada por todas as coisas boas que me disse. Estou às suas ordens para desfazer a encomenda do Rolls Royce, se acha que eu poderei ser-lhe útil nisso, como creio. Basta que me escreva o nome do interessado. Você se deixaria enrolar por essa gente, que só quer saber de uma coisa, vender; e que iria fazer com um automóvel, se não sai nunca? Fico muito sensibilizada por você ter guardado uma boa lembrança de nosso último passeio. Creia que de minha parte não esquecerei aquele passeio duplamente crepuscular (pois caía a noite, e nós íamos nos separar), e que só se apagará de meu espírito com a noite completa.

Senti que essa última frase era simplesmente frase, nem Albertine poderia guardar até a morte uma lembrança tão doce daquele passeio, em que certamente não experimentara prazer algum, pois se mostrava impaciente por me deixar. Mas admirei como era bem-dotada a ciclista e jogadora de golfe em Balbec, que antes de me conhecer só lera *Esther*, e como tivera eu razão em achar que em nossa casa ela se enriquecera com qualidades novas, que a tornaram diferente e mais completa. Assim, naquela frase que eu lhe dissera em Balbec — "Creio que minha amizade lhe seria preciosa; sou justamente a pessoa capaz de trazer-lhe o que lhe falta" — e que havia posto como dedicatória, numa fotografia — "com a certeza de ser providencial" —, aquela frase que eu dizia sem acreditar, unicamente para fazê-la achar proveitosa minha companhia, recalcando o aborrecimento que poderia sentir com isso, acontece que também ela era verdadeira. Do mesmo modo, em suma, quando eu lhe dissera que não queria vê-la, com medo de amá-la, tinha dito isso porque, pelo contrário, sabia que no convívio constante meu amor afrouxava, exaltando-se na separação, mas na realidade o convívio constante fizera nascer uma necessidade dela, infinitamente mais forte que o amor dos primeiros tempos, em Balbec de forma que esta frase também se revelava verdadeira.[20]

A carta de Albertine deixava as coisas no mesmo ponto. Só me falava em escrever ao intermediário. Era preciso sair dessa situação, precipitar os acontecimentos, e me veio uma ideia. Escrevi imediatamente a Andrée e, dizendo-lhe que Albertine estava em casa da tia, eu me sentia muito só, ela me daria um prazer imenso vindo instalar-se em minha casa por alguns dias, e, como eu não queria andar com segredinhos, avisasse disto a Albertine. Ao mesmo tempo, escrevi a Albertine, como se ainda não tivesse recebido sua carta:

20 O trecho "de forma que esta frase também se revelava verdadeira" é acréscimo à nova edição da Bibliothèque de la Pléiade. (N. do R.T.)

> Minha amiga, perdoe-me o que você compreende tão bem. Tenho tamanho horror a segredinhos que desejei que você fosse avisada por ela e por mim. Por ter tido você tão docemente aqui em casa, adquiri o mau costume de não ficar sozinho. Já que resolvemos que você não voltará, pensei que a pessoa que melhor a substituiria, por ser aquela que me mudaria menos, e mais lembraria você, seria Andrée, e pedi a ela que viesse. Para que isso tudo não tenha um ar muito brusco, só lhe falei em alguns dias, mas, aqui entre nós, penso que desta vez será para sempre. Não acha que tenho razão? Você sabe que seu grupinho de moças de Balbec sempre foi a célula social que exerceu sobre mim a maior influência, e aquele a que me senti mais feliz em ficar agregado um dia. Sem dúvida, é essa influência que se faz sentir ainda. Já que a fatalidade de nossos temperamentos e a má-sorte não quiseram que minha pequena Albertine fosse minha mulher, creio que de qualquer modo arranjarei uma — é claro, menos encantadora do que ela, mas a quem maiores afinidades de natureza permitirão talvez ser mais gentil comigo — em Andrée.

Mas, depois de ter mandado esta carta, a suspeita me veio de repente, de que, quando Albertine me escrevera: "Eu me sentiria tão feliz em voltar, se você me tivesse escrito diretamente", só me dissera isso porque eu não havia escrito diretamente, e, se eu o tivesse feito não voltaria de modo algum; que ficaria contente ao ver Andrée em minha casa, e depois minha mulher, desde que ela, Albertine, ficasse livre, pois podia agora, há oito dias já, destruindo as precauções de cada hora que eu tomara durante mais de seis meses em Paris, entregar-se a seus vícios e fazer aquilo que, minuto a minuto, eu havia obstado. Dizia comigo que, lá longe, provavelmente ela usaria mal sua liberdade, e sem dúvida essa ideia me parecia triste, mas permanecia geral, nada me mostrando de particular, e, pelo número indefinido das amantes possíveis que me fazia supor, não deixava que me detivesse em nenhuma, arrastando-me o espírito numa espécie de movimento perpétuo, isento de dor, que, à falta de imagem concreta, era suportável. Entretanto, a dor perdeu esse caráter e se tornou atroz com a chegada de Saint-Loup. Antes de explicar por que suas palavras me deixaram tão infeliz, devo relatar um incidente que situo imediatamente antes de sua visita, e cuja lembrança me perturbou logo depois de tal modo que enfraqueceu, senão a impressão penosa produzida pela conversa com Saint-Loup, pelo menos o alcance prático dessa conversa. O incidente consiste no seguinte: ardendo de impaciência por ver chegar Saint-Loup, esperava-o na escada (o que não teria podido fazer se minha mãe estivesse em casa, pois isso era o que ela detestava na vida depois de "falar da janela"), quando escutei estas palavras:

— Que é isso, então você não sabe mandar embora uma pessoa que lhe desagrada? Pois é fácil. Basta, por exemplo, esconder os objetos que essa pessoa deve trazer. No momento em que os patrões a chamam com urgência, ela não acha nada e perde a cabeça. Minha tia, furiosa, dirá a você: "Mas que é que ele está fazendo?". Quando ele chegar, atrasado, todos estarão furiosos, e ele não trará o que for preciso. Depois de quatro ou cinco vezes, pode estar certo de que ele será despedido, sobretudo se você tiver o cuidado de sujar às escondidas as coisas que ele tiver de trazer limpas. E uma porção de truques dessa natureza...

Fiquei mudo de estupefação, pois estas palavras cruéis e maquiavélicas, pronunciava-as a voz de Saint-Loup.[21] Ora, eu sempre o considerara uma criatura tão boa, tão compassiva para com os infelizes, que era como se ele estivesse representando o papel de satanás; não podia estar falando em seu próprio nome.

— Mas todos têm direito a ganhar a vida — respondeu o interlocutor, que então percebi ser um dos lacaios da duquesa de Guermantes.

21 As dicas de crueldade refinada são muito semelhantes às que Morel colocara em prática contra um criado dos Verdurin, no quarto volume; nesse momento, o herói estaria flagrando, por acaso, elementos que antecipam a relação entre Robert e Morel presente no final de *A Fugitiva*. (N. do R.T.)

— E que importância tem isso, desde que você se saia bem? — respondeu maldosamente Saint-Loup. — Além do mais, há o prazer de arranjar um bode expiatório. Você pode muito bem derramar-lhe o tinteiro em cima da libré, quando ele for servir um jantar de gala, não lhe dando um minuto de sossego, até que ele acabe preferindo ir-se embora. De resto, eu darei uma demão: direi a minha tia que admiro a paciência de você em servir com um canastrão mal vestido como aquele.

Mostrei-me. Saint-Loup veio a mim, porém minha confiança nele estava a partir do momento em que eu o percebera assim tão diferente daquele que eu conhecia. E fiquei imaginando se alguém que era capaz de agir tão cruelmente com um pobre-diabo não teria desempenhado um papel de traidor para comigo, em sua missão junto à sra. Bontemps. Esta reflexão serviu, sobretudo, para não me fazer considerar seu malogro como prova de que eu não poderia triunfar se ele me abandonasse. Mas, enquanto permaneceu a meu lado, era no Saint-Loup de outrora, sobretudo no amigo que acabava de se avistar com a sra. Bontemps, que eu pensava.

— Não estás contente comigo, vi por tuas mensagens, mas não estás sendo justo, fiz tudo o que pude.[22]Achas que eu deveria ter-lhe telefonado mais frequentemente? Mas diziam sempre que não estavas livre.

Meu sofrimento, porém, se tornou insuportável quando ele me disse:

— Para começar no ponto em que o meu último telegrama te deixou: depois de atravessar uma espécie de galpão, entrei na casa, e, ao fim de um corredor comprido, me introduziram na sala.

A essas palavras — *galpão, corredor, sala* —, e antes mesmo que acabassem de ser proferidas, meu coração foi traspassado com mais rapidez que por uma corrente elétrica, porque a força

22 A última frase, iniciada por "Não estás contente comigo" é acréscimo à nova edição da Bibliothèque de la Pléiade. (N. do R.T.)

que dá mais vezes volta à terra não é a eletricidade, é a dor. Como eu as repeti, renovando de propósito o choque, essas palavras *galpão, corredor, sala,* depois que saiu Saint-Loup! Num galpão a gente pode deixar deitar-se com a amiga. E naquela sala, quem sabe lá o que faria Albertine com a tia ausente? Mas, como? Havia imaginado sua casa como não podendo ter nem galpão nem sala. Não, não a imaginara de modo algum, a não ser como um lugar vago. Sofrera uma primeira vez, ao se individualizar geograficamente o lugar onde estava Albertine. Quando soube que em vez de estar em dois ou três lugares possíveis, ela estava na Touraine, as palavras da porteira de seu apartamento marcaram em meu coração o lugar onde finalmente era preciso sofrer. Mas, já habituado a essa ideia de que ela estava numa casa da Touraine, eu não tinha visto a casa. Jamais me acudira à imaginação essa medonha ideia de sala, galpão e de corredor, que pareciam estar à minha frente, na retina de Saint-Loup que os tinha visto, a esses cômodos nos quais Albertine andava, passava, vivia, esses cômodos em particular, e não uma infinidade de cômodos possíveis que se tinham destruído uns aos outros. Ante essas palavras *galpão, corredor, sala,* percebi a loucura de haver deixado Albertine oito dias naquele lugar maldito, cuja *existência* (e não sua simples possibilidade) acabava de ser-me revelada. Ai de mim! Quando Saint-Loup me disse que, da sala, ouvira alguém cantar a plenos pulmões num quarto vizinho, e que era Albertine quem cantava, compreendi com desespero que, desembaraçada afinal de mim, ela estava feliz! Reconquistara a liberdade. E eu pensando que ela viria tomar o lugar de Andrée... Minha dor se converteu em raiva contra Saint-Loup.

— Era o que eu mais tinha te pedido que evitasse: que ela soubesse de tua ida!

— Pensas que era fácil? Tinham me garantido que ela não estava lá. Ah, eu sei que não estás satisfeito comigo... Senti isto perfeitamente em teus telegramas. Mas não estás sendo justo. Fiz o que pude.

Solta de novo, tendo deixado a jaula, de onde, em minha casa, eu passava dias inteiros sem chamá-la ao meu quarto, Albertine recobrara para mim todo o valor, voltara a ser aquela a quem todo mundo seguia, o pássaro maravilhoso dos primeiros tempos.

— Enfim, resumindo: quanto à questão de dinheiro, não sei o que te dizer. A senhora com quem falei me pareceu tão delicada que tive medo de ofendê-la. É exato que ela não exclamou "Oh!" quando toquei em dinheiro... Até mesmo, um pouco mais tarde, me disse que estava comovida por nos entendermos tão bem. Mas tudo o que ela disse em seguida era tão delicado, tão nobre, que me parecia impossível ter-se referido ao dinheiro que eu lhe oferecia, ao exclamar: "Nós nos compreendemos tão bem!". Porque, no fundo, eu agia como um canalha.

— Mas talvez ela não tenha compreendido bem. Talvez não tenha escutado. Devia ter repetido, pois isto, seguramente, é que daria certo.

— Mas como queres que ela não tenha escutado?! Falei como estou te falando agora. Não é surda nem doida.

— E não te fez nenhuma observação?

— Nenhuma.

— Devias ter dito mais uma vez.

— Como querias que eu dissesse mais uma vez?! Logo à entrada, ao ver sua fisionomia, disse comigo que te havias enganado, que me obrigavas a uma enorme rata, e era difícil como o diabo oferecer-lhe assim aquela quantia. Apesar de tudo, fiz isso para te obedecer, convencido de que ela me mandaria botar para fora.

— Mas não mandou. Portanto, ou não te escutou, e era preciso repetir, ou podias continuar com o assunto.

— Dizes que ela não escutou, porque estás aqui. Mas repito: Se tivesses assistido à nossa conversa... Não havia o menor ruído. E eu falei brutalmente. É impossível que ela não haja compreendido.

— Será que ela está convencida de que eu sempre quis casar com a sobrinha?

— Não. Quanto a isso, se queres a minha opinião, ela não acreditava que tivesses em absoluto intenção de casar. Disse-me que tu mesmo havias declarado a Albertine que querias deixá-la. Não sei mesmo se agora ela se convenceu de que pretendes casar.

Isso me tranquilizava um pouco, mostrando que eu estava menos humilhado, portanto mais capaz de ser amado ainda, mais livre para um passo decisivo. Contudo, sentia-me atormentado.

— Estou aborrecido, pois vejo que não ficaste contente.

— Não, estou sensibilizado, reconhecido à tua gentileza, mas acho que terias podido...

— Fiz o que pude. Outro não faria mais, nem o mesmo tanto. Experimenta outro.

— Não, não. Mas, se eu soubesse, não teria te mandado. O malogro de tua providência me impede de tentar outra.

Eu o censurava: procurara prestar-me serviço, e não o conseguira. Ao deixar a casa de Albertine, Saint-Loup cruzara com moças que entravam. Eu já alimentara muitas vezes a suposição de que Albertine conhecia moças naquele lugar, mas era a primeira vez que isso me torturava. Deve-se realmente crer que a natureza permite a nosso espírito secretar um contraveneno natural para tornar nulas as suposições que fazemos, ao mesmo tempo, sem pausa e sem perigo. Nada, porém, me imunizava contra aquelas raparigas encontradas por Saint-Loup. Todos esses pormenores não era justamente o que eu havia procurado obter de cada pessoa, a propósito de Albertine? E não fora eu que, para conhecê-los mais precisamente, pedira a Saint-Loup, chamado por seu coronel, que passasse em minha casa de qualquer jeito? Não fora eu, pois, que os desejara, eu, ou antes, minha dor, esfaimada, ávida de crescer e de se alimentar com eles? Enfim, dissera-me Saint-Loup ter tido a agradável surpresa de encontrar pertinho dali uma única pessoa sua conhecida, e que lhe recordara o passado, uma antiga amiga de Rachel, atriz bonita, em férias nas vizinhanças. E bastou o nome dessa atriz para que eu dissesse comigo: "Talvez seja com esta"; bastava-me isso para ver nos próprios braços de uma mulher que eu não conhecia, Albertine sorridente e corada de satisfação. E, no fundo, por que não havia de ser assim? Teria eu me abstido de pensar em mulheres, depois que conhecera Albertine? Na noite em que pela primeira vez fora à casa da princesa de Guermantes, ao entrar não pensava eu menos nesta última que na rapariga de que me falara Saint-Loup, e que frequentava *rendez-vous*, e na camareira da sra. Putbus? Não fora por causa dessa última que eu tinha voltado a Balbec e, mais recentemente, sentira tanta vontade de ir a Veneza? Por que Albertine não sentiria vontade de ir à Touraine? Somente, no fundo — percebia agora —, eu não a teria deixado, não teria ido para Veneza. Até no fundo de mim mesmo, enquanto dizia comigo: "Vou deixá-la daqui a pouco", sabia que não a deixaria mais, tão perfeitamente quando sabia que não começaria mais a trabalhar, nem a viver de maneira higiênica, nem a fazer nada daquilo que a cada dia eu anunciava a mim mesmo para o dia seguinte. Apenas, fosse o que fosse aquilo em que eu no íntimo acreditava, acabara achando mais hábil deixá-la viver sob ameaça de uma perpétua separação. Sem dúvida, graças a minha detestável habilidade, eu a convencera bem demais. Em todo caso, já agora isso não podia continuar assim, não podia deixá-la na Touraine com aquelas raparigas, com aquela atriz; era insuportável o pensamento dessa vida que me escapava. Eu lhe escreveria, e esperaria a resposta de minha carta. Se ela praticava o mal, pobre de mim: um dia a mais ou a menos não fazia diferença (e talvez dissesse isso a mim mesmo porque, havendo perdido o hábito de tomar contas de cada um de seus minutos, dos quais um só que ela houvesse passado livre me teria enlouquecido antes, meu ciúme já não tinha a mesma divisão do tempo). Mas, chegando a resposta, se ela não viesse, eu iria buscá-la; de bom grado ou à força a arrancaria de suas amigas. Aliás, não era melhor que eu mesmo fosse, agora que descobrira a maldade até então insuspeitada de Saint-Loup? Quem sabe se não havia ele organizado toda uma conspiração para me separar de Albertine? Será que era porque eu tinha mudado? Será que era porque eu não conseguira supor então que causas naturais me levariam a essa situação excepcional?[23] Entretanto, como teria eu mentido, agora, se lhe escrevesse, tal como lhe dizia em Paris, que não desejava lhe acontecesse qualquer acidente! Ah!, se acontecesse algum, minha vida, em vez de ficar envenenada para sempre com esse ciúme contínuo, haveria logo de recuperar, se não a felicidade, pelo menos a calma, pela supressão do sofrimento.

Supressão do sofrimento? Pude realmente acreditar nisso, acreditar que a morte não faz mais que riscar o existente, deixando o resto em boas condições, que ela arrebata a angústia ao coração daquele para quem a existência do outro é apenas motivo de dor; que ela faz isso, e não põe nada no lugar? Suprimir a dor! Percorrendo as notícias policiais dos jornais, eu sentia não ter coragem de formular o mesmo desejo de Swann. Se Albertine pudesse ser vítima de um desastre, viva eu teria pretexto para correr junto a ela; morta, eu recobraria, como dizia Swann, a liberdade de viver. Acreditaria eu nisso? Aquele homem tão fino, que julgava conhecer-se tão bem, tinha acreditado. Como sabemos pouco do que há em nosso coração! E, um pouco mais tarde, se ele ainda estivesse vivo, como poderia eu ensinar-lhe que o seu desejo era tão criminoso quanto absurdo, e que a morte daquela a quem amava não o teria livrado de nada?

Pus de lado todo o orgulho com relação a Albertine e mandei-lhe um telegrama desesperado, pedindo que voltasse sob quaisquer condições, que ela faria o que bem entendesse; pedia-lhe apenas que me deixasse beijá-la um minuto, três vezes por semana, antes de deitar-se. E se ela estipulasse: só uma vez, eu teria aceitado só uma vez. Nunca mais voltou. Mal acabava de

23 O trecho "Será que era porque eu tinha mudado? Será que era porque eu não conseguira supor então que causas naturais me levariam a essa situação excepcional?" é acréscimo da edição da Bibliothèque de la Pléiade. (N. do R.T.)

seguir o telegrama, recebi outro. Era da sra. Bontemps. O mundo não foi criado de uma vez por todas para cada um de nós. Ele incorpora, no curso da vida, coisas de que não suspeitávamos. Ah, não foi a supressão do sofrimento que produziram em mim as duas primeiras linhas do telegrama: "Meu pobre amigo, nossa Albertine já não existe. Perdoe-me dizer essa coisa horrível a quem gostava tanto dela. Foi jogada contra uma árvore pelo cavalo, durante um passeio. Apesar de todos os nossos esforços, não escapou. Antes tivesse eu morrido em seu lugar!". Supressão do sofrimento, não, mas uma dor desconhecida, a de saber que ela não voltaria mais. Não dissera eu a mim mesmo, porém, tantas vezes, que talvez ela não voltasse? De fato, mas agora percebia que nem por um minuto havia acreditado nisso. Como necessitasse de sua presença, de seus beijos, para suportar o mal que me causavam as suspeitas, eu adquirira, desde Balbec, o hábito de estar sempre a seu lado. Mesmo quando ela saía e eu ficava sozinho, ainda a beijava. E assim continuei quando ela foi para a Touraine. Precisava menos de sua fidelidade que de sua volta. E se minha razão podia duvidar disso impunemente, nem por um instante minha imaginação deixava de figurá-lo. Instintivamente, passei a mão pelo pescoço e nos lábios, que se sentiam beijados por ela depois que se fora, e que não o seriam nunca mais; passei a mão por eles, do mesmo modo que mamãe me acariciava quando da morte de minha avó, dizendo-me: "Coitadinho, tua avó que te queria tanto, agora não te beijará mais". Toda a vida futura estava arrancada de meu coração. Minha vida futura? Não pensara eu, por vezes, em vivê-la sem Albertine? Não! Havia já muito tempo, então, que lhe consagrara todos os minutos de minha vida, até a morte? Certamente que sim! Esse futuro inseparável dela e que não soubera perceber, agora que acabava de descerrar-se, bem sentia o lugar que ela ocupava em meu coração escancarado. Françoise, não sabendo ainda de nada, entrou no quarto. Gritei-lhe, furioso:

— Que é que há?

Então (às vezes, certas palavras põem uma realidade diferente no mesmo lugar da que está perto de nós: atordoam-nos como uma vertigem) me disse ela:

— Não precisa ficar com esse ar zangado. Pelo contrário, vai ficar muito satisfeito. São duas cartas da srta. Albertine.

Senti, depois, que devia estar com os olhos de alguém cujo espírito vacilasse. Nem mesmo me senti feliz, nem incrédulo. Estava como uma pessoa que visse o mesmo lugar no quarto, ocupado por um sofá e por uma gruta: nada mais lhe parecendo real, ela desaba no chão. As duas cartas de Albertine deviam ter sido escritas a poucas horas de distância, talvez na mesma ocasião, pouco antes do passeio em que ela morrera. Dizia a primeira: "Meu amigo, agradeço-lhe a prova de confiança que me deu, ao me comunicar sua intenção de levar Andrée para sua casa. Sei que ela aceitará com alegria, e será ótimo para ela. Bem-dotada como é, saberá aproveitar a companhia de um homem de sua qualidade e a admirável influência que você sabe exercer sobre as pessoas. Creio que desta sua ideia poderá advir tanto bem para ela quanto para você. Por isso, se ela puser qualquer dificuldade (o que não acredito), mande-me um telegrama, que me encarrego de arranjar as coisas". A segunda era datada de um dia mais tarde. Na realidade, deviam ter sido escritas a poucos instantes uma da outra, talvez juntas, e a primeira antedatada. Pois durante todo o tempo eu imaginara absurdamente suas intenções, que não consistiam senão em voltar para junto de mim, e qualquer pessoa desinteressada no assunto, um homem sem imaginação, o negociador de um tratado de paz, o comerciante que examina uma transação, as teria compreendido melhor do que eu. Continha apenas estas palavras: "Seria muito tarde para eu voltar para sua casa? Se você ainda não escreveu para Andrée, consentiria em me aceitar de novo? Eu me curvarei diante de sua decisão, mas, por favor, não demore a comunicá-la; bem avalia com que impaciência a espero. Se for para eu voltar, tomarei o trem imediatamente. Sua, de todo o coração, Albertine".

Para que a morte de Albertine pudesse suprimir meus sofrimentos, seria preciso que o choque a tivesse matado não somente na Touraine, mas em mim. Nunca ela aí estivera tão viva. Para penetrar em nós, uma criatura é obrigada a tomar a forma, a submeter-se ao quadro do tempo; só nos aparecendo em minutos sucessivos, nunca pode dar-nos de si senão um aspecto de cada vez, fornecer-nos apenas uma fotografia. Grande fraqueza, sem dúvida, para uma criatura, consistir numa simples coleção de momentos; grande força, também. Depende da memória, e a memória de um momento não está informada sobre tudo o que se passou depois; aquele momento que ela registrou perdura ainda, vive ainda, e, com ele, a criatura que aí se perfilava. E depois, esse esmigalhamento não faz viver simplesmente a morta, multiplica-a. Para me consolar, não era uma, eram inúmeras Albertines que eu deveria esquecer. Quando tinha chegado a suportar a mágoa de perder esta aqui, tinha de recomeçar com relação a outra, a cem outras.

Então minha vida ficou inteiramente mudada. Aquilo que, e não por causa de Albertine, mas paralelamente a ela, quando eu estava só, lhe constituíra a doçura, fora justamente, ao apelo de momentos idênticos, o perpétuo renascimento de momentos antigos. Pelo rumor da chuva me era restituído o cheiro dos lilases de Combray; pela mobilidade do sol no balcão, os pombos dos Champs Élysées; pelo amortecimento dos ruídos no calor da manhã, a frescura das cerejas; o desejo da Bretanha ou de Veneza, pelo rumor do vento e pela volta da Páscoa. O verão chegava, os dias eram longos, fazia calor. Era o tempo em que, de manhã cedinho, estudantes e professores vão para os jardins públicos preparar debaixo das árvores seus últimos concursos, a fim de recolherem essa gota única de frescura, deixada cair de um céu menos flamejante que sob o ardor do dia, mas já também esterilmente puro. Do meu quarto escuro, com um poder de evocação igual ao de outrora, mas que já não me causava senão sofrimento, eu sentia que lá fora, na densidade do ar, o sol poente punha na verticalidade das casas e das igrejas um tom fulvo de ocra. E se, ao voltar, Françoise desarranjava involuntariamente as pregas das grandes cortinas, eu sufocava um grito ante o rasgão que acabava de fazer em mim aquele raio de sol antigo, que me fizera achar linda a fachada nova de Bricqueville l'Orgueilleuse, quando Albertine me disse: "Ela foi restaurada".[24] Não sabendo como explicar meu suspiro a Françoise, eu lhe dizia: "Ai, que sede!". Ela saía, voltava, mas eu me virava violentamente, sob a dolorosa descarga de uma entre mil recordações invisíveis que a cada momento explodiam em redor, na sombra: acabara de vê-la trazendo a cidra e as cerejas que um empregado da granja nos levara ao carro, em Balbec, espécies sob as quais eu mais perfeitamente comungaria, outrora, com o arco-íris das salas de jantar escuras, nos dias ardentes. Pensei, então, pela primeira vez, na granja de Ecorres, e disse comigo que em certos dias em que me declarara em Balbec não estar livre, pois era obrigada a sair com a tia, Albertine estaria talvez com alguma de suas amigas, numa granja a que ela sabia que eu não costumava ir, e, enquanto eu a esperava ansiosamente em Marie-Antoinette, onde me haviam dito: "Não a vimos hoje", ela usava com sua amiga as mesmas palavras que comigo, quando saíamos os dois: "Ele não terá ideia de nos procurar aqui, e assim não seremos perturbadas". Eu dizia a Françoise que cerrasse as cortinas, para não tornar a ver aquele raio de sol. Mas ele continuava a filtrar-se, igualmente corrosivo, na memória: "Não gosto, foi restaurada. Mas amanhã iremos a Saint-Martin-le-Vêtu, e depois de amanhã a...". Amanhã, depois de amanhã, era um futuro de vida comum, talvez para sempre, que começava; meu coração atirou-se a ele, mas já não estava mais ali, Albertine morrera.

24 Alusão ao episódio de *Sodoma e Gomorra*, em que o herói passeia de carro com Albertine nas cercanias de Balbec, quando ela, aluna aplicada de Elstir, começava a se dedicar à pintura. (N. do R.T.)

Perguntei as horas a Françoise. Seis horas. Enfim, graças a Deus, ia desaparecer aquele calor pesado, de que antes eu me queixava com Albertine, e de que nós gostávamos tanto. O dia chegava ao termo. Mas que lucrava eu com isso? Alçava-se a frescura da noite, era o crepúsculo; em minha memória, ao fim de uma estrada que tomávamos juntos para voltar, eu percebia, para além da última aldeia, uma espécie de estação distante, inacessível naquela noite, em que nos deteríamos em Balbec, sempre juntos. Juntos então, agora carecia parar de repente, diante desse mesmo abismo: ela morrera. Já não bastava cerrar as cortinas; eu procurara tapar os olhos e os ouvidos à memória para não ver aquela faixa alaranjada do poente, para não ouvir aqueles invisíveis pássaros que se correspondiam de uma a outra árvore, a cada lado de mim, enquanto eu beijava tão ternamente aquela que agora estava morta. Queria evitar aquelas sensações produzidas pela umidade das folhas ao entardecer, pela subida e descida das estradas em lombo de burro. Mas já essas sensações se tinham reapoderado de mim, levando-me para bem longe do momento atual, a fim de que a ideia de Albertine morta ganhasse todo o recuo, todo o impulso necessário para me ferir de novo. Ah!, nunca mais eu penetraria numa floresta, não passearia mais entre árvores. Mas as grandes planícies me seriam menos cruéis? Quantas vezes, indo procurar Albertine, eu atravessara, e quantas vezes retornara com ela, na volta, à grande planície de Bricqueville, ora em tempo brumoso, quando a inundação do nevoeiro nos dava a ilusão de estarmos cercados por uma lagoa imensa, ora em noites límpidas, em que o luar, desmaterializando a terra, fazendo-a parecer celestial a dois passos de nós, como só o é, durante o dia, nos longes da distância, encerrava os campos e as matas, com o firmamento a que os assimilara, na ágata arborescente de um azul completo.

Françoise devia sentir-se feliz com a morte de Albertine, e, justiça lhe seja feita, por uma espécie de decoro e de tato, não simulava tristeza. Mas as leis não escritas de seu antigo código e sua tradição de camponesa medieval, que pranteia como nas canções de gesta, eram mais antigas que seu rancor a Albertine, e mesmo a Eulalie. Por isso, num desses fins de tarde, como eu não ocultasse bastante depressa o sofrimento, ela percebeu minhas lágrimas, ajudada pelo instinto de antiga camponesinha que a levava naqueles tempos a prender os animais e fazê-los sofrer, a só experimentar alegria estrangulando frangos ou cozinhando lagostas vivas, e, quando eu estava doente, a observar meu aspecto como se fossem ferimentos que ela houvesse infligido a uma coruja, para em seguida anunciá-lo em tom fúnebre, como um presságio de desgraça. Mas o seu "costumário" de Combray não lhe permitira considerar levianamente as lágrimas e o pesar, coisas que lhe pareciam tão funestas como tirar a roupa de flanela ou comer sem vontade.

— Oh, não senhor, não se deve chorar assim, pode lhe fazer mal!

E querendo deter-me as lágrimas, mostrava-se tão inquieta como se fossem ondas de sangue. Infelizmente, assumi um ar frio, cortando cerce as efusões que ela esperava e que, de resto, talvez fossem sinceras. Talvez Albertine lhe importasse tanto quanto Eulalie, e, agora que minha amiga não podia mais tirar de mim qualquer proveito, deixara de detestá-la. Contudo, fez questão de me demonstrar que via perfeitamente que eu estava chorando e que, seguindo simplesmente o funesto exemplo dos meus, eu não queria "mostrar".

— Não se deve chorar, não senhor — disse-me ela, em tom agora mais calmo, antes para me mostrar sua clarividência que para testemunhar sua piedade. E acrescentou: — Tinha que acontecer. Era feliz demais, pobrezinha, e não soube reconhecer sua felicidade.

Como o dia custa a acabar nesses crepúsculos desmesurados de verão! O pálido fantasma da casa em frente continuava, indefinido, a aquarelar no céu sua persistente brancura. Afinal, caiu a noite no apartamento, e eu esbarrava nos móveis da saleta, mas na porta da escada, em meio ao negrume que julgava total, a parte envidraçada estava translúcida e azul, de um azul de flor, azul de asa de inseto, azul que eu acharia belo se não sentisse que era o derradeiro reflexo, cortante como lâmina de aço, golpe supremo que o dia ainda me lançava em sua crueldade infatigável. A escuridão completa, entretanto, acabava chegando, mas bastava então uma estrela vista junto à árvore do pátio para me recordar nossos passeios de carro, depois do jantar, pelos bosques de Chantepie, atapetados de luar. Mesmo nas ruas acontecia-me isolar nas costas de um banco, recolhendo-a, a pureza natural de um raio de lua em meio às luzes artificiais de Paris — dessa Paris sobre a qual, reintroduzindo por um instante, pela imaginação, a cidade na natureza, fazia reinar, com o silêncio infinito dos campos evocados, a recordação dolorosa dos passeios que eu lá fizera com Albertine. Ah!, quando viria a noite? Mas à primeira brisa da madrugada eu estremecia, pois ela me trazia de novo a doçura daquele verão em que, de Balbec a Incarville, de Incarville a Balbec, tantas vezes nos tínhamos acompanhado um ao outro, até amanhecer. A única esperança que me restava para o futuro — esperança mais aflitiva que o medo — era esquecer Albertine. Sabia que havia de esquecê-la algum dia, já esquecera Gilberte e a sra. de Guermantes, esquecera minha avó. Nosso mais justo e mais cruel castigo diante do esquecimento total, tranquilo como o dos cemitérios, pelo qual nos desprendemos daqueles a quem já não amamos, é que entrevemos esse mesmo esquecimento como inevitável em relação àqueles que amamos ainda. Para falar a verdade, sabemos que é um estado não doloroso, estado de indiferença. Mas, não podendo pensar ao mesmo tempo no que eu era e no que eu viria a ser, pensava com desespero em todo esse tegumento de carícias, de beijos, de sonos amigos, de que daí a pouco seria preciso deixar-me despojar para sempre. Vindo quebrar-se contra a ideia de que Albertine morrera, o impulso dessas lembranças tão ternas me oprimia pelo entrechoque de fluxos tão contrários que eu não podia permanecer imóvel; levantava-me e parava de repente, aterrado; o mesmo amanhecer que entrevira no momento em que acabava de deixar Albertine, ainda radioso e quente de seus beijos, vinha lançar por cima das cortinas sua lâmina agora sinistra, cuja brancura fria, implacável e compacta, ao entrar, me vibrava como que uma punhalada.

Daí a pouco iriam começar os rumores da rua, permitindo ler na escala qualitativa de suas sonoridades o grau de calor continuamente aumentado em que repercutiriam. Mas naquele calor que, algumas horas mais tarde, se embeberia do cheiro das cerejas, o que eu encontrava, como remédio em que a substituição de uma das partes componentes por outra basta para tornar, de eufórico e excitante, depressivo, não era mais o desejo das mulheres, e sim a angústia da partida de Albertine. De resto, a recordação de todos os meus desejos se impregnara tanto dela, e de sofrimento, quanto a recordação dos prazeres. A essa Veneza onde eu acreditara que sua presença me seria importuna (sem dúvida porque sentia confusamente que me seria necessária), agora que Albertine já não existia, era preferível não ir lá. Albertine parecera-me um obstáculo interposto entre mim e as coisas, porque era para mim quem as continha todas, e era dela, como de um vaso, que eu podia recebê-las. Agora que esse vaso fora destruído, eu não me sentia mais com coragem para pegá-las; não havia uma só de que não me afastasse abatido, preferindo não prová-la. De sorte que minha separação dela não abriria de modo algum para mim o campo dos prazeres possíveis, que eu supunha fechado pela sua presença. De resto, o obstáculo que sua presença talvez houvesse representado realmente para mim, no tocante a viajar e gozar a vida, somente me mascarara como sempre acontece, outros obstáculos, que reapareceriam intactos, agora que esse havia desaparecido. É dessa maneira que antes, quando alguma visita amável me impedia de trabalhar, se no dia seguinte eu ficava sozinho, tampouco trabalhava. Se uma doença, um duelo, um cavalo arrebatado nos fazem ver a morte de perto, como teríamos gozado amplamente a vida, a volúpia e os países desconhecidos de que iremos ser despojados! Mas, passado o perigo, o que tornamos a encontrar é a mesma existência morna, em que nada disso existia para nós.

Sem dúvida, essas noites duram pouco. O inverno acabaria voltando e eu não precisaria mais temer a lembrança de nossos passeios até a aurora demasiado temporã. Mas as primeiras geadas não me restituiriam, conservado em sua neve, o germe de meus primeiros desejos, quando à meia-noite eu mandava chamá-la, e tão longo me parecia o tempo até o seu toque de campainha, que agora eu podia eternamente esperar em vão? Não me restituiriam o germe de minhas primeiras inquietações, quando por duas vezes imaginei que não viesse? Naquele tempo, eu raramente a via; porém, mesmo esses intervalos de então, entre suas visitas, que a faziam surgir ao fim de algumas semanas no seio de uma vida ignorada que eu não tentava possuir, me asseguravam calma, impedindo as veleidades, constantemente interrompidas, do meu ciúme, de se conglomerarem, formando um bloco em meu coração. Tão apaziguadores podiam ser naquele tempo, quanto, retrospectivamente, se impregnavam de sofrimento, desde que aquilo que ela pudera fazer de desconhecido, durante eles, tinha deixado de ser-me indiferente, sobretudo agora que nenhuma visita sua viria mais nunca, de sorte que essas noites de janeiro em que ela vinha, e por isso me eram tão doces, me insuflaram novamente em sua ventania acerba uma inquietude que eu não conhecia então, e me restituiriam, mas tornado pernicioso, o primeiro germe de meu amor conservado a baixa temperatura.[25] E, ao pensar que eu assistiria à volta daquele tempo invernal, que, depois de Gilberte e de meus brinquedos nos Champs Élysées, sempre me parecera tão triste; ao pensar que voltariam noites iguais àquela de nevada, em que eu,

25 O trecho "conservado a baixa temperatura" é acréscimo da edição da Bibliothèque de la Pléiade. (N. do R.T.)

inutilmente e por longo tempo, esperara Albertine, então, como um doente que se coloca bem, do ponto de vista do corpo, para os seus pulmões, eu, moralmente, naqueles instantes, o que receava acima de tudo, para minha mágoa, para meu coração, era a volta das grandes geadas, e pensava comigo que o mais duro de passar haveria de ser talvez o inverno. Ligada que estava a todas as estações a lembrança de Albertine, para que eu a perdesse seria preciso que as esquecesse todas, prestes a conhecê-las de novo, como um velho atacado de hemiplegia e que reaprende a ler; seria preciso que eu renunciasse a todo o universo. Só — dizia a mim próprio — a verdadeira morte de mim mesmo seria capaz (isso, porém, é impossível) de me consolar da sua. Eu não pensava que a morte de nós mesmos não é nem impossível nem extraordinária; ela se consuma a nossa revelia, se preciso contra nossa vontade, a cada dia, e eu sofreria com a repetição de toda sorte de dias que não somente a natureza, mas circunstâncias factícias ou a ordem mais convencional, introduzem numa estação. Logo voltaria a data em que eu tinha ido a Balbec, no outro verão, e em que meu amor, que não era ainda inseparável do ciúme e não se incomodava com o que Albertine fizesse durante o dia todo, devia experimentar tantas evoluções antes de se converter nesse amor dos últimos tempos, tão particular, que esse ano final, em que começara a mudar, e em que findara o destino de Albertine, me aparecia cheio, diverso, vasto como um século. Depois, seria a lembrança de dias mais tardios, mas de anos anteriores, domingos de mau tempo, em que no entanto toda gente saíra, no vazio da tarde, e em que o rumor do vento e da chuva me teria convidado outrora a ficar como o filósofo em seus penates;[26] com que ansiedade eu veria aproximar-se a hora em

26 Drummond traduz por "filósofo em seus penates" a alusão ao título do livro de Émile Souvestre, *Un Philosophe sous les toits (journal d'un homme heureux)* [Um filósofo sob o teto (diário de um homem feliz)]. Publicada em 1850, a obra percorre os doze meses do ano, começando pelo dia 1.º de janeiro. Trata-se de reflexões de

que Albertine, tão pouco esperada, tinha vindo ver-me, e me acariciava pela primeira vez, interrompendo-se diante de Françoise, que trouxera a lâmpada, naquele tempo duas vezes morto em que Albertine é que estava curiosa de mim, em que minha ternura por ela podia legitimamente alimentar tantas esperanças! Ainda numa estação mais avançada, aquelas noites gloriosas em que as janelas das cozinhas e dos pensionatos, entreabertas como capelas, mergulhadas numa poeira de ouro, deixam a rua coroar-se com essas semideusas que, conversando não longe de nós com suas iguais, nos provocam a febre de penetrar-lhes a existência mitológica, não me recordavam senão a ternura de Albertine, que a meu lado constituía um empecilho para me aproximar delas.

De resto, à recordação das horas, mesmo puramente naturais, se ajuntaria forçosamente a paisagem moral que as transformava em qualquer coisa de único. Quando mais tarde eu ouvisse a buzina de couro de cabreiro, num começo de bom tempo, quase italiano, esse mesmo dia misturaria alternadamente à sua luz a ansiedade de saber Albertine no Trocadero, talvez em companhia de Léa e das duas moças, depois a doçura doméstica e familial, quase comum, de uma esposa que me parecia então incômoda, e que Françoise ia trazer-me de volta. Imaginara envaidecer-me

caráter geral a partir de fatos corriqueiros. O narrador do livro diverte-se, por exemplo, contemplando os transeuntes na rua e entregando-se a devaneios suscitados pela fumaça que sobe do café quente; algumas associações de imagens trazem de volta momentos de seu passado e ele se compraz em suscitar lembranças suas e de outras pessoas, ressaltando as virtudes da solidão e do anonimato. Após percorrer os dias do ano, ele conclui que, contrariamente ao que pensara em janeiro, valeu a pena vivê-lo. A postura "filosófica" do narrador fechado em seu quarto entregue aos devaneios motivados pelos fatos cotidianos oferece, nesse sentido, paralelo com a situação do herói deitado em seu quarto no período em que Albertine passou em sua casa. A alusão ao "diário de um homem feliz" de Souvestre remete, assim, ironicamente, aos momentos em que o herói proustiano fica entregue a devaneios e lembranças, não estando mobilizado por suas dúvidas quanto ao comportamento de Albertine. (N. do R.T.)

com esse recado telefônico de Françoise, que me transmitira a homenagem obediente de Albertine voltando com ela. Enganara-me. Se ele me embriagara, é porque me fizera sentir que a amada me pertencia realmente, não vivia senão para mim, e mesmo à distância, sem que precisasse ocupar-me com ela, me considerava seu marido e seu amo, voltando a um sinal meu. Assim, esse recado telefônico fora uma parcela de doçura, vinda de longe, emitida daquele quarteirão do Trocadero, onde sucedia haver para mim fontes de felicidade dirigindo na minha direção apaziguadoras moléculas, bálsamos calmantes que me restituíam enfim uma tão doce liberdade de espírito, que eu, entregando-me, sem a restrição de um só cuidado, à música de Wagner, não precisava mais do que esperar a chegada certa de Albertine, sem febre, com uma absoluta falta de impaciência, em que não soubera reconhecer a felicidade. E essa felicidade de que ela voltaria, de que me obedecia e me pertencia, era causada pelo amor, não pelo orgulho. Era-me agora indiferente ter à minha disposição cinquenta mulheres que voltassem a um sinal meu, não do Trocadero, mas das Índias. Naquele dia, porém, ao sentir que Albertine vinha docilmente para perto de mim, eu, que sozinho no quarto tocava música, respirava, disseminada como poeira solar, uma dessas substâncias que, assim como outras são salutares ao corpo, fazem bem à alma. Depois, meia hora mais tarde, foi a chegada de Albertine; depois, o passeio com Albertine recém-chegada, passeio que eu imaginara enfadonho porque para mim estava acompanhado de certeza, mas que, a partir do momento em que Françoise me telefonara dizendo que a trazia, fizera escorrer uma calma dourada sobre as horas seguintes, convertendo-as numa espécie de segundo dia bem diferente do primeiro, porque tinha um fundo moral completamente diverso, um fundo moral que fazia dele um dia original, acrescentando-se à variedade daqueles que eu conhecera até então, dia que eu jamais poderia imaginar — como não poderíamos imaginar o repouso de um dia de verão, se eles não existissem na série daqueles que já vivemos —, dia de que eu não podia dizer absolutamente que me recordava, pois a essa calma se acrescentava agora um sofrimento que então não sentira. Bem mais tarde, porém, quando atravessei pouco a pouco, em sentido inverso, os tempos pelos quais passara antes de amar tanto Albertine, quando meu coração cicatrizado conseguiu separar-se sem dor de Albertine morta, pude então lembrar-me sem dor daquele dia em que Albertine saíra a fazer compras com Françoise, em vez de ficar no Trocadero; lembrei-me com prazer daquele dia, como pertencente a uma estação moral que até então não conhecera, lembrei-me dele, enfim, exatamente, sem mais acrescentar-lhe sofrimento, e, pelo contrário, como a gente se lembra de certos dias de verão que achou muito quentes ao vivê-los, e dos quais, sobretudo, extraímos o valor sem mescla, de ouro fino e de indestrutível azul.

De maneira que esses poucos anos não impunham somente à recordação de Albertine, que os tornava tão dolorosos, a cor sucessiva, as diferentes modalidades de suas estações ou de suas horas, dos crepúsculos de junho às noites de inverno, da lua no mar ao amanhecer de volta para casa, da neve de Paris às folhas mortas de Saint-Cloud, mas também a ideia particular que eu fizera sucessivamente de Albertine, do aspecto físico sob o qual a imaginara a cada um desses momentos, da maior ou menor frequência com que eu a vira naquela estação, que com isto se tornava mais dispersa ou mais compacta, das ansiedades que ela pudera então causar-me pela espera, do desejo que eu sentira em determinado momento por ela, de esperanças formuladas, depois perdidas; tudo isto modificava o caráter de minha tristeza retrospectiva tanto quanto as impressões de luz ou de perfume que lhe estavam associadas, e completava cada um dos anos solares que eu tinha vivido — e que, só pelas suas primaveras, suas árvores, suas brisas,[27] já eram tão tristes por causa da lem-

27 A edição da Bibliothèque de la Pléiade traz, em vez de "suas árvores, suas brisas", "seus outonos, seus invernos". (N. do R.T.)

brança inseparável dela —, duplicando-os com uma espécie de ano sentimental, em que as horas não eram definidas pela posição do sol, mas pela espera de um encontro, em que o comprimento dos dias ou os progressos da temperatura eram medidos pelo voo de minhas esperanças, pelo progresso de nossa intimidade, pela transformação progressiva do seu rosto, pelas viagens que ela fizera, pela frequência e pelo estilo das cartas que escrevera durante certa ausência, pela sua maior ou menor precipitação em me ver de volta. Enfim, essas mudanças de tempo, esses dias diferentes, se me traziam cada um deles uma Albertine diversa, não era somente pela evocação dos momentos semelhantes. Devem estar lembrados de que sempre, antes mesmo que eu amasse, cada dia fizera de mim um homem diferente, tendo outros desejos porque havia outras percepções, e que, só por haver sonhado na véspera com tempestades e falésias, se o dia indiscreto de primavera insinuava um cheiro de rosas na clausura mal cerrada de seu sonho entreaberto, eu acordava de partida para a Itália. Até no amor, o estado mutável de minha atmosfera moral, a pressão modificada de minhas crenças não tinham, em determinado dia, diminuído a visibilidade de meu próprio amor, aumentando-a indefinidamente em outro, embelezando-a até o sorriso, agora, contraindo-a até a tempestade, depois? Somos apenas aquilo que possuímos, não possuímos senão o que nos está realmente presente, e tantas de nossas recordações, de nossos humores, de nossas ideias partem para viagens para longe de nós mesmos, em que os perdemos de vista! Então, já não podemos fazê-los entrar em linha de conta, nesse total que é o nosso ser. Tudo isso, porém, tem caminhos secretos para reentrar em nós. E, certas noites, tendo dormido quase sem saudades de Albertine — pois não podemos ter saudades senão daquilo de que nos lembramos —, ao acordar encontrava eu toda uma frota de recordações que tinham vindo cruzar em mim, na minha mais clara consciência, e que eu distinguia maravilhosamente bem. Então, eu lastimava aquilo que via tão bem e que na véspera fora para mim apenas nada. Depois, bruscamente,[28] o nome de Albertine e sua morte mudavam de sentido; suas traições, subitamente, recobravam toda a importância.

Como é que a julgara morta, quando agora, para pensar nela, não tinha a meu dispor senão as próprias imagens que, quando viva, eu revia alternadamente? Rápida e inclinada sobre a roda mitológica de sua bicicleta, apertada, nos dias de chuva, na guerreira túnica de borracha que lhe empinava os seios, cabeça envolta num turbante e coroada de serpentes, ela semeava terror pelas ruas de Balbec; nas noites em que levávamos champanhe para o bosque de Chantepie, com a voz provocante e alterada, e no rosto aquele desmaiado calor, apenas róseo nas maçãs, que, mal o distinguindo na escuridão do carro, eu me aproximava da zona enluarada para ver melhor, e que agora em vão tentava lembrar e rever, numa escuridão que não acabaria mais; estatuetazinha no passeio a caminho da ilha, rosto calmo, gordinho e granuloso, junto à pianola: era assim, alternadamente pluviosa e rápida, provocante e diáfana, imóvel e sorridente, anjo da música. Cada uma delas estava assim, ligada a um momento, em que eu me sentia recolocado ao tornar a vê-la. Os momentos do passado não são imóveis; guardam em nossa memória o movimento que os arrastava para o futuro, um futuro que também se tornou passado, arrastando-nos também a nós. Jamais havia eu acariciado a Albertine encapada dos dias chuvosos, queria pedir-lhe que tirasse a armadura para conhecer com ela o amor campestre, a fraternidade da viagem. Mas já não era possível: Albertine morrera. Nunca, também, com medo de depravá-la, eu mostrava compreender, nas noites em que parecia oferecer-me certos prazeres que, não fosse isto, ela talvez não houvesse pedido a outros, e agora excitavam em mim um desejo furioso. Eu não os teria experimentado iguais com outra, porém aquela que os teria proporcionado a mim, eu podia correr o mundo inteiro

28 O início da frase foi eliminado na edição da Bibliothèque de la Pléiade. (N. do R.T.)

sem encontrá-la, pois Albertine morrera. Parecia que eu tinha de escolher entre dois fatos e decidir qual o verdadeiro, tanto o da morte de Albertine — vindo para mim de uma realidade que eu não conhecera: sua vida na Touraine — estava em contradição com todos os meus pensamentos relativos a Albertine, meus desejos, minhas saudades, meu enternecimento, meu furor, meu ciúme. Tamanha riqueza de lembranças tiradas ao repertório de sua vida, tamanha profusão de sentimentos evocando, implicando sua vida, pareciam tornar inacreditável que Albertine houvesse morrido. Tamanha profusão de sentimentos — porque a memória, conservando minha ternura, lhe deixava toda a verdade. Não apenas Albertine era uma sucessão de momentos, como eu também. O amor que eu lhe dedicara não fora simples: à curiosidade do desconhecido acrescentara-se um desejo sensual, e, a um sentimento de doçura quase familiar, ora indiferença, ora ciúme furioso. Eu não era um homem só, mas o desfile, hora a hora, de um exército compacto onde havia, conforme o momento, homens apaixonados, indiferentes, ciumentos — ciumentos dos quais nem um só o era da mesma mulher. E, sem dúvida, era daí que um dia viria a cura que eu não desejava. Na multidão, esses elementos podem, um a um, sem que o percebamos, ser substituídos por outros, que outros mais, por sua vez, eliminam ou substituem de modo tão perfeito que, por fim, se consumou a mudança, inconcebível se se tratasse de uma pessoa única. A complexidade de meu amor, de minha pessoa, multiplicava e diversificava meus sofrimentos. No entanto, eles podiam se dispor sempre nos dois grupos cuja alternativa constituíra toda a vida de meu amor a Albertine, ora entregue à confiança, ora à suspeita ciumenta.

Se era difícil imaginar que Albertine, tão viva em mim (revestindo, como eu, o duplo arnês do presente e do passado), tinha morrido, talvez fosse contraditório que essa suspeita de faltas que ela, despojada da carne que gozara com elas, e da alma que pudera desejá-las e tornada irreformável, já não era capaz de cometer, essa suspeita excitasse em mim tamanho sofrimento que eu teria simplesmente abençoado, se nele pudesse ver o penhor da realidade moral de uma pessoa materialmente inexistente e não o reflexo, destinado também a extinguir-se, de impressões que ela me causara outrora. A mulher que já não pudesse experimentar prazer com outras não teria podido mais excitar meu ciúme, se ao menos minha ternura lograsse chegar à tona. Mas isso é que era impossível, pois não poderia encontrar seu objeto — Albertine — senão nas lembranças em que ela permanecia viva. Dado que apenas por pensar nela eu a ressuscitava, suas traições jamais poderiam ser de alguém morto, tornando-se atual o instante em que as cometera, e não somente para Albertine, mas para aquele dos meus "eus" subitamente evocado que a contemplava. De sorte que nenhum anacronismo podia desligar jamais o par indissolúvel em que, a cada nova culpada, logo se acasalava um ciumento lamentável e sempre contemporâneo. Nos últimos meses, eu a mantivera encerrada em minha casa. Mas agora, em minha imaginação, Albertine estava livre e usava mal dessa liberdade, prostituía-se a essa e àquela. Antes, eu pensava constantemente no futuro incerto que se desatava diante de nós e tentava decifrá-lo. Agora, o que estava a minha frente, como uma duplicata do futuro — tão inquietante como o futuro, pois era igualmente incerto, igualmente difícil de decifrar, igualmente misterioso, e mais cruel ainda, pois eu não tinha, como diante do futuro, possibilidade ou ilusão de agir sobre ele, e também porque se desenrolava tão longe quanto minha própria vida, sem que minha companhia lá estivesse para acalmar os sofrimentos que ele me causava — não era mais o Futuro de Albertine, era o seu Passado. Seu Passado? Digo mal, pois para o ciúme não há passado nem futuro, o que ele imagina é sempre o Presente.

As mudanças de atmosfera provocam outras no homem interior, despertam "eus" esquecidos, contrariam a sonolência do hábito, restituem forças a determinadas lembranças, determinados sofrimentos. Quanto mais ainda para mim, se o tempo que fazia me lembrava aquele em que Albertine em Balbec, sob ameaça de chuva, por exemplo, ia fazer — Deus sabe por quê — longos passeios, sob a malha colante do impermeável. Se estivesse viva, hoje, sem dúvida, por um tempo assim tão semelhante, partiria para fazer na Touraine uma excursão análoga. Já que não podia mais fazê-lo, eu não deveria sofrer com essa ideia, mas, como nos amputados, a menor mudança de tempo reavivava dores no membro que não existia mais.

De repente, era uma lembrança que não me ocorria há muito tempo — pois permanecera dissolvida na fluida e invisível extensão da memória — e que se cristalizava. Assim, havia já muitos anos, como alguém falasse no seu *peignoir* para duchas, Albertine corara. Naquela época, eu não tinha ciúmes. Mas depois, quis perguntar-lhe se podia lembrar-se dessa conversa e dizer-me por que tinha corado. Isso me preocupava tanto mais quanto me haviam dito que as duas amigas de Léa frequentavam o estabelecimento balneário do hotel, e, pelo que se dizia, não apenas para tomar duchas. Mas, receoso de irritar Albertine, ou à espera de melhor ocasião, fui adiando a pergunta, e, afinal, não pensei mais nisso. De repente, algum tempo depois da morte de Albertine, percebi a recordação, impregnada desse caráter ao mesmo tempo irritado e solene que têm os enigmas tornados eternamente insolúveis pela morte da única pessoa que teria podido esclarecê-los. Não poderia eu, pelo menos, procurar saber se Albertine havia feito alguma coisa de mal naquela casa de banhos ou apenas tinha parecido suspeita?[29] Mandando alguém a Balbec, talvez o conseguisse. Estando ela viva, sem dúvida não apuraria nada. Mas as línguas se desatam estranhamente e revelam com facilidade uma falta, quando não há mais a temer o rancor da culpada. Como a natureza da imaginação, permanecendo rudimentar e simplista (não tendo passado pelas

29 O trecho "ou apenas tinha parecido suspeita" é acréscimo da edição da Bibliothèque de la Pléiade. (N. do R.T.)

inúmeras transformações que corrigem os modelos primitivos das invenções humanas, mal reconhecíveis quer se trate de um barômetro, de um balão ou de um telefone, em seus ulteriores aperfeiçoamentos), não nos permite ver senão muito poucas coisas de uma só vez, a lembrança da casa de banhos ocupava todo o campo de minha visão interior.

Por vezes, nas ruas escuras do sono, chocava-me com um desses pesadelos, que não são muito graves por uma primeira razão: é que a tristeza que eles provocam mal se prolonga até uma hora depois de acordar, semelhante a esse mal-estar causado por um meio artificial de dormir. E por outra razão, também: só raramente os experimentamos, com dois ou três anos de intervalo Mesmo assim, continuamos a duvidar de que já os tenhamos experimentado, e que não tenham antes esse aspecto de coisas vistas pela primeira vez, que projeta sobre eles uma ilusão, uma subdivisão (pois "desdobramento" não seria bastante). Por certo, uma vez que eu tinha dúvidas sobre a vida e a morte de Albertine, já há muito tempo que deveria entregar-me a investigações, porém a mesma fadiga, a mesma covardia que me tinham levado a submeter-me a Albertine quando ela estava comigo, me impediam de empreender qualquer coisa depois que eu não a via mais. Entretanto, da fraqueza arrastada durante anos surge, por vezes, um clarão de energia. Decidi-me a essa investigação, pelo menos mais natural. Dir-se-ia que nada houvesse também de fora do natural, em toda a vida de Albertine. Pensava comigo a quem mandaria eu tentar semelhante investigação *in loco*, em Balbec. Aimé pareceu-me bem indicado. Além de conhecer admiravelmente o lugar, pertencia a essa categoria de pessoas do povo, zelosas do seu interesse, fiéis àqueles a quem servem, indiferentes a qualquer espécie de moral, e das quais — porque, se lhes pagamos bem, em sua obediência a nossa vontade suprimem tudo que a atrapalhe dessa ou daquela maneira, mostrando-se tão incapaz de indiscrição, de moleza ou de improbidade como desprovidos de escrúpulos — nós dizemos: "São ótimos sujeitos". Nesses podemos confiar absolutamente. Depois que Aimé partiu, pensei como teria sido melhor que isso que ele tentaria saber lá longe eu agora o pudesse perguntar à própria Albertine. E, logo, a ideia dessa pergunta que eu teria querido, que me parecia que ia fazer-lhe, tendo trazido Albertine para junto de mim — não graças a um esforço de ressurreição, mas como pelo acaso de um desses encontros que, como acontece com as fotografias não posadas, com os instantâneos, deixam sempre a pessoa mais viva —, ao mesmo tempo que eu imaginava nossa conversa, sentia-lhe a impossibilidade; acabava de abordar por uma nova face essa ideia de que Albertine morrera, Albertine que me inspirava essa ternura que sentimos pelos ausentes cuja vista não vem retificar a imagem embelezada, inspirando também a tristeza de que essa ausência fosse eterna; e de que a pobrezinha estivesse privada para sempre da doçura da vida. E, logo, por um deslocamento brusco, da tortura do ciúme eu passava ao desespero da separação.

O que agora me enchia o coração era, em lugar das odiosas suspeitas, a lembrança comovida dos momentos de ternura confiante, passados com a irmã que a morte realmente me fizera perder, pois minha mágoa se reportava, não ao que Albertine fora para mim, mas ao que meu coração, desejoso de participar das emoções mais gerais do amor, pouco a pouco me persuadira que ela era; então, eu me dava conta de que aquela vida que me entediava tanto — pelo menos assim o acreditava — fora, pelo contrário, deliciosa; aos mais curtos momentos passados em conversar com ela sobre coisas até insignificantes, eu sentia agora que se tinha ajuntado e amalgamado uma voluptuosidade que então — é verdade — não fora percebida por mim, mas que já era causa de que, aqueles momentos, eu os houvesse sempre e perseverantemente procurado, com exclusão de todo o resto; os menores incidentes de que me recordava, um movimento que ela fizera no carro junto a mim ou para se sentar em face de mim no quarto, propagavam-me na alma um redemoinho de doçura e tristeza que, pouco a pouco, a conquistava inteiramente.

Esse quarto em que jantávamos nunca me parecera bonito; eu dizia simplesmente a Albertine que o era, para que minha amiga sentisse prazer em habitá-lo. Agora, cortinas, cadeiras e livros tinham deixado de ser-me interessantes. Não é apenas a arte que põe encanto e mistério nas coisas mais insignificantes; esse mesmo poder de relacioná-las intimamente conosco é reservado também à dor. No próprio momento, eu não prestara a menor atenção àquele nosso jantar de volta do bosque, antes que eu fosse à casa dos Verdurin, e para a beleza do qual, para a sua grave doçura, eu voltava agora olhos marejados. Uma impressão de amor está fora de proporção com as outras impressões da vida, mas não há de ser quando perdida no meio delas que haveremos de percebê-la. Não é lá de baixo, no tumulto da rua e na barafunda das casas vizinhas, é quando nos afastamos, e das encostas de um morro próximo, a uma distância em que a cidade já desapareceu, ou não forma ao nível da terra senão um amontoado confuso, que podemos, no recolhimento da solidão e da noite, avaliar, única, persistente e pura, a altura de uma catedral. Eu procurava abraçar a imagem de Albertine através de minhas lágrimas, pensando em todas as coisas sérias e justas que ela dissera naquela noite. Certa manhã, julguei ver a forma oblonga de uma colina por entre o nevoeiro, sentir o calor de uma xícara de chocolate, enquanto me constringia horrivelmente o coração a lembrança daquela tarde em que Albertine viera ver-me e em que, pela primeira vez, eu a beijara: é que eu acabava de ouvir o soluço do aquecedor de água, que tinham acendido. Joguei fora, irritado, um convite da sra. Verdurin, que Françoise trouxera. A impressão que eu tivera indo jantar pela primeira vez na Raspelière, de que a morte não golpeia a todas as criaturas na mesma idade, com que força acrescida se impunha a mim, agora que Albertine morrera tão moça e que Brichot continuava a jantar em casa da sra. Verdurin, a qual recebia sempre, e receberia talvez durante muitos anos ainda! E logo esse nome, Brichot, me lembrou o fim daquela mesma noite em que ela me levara em casa e em que eu vira de baixo a luz da lâmpada de Albertine. Já havia pensado nisso outras vezes, mas não tinha abordado a lembrança pelo mesmo ângulo. Pois se nossas lembranças realmente nos pertencem é como se fossem essas propriedades no campo que possuem pequenas portas ocultas que muitas vezes nós mesmos desconhecemos e que alguém da vizinhança abre para nós, de forma que, pelo menos por um caminho pelo qual ainda não tínhamos passado, vemos que voltamos para casa.[30] Então, ao pensar no vazio que eu sentiria agora voltando para casa, que não mais veria cá de baixo o quarto de Albertine, cuja luz se apagara para sempre, compreendi o quanto, naquela noite em que, deixando Brichot, eu imaginara sentir tédio e pesar por não poder ir passear e amar por aí afora, compreendi o quanto me enganara, e era somente porque julgava inteiramente segura a posse daquele tesouro cujos reflexos vinham lá do alto até mim, que eu me descuidara de apreciar-lhe o valor, e que fazia com que me parecesse forçosamente inferior a outros prazeres, por pequenos que fossem, mas que, procurando imaginá-los, eu avaliava. Compreendi o quanto essa luz que me parecia vir de uma prisão continha para mim de plenitude, vida e doçura, e que não era senão a realização do que me embriagara por um instante, e depois parecera para sempre impossível na noite em que Albertine dormira sob o mesmo teto que eu, em Balbec;[31] compreendia que essa vida que eu levava em Paris, no meu lar que também era seu, representava justamente a realização dessa paz profunda com que eu sonhara na noite em que Albertine dormira sob o mesmo teto que eu, em Balbec.

Mas não me consolaria se não houvesse ocorrido a conversa que tivera com Albertine ao voltar do Bois antes daquela última

30 O trecho que se inicia em "Pois se nossas lembranças realmente nos pertencem" é acréscimo da edição da Bibliothèque de la Pléiade. (N. do R.T.)

31 O trecho "na noite em que Albertine dormira sob o mesmo teto que eu, em Balbec" é acréscimo da edição da Bibliothèque de la Pléiade. (N. do R.T.)

soirée em casa dos Verdurin, aquela conversa que misturara um pouco de Albertine à vida de minha inteligência e, em certas parcelas, nos fizera idênticos um ao outro. Porque, sem dúvida, sua inteligência e sua gentileza para comigo, se pensava nelas com enternecimento, não é porque fossem maiores que as de outras pessoas que eu conhecera. Pois a sra. de Cambremer não me dissera em Balbec: "Como? O senhor poderia passar os dias com Elstir, que é um homem de gênio, e os passa com sua prima?!". A inteligência de Albertine me agradava porque, por associação, despertava em mim o que eu chamava sua doçura, como chamamos doçura de uma fruta a determinada sensação que só está em nosso paladar. E, de fato, quando pensava na inteligência de Albertine, meus lábios avançavam instintivamente, saboreando uma recordação cuja realidade eu preferia que me fosse exterior e consistisse na superioridade objetiva de uma criatura. É indubitável que eu conhecera pessoas de uma inteligência maior. Mas o infinito do amor, ou seu egoísmo, faz com que as criaturas a quem amamos sejam aquelas cuja fisionomia intelectual ou moral se torne para nós a menos objetivamente definida: retocamo-la continuamente ao sabor de nossos desejos e de nossos receios; não as separamos de nós: são apenas um lugar imenso e vago, em que se exteriorizam nossas ternuras. Não temos do nosso próprio corpo, onde afluem perpetuamente tantas formas de mal-estar e tantos prazeres, um perfil tão nítido como o de uma árvore, de uma casa ou de um transeunte. E meu erro consistira talvez em não me esforçar mais por conhecer Albertine em si mesma. Assim como, do ponto de vista do seu encanto, eu não considerara por muito tempo senão as posições diferentes que ela ocupava em minha lembrança no plano dos anos, e ficara surpreendido ao ver que ela se enriquecera espontaneamente com modificações devidas apenas à diferença das perspectivas, assim também eu devia ter procurado compreender-lhe o caráter como se fosse uma pessoa qualquer, e talvez, explicando-me então por que se obstinava ela a esconder-me seu segredo, teria evitado prolongar, entre nós, com estranho encarniçamento, esse conflito que acarretara a morte de Albertine.[32] E sentia então, com uma grande piedade por ela, vergonha de sobreviver-lhe. Parecia-me de fato, nas horas em que sofria menos, que me beneficiava de alguma maneira com sua morte, pois a mulher tem muito maior utilidade em vida, quando constitui nela, em vez de elemento de felicidade, instrumento de pesar, e não há nenhuma cuja posse nos seja tão preciosa como a das verdades que ela nos descobre fazendo-nos sofrer. Nesses momentos, aproximando a morte de minha avó da de Albertine, sentia que minha vida estava manchada com um duplo assassínio e só a covardia da sociedade poderia perdoar-me. Sonhava em ser compreendido por Albertine, em não ser mal conhecido por ela, acreditando que era pela grande felicidade de ser compreendido, de não ser mal conhecido, quando tantas outras poderiam fazê-lo melhor. Desejamos ser compreendidos porque desejamos ser amados, e desejamos ser amados porque amamos. A compreensão dos outros é indiferente, e o amor deles, importuno. Minha alegria por haver possuído um pouco da inteligência de Albertine, e de seu coração, não vinha do valor intrínseco desses dons, mas do fato de que essa posse era um grau a mais na posse total de Albertine, posse que fora meu objetivo e minha quimera desde o primeiro dia em que a vira. Quando falamos da "gentileza" de certa mulher, talvez não façamos senão projetar fora de nós o prazer que experimentamos em vê-la, como as crianças quando dizem: "minha querida caminha, meu querido travesseirinho, meus queridos pilriteirinhos". O que explica, aliás, que os homens jamais digam da mulher que não os engane: "Ela é tão gentil!", e o digam tantas vezes de outra por quem são enganados. A sra. de Cambremer achava, com razão, que o encanto espiritual de Elstir

32 Para evitar modificar muito a tradução de Drummond, trazemos em nota a versão atual da Bibliothèque de la Pléiade para este trecho: "teria evitado prolongar entre esse estranho encarniçamento e meu invariável pressentimento o conflito que acarretara a morte de Albertine". (N. do R.T.)

era enorme. Não podemos, porém, julgar da mesma maneira o de uma pessoa que é, como todas as outras, exterior a nós, pintada no horizonte de nosso pensamento, e o de outra que, em consequência de um erro de localização consecutiva a certos acidentes, mas tenaz, se instalou em nosso próprio corpo a ponto de, perguntando-nos retrospectivamente se ela não olhou para uma mulher, certo dia, no corredor de um trenzinho costeiro, nos provocar os mesmos sofrimentos que um cirurgião a procurar uma bala em nosso coração. Um simples *croissant*, comido por nós, causa-nos mais prazer que todos os verdelhões, filhotes de coelho e perdizes vermelhas servidos a Luís xv, e o talo de erva que a alguns centímetros palpita diante de nossos olhos, quando estamos deitados na montanha, pode esconder-nos a vertiginosa agulha de um cume, se este estiver a muitas léguas de distância. De resto, nosso erro não está em valorizar a gentileza e a inteligência da mulher amada, por pequenas que sejam. Nosso erro está em permanecer indiferentes à gentileza e à inteligência das outras. A mentira só recomeça a causar-nos indignação, e a bondade o reconhecimento que deveriam sempre despertar em nós, quando vêm da mulher a quem amamos, e o desejo físico tem esse maravilhoso poder de conferir valor à inteligência e bases sólidas à vida moral. Jamais tornaria eu a encontrar essa coisa divina: uma pessoa com quem pudesse conversar sobre tudo, a quem pudesse confiar-me. Confiar-me? Pois outras criaturas não me demonstravam mais confiança que Albertine? Com outras não tinha eu conversas mais longas? É que confiança e conversa, coisas medíocres, que importa sejam mais ou menos imperfeitas, se a elas se mistura simplesmente o amor, este, sim, divino? Via de novo Albertine, rósea sob a cabeleira negra, sentando-se diante da pianola, e sentia, sobre meus lábios, que ela tentava afastar, sua língua, sua língua materna, incomestível, nutriente e sagrada, cuja flama e cujo orvalho secretos eram de tal ordem que, mesmo se Albertine a fazia deslizar pela superfície de meu pescoço ou de meu ventre, essas carícias superficiais, mas de certo modo feitas pelo interior de sua carne, exteriorizado como um tecido que mostrasse o avesso, adquiriam, até mesmo nos contatos mais externos, como que a misteriosa doçura de uma penetração.

Todos esses instantes tão doces, que nada me restituiria jamais, nem mesmo direi que fosse desespero o que sentia ao perdê-los: para que alguém desespere é preciso ainda ter certo apego a essa vida que será fatalmente desgraçada. Eu me sentia desesperado em Balbec, ao ver despontar o dia, depois de compreender que mais nenhum outro seria feliz para mim. A partir de então, continuava a ser egoísta, porém o "eu" a que agora me ligava, o "eu" que constituía essas vivas reservas postas em jogo pelo instinto de conservação, esse "eu" já não fazia parte da vida; ao pensar em minhas forças, em minha potência vital, no que eu tinha de melhor, pensava em certo tesouro que possuíra (que fora o único a possuir, pois os outros não podiam conhecer com exatidão o sentimento, oculto em mim, que ele me inspirava) e que já ninguém podia arrebatar-me, pois que eu não o possuía mais. E, para dizer a verdade, jamais o possuíra senão porque tinha querido convencer-me de sua posse. Ao olhar para Albertine e ao instalá-la em meu coração, não cometera só a imprudência de fazê-la viver dentro de mim, nem essa outra imprudência de misturar um amor familial ao prazer dos sentidos. Tinha querido também persuadir-me de que nossas relações eram amor, que praticávamos mutuamente as relações chamadas amor, porque ela me retribuía com docilidade os beijos que eu lhe dava, e, por ter adquirido o hábito de acreditar nisso, não perdera simplesmente a mulher a quem eu amava, porém a mulher que me amava, minha irmã, minha filha, minha terna amante. Em suma, tivera uma felicidade e uma infelicidade que Swann não conhecera, pois justamente durante todo o tempo em que amara Odette e sentira tanto ciúme ele mal conseguia vê-la, e só com muita dificuldade, em certos dias em que ela se recusava à última hora, conseguia ir a sua casa. Mas depois tivera-a para si, como sua esposa, até ele morrer. Eu, pelo contrário, enquanto sentia tamanho ciúme de Albertine, mais feliz do que Swann, tivera-a em minha casa. Realizara, em verdade, aquilo que Swann tinha sonhado tantas vezes, e que só realizara materialmente quando isso já lhe era indiferente. Mas enfim, quanto a Albertine, essa eu não havia guardado como Swann guardara Odette. Ela fugira, e morrera. Porque nada jamais se repete exatamente, e as existências mais análogas e que, graças ao parentesco dos caracteres e à similitude das circunstâncias, podemos escolher para apresentá-las como simétricas uma à outra em muitos pontos continuam opostas. E evidentemente a principal oposição (a arte) ainda não tinha se manifestado.[33] Perdendo a vida, eu não teria perdido grande coisa; não perderia mais que uma forma vazia, o quadro vazio de uma obra-prima. Indiferente ao que daí por diante pudesse eu introduzir aí, mas feliz e orgulhoso por pensar no que contivera, eu me apoiava à lembrança daquelas horas tão doces, e esse sustentáculo moral me comunicava um bem-estar que nem mesmo a aproximação da morte haveria destruído.

Como acudia rápida para me ver em Balbec, quando eu a mandava chamar, só se demorando em perfumar os cabelos para agradar-me! Essas imagens de Balbec e Paris, que eu gostava assim de repassar, eram as páginas ainda tão recentes, e tão depressa volvidas, de sua curta existência. Tudo isso, que não era para mim senão lembrança, para ela fora ação, ação precipitada, como a de uma tragédia, para a morte rápida.[34] As criaturas têm um desenvolvimento em nós, mas outro fora de nós (eu bem o sentira, naquelas noites em que observava em Albertine um enriquecimento de qualidades, devido apenas à minha memória), e ambos não deixam de produzir reações um sobre o outro. Procurando conhecer

33 Frase acrescentada ao texto original na edição da Bibliothèque de la Pléiade. (N. do R.T.)

34 A comparação da morte de Albertine com a ação de uma tragédia antecipa a analogia entre a relação do casal com a tragédia *Fedra*, de Racine, citada anteriormente e desenvolvida mais adiante. (N. do R.T.)

Albertine para depois possuí-la inteiramente, em vão obedecia eu apenas à necessidade de reduzir pela experiência, a elementos mesquinhamente semelhantes aos de nosso "eu", o mistério de toda criatura, de todo lugar, que a imaginação nos fez parecer diferentes e à necessidade de conduzir cada uma de nossas alegrias profundas para sua própria destruição,[35] não o pudera fazer sem influir, por minha vez, sobre a vida de Albertine. Talvez minha fortuna, ou as perspectivas de um casamento brilhante a tenham atraído; meu ciúme a retivera; sua bondade, sua inteligência, ou o sentimento de sua culpa, ou as habilidades de sua astúcia lhe fizeram aceitar, e me levaram a tornar cada vez mais duro um cativeiro forjado simplesmente pelo desenvolvimento interno de meu trabalho mental, mas que nem por isso deixara de ter repercussões na vida de Albertine, repercussões elas próprias destinadas a suscitar, por um choque de retorno, problemas novos e cada vez mais dolorosos à minha psicologia, pois de minha prisão ela se evadira para ir matar-se num cavalo que, sem mim, ela não teria possuído, e deixado-me, já morta, suspeitas cuja verificação, se acaso ocorresse, me seria talvez mais cruel que a descoberta, em Balbec, de que Albertine conhecera a srta. Vinteuil, pois Albertine já não estaria mais aqui para apaziguar-me. De tal modo que essa longa queixa da alma, supondo viver encerrada em si mesma, só na aparência é um monólogo, pois os ecos da realidade a desviam, e tal vida é como uma experiência de psicologia subjetiva espontaneamente desenvolvida, mas que a cada instante fornece sua "ação" ao romance puramente realista de uma outra realidade, de uma outra existência, cujas peripécias, por sua vez, vêm infletir a curva e mudar a direção da experiência psicológica. Como a engrenagem fora apertada, como fora rápida a evolução de nosso amor e, apesar de alguns atrasos, interrupções e hesitações do princípio, à

35 O trecho "de todo lugar, que a imaginação nos fez parecer diferentes e à necessidade de conduzir cada uma de nossas alegrias profundas para sua própria destruição," é um acréscimo da edição da Bibliothèque de la Pléiade. (N. do R.T.)

maneira de certas novelas de Balzac ou de algumas baladas de Schumann, como foi precipitado o desenlace![36] E no decorrer desse último ano, para mim do tamanho de um século, tanto Albertine mudara de posições com relação ao meu pensamento desde Balbec até sua partida de Paris, e também independentemente de mim e muitas vezes à minha revelia mudara em si mesma, que seria preciso colocar toda aquela boa vida de ternura, que entretanto me aparecia com uma plenitude, quase uma imensidão, para sempre impossível e que, não obstante, me era indispensável. Indispensável sem talvez ter sido em si, e logo de início, qualquer coisa de necessário, pois eu não teria conhecido Albertine se não houvesse lido em um tratado de arqueologia a descrição da igreja de Balbec; se Swann, ao dizer-me que essa igreja era quase persa, não houvesse orientado meus desejos para o normando bizantino; se uma sociedade de palacetes, construindo em Balbec um hotel higiênico e confortável, não induzisse meus pais a atenderem meu desejo, mandando-me para Balbec. Por certo, nessa Balbec já há tanto tempo desejada, eu não achara a igreja persa com que sonhava, nem os nevoeiros eternos. O próprio e famoso trem de uma e trinta e cinco não correspondera à expectativa. Mas, em troca do que a imaginação deixa esperar e que tão penosamente tentamos descobrir, dá-nos à vida alguma coisa que estávamos bem longe de imaginar. Quem me diria, em Combray, quando eu aguardava o boa-noite de mamãe com tamanha tristeza, que essa ansiedade

36 A comparação com a tragédia de Racine é aqui substituída pela comparação com a música de Schumann e textos de Balzac, em que uma lenta preparação conduz a um final surpreendente. Dentre os textos em que pensa o narrador, lembre-se, por exemplo, de *Sarrasine*, novela que narra a "aparição de um personagem estranho", de uma "criatura sem nome na linguagem humana, forma sem substância, ser sem vida, ou vida sem ação". Esse "cadáver ambulante" de quem parece depender "a felicidade, a vida e a fortuna de todos", aparentemente desaparece em narrativas paralelas e sua importância só é explicada nas páginas finais da novela. A conversa ao final de *A fugitiva* com Gilberte também conclui abruptamente temas introduzidos no livro milhares de páginas antes. (N. do R.T.)

passaria para renascer mais tarde, não por mamãe e sim por uma jovem que a princípio seria apenas, no horizonte marítimo, uma flor que meus olhos eram cada dia convidados a contemplar, mas uma flor pensante, em cujo espírito desejaria eu tão puerilmente ocupar um grande lugar, e que eu havia de sofrer só porque ela ignorava que eu conhecesse a sra. de Villeparisis! Sim, é pelo boa-noite, pelo beijo dessa tal estranha que, ao fim de alguns anos, eu deveria sofrer tanto quanto em criança, quando mamãe não podia ir ver-me. Ora, essa Albertine tão necessária, de cujo amor minha alma se compunha quase que unicamente, se Swann não me houvesse falado a seu respeito em Balbec, eu jamais a conheceria. Sua vida teria sido talvez mais longa, e a minha, desprovida daquilo que agora constituía seu martírio. E também me parecia que, por causa de minha ternura unicamente egoísta, eu havia deixado Albertine morrer, como havia assassinado minha avó. Mesmo mais tarde, mesmo já a tendo conhecido em Balbec, poderia não amá-la, como fiz logo depois. Quando renunciei a Gilberte, sabendo que algum dia poderia amar outra mulher, mal ousava ter dúvidas sobre se, afinal de contas, no passado eu não teria podido amar senão Gilberte. Ora, quanto a Albertine, já não restava dúvida: estava certo de que poderia não ser ela que eu tivesse amado, poderia ser outra. Bastaria para isso que a srta. de Stermaria, na noite em que iríamos jantar na ilha do Bois, não houvesse desfeito a combinação. Ainda era tempo então, e teria sido pela srta. de Stermaria que se exerceria essa atividade da imaginação, pela qual extraímos de uma mulher uma tal noção do individual que ela nos parece única em si, e, para nós, predestinada e necessária. No máximo, colocando-me em um ponto de vista quase fisiológico, ser-me-ia lícito dizer que teria podido sentir esse mesmo amor exclusivo por uma outra mulher, não por qualquer outra mulher. Porque Albertine, morena e gorda, não se parecia com Gilberte, que era ruiva e delgada, e contudo tinham ambas a mesma aparência de saúde, e no mesmo rosto sensual um olhar de que dificilmente se captaria a significação. Eram dessas mulheres para as quais nem sequer olhariam homens, que, por seu lado, cometeriam loucuras por outras que "não me diziam nada". Eu acreditara que a personalidade sensual e voluntária de Gilberte emigrara para o corpo de Albertine, um pouco diferente, é verdade, mas apresentando, agora que eu refletia nisso posteriormente, analogias profundas. Um homem tem quase sempre a mesma maneira de se resfriar, de adoecer, isto é, precisa para isso de certo concurso de circunstâncias; é natural que, quando se torne amoroso, o seja de certo gênero de mulheres, de certo gênero aliás muito extenso. Os dois primeiros olhares de Albertine que me fizeram cismar não eram absolutamente diversos dos primeiros olhares de Gilberte. Eu seria capaz de acreditar que a obscura personalidade, a natureza voluntária e astuciosa de Gilberte haviam voltado para me tentar, desta vez encarnadas no corpo de Albertine, completamente outra, embora não sem analogias. Quanto a Albertine, graças a uma vida inteiramente diversa, partilhada comigo, no decorrer da qual não pudera insinuar-se qualquer fenda de distração e esquecimento em um bloco de pensamentos que uma dolorosa preocupação mantinha em estado de coesão permanente, não deixei um dia sequer de encontrar em seu corpo vivo, ao contrário do corpo de Gilberte, aquilo que eu reconhecia afinal de contas constituir para mim (e não o constituía para outros) os encantos femininos. Porém, Albertine morrera. Eu a esqueceria. Quem sabe se, então, as mesmas qualidades de sangue rico e de cisma inquieta não voltariam um dia a perturbar-me, porém encarnadas dessa vez em que outra forma feminina, é o que eu não podia prever. Com auxílio de Gilberte, ser-me-ia tão difícil imaginar Albertine, e que eu haveria de amá-la, quanto me seria, pela lembrança da sonata de Vinteuil, imaginar o seu septeto. Mais ainda, até mesmo nas primeiras vezes em que vira Albertine, podia acreditar que era a outras que amaria. De resto, ela poderia mesmo ter-me parecido, se a conhecesse um ano mais cedo, tão baça quanto um céu cinzento, em que a aurora ainda não despontou. Se eu mudara a seu respeito, ela própria mudara também, e a moça que se deitara em minha cama no dia em que eu escrevera a srta. de Stermaria já não era a mesma que eu conhecera em Balbec, fosse por uma simples explosão da mulher, aparecendo no momento da puberdade, fosse por circunstâncias que jamais pude conhecer. Em todo caso, mesmo se aquela a quem eu amasse um dia devesse, em certa medida, se lhe assemelhar, isto é, se a minha escolha de uma mulher não era inteiramente livre, isso afinal de contas fazia com que, dirigida de maneira talvez necessária, ela o era sobre alguma coisa mais vasta que o indivíduo, sobre um gênero de mulheres, e isto, tirando toda necessidade ao meu amor a Albertine, bastava para meu desejo.[37] A mulher cujo rosto temos diante de nós mais frequentemente do que a própria luz, pois, mesmo de pálpebras cerradas, não deixamos sequer um instante de amar seus lindos olhos e seu lindo nariz e de promover todos os meios para tornar a vê-los, essa mulher única, bem sabemos que outra a encarnaria para nós, se tivéssemos estado em outra cidade que não aquela onde a encontramos, ou passeado em outros quarteirões, ou frequentado outro salão. Única, supomos nós? É inumerável. Entretanto é compacta, indestrutível a nossos olhos que a amam, e durante muito tempo insubstituível por outra. É que essa mulher não fez senão suscitar em nós, por uma espécie de apelo mágico, mil elementos de ternura existentes em estado fragmentário que ela congregou e uniu, obturando qualquer fenda entre eles; somos nós mesmos que, conferindo-lhe seus traços, fornecemos toda matéria sólida à pessoa amada. Daí resulta que, mesmo quando somos para ela apenas um entre mil, e talvez o último de todos, para nós ela é a única, e nossa vida se volta em sua direção. Por certo, já eu havia sentido bem que esse amor não era necessário, não só porque ele poderia ter se desenvolvido em torno da srta. de Stermaria, como, independente disso, por conhecê-lo diretamente, por vê-lo demasiado parecido

37 O trecho "tirando toda necessidade ao meu amor a Albertine, bastava para meu desejo" é versão diferente deste trecho, segundo o texto-padrão da Bibliothèque de la Pléiade. (N. do R.T.)

com o que fora para outras, e também por senti-lo mais vasto que Albertine, envolvendo-a, sem conhecê-la, ao jeito da maré em torno de um fino rochedo. Mas, pouco a pouco, à força de viver com Albertine, já não podia desprender-me das cadeias que eu mesmo forjara, pois o hábito de associar a pessoa de Albertine ao sentimento que ela não inspirara me fazia entretanto acreditar que ele lhe era próprio, como o hábito dá à simples associação de ideias entre dois fenômenos, segundo pretende certa escola filosófica, a força e a necessidade ilusória de uma lei de causalidade. Eu julgara que minhas relações e minha fortuna me dispensariam de sofrer, e talvez com demasiada eficácia, pois isso parecia dispensar-me de sentir, de amar, de imaginar; invejava a pobre rapariga da roça, a quem a ausência de relações, e mesmo de telégrafo, concede longos meses de sonhos depois de um desgosto que ela não pode insensibilizar artificialmente. Ora, pois, agora me dava conta de que, se, quanto à sra. de Guermantes, cumulada de tudo que poderia tornar infinita a distância entre nós dois, eu vira essa distância bruscamente suprimida pela opinião de que vantagens sociais não são senão matéria inerte e transformável, de maneira semelhante, embora inversa, minhas relações, minha fortuna, todos os meios materiais de que tanto minha situação quanto a civilização de época me faziam aproveitar, não tinham feito outra coisa senão adiar a conclusão da luta corpo a corpo com a vontade contrária e inflexível de Albertine, sobre a qual nenhuma pressão tinha influído como nas guerras modernas em que os preparativos da artilharia, o alcance formidável da maquinaria apenas retardam o momento em que um homem se joga sobre outro homem e quando é o coração mais forte que vence.[38] Sem dúvida, eu havia podido trocar telegramas e telefonemas com Saint-Loup, manter relações

38 A comparação iniciada por "como nas guerras modernas" é um acréscimo à edição da Bibliothèque de la Pléiade, ausente da edição original consultada por Drummond. A imagem da espera ansiosa pelo final de uma guerra que se estende indefinidamente antecipa o contexto do volume final do romance. (N. do R.T.)

constantes com o escritório de Tours, mas a espera deles não fora inútil, e nulo o resultado? E as raparigas da roça, sem vantagens sociais, sem relações, os seres humanos antes dos aperfeiçoamentos da civilização não sofrerão menos porque desejamos menos, porque lamentamos menos aquilo que sempre soubemos inacessível, e que por causa disso permaneceu como que irreal? Desejamos mais a pessoa que vai entregar-se; a esperança antecipa-lhe a posse; mas também a saudade é um amplificador do desejo. A recusa da srta. de Stermaria em ir jantar na ilha do Bois é que havia impedido que fosse ela quem eu amasse. Isso teria bastado também para que ela me amasse, caso depois eu tivesse tornado a vê-la a tempo. Logo que soube que ela não iria, considerando inverossímil a hipótese — que se concretizara — de que talvez alguém sentisse ciúmes dela e a afastasse dos outros, e de que eu não tornaria mais a vê-la, sofri tanto que teria dado tudo para vê-la, e foi uma das maiores angústias que já conheci, essa que a chegada de Saint-Loup viera apaziguar. Ora, a partir de certa idade, nossos amores e nossas amantes são filhos de nossa angústia; nosso passado e as lesões físicas em que ele se inscreveu determinam nosso futuro. Quanto a Albertine, particularmente, o fato de não ser necessário que fosse ela que eu amasse estava, mesmo sem esses amores próximos, inscrito na história de meu amor a ela, isto é, a ela e a suas amigas. Porque nem mesmo era um amor como aquele a Gilberte, e sim criado por divisão entre muitas moças. Que fosse por sua causa, e porque as outras me parecessem algo de análogo a ela, que suas amigas me tinham agradado, era bem possível. O fato é que, durante bastante tempo, a hesitação entre todas foi possível; e minha escolha passeava de uma para outra, e, quando julgava preferir esta, bastava que aquela me fizesse esperar ou se recusasse a ver-me para que eu sentisse por ela um começo de amor. Muitas vezes, naquela época, se Andrée devia ir ver-me em Balbec, e se, um pouco antes de sua visita, eu tivesse preparado dizer-lhe, de forma mentirosa, para não parecer dar muita importância para ela: "É uma pena, se pelo menos você tivesse vindo há alguns dias, agora estou gostando de outra, mas isso não tem importância, você vai poder me consolar" e se Albertine me faltasse com a palavra, meu coração batia desordenadamente, eu acreditava que não a veria nunca mais, e era ela a quem amava.[39] E quando Andrée chegava, era a sério que eu lhe dizia (como lhe disse em Paris, depois de saber que Albertine conhecera a srta. Vinteuil) aquilo que ela poderia supor intencional, sem sinceridade, que teria sido dito realmente e nos mesmos termos, se eu tivesse sido feliz na véspera com Albertine: "Que pena! Se você tivesse vindo mais cedo... Mas, agora, eu gosto de outra". Ainda nesse caso de Andrée, substituída por Albertine quando eu soubera que esta havia conhecido a srta. Vinteuil, o amor fora alternativo, e por consequência, em suma, só houvera um de cada vez. Mas ocorrera antes determinado caso em que eu ficara meio brigado com duas das moças. Aquela que desse o primeiro passo me restituiria a calma, e seria a outra a quem eu amaria, se continuasse de mal, o que não quer dizer que não fosse à primeira que eu me ligaria em definitivo, pois ela me consolaria — embora improficuamente — da severidade da segunda, a quem acabaria por esquecer, se ela não voltasse. Ora, acontecia que, convencido de que uma ou outra, pelo menos, voltaria para mim, nenhuma das duas, durante algum tempo, o fazia. Minha angústia era, pois, dupla, e duplo meu amor, e eu me reservava para deixar de amar aquela que voltasse, mas sofrendo até lá por todas duas. É quinhão de uma certa idade, que pode vir muito cedo, ou tornarmo-nos menos apaixonados por uma criatura do que por um abandono, e dessa criatura acabamos por saber apenas uma coisa, pois seu rosto se tornou obscuro, sua alma inexistente, em nossa preferência ainda completamente nova e inexplicada — é que, para não sofrer mais, precisaríamos que essa criatura nos dissesse: "Você pode me receber?". Minha

39 O trecho que vai de "eu tivesse preparado" até "se Albertine me faltasse com a palavra" é versão diferente do trecho em francês da edição da Bibliothèque de la Pléiade. (N. do R.T.)

separação de Albertine, no dia em que Françoise me disse: "A srta. Albertine foi-se embora", era como uma alegoria bastante enfraquecida de tantas outras separações.[40] Porque, muitas vezes, para descobrir que estamos amando, talvez mesmo para que fiquemos apaixonados, é preciso chegar o dia da separação.

Quando é uma espera vã, uma palavra de recusa que fixa a escolha, a imaginação, fustigada pelo sofrimento, faz tão depressa o seu trabalho, elabora com tão louca rapidez um amor apenas começado e que permanecia informe, destinado a ficar em estado de esboço há já meses, que por instantes a inteligência, não conseguindo apanhar o coração, se espanta e exclama: "Mas estás louco, no fundo de que pensamentos novos vives assim tão dolorosamente? Nada disso é a vida real". E de fato, nesse momento, se não fôssemos impelidos na devoção da infiel, algumas boas distrações que nos acalmassem fisicamente o coração bastariam para fazer abortar o amor. Em todo caso, se em essência não era necessária, aquela vida com Albertine se havia tornado indispensável para mim. Eu tremia quando amava a sra. de Guermantes, porque dizia comigo que, com seus recursos desmesurados de sedução, não só em matéria de beleza, mas também de situação social e de fortuna, ela teria liberdade de entregar-se a muita gente, e pouco domínio teria eu sobre ela. Sendo pobre e obscura, Albertine deveria estar desejosa de casar-se comigo. Seja por causa das condições sociais ou pelas previsões do bom senso, em verdade não temos poder sobre uma criatura. Por que não me dissera ela: "Eu tenho esses gostos"? Eu teria cedido, permitindo-lhe satisfazê-los. Em um romance que eu lera, havia certa mulher a quem nenhuma acusação do homem que a amava fazia falar. Lendo-o, achara absurda a situação; eu (dizia cá comigo) primeiro teria obrigado a mulher a falar, em seguida nos entenderíamos; para que esses sofrimentos inúteis? Mas via agora que não temos liber-

40 A expressão "bastante enfraquecida" é acréscimo da edição da Bibliothèque de la Pléiade. (N. do R.T.)

dade de deixar de forjá-los e que em vão conhecemos nossa vontade: os outros não nos obedecem. Entretanto, essas dolorosas, essas inelutáveis verdades que nos dominavam, e para as quais estávamos cegos, verdade de nossos sentimentos, verdade de nosso destino, quantas vezes, sem saber, sem querer, nós as dissemos em palavras sem dúvida para nós mentirosas, mas às quais o acontecimento dera depois um valor profético! Bem me recordava de palavras que um e outro havíamos pronunciado sem saber então a verdade que continham, e, mesmo que pronunciáramos acreditando representar uma comédia, e cuja falsidade era bem tênue, bem pouco interessante, inteiramente confinada em nossa deplorável insinceridade, em comparação com o que elas continham sem que o soubéssemos. Mentiras e erros, do lado de cá da realidade profunda que não percebíamos; verdade do lado de lá, verdade de nossos caracteres, cujas leis essenciais nos escapam e pedem tempo para se revelarem, verdade de nossos destinos também. Eu supunha mentir quando lhe dizia em Balbec: "Quanto mais nos virmos, tanto mais gostarei de você" (e entretanto fora essa intimidade de toda hora, por meio do ciúme, que me prendera tanto a ela). "Sei que eu poderia ser útil a seu espírito"; em Paris: "Procure ser prudente; pense que, se lhe acontecesse um desastre, eu não me consolaria"; e ela: "Mas pode me acontecer um desastre"; em Paris, na noite em que eu fingira querer deixá-la: "Deixe-me olhar você mais um pouco, porque dentro em breve não a verei mais, e será para sempre". E ela, quando nessa mesma noite olhou em redor: "E pensar que nunca mais verei este quarto, estes livros, esta pianola, esta casa toda... Não posso acreditar nisso, e no entanto é verdade". Em suas últimas cartas, enfim, ao escrever — provavelmente dizendo com seus botões: "Estou fazendo *chiquê*" — "Deixo-lhe o melhor de mim mesma" (e de fato não era à fidelidade, às forças, ai de mim!, frágeis também, de minha memória que estavam agora confiadas sua inteligência, sua bondade, sua beleza?) e "aquele passeio duplamente crepuscular (pois caía a noite, e nós íamos nos separar), e que só se apagará de meu espírito com a noite completa", essa frase, escrita na véspera do dia em que, realmente, seu espírito fora invadido pela noite completa, e em que talvez, nesses últimos clarões, tão rápidos, mas que a ansiedade do momento pulveriza até o infinito, ela tornasse a ver nosso último passeio, e, nesse instante em que tudo nos abandona e em que se cria uma fé, como os ateus se tornam cristãos no campo de batalha, talvez houvesse chamado em seu socorro o amigo tantas vezes amaldiçoado mas tão respeitado que ele próprio — pois todas as religiões se assemelham — tinha a cueldade de desejar que ela também houvesse tido tempo para se reconhecer, para lhe dedicar seu último pensamento, para enfim confessar-se a ele, morrer nele... Mas, para quê?, pois mesmo se então ela houvesse tido tempo para se reconhecer, nós não tínhamos compreendido, um e outro, onde estava nossa felicidade, e o que deveríamos ter feito, senão quando essa felicidade não era mais possível, quando não mais podíamos realizá-la. Enquanto as coisas são possíveis nós as adiamos, e elas não podem adquirir essa capacidade de atração e essa aparente facilidade de realização senão quando, projetadas no vazio ideal da imaginação, se subtraem à imersão depressiva e desfiguradora no meio vital. A ideia de que temos de morrer é mais cruel do que a morte, porém menos que a ideia de que alguém morreu, e que, aplanando-se depois de haver engolfado a criatura, estende, sem um redemoinho sequer naquele ponto, uma realidade de onde essa criatura está excluída, onde não existe mais nenhuma vontade, nenhum conhecimento, e da qual é tão difícil remontar à ideia de que essa criatura viveu, quanto é difícil, no que toca à lembrança recentíssima de sua vida, pensar que seja assimilável às imagens sem consistência, às lembranças deixadas pelas personagens do romance que lemos.

Quando menos, sentia-me feliz pelo fato de que, antes de morrer, ela me escrevera essa carta, sobretudo mandara um último telegrama, provando-me que, se vivesse, teria voltado. Parecia-me que assim não era apenas mais doce, era mais belo também, que o acontecimento estaria incompleto sem esse telegrama, teria menos aparência de arte e de destino. Na realidade, ele a teria do mesmo modo se houvesse sido outro, pois todo acontecimento constitui uma espécie de molde de uma forma particular e, qualquer que seja, impõe à série de fatos que ele veio interromper e parece extrair dela um desenho que julgamos o único possível porque desconhecemos aquele que poderia substituí-lo.

Repeti a mim mesmo: "Por que não me disse ela: 'Tenho estes gostos'? Eu teria cedido, permitiria que os satisfizesse, e neste momento poderia abraçá-la ainda".[41] Que tristeza pensar que ela mentira ao jurar-me três dias antes de me deixar que jamais tivera com a amiga da srta. Vinteuil essas relações que, ao fazer tal juramento, seu rubor tinha confessado! Coitadinha... Pelo menos tivera a honestidade de não jurar que a alegria de tornar a ver a srta. Vinteuil e sua amiga[42] não contribuíra absolutamente para o seu desejo de ir naquele dia à casa dos Verdurin. Por que não fora até o fim da confissão e inventara aquele inconcebível romance?[43] Talvez, de resto, fosse um pouco por minha culpa que ela não quisesse jamais dizer, apesar de minhas súplicas que iam quebrar-se contra as suas negativas: "Tenho estes gostos". Fora, quem sabe, um pouco por minha culpa, uma vez que em Balbec, no dia em que, depois da visita da sra. de Cambremer, tivera uma primeira explicação com Albertine e estava longe de acreditar que ela, afinal de contas, pudesse ter qualquer outra coisa por Andrée senão uma amizade excessivamente apaixonada; eu exprimira com tamanha violência minha repugnância a esse gênero de costumes e os condenara de maneira demasiado categórica. Não podia lembrar-me se Alber-

41 O trecho "Repeti a mim mesmo" foi suprimido da edição da Bibliothèque de la Pléiade. (N. do R.T.)

42 A expressão "e sua amiga" é acréscimo da edição da Bibliothèque de la Pléiade. (N. do R.T.)

43 O trecho "e inventara aquele inconcebível romance" foi suprimido da edição da Bibliothèque de la Pléiade. (N. do R.T.)

tine se ruborizara quando, ingenuamente, proclamei meu horror a isso; não podia, porque às vezes não é senão muito tempo depois que desejamos saber que atitude teve uma pessoa em dado momento no qual não prestamos nenhuma atenção a isso, e que mais tarde, quando tornamos a pensar em nossa conversa, esclareceria uma dúvida pungente. Mas em nossa memória há uma lacuna, desapareceu qualquer traço disto. Muitas vezes não prestamos bastante atenção, no momento, em coisas que já então podiam parecer-nos importantes; não ouvimos bem uma frase, não notamos um gesto, ou então os esquecemos. E quando, mais tarde, ávidos por descobrir a verdade, remontamos de dedução em dedução, folheando nossa memória como uma coleção de testemunhos, chegamos a essa frase, a esse gesto, é impossível nos lembrarmos; recomeçamos vinte vezes o mesmo trajeto, mas inutilmente: o caminho não vai mais adiante. Ela se ruborizara? Eu não sabia, porém ela não podia ter deixado de ouvir, e a lembrança dessas palavras mais tarde a retivera, quando talvez estivesse a pique de confessar-se a mim. Agora não estava mais em parte alguma, ainda que percorresse a terra de um polo a outro não encontraria mais Albertine. A realidade que se havia fechado sobre ela voltara a tornar-se compacta, apagara até o rastro do ser que nela submergira. Não era mais que um nome, como aquela sra. de Charlus, de quem diziam com indiferença os que atinham conhecido: "Era encantadora". Mas eu não podia conceber por mais de um instante a existência dessa realidade de que Albertine não tinha consciência, porque em mim a amiga existia demais, em mim onde todos os sentimentos, todos os pensamentos se ligavam a sua vida. Talvez, se houvesse sabido, ela ficasse comovida por ver que seu amigo não a esquecera, agora que sua vida estava acabada, e teria sido sensível a coisas que antes a deixariam indiferente. Mas, como desejaríamos abster-nos de infidelidades, por mais secretas que sejam, de tal modo tememos que aquela a quem amamos não se abstenha delas, eu ficava aterrorizado ao pensar que, se os mortos vivem em algum lugar, minha avó conhecia tão bem meu esquecimento quanto Albertine minha recordação. E, afinal de contas, mesmo com relação a uma única e determinada morta, teremos certeza de que a alegria que sentiríamos ao saber que ela conhece certas coisas compensaria o horror de pensar que ela as conhece *todas*? E, por mais doloroso que fosse o sacrifício, não renunciaríamos às vezes a conservar como amigos, depois que morreram, aqueles a quem amávamos, com medo de os ter também como juízes?[44]

Minha ciumenta curiosidade sobre o que poderia fazer Albertine era infinita. Quantas mulheres subornei, que nada me contaram! Se essa curiosidade era tão viva assim, é porque a criatura não morre imediatamente para nós; permanece banhada numa espécie de *aura* de vida, que nada tem de imortalidade verdadeira, mas que faz com que ela continue a ocupar nossos pensamentos, da mesma maneira que quando viva. Está, por assim dizer, viajando. É uma sobrevivência extremamente pagã. Inversamente, quando deixamos de amar, a curiosidade que a criatura desperta morre antes que ela própria tenha morrido. Assim, eu não moveria mais uma palha para saber com quem Gilberte passeara certa noite nos Champs Élysées. Ora, sentia bem que essas curiosidades eram absolutamente semelhantes, sem valor em si mesmas, sem possibilidade de durar, mas continuava a sacrificar tudo à cruel satisfação dessa curiosidade passageira, embora soubesse de antemão que a separação forçada de Albertine, em consequência de sua morte, me conduziria à mesma indiferença suscitada pela separação de Gilberte. É isso sobretudo que me fez mandar Aimé pois eu sentia que *in loco* ele poderia se inteirar de muita coisa.[45] Pudesse ela saber o que ia acontecer, e teria ficado junto de mim. Mas isso equivale a dizer que, uma vez que se visse morta, e junto de mim, teria preferido continuar viva. Pela própria contradição

44 O trecho "aqueles a quem amávamos" foi suprimido da edição da Bibliothèque de la Pléiade. (N. do R.T.)

45 A frase é um acréscimo da edição da Bibliothèque de la Pléiade. (N. do R.T.)

que implicava, tal suposição era absurda. Mas não era inócua, pois imaginando o quanto Albertine, se pudesse saber, se pudesse retrospectivamente compreender, seria feliz por voltar para junto de mim, eu a via comigo, e queria beijá-la; ai de mim!, era impossível, não voltaria nunca mais, estava morta. Minha imaginação procurava-a no céu, pelas noites em que ainda o tínhamos contemplado juntos; para além desse luar de que ela gostava eu procurava içar até ela minha ternura, a fim de que lhe servisse de consolo por não mais viver, e esse amor a um ser tão longínquo era como uma religião, meus pensamentos subiam para ela como preces. O desejo é forte e produz a crença; eu não acreditara que Albertine partisse porque assim o desejava. E porque o desejava, acreditei que não estivesse morta; pus-me a ler livros sobre mesas falantes, comecei a julgar possível a imortalidade da alma. Isso, porém, não me bastava. Era preciso que depois de minha morte, eu tornasse a encontrá-la com seu corpo, como se a eternidade se assemelhasse à vida. Que digo: à vida? Era mais exigente ainda. Quisera que a morte não me privasse jamais de prazeres que ela, entretanto, não é a única a nos subtrair. Porque, sem dúvida, eles acabariam por se embotar, já tinham começado a embotar-se pela ação do hábito antigo e das novas curiosidades. Depois, na vida, mesmo fisicamente, Albertine teria mudado pouco a pouco, e dia a dia eu me iria adaptando a essa mudança. Mas só evocando alguns momentos seus minha lembrança pedia para tornar a vê-la tal como já não seria mais se vivesse; o que queria era um milagre, para satisfazer os limites naturais e arbitrários da memória, que não pode sair do passado. Com a ingenuidade dos antigos teólogos, eu imaginava essa criatura viva concedendo-me explicações, não as que poderia dar-me, mas, por uma última contradição, as que sempre me recusara durante a vida.[46] E assim, sendo sua morte uma espécie de sonho, meu amor lhe parecia uma feli-

46 A menção a "essa criatura viva" é um acréscimo da edição da Bibliothèque de la Pléiade. (N. do R.T.)

cidade inesperada; eu apenas retinha da morte a comodidade e o otimismo de um desenlace que simplifica e arranja tudo.

Às vezes, não era tão longe, não era em outro mundo que eu imaginava nossa reunião. Do mesmo modo que outrora, quando não conhecia Gilberte senão de brincar com ela nos Champs Élysées, à noite, em casa, imaginava que ia receber uma carta sua, onde me confessaria seu amor, e que ela iria entrar no quarto, a mesma força de desejo, embaraçando-se tão pouco com as leis físicas que o contrariavam quanto da primeira vez, a respeito de Gilberte (ocasião em que, afinal, não errara, pois tivera a última palavra), agora me fazia pensar que eu iria receber uma palavra de Albertine informando-me que realmente sofrera uma queda de cavalo, mas que, por motivos romanescos (como, em suma, acontece por vezes com pessoas que durante muito tempo julgamos mortas), não quisera que eu soubesse de seu restabelecimento, e, agora, arrependida, pretendia viver comigo para sempre.[47] E, fazendo-me compreender muito bem o quanto podem certas loucuras mansas de pessoas que no mais parecem razoáveis, eu sentia coexistirem em mim a certeza de que ela estava morta e a esperança incessante de vê-la chegar.

Ainda não recebera notícias de Aimé, que entretanto já devia ter chegado a Balbec. Sem dúvida, minha investigação incidia sobre um ponto secundário e escolhido arbitrariamente. Se a vida de Albertine tinha sido verdadeiramente culposa, devia conter coisas muito mais importantes, em que o acaso não me permitira tocar, como fizera com aquela conversa sobre o *peignoir*, graças ao rubor de Albertine. Mas justamente essas coisas não existiam para mim porque eu não as via.[48] Mas era com toda a arbitrariedade que eu sorteara aquele dia, que muitos anos depois procurava reconstituir. Se Albertine tinha amado mulheres, havia milhares de outros dias de sua vida de que eu

47 Em visita a Veneza, o herói realmente receberá um telegrama que, entretanto, o deixará indiferente. (N. do R.T.)

48 A frase é um acréscimo da edição da Bibliothèque de la Pléiade. (N. do R.T.)

não sabia o emprego, e cujo conhecimento podia ser igualmente interessante para mim; eu poderia mandar Aimé a muitos outros pontos de Balbec, a muitas outras cidades além de Balbec. Mas precisamente esses dias, porque eu lhes ignorava o emprego, não se apresentavam a minha imaginação. Não tinham existência. As coisas e os seres não começavam a existir para mim senão quando tomavam na imaginação uma existência individual. Se havia milhares de outros iguais, tornavam-se para mim representativos do resto. Se de há muito alimentava eu o desejo de saber, em matéria de suspeitas com relação a Albertine, o que se passara nas duchas, era da mesma maneira que, em matéria de desejo de mulheres, e embora soubesse que havia um grande número de moças e arrumadeiras que podiam equivaler-lhes e de que, graças ao acaso, eu poderia igualmente ouvir falar, queria conhecer — pois era delas que Saint-Loup me falara, eram elas que existiam individualmente para mim — a moça que frequentava as casas de *rendez-vous* e a arrumadeira da sra. Putbus. As dificuldades que minha saúde, minha indecisão, minha "procrastinação", como dizia Saint-Loup, traziam à realização de qualquer coisa, haviam-me feito retardar dia após dia, mês após mês, ano após ano, o esclarecimento de certas suspeitas como a satisfação de certos desejos. Mas eu os guardava na memória, prometendo a mim mesmo não me esquecer de conhecer-lhes a realidade, pois só eles me obcecavam (as outras não tinham forma ante meus olhos, não existiam) e também porque o próprio acaso que os escolhera no meio da realidade constituía para mim uma garantia de que era efetivamente neles que eu entraria em contato com um pouco da realidade, da vida autêntica e ambicionada. E depois, de um único fato, se ele for positivo, não podemos, como o sábio que experimenta, extrair a verdade para todas as ordens de fatos semelhantes?[49] Um único e

49 Essa primeira pergunta foi suprimida da edição da Bibliothèque de la Pléiade. (N. do R.T.)

pequeno fato, bem escolhido, não bastará ao experimentador para deduzir uma lei geral, que dará a conhecer a verdade sobre milhares de fatos análogos? Em vão Albertine existia em minha memória apenas no estado em que sucessivamente me aparecera no curso da vida, isto é, subdividida segundo uma série de frações de tempo; restabelecendo nela a unidade, o pensamento voltava a compor uma criatura, e era sobre essa criatura que eu queria formular um julgamento geral, saber se tinha mentido, se amava as mulheres, se fora para frequentá-las livremente que me havia deixado. O que dissesse a encarregada das duchas poderia, talvez, dissipar para sempre minhas dúvidas a respeito dos costumes de Albertine.

Minhas dúvidas! Ai de mim, acreditara que me seria indiferente, e mesmo agradável, não ver mais Albertine — até que sua partida revelou o meu erro. De igual maneira, sua morte revelara como eu me enganava supondo às vezes desejar essa morte, e nela divisando minha libertação. Assim também, ao receber a carta de Aimé, compreendi que, se até então não havia sofrido demasiado cruelmente com as minhas dúvidas sobre a virtude de Albertine, é que, na realidade, não eram absolutamente dúvidas. Minha felicidade e minha vida necessitavam que Albertine fosse virtuosa e estabeleceram de uma vez por todas que ela o era. Munido dessa crença preservadora, eu podia, sem perigo, deixar meu espírito jogar tristemente com suposições a que ele dava forma, porém a que não atribuía fé. Dizia comigo: “Ela talvez goste de mulheres” como dizemos: “Posso morrer esta noite”; dizemos tal coisa, mas não acreditamos nela, e fazemos projetos para o dia seguinte. Explica-se deste modo que, julgando-me erradamente seguro sobre se Albertine gostava ou não de mulheres, e acreditando, por consequência, que um fato culposo, em seu ativo, nada me diria que eu já não houvesse considerado, eu tenha podido experimentar diante das imagens, insignificantes para outrem, que a carta de Aimé me evocava um sofrimento inesperado, o mais cruel sentido até esse momento, e que formava com essas imagens, com a imagem, ai de mim!, da própria Albertine, uma espécie de precipitado, como se diz em química, em que tudo era indivisível, e do qual absolutamente não pode dar ideia o texto da carta de Aimé, que eu separo de uma maneira toda convencional, pois cada uma das palavras que a compunham era logo transformada e colorida para sempre pelo sofrimento que ele acabava de provocar:

> Senhor
> V. S. me perdoará se não escrevi mais cedo para V. S. A pessoa que V. S. me encarregou de ver ausentou-se durante dois dias e, desejoso de corresponder à confiança que V. S. depositou em mim, eu não queria voltar de mãos vazias. Acabo de conversar com essa pessoa que se lembra muito bem da (srta. A.).

(Aimé, que tinha certo começo de cultura, queria escrever "senhorita Albertine" em itálico ou entre aspas. Mas, quando queria botar aspas, traçava um parêntese, e quando queria botar qualquer coisa entre parênteses, punha-a entre aspas. Assim como Françoise dizia que alguém *permanecia* em minha rua, para dizer que alguém vivia nela, e que se podia *viver* dois minutos, em lugar de *permanecer*, pois os erros das pessoas do povo muitas vezes consistem apenas em trocar — como fez, de resto, a língua francesa — termos que no curso dos séculos tomaram reciprocamente o lugar um do outro.)

> Segundo ela, a coisa que V. S. supunha é absolutamente certa. A princípio era ela quem cuidava da (srta. A.) toda vez que esta ia aos banhos. A (srta. A.) ia muitas vezes tomar sua ducha com uma mulher alta, mais velha, sempre vestida de cinzento, e que a encarregada, sem saber o seu nome, conhecia por tê-la visto muitas vezes procurando moças. Mas ela não prestou mais atenção às outras depois que conheceu a (srta. A.). Ela e a (srta. A.) sempre se trancavam na cabine, ficavam lá muito tempo, e a senhora de cin-

zento dava pelo menos dez francos de gorjeta à pessoa com quem conversei. Como me disse essa pessoa, V. S. há de compreender que se elas tivessem estado apenas enfiando pérolas, não dariam dez francos de gorjeta. Às vezes a (srta. A.) ia também com uma mulher de pele muito escura, que usava *lorgnon*. Porém a (srta. A.) ia mais frequentemente com moças mais novas do que ela, sobretudo uma tal muito ruiva. A não ser a senhora de cinzento, as pessoas que a (srta. A.) tinha o costume de trazer não eram de Balbec, e às vezes mesmo deviam vir de muito longe. Nunca entravam juntas, mas a (srta. A.) entrava, dizendo para deixar aberta a porta da cabine que ela esperava uma amiga, e a pessoa com quem falei sabia o que isso queria dizer. Essa pessoa não pôde me dar outros detalhes, não se lembrando muito bem, 'o que é fácil de compreender depois de tanto tempo'. De resto, essa pessoa não procurava saber, porque é muito discreta e porque era de seu interesse, pois a (srta. A.) lhe dava a ganhar bons cobres. Ela ficou sinceramente muito penalizada ao saber que ela morreu. É verdade que, tão moça, é uma grande desgraça para ela e para os seus. Aguardo ordens de V. S. para saber se posso deixar Balbec, onde não creio que apurarei mais nada. Agradeço ainda V. S. pela viagenzinha que V. S. me proporcionou e que me foi muito agradável, tanto mais quanto o tempo está como ninguém calcula de tão favorável. A estação promete ser boa este ano. Espera-se que V. S. venha este ano dar um ar de sua graça neste verão.
Não vejo mais nada de interessante para contar a V. S. etc.

Para compreender até que profundidade estas palavras penetravam em mim, convém lembrar que as questões que eu formulara a mim mesmo a respeito de Albertine não eram questões acessórias, indiferentes, questões de pormenor, únicas, na realidade, que formulamos a respeito de todos os seres que não são nós mesmos, o que nos permite caminhar, revestidos de um pensamento impermeável, no meio do sofrimento, da mentira, do vício ou da morte. Não. Com referência a Albertine, eram questões de essência: no fundo, quem era ela? Em que pensava? De que é que gostava? Mentia para mim? Minha vida com ela fora tão lamentável quanto a de Swann com Odette? Por isso, o que a resposta de Aimé atingia, se bem que não fosse um resposta geral, mas particular — e justamente por causa disso —, era de fato, em Albertine e em mim, a profundidade.

Afinal via eu diante de mim, nessa chegada de Albertine às duchas, pelo beco, em companhia da mulher de cinzento, um fragmento desse passado que não me parecia menos misterioso, menos assustador do que o que eu temia, ao imaginá-lo encerrado na lembrança e no olhar de Albertine. Sem dúvida, qualquer outro em meu lugar teria podido achar insignificantes esses pormenores aos quais a impossibilidade em que eu estava, agora que Albertine morrera, de fazê-los refutar por ela conferia o equivalente de uma espécie de probabilidade. É mesmo provável que para Albertine, ainda que fossem verdadeiras, suas próprias faltas, se as confessasse, quer sua consciência as achasse inocentes ou censuráveis, quer sua sensibilidade as achasse deliciosas ou dissaboridas, estariam desprovidas dessa inexprimível substância de horror, de que eu não as separava. Eu mesmo, com auxílio de meu amor às mulheres, e embora elas não devessem ter sido a mesma coisa para Albertine, podia imaginar um pouco o que ela experimentava. E, por certo, já era um começo de sofrimento imaginá-la desejando, como eu tantas vezes desejara, mentindo-me, como eu tantas vezes lhe havia mentido, preocupada com essa ou aquela moça, fazendo despesas com ela, como eu com a srta. de Stermaria, com tantas outras ou com as camponesas que encontrava na roça. Sim, todos os meus desejos me ajudavam a compreender, em certa medida, os seus; e era um grande sofrimento, em que todos os desejos, quanto mais vivos tinham sido, se convertiam em tormentos tanto mais cruéis, como se nessa álgebra da sensibilidade reaparecessem com o mesmo coeficiente, mas com o sinal *menos* em lugar do sinal *mais*. No que se refere a Albertine, tanto quanto me era lícito julgar por mim mesmo, suas faltas, por mais vontade que ela tivesse de ocultá-las de mim, o que me fazia supor que se julgava culpada ou tinha medo de me magoar — suas faltas, porque as preparara a seu gosto, à clara luz da imaginação em que se move o desejo, pareciam-lhe, afinal de contas, coisas da mesma natureza que o resto de sua vida, prazeres para ela, a que não tivera coragem de esquivar-se, e penas para mim, que ela procurara evitar infligir-me, ocultando-as, mas prazeres e penas que podiam figurar no meio dos outros prazeres e das outras penas da vida. Mas para mim era de fora, sem que eu fosse prevenido, sem que pudesse eu mesmo elaborá-las, era da carta de Aimé que me tinham vindo as imagens de Albertine chegando ao banheiro das duchas e preparando sua gorjeta.

Sem dúvida, porque nessa chegada silenciosa e premeditada de Albertine com a mulher de cinzento eu lia o encontro que elas haviam combinado, e essa convenção de amar num quarto de duchas, que implicava uma experiência de corrupção, e a organização dissimulada de toda uma dupla existência, porque essas imagens me traziam a terrível notícia da culpabilidade de Albertine, é que me causaram imediatamente uma dor física de que não se separariam nunca mais. Mas logo a dor reagira sobre elas: o fato objetivo, como a imagem, é diverso conforme o estado interior com que o abordamos. E a dor é um tão poderoso transformador da realidade quanto a embriaguez. Combinado com essas imagens, o sofrimento logo fizera delas qualquer coisa de absolutamente diverso do que pode ser, para qualquer outra pessoa, certa mulher de cinzento, uma gorjeta, uma ducha, a rua onde se verificara a vinda premeditada de Albertine com a mulher de cinzento. Todas essas imagens[50] — perspectiva aberta sobre uma vida de mentiras e faltas de tal ordem que eu jamais a concebera —, meu sofrimento as alterara imediatamente em sua própria matéria, eu não as via à luz que aclara os espetáculos da terra, era o fragmento de outro

50 A alusão a "Todas essas imagens" foi suprimida na edição da Bibliothèque de la Pléiade. (N. do R.T.)

mundo, de um planeta desconhecido e maldito, uma visão do Inferno. O Inferno era toda aquela Balbec, todos aqueles lugares vizinhos, de onde, segundo a carta de Aimé, ela fazia vir muitas vezes as raparigas mais jovens, para conduzi-las às duchas. Esse mistério, que eu imaginara antes na região de Balbec, e se dissipara quando aí vivi, que em seguida esperei recuperar ao conhecer Albertine, porque, vendo-a passar na praia, e sendo bastante louco para desejar que ela não fosse virtuosa, eu pensava que ela devesse encarná-lo — como agora tudo que dizia respeito a Balbec se impregnava horrivelmente dele! Os nomes dessas estações, Toutainville, Évreville, Incarville,[51] tão familiares, tão tranquilizadores quando os ouvia à noite, ao voltar da casa dos Verdurin, agora, ao pensar que Albertine morara em uma delas, fora de passeio até a outra, pudera ir de bicicleta à terceira, despertavam em mim uma ansiedade mais cruel que da primeira vez, quando eu as vira tão perturbado, a partir do trenzinho local em companhia de minha avó antes de chegar à Balbec ainda desconhecida.[52]

É um dos poderes do ciúme revelar-nos como a realidade dos fatos exteriores e os sentimentos da alma são algo desconhecido, que se presta a mil suposições. Acreditamos saber exatamente o que são as coisas, e o que pensam as pessoas, pela simples razão de que isto não nos preocupa. Mas eis que nos assalta o desejo de saber, como sucede ao ciumento, e então é um verdadeiro caleidoscópio, onde não distinguimos mais nada. Albertine me enganara?, com quem?, em que casa?, em que dia?, naquele em que me dissera determinada coisa?, em que eu me lembrava de ter dito isso ou aquilo? Eu não sabia nada. Não sabia tampouco quais eram seus sentimentos por mim, se eram inspirados pelo interesse ou pela ternura. E de súbito me acudia tal incidente insig-

51 Em vez de três nomes de estação de trem, a edição da Bibliothèque de la Pléiade traz apenas o nome de "Apollonville etc.". (N. do R.T.)

52 A menção ao trenzinho de Balbec e à companhia da avó é acréscimo da edição da Bibliothèque de la Pléiade. (N. do R.T.)

nificante, por exemplo, que Albertine quisera ir a Saint-Martin-le-Vêtu, dizendo que esse nome lhe interessava, talvez simplesmente porque ficara conhecendo alguma camponesa que morava lá. Mas não valia de nada que Aimé houvesse sabido de tudo isso para mim pela encarregada das duchas, pois Albertine devia ignorar eternamente que ele me contara tais coisas, e a necessidade de saber fora sempre ultrapassada, em meu amor a Albertine, pela necessidade de lhe mostrar que eu sabia; porque isso causava entre nós a separação de ilusões diferentes, não dando jamais como resultado que eu me sentisse mais amado por ela, pelo contrário. Ora, sucede que, depois de sua morte, a segunda dessas necessidades se amalgamara a efeito da primeira: eu procurava imaginar a conversa em que lhe comunicaria o que tinha sabido, tão vivamente quanto a conversa em que lhe perguntaria o que eu ignorava; isto é, vê-la perto de mim, ouvi-la responder-me com bondade, ver suas bochechas se inflarem, seus olhos perderem a malícia e ficarem tristes, isto é, amá-la ainda e esquecer o furor de meu ciúme no desespero de meu isolamento. O doloroso mistério que havia nessa impossibilidade de jamais fazer-lhe saber o que eu tinha apurado, e de estabelecer nossas relações sobre a verdade que eu acabava simplesmente de descobrir (e que talvez não pudera descobrir senão porque ela morrera) substituía com sua tristeza o mistério mais doloroso dessa conduta. Como? Ter desejado tanto que Albertine soubesse que eu ficara sabendo a história do salão de duchas, e Albertine não era mais nada! Aí estava ainda uma das consequências dessa impossibilidade em que nos vemos quando temos de raciocinar sobre a morte, de nos figurarmos outra coisa que não a vida. Albertine não era mais nada. Mas para mim, era a pessoa que me escondera seus encontros com mulheres em Balbec, que imaginava ter conseguido fazê-los ignorados por mim. Quando divagamos sobre o que se passará depois de nossa própria morte, não será ainda nossa pessoa viva que, por engano, projetamos nesse momento? E, em suma, lamentar que uma mulher que já não existe ignore que nós tenhamos apurado o que ela fazia há seis anos será assim tão mais ridículo do que desejar que de nós mesmos, que estaremos mortos, o público fale ainda favoravelmente daqui a um século? Se há mais fundamento real no segundo caso que no primeiro, as lamentações de meu ciúme retrospectivo nem por isso procediam menos dessa mesma ilusão de óptica que sugere aos outros homens o desejo da glória póstuma. Entretanto, esta impressão do que havia de solenemente definitivo na separação de Albertine, se por um momento substituíra a ideia de suas faltas, não fazia senão agravar estas últimas, conferindo-lhes um caráter irremediável. Eu me achava perdido na vida como numa praia ilimitada, onde estava sozinho e onde, qualquer que fosse o rumo que eu tomasse, não a encontraria nunca. Felizmente, achei muito a propósito na memória — como há sempre toda espécie de coisas, umas perigosas, outras salutares, nessa confusão em que as lembranças só de uma em uma se iluminam —, descobri, como um operário ao objeto que poderá servir para o que ele vai fazer, uma palavra de minha avó. Dissera-me ela, a propósito de uma história inverossímil, contada à sra. de Villeparisis pela encarregada das duchas: "Essa mulher deve ter a doença da mentira". A recordação me foi de grande auxílio. Que alcance podia ter o que contara a Aimé a mulher das duchas? Tanto mais quanto, em suma, ela não vira nada. Uma criatura pode ir tomar duchas com as amigas sem, por isso, pensar em alguma coisa de mal. Talvez, para se gabar, a mulher tenha exagerado a gorjeta. Bem que eu ouvira Françoise afirmar, certa vez, que tinha "um milhão a esbanjar por mês", o que era um absurdo; e, de outra feita, que ela vira tia Léonie dar a Eulalie quatro notas de mil francos, quando uma de cinquenta, dobrada em duas, já me parecia pouco verossímil.[53] Assim, eu

53 Alusão a cenas do primeiro volume da obra, quando, partindo do princípio de que "pobre só quer aproveitar do dinheiro dos ricos", Françoise supunha que Eulalie ficava cada vez mais rica após suas visitas a tia Léonie. (N. do R.T.)

procurava — e consegui, pouco a pouco — desfazer-me da dolorosa certeza que me custara tanto adquirir, dividido que estava sempre entre o desejo de saber e o medo de sofrer. Então, minha ternura pôde renascer, mas, logo, com essa ternura, uma tristeza de estar separado de Albertine, sob a qual eu era talvez ainda mais infeliz do que durante as horas recentes em que era o ciúme que me torturava. Mas esse último renasceu subitamente ao pensar em Balbec, por causa da imagem subitamente reaparecida (e que até então jamais me fizera sofrer, e parecia mesmo uma das mais inofensivas da memória) da sala de jantar de Balbec, à noite, e do outro lado da vidraça, toda aquela população amontoada na sombra como diante do vidro luminoso de um aquário, olhando os estranhos seres se movimentar na claridade,[54] mas fazendo roçar (nunca eu havia pensado nisso) em sua conglomeração, pescadores e raparigas do povo contra as pequeno-burguesas ciumentas desse luxo novo de Balbec, esse luxo que, senão a fortuna, pelo menos a avareza e a tradição proibiam a seus pais, pequeno-burguesas entre as quais seguramente quase toda à noite estava Albertine, que eu não conhecia ainda, sem dúvida a recrutar por lá alguma meninota a quem iria encontrar alguns minutos mais tarde, de noite, na areia, ou então numa cabine abandonada, ao pé da falésia.[55] Depois, era minha tristeza que renascia: eu acabava de ouvir, como uma sentença de exílio, o ruído do elevador que, em vez de se deter em meu andar, ia subindo. Entretanto, a única pessoa cuja visita eu poderia desejar não viria nunca mais, estava morta. Apesar disto, quando o elevador parava no meu andar, o coração batia-me, e por um instante eu dizia a mim mesmo: “Quem sabe se tudo não foi sonho? Talvez seja ela... Vai tocar... Ela voltou!

54 A frase “olhando os estranhos seres se movimentar na claridade,” é acréscimo da edição da Bibliothèque de la Pléiade. (N. do R.T.)

55 Alusão às cenas dos jantares no restaurante do Grande Hotel de Balbec, em *À sombra das raparigas em flor.* (N. do R.T.)

Françoise vai entrar para me dizer, com mais terror do que indignação — porque é ainda mais supersticiosa do que vingativa, e teria menos medo de uma pessoa viva do que daquilo que lhe parecerá talvez um fantasma: o senhor não é capaz de adivinhar quem é que está aí!". Procurava não pensar em coisa alguma, pegava um jornal. Mas era-me insuportável a leitura desses artigos escritos por pessoas que não experimentam dor real. De uma canção insignificante, um dizia: "É de fazer *chorar*", ao passo que eu a escutaria tão alegremente se Albertine estivesse viva. Outro, apesar de grande escritor, porque fora aclamado ao descer de um trem, dizia que recebera testemunhos *inesquecíveis*, ao passo que eu, se os tivesse recebido agora, sequer pensaria um instante neles. E um terceiro afirmava que, se não fosse a caceteação da política, a vida de Paris seria "inteiramente deliciosa", ao passo que eu sabia muito bem que, mesmo sem política, esta vida só podia ser atroz para mim, e me pareceria deliciosa, mesmo com política, se eu tornasse a encontrar Albertine. Dizia o cronista cinegético (estávamos em maio): "Esta época é verdadeiramente dolorosa, digamos melhor, sinistra para o verdadeiro caçador, porque não há nada, absolutamente nada em que atirar". E o cronista do salão: "Diante desta maneira de organizar exposições, sentimo-nos presa de imenso desânimo, de tristeza infinita...". Se a força do sentimento me fazia achar mentirosas e pálidas as expressões daqueles que não conheciam verdadeiramente a felicidade ou o infortúnio, em compensação as linhas mais insignificantes que, embora remotamente, pudessem ligar-se à Normandia ou à Touraine,[56] aos estabelecimentos hidroterápicos, à Berma, à princesa de Guermantes, ao amor à ausência ou à infidelidade, colocavam bruscamente diante de mim, sem que tivesse tempo de me desviar, a imagem de Albertine, e eu recaía em pranto. De resto, habitualmente eu sequer podia ler os jornais, porque o simples gesto de abrir um deles me

56 A edição da Bibliothèque de la Pléiade menciona Nice e não mais Touraine. (N. do R.T.)

recordava ao mesmo tempo que realizara outros semelhantes quando Albertine era viva, e ela não vivia mais; deixava-os cair, sem ânimo para desdobrá-los completamente. Cada impressão evocava uma impressão idêntica, porém arruinada, porque dela fora suprimida a existência de Albertine, de sorte que eu nunca sentia coragem de viver até o fim esses minutos mutilados que causavam dor em meu coração.[57] Mesmo quando, pouco a pouco, Albertine deixou de estar presente em minha lembrança, e de ser onipotente em meu coração, de repente eu sofria como no tempo em que ela estava comigo se precisava entrar em seu quarto, procurar luz, sentar-me junto à pianola. Dividida em pequenos deuses familiares, ela habitou por muito tempo a chama da vela, a maçaneta da porta, o espaldar de uma cadeira e outros domínios menos materiais, como uma noite de insônia ou a emoção que produzia em mim a primeira visita de certa mulher que me agradara. Apesar disso, as poucas frases que os olhos liam durante o dia ou que o pensamento se lembrara de ter lido, provocavam em mim um ciúme cruel. Para isso, nem precisavam fornecer-me um argumento valioso como prova da imortalidade das mulheres; bastava que me restituíssem uma impressão antiga, ligada à existência de Albertine. Transportada então a um momento esquecido, cuja força não fora atenuada para mim pelo hábito de pensar nele, e no qual Albertine ainda vivia, suas faltas adquiriam algo de mais próximo, de mais angustioso, de mais atroz. Então, perguntava a mim mesmo se era certo que as revelações da encarregada das duchas fossem mentirosas. Uma boa maneira de saber a verdade seria mandar Aimé à Touraine, para passar alguns dias nas proximidades da vila da sra. Bontemps. Se Albertine gostava dos prazeres que a mulher experimenta com outras, se era para não se privar deles por mais tempo que me havia deixado, devia ter procurado, logo que se

57 O trecho "que causavam dor em meu coração" é acréscimo da edição da Bibliothèque de la Pléiade. (N. do R.T.)

vira livre, entregar-se a eles e fruí-los, nalgum lugar que conhecesse e que não teria escolhido se não pensasse encontrar por lá mais facilidades do que em minha casa. Sem dúvida, não havia nada de extraordinário em que a morte de Albertine mudasse tão pouco minhas preocupações. Quando nossa amante está viva, grande parte dos pensamentos que constituem o que chamamos de nosso amor nos vem durante as horas que ela não passa a nosso lado. Assim, tomamos o hábito de erigir em objeto de nossas divagações um ser ausente, e que, mesmo que só o seja por algumas horas, durante essas horas não é senão uma lembrança. Por isso, a morte não muda grande coisa. Quando Aimé voltou, pedi-lhe que viajasse para Châtellerault[58], e, assim, não somente por meus pensamentos e minhas tristezas, pela emoção que me despertava um nome, ligado, embora muito remotamente, a uma certa criatura, mas ainda por todas as minhas ações, pelas investigações a que eu procedia, pelo uso que fazia de meu dinheiro, inteiramente destinado a conhecer as ações de Albertine, posso dizer que durante todo esse ano minha vida esteve toda ocupada por um amor, uma verdadeira ligação. E aquela que constituía o seu objeto estava morta. Costumam dizer que algo de uma pessoa pode subsistir depois de sua morte se essa pessoa era um artista e pôs certo cuidado em sua obra.[59] Talvez seja da mesma maneira que uma espécie de muda retirada de uma criatura e enxertada no coração de outra aí continua a desenvolver sua vida, mesmo quando a criatura, da qual fora destacada, já tenha perecido.

Aimé instalou-se ao lado da vila da sra. Bontemps, travou conhecimento com uma camareira e um alugador de carros, de quem Albertine muitas vezes tomava um pelo dia todo. Essas

58 A edição da Bibliothèque de la Pléiade troca Châtellerault por Nice. (N. do R.T.)

59 A edição consultada por Drummond trazia "certo cuidado" ("*un peu de soin*"); a edição da Bibliothèque de la Pléiade registra agora "*un peu de soi*", ou seja, "um pouco de si". (N. do R.T.)

pessoas nada tinham observado. Em uma segunda carta, Aimé contou-me ter ouvido de uma lavadeirinha da cidade que Albertine tinha uma maneira especial de apertar-lhe o braço quando a outra lhe levava a roupa. "Mas", dizia ela, "essa senhorita nunca lhe fizera outra coisa." Mandei dinheiro a Aimé para pagar-lhe a viagem e o mal que acabava de me fazer com sua carta, e entretanto me esforçava por curá-lo, dizendo a mim mesmo que aquela era uma familiaridade que não provava nenhum desejo vicioso, quando recebi um telegrama de Aimé: "Informado coisas interessantíssimas cheio notícias para provar segue carta". No dia seguinte, chegou uma carta cujo envelope bastou para me arrepiar; sabia que era de Aimé, porque toda pessoa, por mais humilde que seja, mantém sob seu comando esses pequenos seres familiares, ao mesmo tempo vivos e mergulhados numa espécie de torpor sobre o papel — os caracteres de sua caligrafia, que só ela possui.

> A princípio a lavadeirinha não quis dizer nada, ela garantia que a srta. Albertine nunca fizera nada além de lhe beliscar o braço. Mas para obrigá-la a falar levei-a para jantar e dei-lhe de beber. Então me contou que a srta. Albertine muitas vezes se encontrara com ela à beira do Loire, quando ela ia tomar banho, e que a srta. Albertine tinha o costume de se levantar de manhã cedinho para tomar banho, tinha o costume de encontrá-la à beira da água, num lugar em que as árvores são tão espessas que ninguém pode ver a gente e aliás não há ninguém que possa ver a gente naquela hora. Depois a lavadeira levava suas amiguinhas e elas tomavam banho e depois, como já fazia muito calor por lá e estava pegando fogo até debaixo das árvores, ficavam no gramado se enxugando, se acariciando e brincando.[60] A lavadeirinha me confessou que gostava muito de se divertir com suas amiguinhas e que, vendo a

60 A edição da Bibliothèque de la Pléiade traz acréscimo de mais um verbo: "fazendo cócegas e brincando". (N. do R.T.)

srta. Albertine a se esfregar sempre nela com o seu *peignoir*, fez com que ela se despisse e com a língua ia lhe acariciando o pescoço e os braços, e até a planta dos pés que a srta. Albertine lhe estendia. A lavadeira também se despia e elas brincavam de se empurrar na água; aí ela não me disse mais nada, mas inteiramente fiel a suas ordens e querendo fazer tudo para agradar ao senhor, levei a lavadeirinha para dormir comigo. Ela me perguntou se eu queria que ela fizesse comigo o que fazia com a srta. Albertine quando esta tirava a roupa de banho. E me falou: "Se você visse como aquela moça se remexia! Ela me dizia assim: (ai! você me enlouquece) e ficava tão nervosa que não podia deixar de me morder". Vi ainda o sinal no braço da lavadeirinha. E compreendo o prazer da srta. Albertine porque a pequena de fato é muito habilidosa.

Sofri muito em Balbec, quando Albertine me revelou sua amizade com a srta. Vinteuil. Mas Albertine estava lá para me consolar. Quando, mais tarde, por ter procurado conhecer demasiadamente as ações de Albertine, acabei fazendo com que ela saísse de minha casa; quando Françoise me anunciou que ela não estava mais lá e me senti só, sofri ainda mais. Pelo menos, porém, a Albertine que eu amava permanecia em meu coração. Agora, em seu lugar — para punir-me por ter levado muito longe uma curiosidade que, ao contrário do que havia suposto, a morte não destruíra —, o que eu encontrava era uma moça diferente, multiplicando mentiras e enganos no lugar da outra que tão docemente me tranquilizara, jurando jamais ter conhecido esses prazeres que, na embriaguez de sua liberdade reconquistada, ela fora gozar até o espasmo, a ponto de morder a pequena lavadeira com quem se encontrava ao entardecer, à beira do Loire, e a quem dizia: "Você me enlouquece". Uma Albertine diferente, não apenas no sentido que atribuímos à palavra "diferente", quando se trata dos outros. Se os outros são diferentes do que supúnhamos, não nos atingindo profundamente essa diferença, e não sendo o pêndulo da intuição capaz de projetar para fora de si senão uma oscilação igual à que executou no sentido interior, é só nas regiões superficiais do próximo que situamos tais diferenças. Antes, se me diziam que certa mulher gostava de outras, ela não me parecia por isso uma mulher diferente, de uma essência particular. Mas quando se trata da mulher a quem amamos, para nos desembaraçarmos da dor que sentimos à ideia de que isso pode ser verdade, procuramos saber não só o que ela fez, mas o que sentia ao fazê-lo, e que ideia tinha do que fazia; então, descendo cada vez mais fundo às profundezas da dor, atingimos o mistério, a essência. Eu sofria até o fundo de mim mesmo, até meu corpo, meu coração — bem mais do que me teria feito sofrer o medo de perder a vida — com essa curiosidade em que colaboravam todas as forças da inteligência e do inconsciente; assim, era justamente nas profundezas de Albertine que eu projetava agora tudo o que sabia dela. E a dor que fizera assim penetrar em mim a uma tal profundeza a realidade do vício de Albertine me prestou mais tarde um último serviço, como o mal que eu fizera a minha avó, o mal que Albertine me fizera foi um último laço entre mim e ela, e sobreviveu à própria recordação, pois, com a conservação de energia que possui tudo o que é físico, o sofrimento nem mesmo tem necessidade das lições da memória. Assim, um homem que já esqueceu as lindas noites de luar passadas no bosque sofre ainda com o reumatismo que então adquiriu.

Esses gostos negados por ela, que os tinha, esses gostos cuja descoberta me viera não por um frio raciocínio, mas através do ardente sofrimento experimentado à leitura destas palavras: "Você me enlouquece!", sofrimento que lhes dava uma particularidade qualitativa, esses gostos não se ajustavam apenas à imagem de Albertine, como se ajusta ao bernardo-eremita a carapaça nova que leva consigo, mas antes como um sal que entra em contato com outro sal e lhe altera a cor e, mais do que isso, por uma espécie de precipitação, a natureza.[61] Quando a lavadeiri-

61 O trecho "por uma espécie de precipitação" é um acréscimo da edição da Bibliothèque de la Pléiade. (N. do R.T.)

nha dissera a suas amigas: "Imaginem vocês, eu nem acreditava: a senhorita também é!", para mim não era somente um vício, a princípio não suspeitado por elas, que acrescentavam à pessoa de Albertine, mas a descoberta de que ela era outra pessoa, uma pessoa do mesmo gênero, a falar a mesma língua, o que, tornando-a compatriota das outras, ainda a tornava mais estrangeira para mim, provava que aquilo que eu tivera dela e levava em meu coração não era senão um pouquinho de sua pessoa, e que o resto, que assumia tamanha extensão por não ser apenas essa coisa tão misteriosamente importante, um desejo individual, mas por lhe ser comum com outras, ela sempre ocultara a meus olhos, mantendo-me afastado dele, como uma mulher que me escondesse que era espiã de um país estrangeiro e, mesmo que agisse mais traiçoeiramente ainda que a espiã, pois esta só engana quanto a sua nacionalidade, ao passo que Albertine o fazia quanto a sua humanidade mais profunda, quanto ao fato de que não pertencia à humanidade comum, e sim a uma raça estranha que com ela se mistura e nela se esconde, e jamais se funde. Eu vira justamente duas pinturas de Elstir, com mulheres nuas numa paisagem densa. Numa delas, uma das raparigas levanta o pé como Albertine devia fazê-lo quando o oferecia à lavadeira. Com o outro pé, empurra para a água a outra rapariga, que resiste alegremente com a coxa levantada e o pé aflorando apenas a água azul. Lembrava-me agora de que a posição da coxa, com o ângulo do joelho, compunha o mesmo meandro de pescoço de cisne formado pela inclinação da coxa de Albertine a meu lado na cama, e eu tinha muitas vezes querido dizer-lhe que lembrava tais pinturas. Mas não o fizera para não sugerir-lhe a imagem e corpos nus de mulheres. Agora eu a via ao lado da lavadeira e de suas amigas, a recompor o grupo de que eu gostara quando me sentara no meio das amigas de Albertine, em Balbec. Fosse eu um amador sensível apenas à beleza e reconheceria que Albertine o recompunha mil vezes mais belo, agora que seus elementos eram estátuas nuas de deusas, como aquelas que os grandes escultores dispersaram em Versalhes, entre pequenas moitas, ou rodeavam de fontes, para que as lavassem e polissem as carícias da água corrente. Eu a via agora ao lado da lavadeira, moças à beira da água, em sua dupla nudez de mármores femininos em meio aos tufos de vegetação mergulhando na água baixos-relevos náuticos.[62] Lembrando-me do que Albertine fora em minha cama, supunha ver-lhe a coxa recurvada; via-a, era um colo de cisne, e procurava a boca de outra rapariga. Então, eu já nem via uma coxa, mas o colo audacioso de um cisne, como aquele que, num esboço fremente, procura a boca de uma Leda captada no auge da palpitação específica do prazer feminino, porque não há nada mais do que o cisne, e ela parece mais sozinha, da mesma maneira que descobrimos ao telefone as inflexões de uma voz que não distinguimos senão quando está dissociada do rosto em que se objetiva sua expressão. Nesse esboço, o prazer, em vez de ir para o rosto que o inspira,[63] e que está ausente, substituído por um cisne imóvel, concentra-se no rosto que o sente. Por um instante a comunicação se interrompera entre meu coração e minha memória. O que Albertine fizera com a lavadeira não me era mais representado senão por abreviaturas quase algébricas, que não significavam mais nada; mas, cem vezes por hora, a corrente interrompida se restabelecia, e meu coração era lavrado impiedosamente por um fogo de inferno, enquanto eu via Albertine, ressuscitada pelo ciúme, e realmente viva, se intumescer sob as carícias da lavadeirinha, dizendo-lhe: "Você me põe louca!". Como vivesse no momento em que cometia suas faltas, isto é, no momento que vivia eu próprio, não era suficiente conhecer essa falta, desejaria que ela soubesse que eu

62 O texto da edição original francesa consultada por Drummond difere da versão atual da Bibliothèque de la Pléiade, que traz o seguinte texto: "Agora, ao lado da lavadeira, eu a via bem jovem à beira da água, bem mais jovem do que fora para mim em Balbec, em sua dupla nudez". (N. do R.T.)

63 A edição da Bibliothèque de la Pléiade traz "mulher" ("*femme*") em vez de "rosto" ("*face*"), que constava da edição consultada por Drummond. (N. do R.T.)

a conhecia. Assim, se nesses momentos era triste pensar que nunca mais tornaria a vê-la, essa tristeza trazia a marca de meu ciúme, e completamente diverso do sofrimento dilacerado dos momentos em que eu a amava, não era senão o sofrimento por não poder dizer-lhe: "Pensava que eu não saberia nunca o que você andou fazendo depois de me deixar? Pois olhe, eu sei de tudo. Sei daquela lavadeira à margem do Loire, a quem você dizia assim: 'Você me põe louca!', e vi a mordida". Sem dúvida, perguntaria mesmo: "Por que me atormentar? Aquela que gozou com a lavadeira hoje não é mais nada, portanto suas ações não têm mais valor. Ela não sabe que eu sei. Mas também não sabe que eu não sei, porque não sabe coisa alguma". Este raciocínio, porém, me persuadia menos que a visão de seu gozo, que me reconduzia ao momento em que ela o experimentara. O que sentimos existe só para nós, o projetamos no passado e no futuro sem nos deixarmos deter pelas barreiras fictícias da morte. Se o meu pesar por ela ter morrido suportava nesses momentos a influência do ciúme e tomava uma forma particular, essa influência estendia-se a meus sonhos de ocultismo e de imortalidade, que eram apenas um esforço no sentido de realizar o que eu desejava. Assim, em tais momentos, se eu chegasse a evocá-la através da mesa de espiritismo, como Bergotte supunha que fosse possível, ou viesse a encontrá-la na outra vida, como pensava o padre X., eu só o teria desejado para repetir-lhe: "Conheço a história da lavadeira. Ouvi a frase: 'Você me enlouquece!' Vi a mordida". O que veio em meu socorro contra essa imagem da lavadeira foi — certamente, depois de ter durado um pouco — essa própria imagem, porque nós não conhecemos verdadeiramente senão aquilo que é novo, o que introduz bruscamente em nossa sensibilidade certa mudança de tom que nos impressiona, coisa a que o hábito ainda não substituiu seus pálidos fac-símiles. Mas, sobretudo, foi esse fracionamento de Albertine em numerosos fragmentos, em numerosas Albertines, que se tornou seu único modo de existência em mim. Momentos voltaram em que ela era apenas boa, ou inteligente, ou séria, ou mesmo gostava dos esportes acima de tudo. E não era justo, no fundo, que esse fracionamento me acalmasse? Porque, se não era em si mesmo algo de real, se dependia da forma sucessiva das horas em que ela me aparecera, forma que continuava sendo a da memória, como a curvatura das projeções de minha lanterna mágica dependia da curvatura dos vidros de cor, não representava à sua maneira uma verdade, e essa bem objetiva, a saber, que cada um de nós não é um, pois contém numerosas pessoas que não têm todas o mesmo valor moral, e que, se tinha existido uma Albertine viciada, isso não impedia que houvesse outras: a que gostava de conversar comigo sobre Saint-Simon, em seu quarto, a que, na noite em que eu lhe dissera que precisávamos nos separar, exclamara tristemente: "Esta pianola, este quarto... Quando eu penso que nunca mais tornarei a ver tudo isso..." e, ao perceber a emoção que minha mentira acabara por me comunicar, exclamara, com piedade sincera: "Ah!, não, tudo, menos fazer você sofrer. Está combinado, desisto de tornar a vê-lo". Então, não fiquei mais sozinho; senti desaparecer aquele tapume que nos separava.[64] Desde o momento em que essa Albertine generosa tinha voltado, eu tornara a encontrar a única pessoa a quem podia pedir um antídoto para os sofrimentos que Albertine me causava. Por certo, continuava querendo falar-lhe sobre a história da lavadeira, mas já não era à maneira de um triunfo cruel, para lhe mostrar maldosamente o que eu sabia. Como teria feito se Albertine estivesse viva, perguntei-lhe, com ternura, se a história da lavadeira era exata. Jurou-me que não, que Aimé não era muito veraz, e que, desejando parecer ter ganho bem o dinheiro que eu lhe dera, não tinha querido voltar de mãos abanando e fizera a lavadeira dizer tudo que ele pretendia. Sem dúvida, Albertine não tinha

64 A edição da Bibliothèque de la Pléiade suprimiu o trecho: "senti desaparecer aquele tapume que nos separava", trecho que constava da primeira edição de 1925. (N. do R.T.)

deixado de mentir-me. Entretanto, no fluxo e refluxo de suas contradições, eu observava uma certa progressão, devida a mim. Que, a princípio, ela até me houvesse feito confidências (talvez, é certo, involuntárias, numa frase que escapa), eu não seria capaz de jurar. Já não me lembrava mais. Depois, era tão esquisita sua maneira de referir-se a certas coisas que isso podia ou não significar tal coisa, mas a percepção que tivera de meu ciúme a induzira logo a retratar-se, com horror, daquilo que a princípio confessara complacentemente. Albertine, de resto, nem tinha necessidade de me dizer isso. Para me persuadir de sua inocência, bastava beijá-la, e eu podia fazê-lo, agora que caíra o tapume que nos separava, semelhante àquele Outro, impalpável e resistente, que depois de uma briga se eleva entre dois apaixonados, e contra o qual se esfacelariam os beijos. Não, ela não precisava dizer-me nada. Fossem quais fossem a vontade e as ações da pobrezinha, havia sentimentos nos quais, por cima daquilo que nos separava, podíamos unir-nos. Se a história era verdadeira, e se Albertine me ocultara seus gostos, era para não me magoar. Senti a doçura de ouvi-lo dizer por essa outra Albertine. Aliás, havia eu jamais conhecido outra? As duas maiores causas de erro, em nossas relações com uma criatura, consistem em nosso bom coração e em amar essa criatura. Amamos por um sorriso, por um olhar, por uns ombros. Basta isso; então, nas longas horas de esperança ou tristeza fabricamos uma pessoa amada, compomos um caráter. Mais tarde, ao frequentarmos a pessoa amada, ante a realidade cruel que estejamos divisando, já não podemos arrancar esse caráter bom, essa natureza de mulher que nos ama, àquela criatura dotada de certo olhar e de certos ombros, do mesmo modo que não podemos, quando ela envelhece, arrancar seu primeiro rosto a uma pessoa que conhecemos desde a sua mocidade. Evoquei o olhar lindo, piedoso e bom dessa Albertine, suas faces gorduchas, as granulações fortes de seu pescoço. Era a imagem de uma pessoa morta, mas, como essa morta vivia, foi simples fazer logo o que eu teria feito infalivelmente se ela estivesse viva ao pé de mim (o que eu faria, se viesse a encontrá-la em outra vida), e lhe perdoei.

Os instantes passados junto a essa Albertine me eram tão preciosos que eu gostaria de não ter deixado escapar nenhum. Ora, às vezes, assim como recuperamos as migalhas de uma fortuna dissipada, tornava a encontrar alguns que pareciam perdidos: atando um lenço por trás de meu pescoço, e não na frente, lembrou-me um passeio em que eu nunca mais tinha pensado e no qual, para que o ar frio não me penetrasse na garganta, Albertine o dispusera dessa maneira, depois de beijar-me. Esse passeio tão simples, restituído à memória por um gesto tão humilde, causou-me o prazer desses objetos íntimos pertencentes a uma morta querida que a velha camareira nos vem trazer, e que têm tamanho valor para nós; minha mágoa ficava assim enriquecida, mormente porque nunca mais eu voltara a pensar nesse lenço.

Agora, solta de novo, Albertine retomara seu voo; homens e mulheres seguiam-na. Ela vivia em mim. Eu me dava conta de que esse grande e prolongado amor por Albertine era como a sombra de sentimento que tivera por ela, reproduzindo-lhe as diversas partes e obedecendo às mesmas leis da realidade sentimental que ele refletia para além da morte. Porque eu sabia que, se me era lícito abrir intervalos entre os pensamentos dedicados a Albertine, por outro lado, se abrisse demais, deixaria de amá-la; por esses cortes ela se iria tornando indiferente para mim, como já o era minha avó. Demasiado tempo sem pensar nela romperia em minha lembrança a continuidade, que é o princípio mesmo da vida, e que entretanto pode restabelecer-se depois de certo lapso de tempo. Não acontecera isso com meu amor por Albertine quando ela vivia, que conseguiu reatar-se depois de um intervalo bastante longo, durante o qual eu deixara de pensar nela? Ora, minha recordação devia obedecer às mesmas leis; não podia suportar intervalos mais longos, pois, como a aurora boreal, não fazia senão refletir, depois da morte de Albertine, o sentimento que eu nutria por ela: era como a sombra de meu amor. E meu eu atual não mais amava Albertine, o eu que a amara estava morto. Mas em mim a palavra Équemauville permanecera depositada, parte desse eu que se punha a chorar com coisas que não me faziam mais sofrer habitualmente, como exemplares depositados na Biblioteca Nacional permitem ficar conhecendo uma obra que estaria destruída, como os discos que um grande artista gravou e que estão enterrados nos porões da Ópera e que quando o virtuose morre voltam a cantar com aquela voz que acreditávamos estar para sempre emudecida. Assim como o futuro, não é de uma vez, mas pouco a pouco que saboreamos o passado.[65]

Outras vezes, minha mágoa revestia tantas formas que eu não chegava a reconhecê-la; desejava ter um grande amor, queria achar uma pessoa que vivesse junto de mim, e isso me parecia sinal de que eu não amava mais Albertine, quando o era de que eu a amava sempre; porque a necessidade de experimentar um grande amor não era, tanto quanto o desejo de beijar as faces rechonchudas de Albertine, senão uma parte de minha saudade. Quando a tivesse esquecido é que eu poderia achar mais prudente e mais feliz viver sem amor. Assim, a saudade de Albertine, porque era ela que fazia nascer em mim a necessidade de uma irmã, tornava-a insaciável. E, à medida que a saudade de Albertine se enfraquecesse, a necessidade de uma irmã, que não era senão uma forma inconsciente dessa saudade, se tornaria menos imperiosa. Entretanto, em seu decréscimo, esses dois resíduos de meu amor não se escoaram com a mesma rapidez. Havia horas em que eu estava decidido a me casar, tão profundo era o eclipse sofrido pelo primeiro, enquanto o segundo conservava uma grande força. Em compensação, mais tarde, tendo se extinguido as recordações ciumentas, às vezes, de repente, uma ternura me

65 O trecho iniciado por "E meu eu atual" até o final do parágrafo é um acréscimo da edição da Bibliothèque de la Pléiade. (N. do R.T.)

subia ao coração por Albertine e, então, pensando em meu amor a outras mulheres, dizia comigo que ela os teria compreendido e partilhado — e seu vício tornava-se como uma causa de amor. Certas vezes, meu ciúme renascia em momentos nos quais não me lembrava mais de Albertine, se bem que fosse dela então que eu tinha ciúmes. Supunha tê-los de Andrée, a propósito de quem me contaram então uma aventura. Mas Andrée não era para mim senão um testa de ferro, uma estrada de ligação, uma tomada de corrente que me ligava indiretamente a Albertine. É assim que, em sonho, damos outro rosto e outro nome a uma pessoa, sobre cuja identidade profunda, entretanto, não nos enganamos. Em suma, apesar de fluxos e refluxos que contrariavam nesses casos particulares a lei geral, os sentimentos que Albertine me deixara tiveram mais dificuldades em morrer que a lembrança de sua causa primeira. Não só os sentimentos, também as sensações. Diferente nisso de Swann, que, quando começou a não gostar mais de Odette, nem mesmo pôde restabelecer a sensação do amor, eu me senti ainda revivendo um passado que não era mais que a história de um outro; meu eu, de certo modo partido em dois, enquanto sua extremidade superior já estava dura e resfriada, ardia ainda pela base toda vez que uma fagulha aí fazia passar de novo a antiga corrente, mesmo quando havia já muito tempo que meu espírito deixara de imaginar Albertine. E como nenhuma imagem dela acompanhasse as palpitações cruéis que a substituíam[66] e as lágrimas trazidas a meus olhos por um vento frio que soprava, como em Balbec, sobre as macieiras já róseas, eu chegava a me perguntar se o renascimento de minha dor não seria devido a causas inteiramente patológicas, e se aquilo que eu tomava como a revivescência de uma lembrança e derradeira fase de um amor não seria antes o começo de uma doença cardíaca.

66 A expressão "que a substituíam" é um acréscimo da edição da Bibliothèque de la Pléiade. (N. do R.T.)

Certas moléstias apresentam acidentes secundários, que o doente muitas vezes é inclinado a confundir com a própria doença. Quando acabam, ele se admira de estar muito mais próximo da cura do que imaginava. Tal fora o sofrimento causado — a complicação trazida — pelas cartas de Aimé com referência à casa de duchas e à lavadeira. Quanto ao resto, porém, o médico de almas que me visitasse acharia que o meu próprio desgosto ia melhor. Sem dúvida, sendo eu homem, um desses seres anfíbios, simultaneamente mergulhados no passado e na realidade atual, existia sempre em mim uma contradição entre a lembrança viva de Albertine e o conhecimento que eu tinha de sua morte. Mas essa contradição era de algum modo o inverso do que fora antes. A ideia de que Albertine morrera, essa ideia que, nos primeiros tempos, vinha agredir tão furiosamente em mim a ideia de que ainda vivia, que eu era obrigado a fugir dela como as crianças à aproximação da onda, essa ideia de sua morte, por graça mesmo desses ataques incessantes, acabara conquistando em mim o lugar ocupado, ainda há pouco, pela ideia de sua vida. Sem que me desse conta, era agora essa ideia da morte de Albertine — e não mais a lembrança presente de sua vida que constituía, em sua maior parte, o fundo de minhas divagações inconscientes, de sorte que, se eu as interrompia de súbito para refletir sobre mim mesmo, o que me causava espanto não era, como nos primeiros dias, que Albertine, tão viva em mim, pudesse não existir mais sobre a face da terra, pudesse estar morta, mas que Albertine que não existia mais sobre a terra, e morrera, houvesse permanecido tão viva em mim. Construído pela contiguidade das lembranças, que se seguem umas às outras, o negro túnel dentro do qual errava meu pensamento já há tanto tempo que eu nem reparava mais nele se interrompia bruscamente num intervalo de sol, deixando ver ao longe um universo risonho e azulado, onde Albertine já não era mais que uma lembrança indiferente e cheia de encanto. Seria essa a verdadeira?, perguntava a mim mesmo, ou seria antes a criatura que, na escuridão em que eu rolava já há tanto tempo, me parecia a única realidade? Essa personagem que eu fora tão recentemente ainda, e que não vivia senão na contínua expectativa do momento em que Albertine viria dar-lhe boa-noite e beijá-la, uma espécie de multiplicação de mim mesmo fazia com que me parecesse apenas uma débil e semidespojada parte de meu ser, e, como uma flor que se entreabre, eu experimentava a frescura rejuvenescedora de uma esfoliação. De resto, essas breves iluminações não me faziam talvez senão tomar ainda maior conhecimento de meu amor a Albertine, como sucede a todas as ideias demasiadamente constantes que necessitam de oposição para se afirmarem. Pessoas que viveram durante a guerra de 1870, por exemplo, dizem que a ideia de guerra lhes acabara parecendo natural, não porque não pensassem bastante em guerra, mas porque pensavam sempre. E para compreender como é a guerra um fato estranho e considerável era preciso que, arrancados por alguma coisa à obsessão permanente, se esquecessem um instante de que a guerra imperava e voltassem a sentir-se iguais ao que eram quando se vivia em paz, até que, de repente, na brancura momentânea, se destacassem, enfim distinta, a realidade monstruosa que havia muito tempo tinham deixado de ver, pois não viam outra coisa senão ela.

Se ao menos essa contração, em mim, das diferentes recordações de Albertine se fizesse, não por escalões, mas simultaneamente, igualmente, de frente, em toda a linha da memória, recuando as lembranças de sua traição ao mesmo tempo que as de sua ternura, o esquecimento me teria apaziguado. Mas não era assim. À maneira da praia em que a maré vem bater irregularmente, eu era assaltado pelo morder de uma entre minhas suspeitas, quando já a imagem de sua doce presença se retirara para tão longe que não podia trazer-me seu bálsamo. Quanto às traições, eu sofrera com elas, porque, por mais longínquo que fosse o ano em que houvessem ocorrido, para mim não eram antigas; mas sofri menos quando assim se tornaram, isto é, quando as figurei menos vivamente, porque o afastamento de uma coisa é antes proporcional à potência visual da memória que contempla do que à distância real dos dias escoados, como a recordação de um sonho da noite passada, que pode parecer-nos mais longínquo, em imprecisão e amortecimento, do que um fato de muitos anos atrás. Mas, se bem que a ideia da morte de Albertine progredisse em mim, o refluxo da sensação de que ela estava viva, se não a detinha, entretanto se lhe opunha, impedindo que se tornasse regular. E agora me dou conta de que, durante esse período (sem dúvida por causa do esquecimento daquelas horas em que ela ficara enclausurada em minha casa e que, à força de dissiparem em mim o sofrimento por faltas que me pareciam quase indiferentes porque eu sabia que ela não as cometia, se tinham tornado como que outras tantas provas de sua inocência), senti o martírio de viver habitualmente com uma ideia tão completamente nova como essa de que Albertine estava morta (até então, eu partia sempre da ideia de que estava viva), com uma ideia que eu teria julgado igualmente impossível de suportar, e que, sem que eu percebesse, formava pouco a pouco o fundo de minha consciência, aí se substituindo à ideia de que Albertine era inocente; era a ideia de que ela era culpada. Quando eu supunha duvidar dela, pelo contrário acreditava; da mesma maneira, tomei como ponto de partida de minhas outras ideias a certeza — muitas vezes desmentida, como o fora a ideia contrária —, a certeza de sua culpa, ao mesmo tempo em que imaginava duvidar ainda. Devo ter sofrido muito durante esse período, mas reconheço que era preciso que assim fosse. Não nos livramos de um sofrimento senão à custa de experimentá-lo com plenitude. Protegendo Albertine contra qualquer contato, forjando, para meu próprio uso, a ilusão de que ela era inocente, do mesmo modo que, mais tarde, tomando por base de raciocínio o pensamento de que ela vivia, eu não fazia mais do que retardar a hora da cura, porque retardava as longas horas que deviam desenrolar-se até chegar ao fim dos sofrimentos necessários. Ora, operando sobre essa ideia da culpa de Albertine, o hábito se exercitara segundo as mesmas leis que eu já havia experimentado no curso da vida. Assim como a palavra *Guermantes* perdera a encantadora significação do vitral de Gilbert le Mauvais, e da estrada cheia de flores, com seus cachos violáceos e avermelhados;[67] a presença de Albertine, a dos vales azuis do mar; os nomes de Swann, do ascensorista, da princesa de Guermantes e de tantos outros, tudo o que tinham significado antes — e como esse encanto e essa significação deixassem em mim uma simples palavra que lhes parecia bastante grande para viver sozinha, como alguém que chega a fim de orientar um empregado, o instrui, e, após algumas semanas, se retira —, assim também o conhecimento doloroso da culpa de Albertine seria expulso de mim pelo hábito. De resto, daí até lá, como no decurso de um ataque simultâneo por dois lados, nesta ação do hábito dois aliados se dariam reciprocamente mão forte. Porque essa ideia da culpa de Albertine se iria tornando para mim mais provável, mais habitual, ficaria também menos dolorosa. Por outro lado, ficando menos dolorosa, as objeções feitas à certeza dessa culpa e que só eram inspiradas à inteligência pelo desejo de não sofrer muito, cairiam uma por uma e, cada ação precipitando outra, logo passaria eu da certeza da inocência de Albertine à certeza de sua culpa. Era preciso que eu vivesse com a ideia da morte de Albertine, com a ideia de suas faltas, para que essas ideias se me tornassem habituais, isto é, para que eu pudesse esquecer essas ideias, e, por fim, esquecer a própria Albertine.

Eu não chegara ainda a esse ponto. Às vezes era a memória, tornando-se mais lúcida graças a uma excitação intelectual — como a leitura[68] — que me renovava o sofrimento; outras vezes,

67 A edição da Bibliothèque de la Pléiade traz apenas a menção a uma "estrada bordeada de ninfeias", em vez de "estrada cheia de flores, com seus cachos violáceos e avermelhados" que constava da edição consultada por Drummond. (N. do R.T.)

68 A edição da Bibliothèque de la Pléiade traz, em vez de "como a leitura", a frase: "por exemplo, se eu estivesse lendo". (N. do R.T.)

pelo contrário, meu sofrimento vinha, por exemplo, na angústia de uma hora de tempestade, que levava mais para o alto, mais para perto da luz, alguma lembrança de nosso amor.

De resto, essas reaparições do meu amor a Albertine morta podiam produzir-se depois de um intervalo de indiferença pontilhado de outras curiosidades, como depois do longo intervalo após o beijo recusado de Balbec, durante o qual eu me preocupara muito mais com a sra. de Guermantes, com Andrée e com a srta. de Stermaria; ele havia retornado quando recomecei a vê-la frequentemente. Mesmo agora, entretanto, preocupações diferentes podiam determinar uma separação — desta vez, tendo como objeto uma pessoa morta — em que ela se fosse tornando inexpressiva para mim. Tudo isso pela simples razão de que, para mim, ela era uma pessoa viva.[69] E até mais tarde, quando meu amor diminuiu, isso entretanto continuou como um desses desejos de que nos cansamos depressa, mas que recrudescem se os deixamos repousar por algum tempo. Eu perseguia uma criatura viva, depois outra, depois voltava à minha morta. Muitas vezes, era nas partes mais obscuras de mim mesmo: quando já não podia mais fazer nenhuma ideia nítida de Albertine, um nome vinha, por acaso, despertar reações dolorosas que eu não acreditava mais possíveis, como esses agonizantes cujo cérebro deixou de trabalhar, e em quem fazemos contrair um membro, fincando-lhe uma agulha. Sucede que, durante longos períodos, essas excitações me aconteciam tão raramente que eu próprio chegava a procurar pretextos para um sofrimento ou uma crise de ciúme, a fim de me prender ao passado e melhor recordá-la. Como a saudade de uma mulher não é senão amor revivescente, continuando submetida às mesmas leis que ele, a força de minha saudade era acrescida pelas mesmas causas que, enquanto Albertine vivia, teriam aumentado meu amor, e em cuja primeira linha tinham sempre figurado a dor e o ciúme. Quase sempre,

69 A frase é um acréscimo da edição da Bibliothèque de la Pléiade. (N. do R.T.)

contudo, essas ocasiões — porque uma doença e uma guerra podem muito mais do que o cálculo da sabedoria mais previdente — nasciam sem que eu o soubesse, causando-me choques tão violentos que eu cogitava antes de me proteger contra o sofrimento do que de pedir-lhes uma recordação.

De resto, nem era necessário que uma palavra, como *Chaumont*, se relacionasse com uma suspeita (até mesmo uma sílaba comum a dois nomes diferentes bastava à memória — como o eletricista que se satisfaz com o menor corpo bom condutor — para restabelecer o contato entre Albertine e meu coração) para despertar essa suspeita, para tornar-se a palavra de senha, o magnífico sésamo a entreabrir a porta desse passado de que já não nos dávamos conta porque, estando fartos de vê-lo, literalmente não o possuímos mais; ficáramos diminuídos dele e supúnhamos, em virtude dessa ablação, nossa própria personalidade mudada em sua forma, como uma figura que perdesse, com um ângulo, um lado; certas frases, por exemplo, em que havia o nome de uma rua ou de uma estrada onde Albertine podia ter andado, bastavam para encarnar um ciúme virtual, inexistente, à procura de um corpo, de uma casa, de alguma fixação material, de alguma particular realização. Muitas vezes, era simplesmente durante o sono que essas "retomadas", esses *da capo* do sonho, virando de um só golpe muitas páginas da memória e muitas folhas do calendário, me reconduziam, me faziam retroceder a uma impressão dolorosa e mais antiga, que havia muito tempo cedera lugar a outras, e que de novo se tornava presente. Habitualmente, acompanhava-a toda uma encenação desajeitada, mas impressionante, que, iludindo-me, oferecia a meus olhos e fazia penetrar nos ouvidos o que daí para o futuro dataria dessa noite. De resto, na história de um amor e de suas lutas contra o esquecimento, não ocupa o sonho um lugar ainda maior que o da vigília, sonho que não dá importância às divisões infinitesimais do tempo que suprime as transições, que opõe os grandes contrastes, que desfaz em um instante o trabalho de consolo tão lentamente tecido durante o dia, reservando-nos, à noite, um encontro com aquela que acabaríamos esquecendo, sob condição, entretanto, de não tornar a vê-la? Digam o que disserem, podemos ter perfeitamente no sonho a impressão de realidade do que se passa. Isso só não seria possível graças a razões extraídas de nossa experiência da vigília,[70] que, nesse momento, nos é ocultada. De sorte que essa vida inverossímil nos parece verdadeira. Às vezes, por uma falha de iluminação interna que, defeituosa, fazia malograr a peça, e, como as recordações, bem apresentadas em cena, me dessem a ilusão de vida, eu acreditava realmente ter marcado encontro com Albertine, e encontrá-la de novo; mas então sentia-me incapaz de caminhar no seu rumo, de proferir as palavras que queria dizer-lhe, de reacender, para vê-la, o candelabro que se apagara, impossibilidades que eram simplesmente em meu sonho a imobilidade, mutismo, a cegueira de quem dorme — como, bruscamente, na projeção frustrada de uma lanterna mágica,[71] vemos uma grande sombra, que deveria estar oculta, velar a silhueta das personagens, e é a sombra da própria lanterna ou do operador. Outras vezes, Albertine se encontrava em meu sonho e queria de novo deixar-me, sem que sua resolução chegasse a comover-me. É que de minha memória pudera filtrar-se, na escuridão do sono, um raio de advertência, e aquilo que, alojado em Albertine, retirava a seus atos futuros e à partida que ela anunciava qualquer importância era a ideia de que estava morta. Muitas vezes ainda mais nítida[72] essa lembrança de Albertine morta se combinava, sem destruí-la, com a sensação de que vivia. Eu conversava com ela; enquanto lhe falava, minha avó ia e vinha no fundo do quarto. Um pedaço de seu queixo caíra em migalhas, como se fosse mármore corroído, mas isso não me parecia nada de

70 O reforço "nossa experiência *da vigília*" é um acréscimo da edição da Bibliothèque de la Pléiade. (N. do R.T.)

71 A edição da Bibliothèque de la Pléiade elimina "projeção frustrada", presente da edição consultada por Drummond. (N. do R.T.)

72 A expressão "ainda mais nítida" é um acréscimo da edição da Bibliothèque de la Pléiade. (N. do R.T.)

extraordinário. Eu dizia a Albertine que tinha perguntas a fazer-lhe sobre o estabelecimento de duchas de Balbec e uma certa lavadeira da Touraine, mas adiava isso para mais tarde, pois tínhamos tempo, nada mais nos apressava. Ela me prometia não fazer nada de mal; somente, na véspera, beijara na boca a srta. Vinteuil. "Como? Ela está aqui?" "Está, e por sinal já é tempo de me despedir de você, pois irei vê-la daqui a pouco." Como, depois que Albertine morrera, eu não a mantinha prisioneira em minha casa ao jeito dos últimos tempos de sua vida, sua visita à srta.Vinteuil me inquietava. E não queria deixar transparecer isto. Albertine explicava-me que beijara apenas, mas devia estar recomeçando a mentir, como no tempo em que negava tudo. Dai a pouco, não se contentaria provavelmente em beijar a srta. Vinteuil. Sem dúvida, de certo ponto de vista, eu não tinha razão em me preocupar assim, pois, ao que dizem, os mortos não podem sentir nem fazer nada. Dizem assim, mas isso não impedia que minha avó, já morta, continuasse entretanto a viver havia já muitos anos, e naquele momento ia e vinha pelo quarto. Sem dúvida, ao acordar, essa ideia de uma pessoa morta que continua a viver deveria tornar-se para mim tão impossível de compreender quanto me é impossível explicá-la. Mas eu já a formulara tantas vezes no curso desses breves períodos de loucura que são nossos sonhos que acabara por me familiarizar com ela; a memória dos sonhos pode tornar-se duradoura, quando eles se repetem frequentemente. E imagino que mesmo que hoje ele esteja curado e tenha retomado a razão, esse homem deve compreender um pouco melhor que os outros aquilo que ele queria dizer durante um período no entanto já transcorrido de sua vida mental, que querendo explicar a alguns visitantes de um sanatório que ele não perdera a razão, apesar do que declarava o doutor, comparava sua sanidade mental com as loucas quimeras de cada um dos doentes, concluindo: "Portanto aquele ali que se parece com todo mundo, vocês não achariam que ele é louco, pois bem! ele é, ele acha que é Jesus Cristo, e isso não pode ser, pois eu é que sou Jesus Cristo!".[73] E muito tempo depois de acabar o sonho eu continuava atormentado com aquele beijo que Albertine me dissera ter dado e julgava ainda ouvir-lhe as palavras. E, com efeito, deviam ter passado bem perto de meus ouvidos, pois fora eu mesmo que as pronunciara. Pelo dia afora, continuava eu a conversar com Albertine, interrogava-a, perdoava-lhe, remediava o esquecimento das coisas que sempre quisera dizer-lhe enquanto viva. E, de repente, enchia-me de terror ao pensar que a criatura invocada pela memória, e a quem se dirigiam todas aquelas palavras, nenhuma realidade lhe correspondia mais, que estavam destruídas as diferentes partes do seu rosto, às quais somente o impulso contínuo da vontade de viver, hoje aniquilado, dera a unidade de uma pessoa. Outras vezes, sem que eu tivesse sonhado, logo ao despertar sentia que o vento mudara em mim; soprava frio e continuamente de uma outra direção, vinda do fundo do passado, e trazendo-me o soar de horas longínquas e silvos de partida que eu ordinariamente não escutara. Um dia, tentei pegar num livro, um romance de Bergotte, do qual gostava particularmente.[74] Suas personagens simpáticas agradavam-me muito, e bem depressa, reconquistado pelos encantos do livro, pus-me a desejar, como um prazer pessoal, que a mulher má fosse punida; meus olhos umedeceram-se quando a felicidade dos noivos ficou assegurada. "Mas então", exclamei desesperado, "pelo fato de ligar tamanha importância ao que Albertine tenha podido fazer, não me será licito concluir que sua personalidade é algo de real que não pode ser abolido, que tornarei a encontrá-la um dia, idêntica, no céu, uma vez que invoco com tantas promessas, espero com tanta impaciência, acolho com tantas lágrimas a felicidade de uma pessoa que nunca existiu senão na imaginação de Bergotte, pessoa que eu nunca vi e cujo rosto posso

73 O trecho que se inicia com "E imagino" até o final do parágrafo é um acréscimo da edição da Bibliothèque de la Pléiade. (N. do R.T.)

74 Na edição da Bibliothèque de la Pléiade, a frase ficou desta forma: "Tentava pegar um livro. Abri um romance de Bergotte, do qual gostava particularmente". (N. do R.T.)

imaginar à minha vontade?!" De resto, nesse romance havia raparigas sedutoras, correspondências amorosas, aleias desertas onde as pessoas se encontravam; isso me lembrava que podemos amar clandestinamente e me despertava o ciúme, como se Albertine pudesse ainda passear em aleias desertas. Também se fazia menção de um homem que revê, depois de cinquenta anos, aquela a quem amou jovem, não a reconhece e entedia-se a seu lado. E isso me lembrava que o amor não dura sempre, abalando-me como se fosse meu destino viver separado de Albertine e tornar a encontrá-la, já indiferente, na velhice. Se avistava um mapa da França, meus olhos aterrorizados faziam de jeito a não esbarrar na Touraine, para que não me aflorasse o ciúme, e, para que não me sentisse infeliz, na Normandia, onde estavam assinaladas pelo menos Balbec e Doncières, entre as quais eu situava todos esses caminhos que tantas vezes havíamos percorrido juntos. No meio de outros nomes de cidades ou de aldeias da França, nomes que eram apenas visíveis ou audíveis, o nome de Tours, por exemplo, parecia composto diferentemente, não já de imagens imateriais, mas de substâncias venenosas que agiam de maneira imediata sobre meu coração, acelerando-lhe e tornando-lhe dolorosas as pulsações. E se essa força se estendia até certos nomes, fazendo-os tão diferentes dos outros, como, ao ficar mais perto de mim, e me limitando à própria Albertine, podia eu espantar-me de que, emanando de uma rapariga provavelmente igual a qualquer outra, essa força que eu considerava irresistível, e para cuja produção qualquer mulher poderia servir, resultasse de um emaranhamento, da tomada de contato entre sonhos, desejos, hábitos e ternuras, com a reclamada interferência de sofrimentos e de prazeres alternados? E isso continuava depois de sua morte, pois basta a memória para manter a vida real, que é mental. Lembrava-me de Albertine descendo do vagão, dizendo-me que tinha vontade de ir a Saint-Martin-le-Vêtu, e logo a via de novo com a gola do casaco levantada até as faces e tornava a descobrir perspectivas de felicidades, às quais me atirava, dizendo a mim mesmo: "Poderíamos ir juntos até Incarville, até Doncières".[75] Não havia estação próxima de Balbec em que eu não a revisse, de sorte que esse lugar, como um país mitológico preservado, tornava para mim vivas e cruéis as lendas mais antigas, mais encantadoras e mais apagadas pelo que se seguira de meu amor. Ah!, que sofrimento, se algum dia tivesse eu de deitar-me outra vez naquela cama de Balbec, em torno de cuja moldura de cobre, como em torno de um eixo imutável, de uma barra fixa, se deslocara e evoluíra minha vida, nela apoiando sucessivamente alegres conversas com minha avó, o horror de sua morte, as doces carícias de Albertine, a descoberta de seu vício e, agora, uma vida nova em que, percebendo as estantes envidraçadas onde o mar vinha refletir-se, eu sabia que Albertine não entraria nunca mais! Não era aquele hotel de Balbec como esse cenário único de casa, nos teatros de província, em que se representam há muitos anos as peças mais diferentes, que serviu para uma comédia, para uma primeira tragédia, para uma segunda, para uma peça puramente poética, aquele hotel que já penetrava bastante longe no passado? O fato de que essa única parte continuasse sempre a mesma, com suas paredes, suas estantes, seu espelho, no curso de novas épocas de minha vida, fazia-me sentir melhor que, no conjunto, era o resto, era eu mesmo que havia mudado, e dava-me também essa impressão de que os mistérios da vida, do amor e da morte, de que as crianças, em seu otimismo, acreditam não participar, não constituem partes reservadas, mas antes percebemos, com doloroso orgulho, que no decurso dos anos se integram em nossa própria vida.

Tentava, às vezes, pegar nos jornais.[76] Mas a leitura deles me era odiosa e, além disso, não era inofensiva. Realmente, em nós, de cada ideia, como de uma encruzilhada na floresta, partem tantas estradas diferentes que, no momento em que menos esperava, eu me via diante de uma nova lembrança. O título da

75 A edição da Bibliothèque de la Pléiade traz "até Quimperlé, até Pont-Aven". (N. do R.T.)
76 Essa frase, que constava da primeira edição, foi suprimida da edição da Bibliothèque de la Pléiade. (N. do R.T.)

melodia de Fauré, "O segredo", levara-me ao *Segredo do rei*, do duque de Broglie; o nome de Broglie, ao de Chaumont, ou então, a palavra *Sexta-Feira Santa* me fazia pensar no Gólgota, e o Gólgota, na etimologia dessa outra palavra que parece o equivalente de *Calvus Mons*, Chaumont.[77] Mas, qualquer que fosse o caminho pelo qual eu tivesse chegado a Chaumont, naquele momento era atingido por um choque tão cruel que daí por diante não pensava mais senão em me resguardar contra o sofrimento, em

77 Toda essa sequência retoma uma cena praticamente idêntica vivida por Swann no primeiro volume. Aparentemente ligado ao nome do parque "*Buttes Chaumont*", a associação da melodia, do título do livro e do duque guarda outras sugestões. O grande "segredo", ou enigma cifrado nas referências é, inicialmente, a questão do nome próprio. O termo "segredo" que está no título da melodia de Fauré, baseada no poema de Armand Silvestre "*Le Secret*", refere-se ao nome da amada, que o poeta quer que "a manhã ignore", que "o dia o proclame" e que o sol poente "o faça esquecer". O título do poema "*Le Secret*" leva ao título do livro do duque de Broglie e o enigma do nome ganha outras conotações, pois o pai do duque, Victor de Broglie, foi casado justamente com a filha de Madame de Staël, também chamada Albertine. Proust pode ter entrado em contato com esse nome lendo uma obra-chave para a composição do romance: as *Memórias da condessa de Boigne*, onde a filha de Madame de Staël, amiga pessoal da condessa, é tantas vezes nomeada. O livro do duque de Broglie, *Le Secret du Roi (Correspondance Sécrète de Louis XV avec ses agents diplomatiques)*, de 1878, percorre essa "correspondência secreta" entre 1752 e 1774. Dentre os agentes secretos, estava um tio do próprio duque, o conde de Broglie. O duque descreve assim o que ele chama de "diplomacia íntima de Luís XV". No contexto de *A fugitiva*, ele fala de um reino em que "a política oficial foi abertamente governada pelas Pompadour e pelas Du Barry", observação importante, pois, como já aconteceu no volume anterior e voltará a aparecer neste volume, a alusão ao rei Luís XV e suas amantes faz parte das imagens que também remetem à relação de Marcel e Albertine. É um procedimento típico do narrador proustiano o de reter apenas o título do livro sobre política internacional europeia. Como acontece com frequência ao longo do romance, a política externa é dimensionada pelas relações íntimas. Em *A prisioneira*, o narrador já associava o comportamento dele e de Albertine à política do *bluff*, da encenação da mera intenção de entrar em guerra. No início de *A fugitiva*, lemos: "O estado de ânimo com que Albertine se fora era, sem dúvida, semelhante ao dos povos que preparam com uma demonstração militar a ação de sua diplomacia". (N. do R.T.)

vez de lhe pedir que me trouxesse lembranças.[78] Instantes após o choque, a inteligência, que, como o ruído do trovão, viaja menos depressa, trazia-me a razão disso. Chaumont fizera-me pensar em Buttes-Chaumont,[79] onde, pelo que me dissera a sra. Bontemps, Andrée ia muitas vezes com Albertine, ao passo que Albertine me dissera jamais ter posto os olhos em Buttes-Chaumont. A partir de certa idade, nossas recordações estão de tal modo entrecruzadas umas nas outras que a coisa em que pensamos ou o livro que lemos quase não têm importância. Pusemos algo de nós mesmos em toda parte, tudo é fecundo, tudo é perigoso, e podemos fazer descobertas igualmente preciosas tanto nos *Pensamentos* de Pascal como em um anúncio de sabonete.

Sem dúvida, um fato como esse de Buttes-Chaumont, que na época me parecera fútil, era em si mesmo, contra Albertine, bem menos grave, menos decisivo que a história da encarregada das duchas ou a da lavadeira. Mas, em primeiro lugar, a lembrança que nos acode fortuitamente encontra em nós uma capacidade intacta de imaginar, isto é, neste caso, de sofrer, que gastamos em parte quando somos nós, pelo contrário, que voluntariamente aplicamos o espírito em reconstituir alguma lembrança. Mas a essas últimas (as lembranças referentes à encarregada das duchas e à lavadeira), sempre presentes, embora obscurecidas na memória como esses móveis colocados na penumbra de uma galeria e nos quais, sem percebê-los, evitamos entretanto esbarrar, eu já me habituara. Pelo contrário, havia muito tempo que não pensava em Buttes-Chaumont, nem, por exemplo, no olhar de Albertine em frente ao espelho do cassino de Balbec, nem ainda no atraso inexplicável de Albertine na noite em que eu a esperara tanto, depois

78 O trecho "em vez de lhe pedir que me trouxesse lembranças" é um acréscimo da edição da Bibliothèque de la Pléiade. (N. do R.T.)

79 Buttes-Chaumont ou colinas Chaumont: sítio pitoresco de Paris que se fazia notar, durante a Idade Média, pelos seus moinhos de vento. Em 1863, foi agenciado sob a forma de parque inglês, edificando-se no alto de um promontório a reprodução do Templo da Sibila, de Tivoli. (N. do T.)

da festa dos Guermantes — em nenhuma dessas partes de sua vida que permaneciam fora do meu coração, e que eu teria querido conhecer para que elas pudessem assimilar-se, anexar-se a ele, e aí encontrar as recordações mais doces que formavam uma Albertine interior e realmente possuída. Soerguendo uma ponta do pesado véu do hábito (o hábito embrutecedor, que durante todo o curso da vida nos oculta mais ou menos todo o universo e, em uma noite profunda, sob sua etiqueta imutável, substitui os mais perigosos ou mais embriagadores venenos da vida por algo de anódino, que não proporciona delícias), tal recordação me voltava como no primeiro dia, com essa fresca e penetrante novidade de uma estação que reaparece, de uma alteração na rotina das horas, que, também no domínio dos prazeres, se tomamos um carro no primeiro dia da primavera, ou se saímos de casa ao alvorecer, nos permitem observar nossas ações insignificantes com uma exaltação lúcida que faz esse minuto intenso prevalecer sobre o bloco dos dias anteriores. Via-me, de novo, à saída da festa em casa da duquesa de Guermantes, esperando Albertine.[80] Os dias antigos recobrem pouco a pouco aqueles que os precederam e eles próprios se sepultam por baixo dos que se lhes seguem. Mas cada dia antigo permanece depositado em nós, como, numa imensa biblioteca onde há livros mais antigos, certo exemplar que sem dúvida ninguém consultará nunca. Entretanto, basta que esse dia antigo, atravessando a translucidez das épocas seguintes, remonte à superfície e se estenda sobre nós, cobrindo-nos inteiramente, para que, por um momento, os nomes retomem sua antiga significação, as pessoas seu antigo rosto, nós nossa alma de então, e sintamos, com um sofrimento vago mas tornado suportável e que não vai durar muito, os problemas há tanto tempo insolúveis e que de tal modo nos angustiavam então. Nosso eu é edificado pela superposição de estados sucessivos. Mas essa superposição não é imutável

80 Frase que constava da primeira edição, mas que foi suprimida da edição da Bibliothèque de la Pléiade. (N. do R.T.)

como a estratificação da montanha. Levantamentos contínuos fazem aflorar à superfície camadas antigas. Encontrava-me de novo, após a festa em casa da princesa de Guermantes, esperando a chegada de Albertine.[81] Que fizera ela naquela noite? Enganara-me? Com quem? Mesmo que eu aceitasse as revelações de Aimé, isso não diminuiria em nada, para mim, o interesse ansioso, desesperado, dessa questão imprevista, como se cada Albertine diferente, cada lembrança nova apresentasse um problema de ciúme particular, a que as soluções dos outros não pudessem aplicar-se.

Eu, porém, não teria querido saber apenas com que mulher ela passara aquela noite, mas que prazer particular sentira com isso, que é que se passara nela nesse momento particular. Às vezes, em Balbec, Françoise tinha ido procurá-la e me dissera tê-la encontrado debruçada à janela, com ar inquieto, escrutador, como se esperasse alguém. Admitamos que eu soubesse que a moça esperada era Andrée, e qual era o estado de espírito em que Albertine a esperava, esse estado de espírito oculto por trás do olhar inquieto e escrutador. Que importância teria esse gosto para Albertine? Que lugar ocuparia em suas preocupações? Ai de mim! Lembrando minha própria agitação toda vez que reparava numa jovem do meu agrado, às vezes somente por ouvir falar nela sem a ter visto, minha preocupação de enfeitar-me, de valorizar-me, e ainda meu suor frio, eu não carecia, para me torturar, senão de conceber essa mesma voluptuosa emoção em Albertine, como, depois da visita de um médico que se tinha mostrado cético com relação à realidade de sua dor, minha tia Léonie desejara a invenção de um aparelho que permitiria fazer com que o médico sentisse todo o sofrimento de seu paciente, percebendo-o melhor, graças a esse aparelho.[82] Era o bastante para me torturar, para me suge-

81 Alusão ao retorno do jantar em casa da princesa de Guermantes, no início de *Sodoma e Gomorra*. (N. do R.T.)

82 O trecho que se inicia "como, depois da visita de um médico" é um acréscimo da edição da Bibliothèque de la Pléiade. (N. do R.T.)

rir que, ao lado disso, aquelas nossas conversas sérias sobre Stendhal e Victor Hugo deviam ter significado bem pouco em seu espírito, e para sentir o seu coração, atraído no rumo de outras criaturas, destacar-se do meu e ir se encarnar em outra parte.[83] Mas a própria importância que esse desejo devia revestir a seus olhos e as reservas que se formavam em redor dele não podiam revelar-me o que ele era qualitativamente e, muito menos, como o qualificaria ela ao meditar sobre isso. No sofrimento físico, pelo menos, não precisamos escolher nós mesmos a nossa dor. A doença a determina e impõe a nós. Mas no ciúme temos de ensaiar de algum modo sofrimentos de todo gênero e de toda magnitude, antes de nos determos naquele que parece convir-nos. E como a dificuldade é maior, quando o sofrimento consiste, por exemplo, em saber a criatura a quem amamos sentindo prazer com pessoas diferentes de nós, as quais lhe proporcionam sensações que não somos capazes de proporcionar-lhe, ou que, pelo menos, por sua configuração, seu aspecto, suas maneiras, representam para ela algo inteiramente diverso de nós! Ah, por que Albertine não gostara de Saint-Loup? Como me parece que eu teria sofrido menos!

Certamente, ignoramos a sensibilidade particular de cada criatura, mas, de ordinário, nem mesmo sabemos que a ignoramos, porque essa sensibilidade dos outros nos é indiferente. No que se refere a Albertine, minha desgraça ou minha sorte teriam dependido do que era essa sensibilidade; eu sabia muito bem que ela me era desconhecida, e o fato de me ser desconhecida já constituía para mim uma dor. Os desejos e prazeres desconhecidos, experimentados por Albertine, tive uma vez a ilusão de distingui-los, outra de ouvi-los. Vê-los,[84] quando, algum tempo depois de sua morte, Andrée veio visitar-me. Pela primeira

83 Alusão à cena em que o herói expõe a Albertine seu modo de ler textos de literatura, em *A prisioneira*. (N. do R.T.)

84 O trecho "outra de ouvi-los. Vê-los" é acrescimo da edição da Bibliothèque de la Pléiade. (N. do R.T.)

vez ela me pareceu bela; pensava comigo que aqueles cabelos quase crespos, aqueles olhos escuros e com olheiras eram, sem dúvida, o que Albertine amara tanto, a materialização, perante mim, do que levava consigo em seu devaneio amoroso, do que ela vira pelo olhar antecipador do desejo, no dia em que quisera tão precipitadamente voltar de Balbec. Como a uma escura flor desconhecida, que, por cima da morte, me fosse trazida das profundezas de um ser em que eu não soubera descobri-la,[85] parecia-me, inesperada exumação de uma relíquia inestimável, ter diante de mim o desejo encarnado de Albertine, que Andrée constituía para mim, como fora Vênus o desejo de Júpiter. Andrée lastimava Albertine, mas percebi, imediatamente, que não lhe sentia a falta. Afastada à força de sua amiga pela morte, parecia haver aceitado facilmente uma separação definitiva que eu não lhe ousaria pedir quando Albertine vivia, tal o meu receio de não obter o consentimento de Andrée. Parecia, pelo contrário, aceitar sem dificuldade essa renúncia, mas era precisamente quando isso já não podia mais aproveitar-me. Andrée abandonava-me Albertine, porém morta, e tendo perdido para mim não somente a vida, mas, retrospectivamente, um pouco de sua realidade, pois eu via que ela não era indispensável e única para Andrée, e que esta pudera substituí-la por outras.

Enquanto Albertine vivia, eu não teria ousado pedir a Andrée confidências sobre o caráter da amizade entre as duas e com a amiga da srta. Vinteuil, pois quem sabe se ela não iria repetir a Albertine tudo que eu lhe dissesse? Agora, tal interrogatório, mesmo que não desse resultado, pelo menos não seria perigoso. Falei, pois, a Andrée, não em tom interrogativo, mas como se

85 A edição da Bibliothèque de la Pléiade eliminou a palavra "profundezas", que constava da primeira edição. Citação provável do célebre poema de Gérard de Nerval, "El Desdichado". Talvez tão importante quanto a metáfora da flor entregue além-túmulo seja o primeiro verso do poema: "Sou o tenebroso, — o viúvo, — o inconsolável". A chegada de Andrée corresponde a uma mudança de postura do narrador. (N. do R.T.)

soubesse disso já há tempo, talvez por Albertine, sobre a atração que ela própria, Andrée, sentia por mulheres e sobre as suas próprias relações com a srta. Vinteuil. Confessou-me tudo isto sem a menor dificuldade, sorrindo. Dessa confissão podia eu tirar ilações: primeiro, porque Andrée, tão afetuosa e faceira com tantas moças em Balbec, não induziria ninguém à suspeita de hábitos que ela absolutamente não negava, de sorte que, por analogia, descobrindo essa nova Andrée, podia eu admitir que Albertine os teria confessado com a mesma facilidade a qualquer outra pessoa que não a mim, pois sabia que eu era ciumento. Por outro lado, tendo sido Andrée a melhor amiga de Albertine, e sendo provavelmente por sua causa que Albertine voltara de Balbec, agora que Andrée manifestara essa inclinação a conclusão que devia impor-se a meu espírito era que Albertine e Andrée sempre haviam tido relações dessa natureza. Certamente, como diante de uma pessoa estranha nem sempre ousamos tomar conhecimento do presente que ela nos oferece e cujo envoltório só desfazemos depois que o ofertante saiu, enquanto Andrée estava perto eu não mergulhei em mim mesmo para examinar a dor que ela me trazia, embora sentisse muito bem que essa dor causava a meus servidores físicos, os nervos e o coração, grandes distúrbios que, por motivo de boa educação, eu fingia não perceber, falando, pelo contrário, da maneira mais gentil do mundo com a moça que me visitara, sem desviar meus olhos para esses incidentes internos. Foi-me particularmente penoso ouvir Andrée dizer, referindo-se a Albertine: "Ah, sim, ela gostava muito que a gente fosse passear no vale de Chevreuse". Ao universo vago e inexistente onde se desenrolavam os passeios de Albertine e Andrée, pareceu-me que esta, por uma criação posterior e diabólica, acabava de acrescentar à obra de Deus um vale maldito.[86] Pressentia que Andrée ia contar-me tudo que fizera com Albertine e, enquanto procurava, por polidez, por habilidade,

86 A expressão "à obra de Deus" é acréscimo da Bibliothèque de la Pléiade. (N. do R.T.)

por amor-próprio, talvez por gratidão, mostrar-me cada vez mais efetuoso, enquanto o espaço que eu pudera conceder à inocência de Albertine se contraía cada vez mais, parecia-me perceber que, apesar de meus esforços, eu tinha o ar paralisado de um animal a cujo redor um círculo progressivamente mais estreito é lentamente traçado pelo pássaro hipnotizador, que não se apressa porque está certo de atingir, quando quiser, uma vítima que não lhe escapará. Olhava entretanto para ela, e, com o que resta de bom humor, naturalidade e segurança nas pessoas que não querem aparentar receio de se deixarem hipnotizar quando encaradas fixamente, disse a Andrée estas palavras acidentais:

— Nunca lhe falei nisso, com medo de aborrecê-la, mas agora que nos é grato falar sobre ela posso garantir-lhe que eu já sabia há muito tempo das relações desse gênero que você tinha com Albertine. Aliás, isso lhe dará prazer, embora você já o soubesse: Albertine tinha adoração por você.

Disse mais a Andrée: que ela me satisfaria uma grande curiosidade se me deixasse vê-la, mesmo limitando-se apenas a carícias que não a molestassem muito diante de mim, fazer isso com as amigas de Albertine que tinham o mesmo gosto, e citei — para saber — Rosemonde, Bertha, as amigas todas de Albertine.

— Por coisa alguma no mundo eu faria na sua frente isso que você diz — respondeu-me. — Além do mais, não creio que nenhuma das moças que você lembrou tenha esse gosto.

Aproximando-me, contra a vontade, do monstro que me atraía, respondi:

— Como?! Você não vai me fazer acreditar que, de todo o seu grupo, era só com Albertine que fazia isso!

— Mas eu nunca fiz isso com Albertine.

— Vamos, pequena Andrée, por que você nega coisas que eu sei há três anos, pelo menos? Não acho nenhum mal nisso, pelo contrário. Justamente, a propósito da noite em que ela queria tanto ir no dia seguinte com você à casa da sra. Verdurin, você se recorda, talvez?...

Antes de terminar a frase, vi perpassar nos olhos de Andrée, tornando-os pontiagudos como essas pedras de que, por causa disso, os joalheiros têm dificuldade em servir-se, um olhar preocupado, como o dessas cabeças de privilegiados que levantam uma ponta da cortina antes que a peça comece e logo se esquivam para não serem percebidos. Esse olhar inquieto desapareceu, tudo voltou à ordem, mas eu sentia que tudo que viesse agora não seria mais que um arranjo factício, para meu uso. Nesse momento, vi-me no espelho; fiquei impressionado por uma certa semelhança entre mim e Andrée. Se há muito tempo não tivesse deixado de barbear-me e se dispusesse apenas da sombra de um bigode, a semelhança seria quase completa. Fora, talvez, ao olhar em Balbec meu bigode que mal apontava que Albertine tivera subitamente aquele desejo impaciente, furioso, de voltar para Paris.

— Mas eu não posso dizer o que não é verdade pela simples razão de que você não acharia mal nisso. Juro que nunca fiz nada com Albertine, e tenho certeza de que ela detestava essas coisas. As pessoas que lhe disseram isso mentiram, talvez com objetivo interesseiro.

— Está bem. Se não quer dizer... — respondi.

Era preferível para mim fingir não querer dar uma prova que eu não possuía. Entretanto, pronunciei vagamente, ao acaso, o nome de Buttes-Chaumont.

— Posso ter ido a Buttes-Chaumont com Albertine, mas há qualquer coisa de particularmente mau nesse lugar?

Perguntei-lhe se não podia falar sobre isso a Gisèle, que, num certo período, convivera intimamente com Albertine. Mas Andrée me declarou que, depois de ter sido vítima de uma infâmia de Gisèle, ultimamente pedir-lhe um obséquio era a única coisa que ela me recusaria sempre.

— Se você se encontrar com ela — acrescentou —, não conte o que eu lhe falei. Não vale a pena fazer dela uma inimiga. Gisèle sabe o que eu penso a seu respeito, mas, com ela sempre preferi evitar um desses rompimentos violentos, que só trazem reconciliação. E depois ela é perigosa. Mas você compreende que quando a gente lê a carta que há oito dias eu vi com os meus olhos, e onde ela me mentia com uma tal perfídia, nada, nem mesmo as mais belas ações do mundo, pode apagar a lembrança disto.

Em suma, tendo Andrée esse gosto, a ponto de absolutamente não ocultá-lo, e havendo Albertine lhe dedicado a grande afeição que certamente lhe dedicara, se, apesar, disso, Andrée nunca mantivera relações carnais com Albertine e ignorara sempre que Albertine tivesse o mesmo gosto, é que Albertine não o tinha, nem tivera com pessoa alguma as relações que, mais do que com qualquer outra, haveria de ter com Andrée. Por isso, quando Andrée saiu, percebi que sua afirmação tão precisa me trouxera calma. Talvez, porém, fosse ditada pelo dever, a que Andrée se julgava obrigada para com a morta, cuja lembrança ainda existia nela, de não deixar acreditar naquilo que Albertine, sem dúvida, durante sua vida, lhe pedira que negasse.

Esses prazeres de Albertine que, depois de ter tentado tantas vezes imaginá-los, acreditara por um momento vê-los ao contemplar Andrée, numa outra ocasião, acreditei surpreender sua presença não por meio dos olhos, acreditei ouvi-los. Em um bordel, mandei trazer duas jovens lavadeiras de um bairro muito frequentado por Albertine. Acariciada pela outra, uma delas começou de repente a emitir um som que inicialmente não consegui distinguir o que era, pois nunca entendemos exatamente o significado de um ruído original, expressão de uma sensação que não estamos sentindo. Se o ouvimos estando em um cômodo vizinho e sem nada ver, podemos tomar por uma gargalhada aquilo que o sofrimento provoca num doente que estão operando sem anestesia; e quanto ao ruído emitido por uma mãe a quem informam que o filho acaba de morrer, pode nos parecer, se não soubermos do que se trata, tão difícil de lhe atribuir uma tradução humana, quanto ao ruído que provém de um animal, ou de uma harpa. É necessário certo tempo para compreender que esses dois ruídos expressam aquilo que, por analogia com o que nós mesmos pudemos sentir, entretanto como algo bem diferente, denominamos sofrimento, e que precisei também de algum tempo para compreender que aquele ruído expressava aquilo que, ainda por analogia com o que eu mesmo havia sentido como algo muito diferente, denominei prazer; e este devia ser bem intenso para transtornar a tal ponto o ser que o sentia e dele extrair essa linguagem desconhecida, que parece designar e comentar todas as fases do drama delicioso que a jovem vivenciava e que permanecia oculto à minha vista pela presença da cortina abaixada para sempre para outros exceto ela mesma sobre o que acontece no mistério íntimo de cada criatura. Aliás, essas duas jovens nada puderam me dizer, elas não sabiam quem era Albertine.[87]

Muitas vezes os romancistas fazem acreditar, num prólogo, que viajando em certo país encontraram alguém que lhes contou a vida de uma determinada pessoa. Dão a palavra a esse amigo de ocasião, e a narrativa que este lhes faz é precisamente o romance. Assim, a vida de Fabrício del Dongo foi contada a Stendhal por um cônego de Pádua.[88] Como gostaríamos, quando amamos, isto é, quando a existência de uma outra pessoa nos parece misteriosa, de achar um narrador assim bem informado! Certamente ele existe. Nós mesmos não contamos muitas vezes, sem a menor paixão, a vida dessa ou daquela mulher a um de nossos amigos ou a um estranho que nada conhecia de seus amores e nos escuta com curio-

87 O parágrafo é um acréscimo da edição da Bibliothèque de la Pléiade. (N. do R.T.)

88 Alusão ao início de *A Cartucha de Parma*, de Stendhal: durante as guerras napoleônicas, o narrador passa algum tempo na casa de um cônego, na cidade de Pádua. Retornando à cidade em 1830, após a morte do cônego, ele recebe das mãos do sobrinho do falecido a história que vai narrar: os amores, anseios e frustrações de Fabrice del Dongo e da duquesa de Sanseverina, o contexto histórico e familiar bastante específico em que essas aventuras estão inseridas teriam saído das notas tomadas pelo cônego de Pádua e da conversa que, numa noite de 1830, o narrador teria tido com seu sobrinho. Esta alusão a um procedimento empregado por um escritor que o antecedeu é também oportunidade de marcar a diferença dos recursos narrativos: tudo o que Aimé revela ao herói sobre o passado de Albertine não pode ser tomado estritamente por uma verdade incontestável. (N. do R.T.)

sidade? O homem que eu era quando falava a Bloch sobre a princesa de Guermantes ou a sra. Swann, esse homem existia e poderia falar-me de Albertine, esse homem existe sempre... mas não o encontramos nunca. Parecia-me que, se pudesse achar mulheres que a tivessem conhecido, ficaria sabendo tudo que ignorava. Entretanto, a estranhos devia parecer que ninguém melhor do que eu conhecia sua vida. Ainda mais: não conhecia eu sua melhor amiga, Andrée? É assim que acreditamos que o amigo de um ministro deve saber a verdade sobre certos negócios, ou não pode estar implicado em um processo. Apenas, ao praticá-lo, observou o amigo que, toda vez que falava ao ministro sobre política, este permanecia nas generalidades e dizia-lhe, no máximo, o que estava nos jornais; se lhe ocorria algum aborrecimento, suas múltiplas solicitações ao ministro tinham sempre como resultado um "não está em meu poder", contra o qual o próprio amigo não tem poder nenhum. E dizia comigo: "Se pudesse conhecer certas testemunhas!" — mas, se as conhecesse, provavelmente não teria conseguido delas mais do que de Andrée, ela própria depositária de um segredo que não queria revelar. Diferente, ainda nisso, de Swann, que, quando já não era mais ciumento, deixou de sentir curiosidade pelo que Odette teria podido fazer com Forcheville, mesmo depois de passado meu ciúme, conhecer a lavadeira de Albertine e as pessoas de seu bairro, reconstituir aí sua vida e suas aventuras eram as únicas coisas que tinham encanto para mim. E como o desejo resulta sempre de um prestígio preliminar, como acontecera com relação a Gilberte e à duquesa de Guermantes, nesses bairros onde outrora vivera Albertine as mulheres de seu meio foram as únicas que procurei e cuja presença era capaz de desejar. Mesmo nada podendo colher de seus lábios, eram as únicas pelas quais me sentia atraído, por serem aquelas que Albertine conhecera ou teria podido conhecer, mulheres do seu meio ou dos meios em que ela se sentia bem, numa palavra, mulheres que tinham para mim o prestígio de se lhe assemelhar ou de ser daquelas que lhe agradariam. Assim, lembrando-me, fosse a própria Albertine, fosse o tipo que sem dúvida ela preferia, essas mulheres despertavam em mim um sentimento cruel de ciúme ou saudade que, mais tarde, quando o desgosto se apaziguou, se converteu em curiosidade não isenta de encanto. E entre essas últimas, sobretudo, as raparigas do povo, por causa dessa vida, tão diferente daquela que eu conhecia, e que é a delas. Sem dúvida, é só pelo pensamento que possuímos as coisas, e não possuímos um quadro porque o temos em nossa sala de jantar se não soubermos compreendê-lo, nem um país porque nele residimos sem mesmo reparar nele. Mas, enfim, eu teria antes a ilusão de recuperar Balbec, quando em Paris Albertine vinha ver-me e eu a envolvia nos braços. Da mesma maneira, ia eu tomando contato, de resto bem estreito e furtivo, com a vida de Albertine, a atmosfera das oficinas, as conversas de balcão e a alma dos pardieiros, quando beijava uma operária. Andrée e as outras mulheres, tudo isso com relação a Albertine — como Albertine o fora ela própria com relação a Balbec —, eram desses substitutivos do prazer, sucedendo-se uns aos outros em degradação continuada, que nos permitem passar sem aquilo que já não podemos alcançar — viagem a Balbec, ou amor de Albertine (como o fato de ir ao Louvre para ver um Ticiano que já esteve em Veneza consola de não poder ir a Veneza), eram desses prazeres que, separados uns dos outros por matrizes indiscerníveis, fazem de nossa vida como uma sequência de zonas concêntricas, contíguas, harmônicas e degradadas, em redor de um desejo primeiro que deu o tom, eliminando aquele que não se fundiria com ele e espalhou a tinta dominante (como também me acontecera, por exemplo, quanto à duquesa de Guermantes e Gilberte). Andrée e essas mulheres eram para o desejo, que eu já não poderia mais conservar, de ter Albertine junto a mim, o que, em certo entardecer, antes que eu conhecesse Albertine senão de vista, fora, quando eu acreditava não mais poder realizar o desejo de tê-la junto a mim,[89] a ensolarada e tortuosa frescu-

89 O trecho "quando eu acreditava não mais poder realizar o desejo de tê-la junto a mim" é acréscimo da edição da Bibliothèque de la Pléiade. (N. do R.T.)

ra de um cacho de uvas. Associadas agora à lembrança de meu amor, as particularidades físicas e sociais de Albertine, sem embargo das quais eu a amara, dirigiam inversamente meu desejo para aquilo que ele antes menos escolheria: as morenas da pequena burguesia. Sem dúvida, o que começava particularmente a renascer em mim era o imenso desejo que meu amor a Albertine não pudera apaziguar, aquele imenso desejo de conhecer a vida, que eu experimentara antes nas estradas de Balbec e nas ruas de Paris, aquele desejo que tanto me fizera sofrer quando, supondo existisse também no coração de Albertine, eu tinha querido privá-la dos meios de satisfazê-lo com outros que não eu. Agora que me era suportável a ideia de seu desejo, como essa ideia era logo despertada pelo meu e os dois imensos apetites coincidiam, gostaria que pudéssemos nos entregar juntos a eles, e dizia comigo: "Esta rapariga lhe teria agradado", e por esse brusco desvio, pensando nela e em sua morte, sentia-me demasiadamente triste para ir mais longe ao encalço do meu desejo. Como antes o lado de Méséglise e o de Guermantes tinham estabelecido as bases do meu amor ao campo, impedindo-me de achar um encanto profundo nalgum lugar onde não houvesse uma igreja velha, centáureas e ranúnculos, do mesmo modo era ligando-as em mim a um passado encantador que meu amor a Albertine me fazia procurar exclusivamente certo gênero de mulheres; como antes de amá-la, eu voltava a precisar de coisas que se lhe hamonizassem, que fossem impermutáveis com a minha lembrança tornada, pouco a pouco, menos exclusivista. Não poderia sentir-me bem, agora junto a uma loura e orgulhosa duquesa, porque ela não despertaria em mim nenhuma das emoções que partiam de Albertine, de meu desejo dela, do ciúme que eu tivera de seus amores, de meus sofrimentos e de sua morte. Porque nossas sensações, para serem fortes, precisam desencadear em nós algo diferente delas, um sentimento que não poderá achar satisfação no prazer, mas se acrescenta ao desejo, que o intumesce, que o faz agarrar-se desesperadamente ao prazer. A medida que já não me fazia sofrer, o amor que Albertine dedicara a certas mulheres prendia essas mulheres a meu passado, dava-lhes algo de mais real, como aos ranúnculos e aos pilriteiros a lembrança de Combray dava mais realidade que às flores novas. Mesmo com relação a Andrée, eu já não dizia com raiva: "Albertine gostava dela", mas, pelo contrário, para explicar a mim mesmo meu desejo e com ternura: "Albertine gostava tanto dela!". Compreendia agora os viúvos que supomos consolados e que provam, pelo contrário, que são inconsoláveis, porque se casam com a cunhada.

Assim, o amor agonizante parecia tornar possível para mim novos amores, e Albertine, como essas mulheres durante muito tempo amadas em si mesmas, que mais tarde, sentindo enfraquecer-se a emoção do amante, conservam o prestígio contentando-se com o papel de alcoviteiras, ornava para mim, como a Pompadour para Luís XV, novas mocinhas.[90] Mesmo antes, meu tempo era dividido em períodos em que eu desejava essa mulher ou aquela outra. Quando amorteciam os prazeres violentos proporcionados por uma, inclinava-me para outra que oferecia ternura quase inocente, até que a necessidade de carícias mais sóbrias restituísse o desejo da primeira. Agora, essas alternâncias tinham acabado, ou pelo menos um dos períodos se prolongava indefinidamente. O que eu teria querido é que a recém-chegada viesse morar comigo, e que me desse à noite, antes de me deixar, um beijo familial de irmã. Assim, eu poderia acreditar — se já não houvesse experimentado antes a presença intolerável de uma outra — que sentia mais a falta de um beijo que de certos lábios, de um prazer que de um amor, de um lábio que de uma pessoa. Teria querido, também, que as recém-chegadas pudessem tocar Vinteuil para mim como Albertine, discorrer sobre Elstir à sua maneira. Tudo isso era impos-

90 Alusão provável ao texto que é referência constante de *A fugitiva* e de *A prisioneira*: a coletânea de estudos dos irmãos Goncourt sobre *As amantes de Luís XV*. Com efeito, no volume que dedicam à história da sra. de Pompadour, eles relatam o papel ativo desempenhado por ela no agenciamento do *Parc aux Cerfs*, residência organizada pelo rei para hospedar suas amantes (cf. na sequência nota sobre o livro *La Du Barry*). (N. do R.T.)

sível. O amor dessas jovens não valeria o seu, eu pensava, seja porque um amor a que se anexavam todos esses episódios — visitas aos museus, noites de concerto, toda uma vida complicada que permite correspondências, conversas, um *flirt* preliminar às próprias relações, depois de uma amizade grave — dispunha de maiores recursos que o amor a uma mulher que sabe apenas entregar-se, como a orquestra os possui mais do que um piano, seja porque, mais profundamente, minha necessidade do mesmo gênero de ternura que Albertine me proporcionava (ternura de moça bastante cultivada, e ao mesmo tempo irmã) não fosse como a necessidade de mulheres de um meio idêntico ao de Albertine, senão uma revivescência da lembrança de Albertine, da lembrança do amor que eu lhe consagrava. E, uma vez mais, experimentava eu, primeiro, que a recordação não é inventiva, que ela é impotente para desejar qualquer outra coisa, até mesmo algo de superior àquilo que já possuímos; em seguida, que ela é espiritual, de sorte que a realidade não pode proporcionar-lhe o estado a que aspira, e que, enfim, aplicando-se a uma pessoa morta, o renascimento que ela encarna é menos o da necessidade de amar, em que nos induz a crer, do que o da necessidade da ausente. De sorte que a semelhança entre Albertine e a mulher que eu escolhera, e a própria semelhança, se eu chegasse a obtê-la, de sua ternura com a de Albertine, não me faziam senão sentir melhor a ausência daquilo que, sem o saber, eu havia procurado, daquilo que era indispensável para que renascesse minha felicidade, o que eu havia procurado,[91] isto é, a própria Albertine, o tempo que vivêramos juntos, o passado a cuja procura, sem o saber, vivia eu. Certamente, nos dias claros, Paris me parecia infinitamente florida com todas as mocinhas, não que eu desejava, mas que mergulhavam suas raízes na escuridão do desejo e das noites desconhecidas de Albertine. De uma ela me dissera logo no princípio, quando ainda não desconfiava de mim:

91 O trecho "o que eu havia procurado" é acréscimo da edição da Bibliothèque de la Pléiade. (N. do R.T.)

— Formidável essa pequena! E que lindo cabelo!...

Todas as curiosidades que eu sentira antes a respeito de sua vida, quando só a conhecia de vista, e, por outro lado, todos os meus desejos de vida se confundiam nessa curiosidade única, a maneira pela qual Albertine sentia prazer,[92] vê-la com outras mulheres, talvez porque assim, afastando-se estas, eu ficaria sozinho em sua companhia, último e senhor. E vendo suas hesitações, sua incerteza sobre se valia a pena passar a noite com esta ou aquela, sua saciedade quando a outra se fora, talvez sua decepção, eu teria esclarecido, teria reduzido a proporções justas o ciúme que Albertine me inspirava, porque, vendo-a assim experimentá-los, tomaria a medida e descobriria o limite de seus prazeres.

"De quantos prazeres, de que vida deliciosa ela nos privou", dizia comigo, com essa feroz obstinação em negar sua tendência! E como, ainda uma vez, eu procurasse verificar qual teria sido o motivo dessa obstinação, de repente me veio à lembrança uma frase que eu lhe dissera em Balbec, no dia em que ela me dera um lápis. Censurando-a porque não me deixara beijá-la, disse-lhe que achava isso tão natural como achava ignóbil que uma mulher tivesse relações com outra mulher. Ai de mim! Albertine jamais esqueceria essa frase imprudente.[93]

Eu trazia para casa as raparigas que menos me teriam agradado, alisava-lhes as tranças virginais, admirava um narizinho bem modelado ou uma palidez espanhola. Antes, é certo, mesmo diante de uma mulher vista de passagem na estrada de Balbec ou numa rua de Paris, eu sentira o que meu desejo tinha de individual, e que seria falsificá-lo procurar satisfazê-lo com outro objeto. Mas a vida, descobrindo pouco a pouco a permanência de nossas necessidades, me ensinara que, à falta de uma cria-

92 O trecho "a maneira pela qual Albertine sentia prazer" é acréscimo da edição da Bibliothèque de la Pléiade. (N. do R.T.)

93 A edição da Bibliothèque de la Pléiade substitui essa frase por "Ai de mim! talvez Albertine tenha se lembrado". (N. do R.T.)

tura, temos de nos contentar com outra — e eu percebia que aquilo que pedira a Albertine, uma outra, a srta. de Stermaria, me poderia dá-lo. Mas tinha sido Albertine; e entre a satisfação de minha necessidade de ternura e as particularidades de seu corpo um entrelaçamento de lembranças se estabelecera, tão inextricável que eu não podia mais arrancar a qualquer desejo de carinho toda essa bordadura das lembranças do corpo de Albertine. Somente ela podia dar-me essa felicidade. A ideia de sua unicidade não era mais um *a priori* metafísico tirado ao que Albertine possuía de individual, como antes o fora no caso das passantes, mas um *a posteriori* constituído pela imbricação contingente e indissolúvel de minhas lembranças. Eu não podia mais desejar uma ternura sem ter necessidade dela, sem sofrer com sua ausência. Por isso, a própria semelhança da mulher que escolhera, e da ternura pedida, com a felicidade que havia conhecido, não me fazia senão sentir melhor tudo que lhes faltava para que essa felicidade pudesse renascer. Esse mesmo vácuo existente no quarto, depois que Albertine se fora, e que eu imaginara encher apertando mulheres contra meu peito, eu o tornava a encontrar nelas. Elas jamais me haviam falado sobre a música de Vinteuil ou as memórias de Saint-Simon; não tinham posto um perfume demasiadamente forte para visitar-me, não tinham brincado de juntar seus cílios aos meus, coisas todas essas importantes porque, aparentemente, nos permitem sonhar em torno do próprio ato sexual e nos proporcionam a ilusão do amor, mas, na realidade, porque faziam parte da recordação de Albertine, e era ela que eu teria querido encontrar. Aquilo que as mulheres tinham de Albertine me fazia sentir melhor o que lhes faltava dela, e que era tudo, e que não seria nunca mais, pois Albertine morrera. Assim, meu amor a Albertine, que me atraíra a essas mulheres, tornava-me indiferente a elas, e talvez a saudade de Albertine e a persistência de meu ciúme, que já tinham ultrapassado em sua duração minhas previsões mais pessimistas, não teriam mudado muito se a existência de ciúme e saudade, isolada do resto de minha vida, fosse apenas submetida ao jogo das recordações, às ações e reações de uma psicologia aplicável a estados imóveis, e não arrastada para um mais vasto sistema em que as almas se movem no tempo como os corpos no espaço. Assim como há uma geometria no espaço, há uma psicologia no tempo, em que os cálculos da psicologia plana já não seriam exatos, porque neles não se fizera conta do tempo e de uma das formas que ele reveste, o esquecimento; esquecimento de que eu começava a sentir a força, e que é um tão poderoso instrumento de adaptação à realidade, porque destrói pouco a pouco em nós o passado sobrevivente, em constante contradição com ela. Realmente, eu poderia ter adivinhado mais cedo que, um dia, já não gostaria mais de Albertine. Quando compreendi, pela diferença que havia entre o que a importância de sua pessoa e de suas ações representara para mim e para os outros, que meu amor era menos um amor a ela que um amor em mim, eu poderia ter deduzido diversas consequências desse caráter subjetivo de meu amor, e que, sendo um estado mental, ele podia notadamente sobreviver bastante tempo à pessoa, mas também que, não tendo com essa pessoa nenhum laço verdadeiro, não tendo nenhum sustentáculo fora de si, devia, como todo estado mental, até os mais duradouros, ver-se um dia fora de uso, ser "substituído", e, nesse dia, tudo que parecia ligar-me tão doce e indissoluvelmente à recordação de Albertine já não existiria para mim. É uma infelicidade para as criaturas não serem para nós senão pranchas de coleções demasiadamente perecíveis em nosso pensamento. Justamente por causa disso baseamos nelas projetos que têm o ardor do pensamento; mas o pensamento se fatiga, a recordação se destrói, e uma hora viria em que eu, de bom grado, daria à primeira que chegasse o quarto de Albertine, como, sem pesar, dera a Albertine a bolinha de ágata e outros presentes de Gilberte.

a srta. de forcheville

Não é que eu não gostasse mais de Albertine, mas já não era como nos últimos tempos. Não, era à maneira dos tempos mais antigos, em que tudo que a ela se ligasse, pessoas e sítios, me despertava uma curiosidade em que havia mais encanto que sofrimento. E, de fato, eu agora sentia bem que antes de esquecê-la por completo, antes de atingir a indiferença inicial, seria necessário, como ao viajante que voltou pelo mesmo caminho ao ponto de onde partira, atravessar em sentido inverso todos os sentimentos pelos quais tinha passado, antes de chegar ao meu grande amor. Mas esses fragmentos, esses momentos do passado não são imóveis; guardaram a força terrível, a feliz inconsciência da esperança, que então se lançava no encalço de um tempo hoje convertido em passado, mas que a alucinação nos faz, por instantes, tomar retrospectivamente como futuro. Eu relia uma carta de Albertine em que ela me anunciava sua visita à noite, e durante um segundo experimentava a alegria da espera. Nessa volta pela mesma linha férrea de um país onde não retornaremos jamais, em que reconhecemos o nome e o aspecto de todas as estações por onde já passamos na ida, acontece que, enquanto nos detemos na plataforma de uma delas, temos por um instante a ilusão de que partimos de novo, mas na direção do lugar de onde viemos, como fizéramos da primeira vez. Logo depois termina a ilusão, mas durante aquele segundo nos sentimos de novo arrebatados: tal é a crueldade da recordação.[94]

Entretanto, se não podemos, antes de voltar à indiferença de onde partíramos, deixar de percorrer em sentido inverso as distâncias que transpuséramos para chegar ao amor, o trajeto e a linha que seguimos não são forçosamente os mesmos. Apresentam em comum a circunstância de não serem diretos, porque

94 Foi excluída deste parágrafo a frase que constava na edição consultada por Drummond e que sofreu deslocamento na atual edição da Bibliothèque de la Pléiade. Para fins de identificação, tal frase foi denominada *trecho* 1. Ver, abaixo, a nota 99 que indica o lugar em que este trecho foi incluído. (N. do R.T.)

nem o esquecimento nem o amor progridem regularmente. Não utilizam, porém, obrigatoriamente as mesmas notas. Naquela que eu seguia de volta, houve, no meio de uma viagem confusa, três paradas de que me recordo, graças à luz que havia em meu redor,[95] quando já estava bem perto da chegada; etapas de que me lembro particularmente, sem dúvida porque nelas percebi coisas que não faziam parte do meu amor a Albertine, ou, pelo menos, que não se prendiam a ele senão na medida em que aquilo que já estava em nossa alma antes de um grande amor a ele se associa, alimentando-o, combatendo-o ou fazendo com ele, para nossa inteligência que analisa, contraste de imagem.

A primeira dessas etapas começou no início do inverno, num belo domingo de Todos os Santos em que eu saíra. Aproximando-me do Bois, lembrava-me com tristeza de Albertine voltando do Trocadero à minha procura, pois o dia era o mesmo, embora sem Albertine. Com tristeza e, apesar de tudo, não sem prazer, pois a repetição, em tom menor e desolado, do mesmo motivo que enchera meu dia de outrora, a própria ausência daquele telefonema de Françoise, daquela chegada de Albertine, que não era algo de negativo, mas a supressão, na realidade, daquilo de que eu me lembrava e que emprestava ao dia uma substância dolorosa, fazia dele algo mais belo que um dia liso e simples, pois o que nele não havia mais, o que lhe fora arrancado, aí permanecia impresso como no vazio. No Bois, comecei a cantarolar frases da sonata de Vinteuil. Não sofria muito com a ideia de que Albertine a tocara para mim, pois quase todas as minhas lembranças tinham chegado a esse segundo estado químico em que não causam mais uma ânsia opressiva ao coração, e, sim, apenas doçura. Por momentos, nas passagens que ela tocava mais frequentemente, e em que tinha o hábito de fazer determinada reflexão que me parecia

95 O trecho "no meio de uma viagem confusa" até "em meu redor" foi suprimido da edição da Bibliothèque de la Pléiade, em que agora aparecem "quatro etapas" de que o narrador se recorda "particularmente". (N. do R.T.)

encantadora ou de sugerir determinada reminiscência, eu dizia comigo: "Coitadinha!", mas sem tristeza, acrescentando apenas à passagem musical um valor a mais, valor de certo modo histórico e de curiosidade, como aquele que o retrato de Carlos I, da autoria de Van Dyck, já tão lindo em si mesmo, adquire pelo fato de haver entrado nas coleções nacionais graças ao desejo de impressionar o rei, que animava Mme. du Barry.[96] Quando a pequena frase, antes de desaparecer inteiramente, se desfez em seus diversos elementos e neles flutuou ainda um instante, dispersa, não foi para mim, como para Swann, a mensageira de Albertine que desaparecia. Ela não despertara em nós dois as mesmas sensações de ideias. Eu fora sobretudo sensível à elaboração, aos ensaios, às

96 Alusão provável a trecho do livro que é uma das referências mais importantes de *A prisioneira* e de *A fugitiva*: o livro dos irmãos Goncourt sobre *La du Barry*, uma das amantes do rei Luís XV. Filha de uma cozinheira, a sra. du Barry, última das amantes preferidas do rei, interfere cada vez mais nas decisões reais, chegando mesmo a influir no afastamento do principal ministro, o duque de Choiseul, e na ascensão do duque d'Aiguillon, seu aliado. A cena do retrato de Charles i (que hoje está exposto no museu do Louvre) é narrada logo após as medidas tomadas pelo rei no sentido de intimidar os antigos membros do Parlamento, em fevereiro de 1771. A sra. du Barry compra, então, "por 24 000 libras, o retrato, pintado por Van Dyck, do rei da Inglaterra Charles I de pé [...]. O quadro, colocado bem à vista no apartamento da sra. du Barry, tornava-se um meio dramático para atingir a imaginação do rei, que ouvia a amante lhe dizer todos os dias: *A França, está vendo esse quadro? Se você der liberdade a seu Parlamento, ele cortará sua cabeça, como o Parlamento da Inglaterra mandou cortar a de Charles*". Com efeito, após duas guerras civis, o Parlamento inglês condenara Charles i à morte e ele foi executado em janeiro de 1649. Ainda no mês de abril de 1771, o antigo Parlamento francês seria fechado e o conselho real se transformaria no novo Parlamento. A sra. du Barry, chamada várias vezes de "cortesã" pelos Goncourt, viria a ser decapitada após a Revolução Francesa. São muitos os paralelos possíveis entre o rei e sua amante e a trama de *Em busca do tempo perdido*; tomemos, por exemplo a passagem em que os Goncourt relatam que a sra. du Barry saía com frequência em companhia do rei vestida de homem e lembremos do segundo volume, quando o herói avista Gilberte descendo os Champs-Élysées ao lado de um "rapaz": Gilberte fará revelações decisivas sobre esse passeio no final de *A fugitiva*. A alusão ao comportamento da amante de Luís XV retoma ainda a menção ao livro *Le Secret du Roi*, do duque de Broglie, citado anteriormente. (N. do R.T.)

repetições, ao "vir a ser" de uma frase que se produzia durante a sonata, como aquele amor se produzia durante a minha vida. E agora, sabendo que cada dia um novo elemento de meu amor se ia embora — o aspecto ciúme, depois outro qualquer —, voltando em suma, pouco a pouco, numa vaga lembrança à fraca sedução do primeiro, era o meu amor que me parecia desagregar-se diante de mim, na pequenina frase dispersa.

Como eu seguisse umas aleias isoladas, em meio à vegetação rasteira, e recobertas por uma gaze cada dia mais fina, a lembrança de um passeio em que Albertine estivera ao meu lado no carro, em que voltara comigo, em que eu a sentira envolvendo minha vida, flutuava agora em redor, na bruma incerta dos ramos ensombrados, em meio aos quais o sol poente fazia brilhar, suspensa no vácuo, a dispersa horizontalidade das folhas douradas. De resto, eu estremecia de momento a momento, como aqueles que, por uma ideia fixa, conferem a toda mulher parada num canto da avenida a semelhança, a identidade possível com outra em quem estão pensando. "Talvez seja ela!". Voltamo-nos um momento, o carro continua a avançar, e não o fazemos retroceder. Aquela folhagem, eu não me satisfazia em vê-la com os olhos da memória, ela me interessava, me comovia como essas páginas puramente descritivas, no meio das quais um artista, para torná-las mais completas, introduz uma ficção ou todo um romance;[97] e a natureza ganhava assim o encanto da melancolia, único que poderia chegar até meu coração. Julguei que a razão desse encanto era que eu continuava a amar Albertine do mesmo modo, mas a razão verdadeira, pelo contrário, era que o esquecimento fazia tais progressos em mim, que a recordação de Albertine já não me era cruel, isto é, tinha mudado; mas, por

97 Talvez uma forma de elogio ao trabalho, tantas vezes citado, dos Goncourt sobre *As amantes de Luís* XV: com fundo documental, contendo a reprodução de certidões, extensas listas de objetos, preços, gastos etc., os irmãos dão vida à "ficção", a "todo um romance". (N. do R.T.)

muito que saibamos penetrar nossas impressões, como acreditei então haver penetrado a razão de minha melancolia, não sabemos remontar até a sua significação mais remota. Como esses incômodos de que o médico ouve o doente contar a história, e por intermédio dos quais ele remonta a uma causa mais profunda, que o paciente ignora, da mesma maneira nossas impressões e nossas ideias têm apenas o valor de sintomas. Posto de lado o ciúme, pela impressão de encanto e de suave tristeza que eu experimentava, despertaram meus sentidos. Uma vez mais, como na ocasião em que deixara de ver Gilberte, o amor à mulher se elevava em mim, desembaraçado de toda associação exclusiva com uma certa mulher já amada, e flutuava como essas essências liberadas por destruições anteriores, e que erram suspensas no ar primaveril, não aspirando senão a unir-se a uma nova criatura. Em parte alguma germinam tantas flores, embora se chamem "*ne m'oubliez pas*",[98] como num cemitério. Eu olhava as moças de que estava profusamente florido aquele dia, como o fizera antes de dentro do carro da sra. de Villeparisis ou daquele outro em que, também num domingo, saíra com Albertine. Ao olhar que eu dirigira a essa ou àquela entre todas, acasalava-se imediatamente o olhar curioso, furtivo, empreendedor, refletindo incapturáveis pensamentos que lhes teria dissimuladamente lançado Albertine, e que, geminando-se ao meu com sua asa misteriosa, rápida e azulada, fazia perpassar por essas alamedas, até aí tão naturais, o arrepio de algo desconhecido, que o meu próprio desejo não bastaria para reproduzir se lá permanecesse sozinho, pois este, para mim, nada tinha de estranho. Às vezes, a leitura de um romance um pouco triste me reconduzia bruscamente para trás, porque certos romances são como grandes lutos momentâneos, abolem o hábito e põem-nos novamente em contato com a realidade da vida, mas somente por algumas horas, como um pesadelo; porque as forças do hábito e o esquecimento

98 "*Ne m'oubliez pas*" ("não me esqueçam"): miosótis. (N. do R.T.)

que elas produzem, com a alegria que nos restituem pela impotência do cérebro em lutar contra elas e em reconstituir a verdade, vencem esmagadoramente a sugestão quase hipnótica de um belo livro, que, como todas as sugestões, tem efeito brevíssimo.[99] De resto, quando pela primeira vez desejei Albertine, em Balbec, não foi porque ela me pareceu representativa dessas moças a cuja vista eu tantas vezes me detivera nas ruas ou nas estradas, pois, para mim, ela podia resumir suas vidas? E não era natural, agora, que a estrela desfalecente de meu amor, em que elas se haviam condensado, se dispersasse de novo nessa poeira esparsa de nebulosas? Todas me pareciam Albertines — a imagem que eu levava em mim fazia-me encontrá-la por toda parte — e, até na curva de uma alameda, uma, que tomava o automóvel, me fez lembrá-la de tal modo, era tão exatamente do mesmo corpo, que por um segundo perguntei a mim mesmo se não era ela que eu acabava de ver, se não me tinham enganado ao me contarem a sua morte. Tornava assim a vê-la num ângulo de avenida, talvez em Balbec, tomando o carro da mesma maneira, naquele tempo em que ela tinha tanta confiança na vida. E o ato de essa moça entrar no automóvel, eu não o verificara somente com os meus olhos, como a superficial aparência que se desenrola tantas vezes no decurso de um passeio: convertido numa espécie de ato duradouro, parecia estender-se também pelo passado, graças a esse elemento que acabava de ser-lhe acrescido e que com tamanha voluptuosidade e tristeza se apoiava em meu coração.

Mas já a moça desaparecera. A pequena distância, divisei um grupo de três raparigas um pouco mais velhas, talvez já mulheres feitas, cujo andar elegante e enérgico correspondia tão bem ao que me seduzira da primeira vez em que eu avistara Albertine e suas amigas, que me pus a seguir-lhes o passo, e, no momento em que tomaram um carro, procurei desesperadamente outro em to-

99 Esta frase corresponde ao *trecho* 1, que sofreu deslocamento na atual edição da Bibliothèque dela Pléiade, tendo sido incluída aqui. (N. do R.T.)

das as direções. Encontrei-o, mas já muito tarde. Não as alcancei mais. Alguns dias depois, entretanto, ao voltar, percebi, saindo do pórtico de nossa casa, as três raparigas que eu seguira no Bois. Eram exatamente, sobretudo as morenas, e somente um pouco mais velhas, dessas moças de sociedade que tantas vezes, vistas da janela ou cruzadas na rua, me levavam a fazer mil projetos e a amar a vida, e que eu não chegava a conhecer. A loura tinha um ar um pouco mais delicado, quase sofredor, que me agradou menos. Foi por sua causa, entretanto, que não me contentei em considerá-las por um momento, e, firmando raiz, contemplei-as com esse olhar que, pela fixidez impossível de desviar-se, como se estivesse aplicado a um problema, parecem ter consciência de que é preciso ir mais além daquilo que se vê. Sem dúvida, eu as teria deixado desaparecer como tantas outras se, no momento em que passaram diante de mim, a loura — talvez porque eu as contemplara com tamanha atenção — não me tivesse lançado furtivamente um primeiro olhar, e, depois, tendo me ultrapassado, e voltando o rosto na minha direção, um segundo, que acabou de inflamar-me. Entretanto, como deixou de se preocupar comigo, voltando a conversar com as amigas, meu ardor sem dúvida acabaria por esmorecer, se o seguinte fato não o centuplicasse. Indaguei ao porteiro quem eram aquelas moças.

— Perguntaram pela sra. duquesa — respondeu-me. — Creio que só uma delas a conhece, e as outras apenas a acompanharam até a porta. Está aqui o nome; não sei se escrevi direito.

E eu li: "Srta. Déporcheville", corrigindo facilmente: d'Éporcheville, isto é, o nome, ou pouco mais ou menos, tanto quanto me lembrava, da moça de excelente família, aparentada vagamente com os Guermantes, de quem Robert me havia falado por tê-la encontrado numa casa de *rendez-vous*, e com a qual ele tivera relações. Compreendia agora o significado de seu olhar, e por que ela se voltara, escondendo-o de suas companheiras. Quantas vezes tinha pensado nela, imaginando-a conforme o nome que Robert me dissera! E eis que acabava de vê-la, de nenhum modo diferente de suas amigas, salvo por esse olhar dissimulado que estabelecia entre mim e ela uma entrada secreta nas partes de sua vida que, evidentemente, estavam escondidas de suas amigas, e que a tornavam mais acessível a meus olhos — quase meio minha —, mais acolhedora do que o são habitualmente as moças da aristocracia. No espírito dessa moça, entre nós dois, havia antecipadamente em comum as horas que poderíamos passar juntos, se ela tivesse liberdade para marcar um encontro comigo. Não fora isso que seu olhar tinha querido exprimir, com uma eloquência que só era clara para mim? Meu coração batia com toda a força; eu não poderia dizer com exatidão qual o feitio da srta. d'Éporcheville; reconstituía vagamente uma cabeça loura vista de lado, mas sentia-me louco de amor por ela. De repente me dei conta de que raciocinava como se, entre as três, a srta. d'Éporcheville fosse precisamente a loura que se virara e me olhara duas vezes. Ora, o porteiro não me dissera isso. Voltei à portaria, interroguei-o de novo; disse-me que não podia informar a respeito, porque elas tinham vindo hoje pela primeira vez e enquanto ele estava ausente.[100] Mas iria perguntar a sua mulher, que já as tinha visto outra vez. Ela estava lavando a escada de serviço. Quem, no curso da vida, não teve suas incertezas, mais ou menos semelhantes a essas, e deliciosas? O amigo generoso a quem descrevemos uma jovem que vimos num baile conclui daí que deve ser uma de suas amigas, e convida-nos em companhia dela. Mas, entre tantas outras, e diante de um simples retrato falado, não se terá cometido um erro? A jovem que ireis ver daqui a pouco não será outra, diversa daquela que desejais? Ou, pelo contrário, não ireis ver estender-vos a mão, sorrindo, precisamente aquela que desejaríeis que ela fosse? Esse último caso, bastante frequente, embora nem sempre justificado por um raciocínio tão probante como o que dizia respeito à srta. d'Éporcheville, resulta

100 O trecho "porque elas tinham vindo hoje pela primeira vez e enquanto ele estava ausente" é acréscimo da edição da Bibliothèque de la Pléiade. (N. do R.T.)

de uma espécie de intuição, e também desse bafejo da sorte que às vezes nos favorece. Então, vendo-a, dizemos conosco: "Era ela mesmo". Lembro-me de que, no grupinho das moças que passeavam à beira-mar, eu adivinhara precisamente a que se chamava Albertine Simonet. Esta lembrança me causou uma dor aguda, mas breve, e enquanto o porteiro procurava sua mulher, eu imaginava, sobretudo — pensando na srta. d'Éporcheville, como nesses minutos de espera em que um nome ou uma informação que, por um motivo ignorado, adaptamos a um rosto, se acha, um momento, livre e flutuante, pronto, se porventura adere a um novo rosto, a restituir-nos, desconhecido, inocente e incapturável, o primeiro, sobre o qual nos havia informado —, que o porteiro viria talvez dizer-me que a srta. d'Éporcheville era, pelo contrário, uma das duas morenas. Nesse caso, desvanecia-se o ente em cuja existência eu acreditava, que já era objeto do meu amor, e que eu não pensava senão em possuir, essa loura e dissimulada srta. d'Éporcheville que a resposta fatal iria, então, dissociar em dois elementos distintos, unidos arbitrariamente por mim, ao jeito do romancista que funde um conjunto de elementos tirados à realidade para criar uma personagem imaginária, e que, tomado cada um à parte — pois o nome não corrobora a intenção do olhar — perdiam qualquer significação. Nesse caso, meus argumentos estariam destruídos, mas como, pelo contrário, se viram robustecidos quando o porteiro voltou para me dizer que a srta. d'Éporcheville era, de fato, a loura! Daí por diante, eu já não podia acreditar em homonímia. Seria um acaso excessivo que, dessas três jovens, uma se chamasse srta. d'Éporcheville e fosse justamente (o que era a primeira verificação típica de minha suposição) a que me olhara daquela maneira, quase a sorrir-me, e não aquela que frequentava casas de *rendez-vous*.

Começou, então, um dia agitadíssimo. Antes mesmo de sair para comprar tudo que me parecia adequado a enfeitar-me e, assim, a produzir uma impressão melhor quando fosse ver a sra. de Guermantes dois dias depois, dia em que, segundo me contara o porteiro, devia a moça voltar à casa da duquesa,[101] onde eu encontraria assim uma jovem fácil e marcaria encontro com ela (pois haveria certamente de achar meio de entretê-la por um instante a um canto da sala), fui, por maior segurança, telegrafar a Robert para pedir-lhe o nome exato e a descrição da jovem, contando com a sua resposta nos próximos dois dias (nem por um segundo pensei em outra coisa, nem mesmo em Albertine), e resolvido, acontecesse o que acontecesse comigo daí até lá, ainda que, doente, tivesse de usar liteira, a fazer uma longa visita à duquesa. Se telegrafava a Saint-Loup, não é que me restassem dúvidas sobre a identidade da pessoa, ou que a moça vista e aquela de que me tinham falado fossem ainda distintas para mim. Não duvidava que constituíssem uma só pessoa. Mas, na impaciência de esperar os dois dias seguintes, era-me suave, e valia já como um poder secreto sobre ela, receber um telegrama que lhe dissesse respeito, cheio de pormenores. No telégrafo, enquanto redigia meu telegrama com a animação do homem insuflado pela esperança, observei o quanto eu estava agora menos desarmado com relação à srta. d'Éporcheville, do que com relação a Gilberte na minha infância. A partir do momento em que tivera o simples trabalho de escrever um telegrama, o empregado o de recebê-lo, e as redes mais rápidas de comunicação elétrica o de transmiti-lo pela extensão da França e do Mediterrâneo, todo o passado boêmio de Robert seria aplicado a identificar a pessoa que eu acabava de encontrar, ficaria a serviço do romance que eu acabava de esboçar, e no qual nem mesmo eu precisava pensar, pois a resposta se encarregaria de concluí-lo antes que vinte e quatro horas se tivessem escoado. Ao passo que, antes, reconduzido dos Champs Élysées por Françoise, alimentando em casa, sozinho, desejos impotentes, não podendo usar dos meios práticos da civilização, eu

101 A edição da Bibliothèque de la Pléiade desloca para baixo o trecho: "dia em que, segundo me contara o porteiro, devia a moça voltar à casa da duquesa", para depois de "nos próximos dias, quando, segundo me contara o porteiro". (N. do R.T.)

amava como um selvagem, ou mesmo, pois não tinha liberdade de me mexer, como uma flor. A partir desse instante, meu tempo se escoou sob o signo da febre; uma viagem de quarenta e oito horas, que meu pai me pediu para fazer em sua companhia, obrigando-me a cancelar a visita à duquesa, me pôs num estado de raiva e de desespero tais que mamãe interferiu e obteve que meu pai me deixasse em Paris. Durante muitas horas, porém, minha cólera não pôde apaziguar-se, ao passo que meu desejo da srta. d'Éporcheville centuplicava pelo obstáculo que se interpusera entre nós, e pelo medo, que me assaltava um instante, de que não se consumassem essas horas da visita à sra. de Guermantes, às quais eu sorria antecipada e continuamente, como a um bem seguro que ninguém poderia arrebatar-me. Dizem certos filósofos que o mundo exterior não existe, e que é em nós mesmos que desenvolvemos nossa vida. Seja certo ou não, o amor, mesmo em seus mais humildes começos, é um exemplo impressionante do pouco que a realidade constitui para nós. Tivesse eu necessidade de desenhar de memória o retrato da srta. d'Éporcheville, de descrevê-la, dar-lhe os sinais, ou mesmo reconhecê-la na rua, e isso teria sido impossível. Eu a divisara de perfil, e em movimento parecera-me bonita, simples, grande e loura, e não poderia dizer mais do que isso. Mas todas as reações do desejo, da ansiedade, do golpe mortal vibrado pelo medo de não vê-la se meu pai me levasse consigo, tudo isto, associado a uma imagem que em suma eu não conhecia, e que bastava que soubesse agradável, constituía já um amor. Enfim, na manhã seguinte, após uma noite de insônia feliz, recebi a resposta de Saint-Loup: "*De l'Orgeville: de*, partícula; *orge*, gramínea, como centeio; *ville*, cidade; pequena, morena, gorducha, atualmente na Suíça". Não era ela!

Pouco antes de Françoise trazer essa notícia,[102] mamãe entrou no quarto com a correspondência e colocou-a despreocupa-

102 A edição da Bibliothèque de la Pléiade substitui essa frase por: "Alguns dias depois". (N. do R.T.)

damente sobre a cama, como quem pensa noutra coisa. E retirando-se logo para me deixar sozinho, sorriu ao sair. Eu, conhecendo as astúcias de mamãe e sabendo que se podia sempre ler em seu rosto, sem medo de errar, tomando-se por base o seu desejo de dar prazer aos outros, sorri e pensei: "Há alguma coisa interessante para mim na correspondência; mamãe fingiu esse ar indiferente e distraído para que minha surpresa seja completa e para não fazer como as pessoas que nos roubam a metade do prazer, anunciando-o. Ela não ficou aqui porque receia que, por amor-próprio, eu dissimule o prazer que terei, e assim, o sinta menos vivamente". Entretanto, dirigindo-se para a porta, ao sair, ela se encontrou com Françoise que entrava no quarto com o telegrama na mão. Logo que o recebi,[103] mamãe obrigou Françoise a voltar, arrastando-a para fora, aterrorizada, ofendida e surpresa. Porque Françoise considerava que sua tarefa comportava o privilégio de penetrar a toda hora em meu quarto e aí ficar tanto quanto lhe aprouvesse.[104] Mas já em sua fisionomia o espanto e a cólera haviam desaparecido sob o sorriso pegajoso e sombrio de uma piedade transcendente e de uma ironia filosófica, licor viscoso que seu amor-próprio lesado secretava para curar a ferida. Antes de sentir-se desprezada, ela nos desprezava. Assim, pensava ela que nós éramos os patrões, isto é, criaturas caprichosas, que não brilham pela inteligência e que sentem prazer impondo pelo medo a pessoas delicadas, a domésticos, para mostrar que são patrões, deveres absurdos, como mandar ferver a água em tempo de epidemia, esfregar o chão de meu quarto com um pano molhado e sair dele justamente no momento em que havia intenção de ficar. Mamãe em sua precipitação levara consigo a vela; percebi que ela colocara a correspondência

103 O trecho "com o telegrama na mão. Logo que o recebi" foi suprimido da edição da Bibliothèque de la Pléiade. (N. do R.T.)

104 O trecho "aí ficar tanto quanto lhe aprouvesse" foi suprimido da edição da Bibliothèque de la Pléiade. (N. do R.T.)

pertinho de mim, para que não me passasse despercebida.[105] Mas vi que eram apenas jornais. Sem dúvida, haveria neles algum artigo de escritor que eu apreciava e que, escrevendo raramente, me proporcionaria uma surpresa. Fui à janela, afastei as cortinas. Por sobre a claridade lívida e brumosa, o céu estava inteiramente róseo, como, a essa mesma hora, nas cozinhas, o forno que se acende, e essa vista me encheu de esperança e do desejo de passar a noite e acordar na estaçãozinha campestre onde eu vira a leiteira de faces róseas. Abri o *Figaro*. Que tédio! Justamente o artigo principal tinha o mesmo título do que eu mandara e não fora publicado, e não era só o título... Aqui estão algumas palavras absolutamente iguais. Era demais. Eu protestaria. Durante esse tempo,[106] eu escutava Françoise resmungar, indignada por se ver expulsa do quarto, a cujo acesso lhe parecia ter pleno direito, como certos nobres ao quarto do rei:

— Onde se viu uma coisa dessas?... Um menino que a gente viu nascer! Não vi quando a mãe o fez, é claro. Mas quando o conheci, por assim dizer, não tinha cinco anos que ele era nascido!

Mas não eram só algumas palavras, era tudo, era a minha assinatura. Era o meu artigo que enfim aparecera! Meu espírito, porém, que já a essa época havia começado a envelhecer e a fatigar-se um pouco, por um instante ainda continuou a raciocinar como se não houvesse compreendido que era meu artigo, como esses velhos obrigados a levar até o fim um movimento começado, mesmo quando ele se tornou inútil, mesmo se um obstáculo imprevisto, diante do qual conviria recuar imediatamente, o torne perigoso. Depois, considerei o pão espiritual que é um jornal, ainda quente e úmido da prensa recente, sob o nevoeiro da manhã em que o distri-

105 O trecho "em sua precipitação levara consigo a vela; percebi que ela" é acréscimo da edição da Bibliothèque de la Pléiade. (N. do R.T.)

106 O trecho que começa com "Abri o *Figaro*" aparecia depois de "não tinha cinco anos que ele era nascido!" e foi deslocado. "Durante esse tempo" foi suprimido da edição da Bibliothèque de la Pléiade. (N. do R.T.)

buem, desde o alvorecer, às criadas que o levam a seus patrões com o café com leite, pão miraculoso, multiplicável, ao mesmo tempo um e dez mil, e que permanece o mesmo para cada um, penetrando, inumerável e de uma só vez, em todas as casas.[107]

O que eu tenho na mão não é um certo exemplar do jornal, é um qualquer entre dez mil, e não somente o que foi escrito para mim, mas o que foi escrito para mim e para todos. Para apreciar exatamente o fenômeno que se produz neste momento nas outras casas, tenho de ler este artigo não como autor, mas como um dos outros leitores do jornal. Porque o que eu tinha na mão não era somente o que eu escrevera, mas o símbolo da encarnação em tantos espíritos. Por isso, para lê-lo, era preciso que eu deixasse por um momento de ser autor, que eu fosse um qualquer entre os leitores do *Figaro*. Mas, antes de tudo, uma primeira inquietação. O leitor não prevenido veria esse artigo? Desdobro distraidamente o jornal como faria esse leitor não prevenido, com a aparência mesmo de ignorar o que há esta manhã no meu jornal, e de ter pressa em ver as notícias mundanas e políticas. Meu artigo, porém, é tão longo que o olhar que o evita (para continuar sendo exato e não dispor a sorte do meu lado, como alguém que, à espera, conta de propósito muito devagar) fisga-lhe um trecho de passagem. Muitos daqueles, porém, que percebem o artigo principal e até o leem não reparam na assinatura; eu mesmo seria incapaz de dizer de quem era o artigo da véspera. E me prometo agora lê-los sempre, inclusive o nome do autor, mas, à maneira do amante ciumento que não engana a amante para poder acreditar na fidelidade dela, cismo tristemente que minha atenção futura não imporá, de retorno, a dos outros. Enfim, alguns, de qualquer forma, o lerão. Faço como esses e começo. Não adianta saber que muitas

107 A imagem da literatura enquanto "pão" cotidiano foi também desenvolvida por Proust na resposta ao jornal *L'Intransigeant* em agosto de 1920: perguntado sobre que ofício manual faria, caso não fosse escritor, Proust emprega a imagem do padeiro-artesão que produz diariamente o alimento vital para os homens. (N. do R.T.)

pessoas que lerão este artigo o acharão detestável; no momento em que leio, o que eu vejo em cada palavra me parece estar no papel, e não posso crer que cada pessoa, abrindo os olhos, não veja diretamente as imagens que eu vejo, acreditando que o pensamento do autor é diretamente percebido pelo leitor, quando a verdade é que se trata de um outro pensamento fabricado em seu espírito, com a mesma candura de quem imagina que é a própria palavra que pronunciamos que caminha tal e qual ao longo dos fios telefônicos; no momento mesmo em que eu quero ser um leitor, meu espírito repete, como autor, a experiência dos que lerão meu artigo. Se o Sr. de Guermantes não compreendia determinada frase de que Bloch haveria de gostar, em compensação poderia divertir-se com determinada observação sem interesse para Bloch. Assim, para cada parte que o leitor precedente parecia abandonar, apresentando-se um novo amador, o conjunto do artigo se via elevado às nuvens por uma multidão, e impunha-se até minha autodesconfiança, que não necessitava destruí-lo. É que, na realidade, sucede com o valor de um artigo, por mais notável que seja, o mesmo que com essas frases do noticiário da Câmara, em que as palavras: "É o que veremos", pronunciadas pelo ministro, não adquirem toda a importância senão enquadradas assim:[108] "O presidente do Conselho, ministro do Interior e dos Cultos: 'É o que veremos' *(Vivas exclamações na extrema esquerda. "Muito bem!" em algumas bancadas à esquerda e no centro)* (final mais belo do que o meio, digno de seu começo)[109] — a maior parte de sua beleza reside no espírito dos leitores. E é o pecado original desse gênero de literatura, de que não se excetuam as célebres *Segundas-feiras*:[110] seu valor reside na

108 A edição da Bibliothèque de la Pléiade traz modificações para esse trecho, ficando assim: "pronunciadas pelo ministro, são apenas uma parte e talvez a menos importante da frase que é preciso ler assim: [...]." (N. do R.T.)

109 O parêntese é um acréscimo da edição da Bibliothèque de la Pléiade. (N. do R.T.)

110 Alusão aos artigos de Sainte-Beuve, "*Causeries du Lundi*", publicados às segundas-feiras, a partir de 1851, e dos quais se diz que deram origem à moderna crítica literária. (N. do T.)

impressão produzida nos leitores.[111] Dir-se-ia uma Vênus coletiva, da qual só possuímos um membro mutilado se nos ativermos ao pensamento do autor, porque ele só se realiza completamente no espírito dos leitores, e aí se consuma. Ora, a multidão, mesmo que constitua uma elite, não tem senso artístico, e esse toque último, que é de sua iniciativa, guarda sempre uma certa vulgaridade. Assim Sainte-Beuve, na segunda-feira, podia imaginar a sra. de Boigne na cama de oito colunas, lendo o seu artigo no *Constitucional* e apreciando certa frase brilhante, com que ele por muito tempo se deleitara, e que talvez jamais houvesse brotado de seu espírito, se não tivesse julgado a propósito rechear com ela o seu folhetim para que o golpe atingisse mais longe.[112] Sem dúvida, o chanceler, lendo-o por sua vez, falaria dele a sua velha amiga, na visita que lhe faria um pouco mais tarde. E levando-o essa noite em seu carro, o duque de Noailles, com suas calças cinzentas, lhe

111 Todo esse trecho sobre o artigo enfim publicado no jornal retoma (por vezes literalmente) passagens do projeto de crítica *Contra Sainte-Beuve*, publicado após a morte de Proust. Já nesse projeto anterior ao romance, o prazer do debutante era comparado ao do crítico que, toda segunda-feira pela manhã, podia se dar ao luxo de abrir o *Constitutionnel* onde via publicado o fruto de esforços de toda uma semana. Em seu projeto, Proust criticava, na obra de Sainte-Beuve, a confusão entre conversação de salão e criação artística, pois esta, segundo Proust, se dá em silêncio, no contato daquele que cria consigo mesmo. (N. do R.T.)

112 De fato, no dia 18 de maio de 1866, Sainte-Beuve publicara no jornal *Le Constitutionnel* uma nota necrológica em homenagem à condessa de Boigne, em que resenha suas *Memórias*. Ali, ele ressalta justamente o respeito que tinha pelos julgamentos da condessa, "pessoa das mais distintas e das mais raras da antiga sociedade", morta aos 86 anos. Sainte-Beuve ainda registra: "Sua aprovação era valiosíssima, pois ela não a concedia facilmente. Um bilhete de aprovação escrito por ela era uma recompensa". A relação de Sainte-Beuve com a condessa condensa tema caro ao romance proustiano: o da relação entre as gerações e, mais precisamente, a postura que cada uma delas assume diante da literatura. Para Sainte-Beuve a aprovação de pessoas influentes e com ambições políticas era decisiva no processo de criação. Em seu projeto *Contra Sainte-Beuve*, Proust ambicionava mostrar como algumas limitações de Sainte-Beuve e seus comprometimentos mundanos o impediram de compreender os grandes escritores de seu tempo. Cf. nota seguinte. (N. do R.T.)

contaria a repercussão na sociedade, se já não houvesse tomado conhecimento dela por uma palavrinha da sra. d'Arbouville.[113] E, apoiando-me nessas dez mil aprovações que me sustentavam, eu extraía tanto sentimento de minha força, e de esperança em meu talento, da leitura que fazia nesse instante, quanto extraíra de desconfiança quando o que eu tinha escrito não se dirigia senão a mim.[114] Eu via assim a essa mesma hora, para tantas pessoas, meu pensamento, ou mesmo, à falta de meu pensamento para aqueles que não podiam compreendê-lo, a repetição de meu nome, e como que uma evocação embelezada de minha pessoa, brilhar por cima de todos, num alvorecer que me infundia mais força e mais alegria triunfante do que a inumerável aurora que ao mesmo tempo se manifestara, rósea, a todas as janelas. Vejo Bloch, os Guermantes, Legrandin, Andrée, o sr. X.,[115] cada um tirando de cada frase as imagens que ela encerra; no instante mesmo em que tento ser um leitor qualquer, leio como autor, porém não como autor somente. Para que eu, criatura impossível em que procuro tornar-me, reúna todos os contrários que podem

113 O chanceler Pasquier, o duque de Noailles e a sra. d'Arbouville são personalidades políticas e amigos íntimos da condessa de Boigne, constantemente mencionados ao longo de suas *Memórias*. Após a morte do chanceler, Sainte-Beuve o homenageia em artigo de jornal e tem a honra de receber uma carta da condessa de Boigne agradecendo-o pela homenagem ao maior amigo dela. No dia seguinte, Sainte-Beuve lhe enviaria uma resposta eufórica: "um bilhete de aprovação de sua parte, e sobretudo o que acabo de receber, era tudo o que eu ambicionava. A senhora pode estar certa — ou pelo menos permita-me estar convencido de que a senhora já o sabia — de que não deixei de pensar um só minuto na senhora enquanto me ocupava do ilustre amigo que perdemos". Esses textos de jornal de Sainte-Beuve e a troca de cartas estão reunidos em seus *Nouveaux Lundis*. (N. do R.T.)

114 Frase incluída, aqui, que sofreu deslocamento na edição da Bibliothèque de la Pléiade e que, para fins de identificação, foi denominada *trecho* 2. Ver, abaixo, a nota 117 que indica o lugar onde este trecho constava na edição consultada por Drummond e de onde foi excluído. (N. do R.T.)

115 A edição da Bibliothèque de la Pléiade insere, no lugar de sr. X., o nome de "Maria", personagem que fazia parte inicialmente do romance com Albertine. (N. do R.T.)

ser-me mais favoráveis, se leio como autor, julgo-me como leitor, sem nenhuma das exigências que pode ter para com um escrito quem confronte com ele o ideal que desejou exprimir. Estas frases de meu artigo,[116] quando as escrevi, eram tão pálidas diante de meu pensamento, tão complicadas e opacas em face de minha visão harmoniosa e translúcida, tão cheias de lacunas que eu não chegara a preencher, que sua leitura constituía para mim um sofrimento; não tinham feito senão acentuar o sentimento de minha impotência e de minha incurável falta de talento. Agora, porém, esforçando-me por ser leitor, se eu descarregava sobre os outros o doloroso dever de julgar-me, conseguia pelo menos fazer tábua rasa do que quisera realizar, lendo o que havia realizado. Lia o artigo, esforçando-me por me persuadir de que era de outro. Então, todas as minhas imagens, todas as minhas reflexões, todos os meus epítetos tomados em si mesmos, e sem a recordação do malogro que representavam para meus projetos, encantavam-me pelo brilho, pela amplitude, pela profundeza. E, se me assaltava um desfalecimento excessivo, refugiava-me na alma de um leitor maravilhado qualquer, dizendo: "Pois sim, qual é o leitor à altura de perceber isto? É possível que falte alguma coisa aí. Mas, pior para eles, se não estão satisfeitos. Há uma porção de coisas bonitas, com que eles não estão acostumados".[117]

Mal acabara esta leitura reconfortante, eu, que não tivera coragem de reler o manuscrito, desejei repeti-la imediatamente, porque não há nada como um velho artigo nosso, de que possamos dizer que "quando o lemos, podemos relê-lo". Prometi a mim mesmo mandar Françoise adquirir outros exemplares, para oferecer aos amigos, como lhe diria eu, mas na realidade para tocar com o dedo

116 A edição da Bibliothèque de la Pléiade não traz mais o início de frase que continha no original ("*Ces phrases de mon article*) e coloca apenas "*Ces pages*" ("Essas páginas"). (N. do R.T.)

117 O *trecho* 2, que sofreu deslocamento na atual edição da Bibliothèque de la Pléiade, constava aqui na edição consultada por Drummond. (N. do R.T.)

o milagre da multiplicação de meu pensamento, e ler, como se fosse um outro cavalheiro que acaba de abrir o *Figaro*, em outro número, aquelas mesmas frases. Havia justamente um tempo infinito que eu não via os Guermantes, e devia fazer-lhes dois dias depois essa visita que projetara com tanta exaltação, quando telegrafei a Saint-Loup a fim de encontrar a srta. d'Éporcheville.[118] Por intermédio deles, eu ficaria sabendo da impressão causada pelo meu artigo. Pensava em certa leitora em cujo quarto eu gostaria tanto de penetrar, e a quem o jornal levaria, senão meu pensamento, que ela não poderia compreender, pelo menos meu nome, como um louvor a mim mesmo. Mas os louvores conferidos a quem não amamos seduzem pouco o nosso coração, do mesmo modo que os pensamentos de um cérebro em que não podemos penetrar dificilmente atingem o nosso espírito. Quanto a outros amigos, eu dizia a mim mesmo que, se o estado de minha saúde continuasse a agravar-se e eu não pudesse mais vê-los, seria agradável continuar a escrever e, por essa via, ter ainda acesso até eles, falar-lhes nas entrelinhas, fazê-los pensar segundo meu capricho, agradar-lhes, ser recebido no coração deles. Pensava assim porque as relações mundanas haviam tido, até então, um lugar em minha vida cotidiana, e assustava-me um futuro em que elas não figurassem; permitindo-me reter a atenção dos amigos, talvez excitar-lhes a admiração, até o dia em que eu me sentisse bastante forte para recomeçar a vê-los, esse expediente me consolava. Pensava assim, mas sentia muito bem que não era verdade, que, se eu gostava de considerar a atenção deles como objeto de meu prazer, era esse um prazer interior, espiritual, último,[119] que eles não podiam dar-me, e que eu poderia achar, não já conversando com eles, mas escrevendo longe deles, e que, se eu começasse a escrever para vê-los indiretamente, para

118 O trecho de frase "que projetara com tanta excitação..." não consta mais da edição da Bibliothèque de la Pléiade. (N. do R.T.)

119 Em vez de "último", que constava da versão original, a Bibliothèque de la Pléiade traz "*solitaire*" ("solitário"). (N. do R.T.)

que fizessem melhor ideia de mim ou para assegurar-me uma situação melhor na sociedade, talvez o ato de escrever me tirasse o desejo de vê-los, e a situação que a leitura por acaso me houvesse oferecido, na sociedade, eu não teria mais desejo de gozá-la, pois meu prazer já não estaria na sociedade e sim na literatura.

Depois do almoço, indo à casa da sra. de Guermantes, eu o fiz menos por causa da srta. d'Éporcheville, que perdera, após o telegrama de Saint-Loup, o melhor de sua personalidade, do que para ver na própria duquesa uma dessas leitoras de meu artigo que me permitiriam imaginar o que teria pensado o público — assinantes e compradores — do *Figaro*. De resto, não era sem prazer que eu ia à casa da sra. de Guermantes. Seria inútil dizer a mim mesmo que o que diferenciava para mim esse salão dos demais era o longo estágio que ele fizera em minha imaginação; conhecendo as causas dessa diferença, eu não a abolia. De resto, existiam para mim muitos nomes de Guermantes. Se aquele que estava inscrito na memória apenas como em um livro de endereços não se fazia acompanhar de nenhuma poesia, outros mais antigos, remontando ao tempo em que eu ainda não conhecia a sra. de Guermantes, eram suscetíveis de renovar-se em mim, sobretudo quando eu deixava de vê-la por muito tempo, e a claridade crua do rosto humano não apagava a misteriosa irradiação do nome. Então, punha-me de novo a pensar na casa da sra. de Guermantes como em algo além do real, da mesma maneira que me punha a pensar na Balbec brumosa de meus primeiros sonhos, como se depois eu não tivesse feito essa viagem, e no trem de uma e cinquenta, como se eu não o houvesse tomado. Olvidava por um instante a certeza de que tudo isso não existia, como às vezes pensamos em uma pessoa amada, esquecendo por um instante que ela morreu. Depois, a ideia da realidade voltou ao entrar na antecâmara da duquesa. Mas consolei-me, pensando que, apesar de tudo, ele era para mim o verdadeiro ponto de interseção entre a realidade e a vida. Entrando no salão, vi a moça loura que eu acreditava, durante vinte e quatro horas, ser a mesma de que Saint-Loup me havia falado.

Foi ela própria que pediu à duquesa para "reapresentar-me". Realmente, depois de entrar, tive a impressão de conhecê-la muito bem, impressão que a duquesa dissipou ao dizer-me:

— Ah!, o senhor já conhecia a srta. de Forcheville?...

Ora, pelo contrário, eu estava certo de jamais ter sido apresentado a qualquer moça desse nome, o que me teria certamente impressionado, tanto ele se tornara familiar a minha memória depois que me haviam feito uma narração retrospectiva dos amores de Odette e do ciúme de Swann. Em si, meu duplo erro de nome — lembrar-me de de l'Orgeville como sendo d'Éporcheville, e reconstituir como Éporcheville o que na realidade era Forcheville — não tinha nada de extraordinário. Nosso erro está em acreditar que as coisas se apresentam habitualmente tais quais são na realidade,[120] os nomes tais como são escritos, as pessoas tais como a fotografia e psicologia delas fornecem uma noção imóvel. Em verdade, não é absolutamente isto que de ordinário percebemos. Vemos, ouvimos, concebemos o mundo inteiramente às avessas. Repetimos o nome tal qual o ouvimos, até que a experiência haja retificado nosso erro, o que nem sempre acontece. Todo mundo em Combray, durante vinte e cinco anos, falou na sra. Sazerat diante de Françoise, e Françoise continuou a dizer sra. Sazerin, não por essa voluntária e orgulhosa perseverança no erro que lhe era habitual, que se fortalecia com a nossa consideração, e que era tudo que ela acrescentara à França, de Saint-André-des-Champs (dos princípios igualitários de 1789, reclamava apenas um direito do cidadão, o de não pronunciar como nós, e sustentar que *hôtel, été* e *air*[121] eram do gênero feminino), mas porque, realmente, ela continuou sempre a ouvir Sazerin.[122] Esse

120 Na edição da Bibliothèque de la Pléiade, essa frase aparece mais resumida: "Nosso erro está em apresentar as coisas tais como ela são". (N. do R.T.)

121 *Hotel, verão* e *ar*. (N. do T.)

122 Em *No caminho de Swann*, esse erro é atribuído à criada Eulalie, conforme comentário de C. K. Scott Moncrieff, tradutor da edição inglesa. (N. do T.)

erro perpétuo, que é precisamente a "vida", não dá suas mil formas somente ao universo visível e ao universo audível, mas também ao universo social, ao universo sentimental, ao universo histórico etc. A princesa de Luxemburgo é apenas uma prostituta aos olhos da senhora do Primeiro Magistrado, o que, de resto, não tem muita importância; o que já importa um pouco mais é Odette ser para Swann uma mulher difícil, pelo que constrói ele um romance que se torna mais doloroso à medida que ele compreende seu erro; o que importa mais ainda é o fato de que os franceses, aos olhos dos alemães, não pensam em outra coisa senão na desforra.[123] Só temos do universo visões informes, fragmentárias, que completamos com associações de ideias arbitrárias, criadoras de sugestões perigosas. Eu não teria, pois, motivo de espanto ao ouvir o nome de Forcheville (e já perguntava a mim mesmo se seria alguma parenta do Forcheville de que eu tanto ouvira falar) se a moça loura não me dissesse logo, desejosa, sem dúvida, de prevenir habilmente alguma pergunta desagradável:

— O senhor não se lembra de que me conheceu muito, há tempos... O senhor ia lá em casa... Sua amiga Gilberte. Logo vi que não estava me reconhecendo. Pois eu o reconheci imediatamente.

Disse isto como se me houvesse reconhecido imediatamente no salão, mas a verdade é que me reconhecera na rua e me dissera bom-dia; mais tarde, disse-me a sra. Guermantes que ela lhe contara, como coisa muito engraçada e extraordinária, que eu a seguira e abordara, tomando-a por uma criatura fácil. Só depois de sua saída vim a saber por que se chamava srta. de Forcheville. Depois da morte de Swann, Odette, que surpreendera a toda gente com uma dor profunda, prolongada e sincera, se viu na posição de viúva riquíssima. Forcheville casara-se com ela, depois de empreender uma longa peregrinação pelos castelos e certificar-se de que a família receberia sua mulher. (A família fez algumas objeções, mas cedeu ante a perspectiva de não ter mais de custear as despesas de um

123 A França fora derrotada pela Alemanha, na guerra de 1870. (N. do T.)

parente necessitado, que passaria da quase-miséria à opulência.) Pouco depois, morreu um tio de Swann, em cujas mãos a desaparição sucessiva de numerosos parentes acumulara uma enorme herança, deixando toda essa fortuna a Gilberte, que se tornava, assim, uma das mais ricas herdeiras da França. Mas era o momento em que, das consequências do caso Dreyfus, nascera um movimento antissemita, paralelo a um movimento mais intenso de penetração dos israelitas na sociedade. Não erravam os políticos ao pensarem que a descoberta do erro judiciário constituiria um golpe no antissemitismo. Mas, pelo menos provisoriamente, um antissemitismo mundano se via assim, ao inverso, acrescido e exasperado. Para Forcheville, que, como os fidalgos menores, extraíra de conversas de família a certeza de que seu nome era mais antigo que o de La Rochefoucauld, desposar a viúva de um judeu equivalia ao ato caridoso do milionário que apanha uma prostituta na rua e a salva da miséria e da lama; estava pronto a estender sua bondade até a pessoa de Gilberte, a qual tantos milhões ajudariam, mas a quem esse absurdo nome de Swann atrapalharia o casamento. Prometeu adotá-la. Sabe-se que a sra. de Guermantes, para espanto — que de resto ela tinha o prazer e o hábito de provocar — de seu círculo de relações, se recusara, quando Swann se casou, a receber tanto sua filha quanto sua mulher. A recusa fora tanto mais cruel na aparência quanto aquilo que, durante muito tempo, significara para Swann o seu possível casamento com Odette era a apresentação de sua filha à sra. de Guermantes. Sem dúvida, ele deveria saber, pois já vivera tanto, que essas cenas que imaginamos não se realizam nunca, por diferentes razões. Entre outras, uma houve que fez com que ele pensasse pouco em lamentar a falta dessa apresentação. A razão é esta: qualquer que seja a imagem, desde a truta que comemos ao entardecer e que decide o homem sedentário a tomar um trem, até a ambição de surpreender uma noite a orgulhosa mulher da caixa registradora, parando a sua frente num carro suntuoso, que decide o homem sem escrúpulos a cometer um assassinato ou a desejar a morte e a herança dos seus, conforme for mais valente ou mais preguiçoso, quer ele vá muito longe na corrente de suas ideias ou continue a acariciar o primeiro elo, o ato que nos permitira alcançar aquela imagem, quer esse ato seja viagem, casamento ou crime, esse ato nos modifica demasiado profundamente para que liguemos mais importância à razão que nos impeliu a praticá-lo. Pode acontecer, mesmo, que não lhe aflore mais uma só vez ao espírito a imagem idealizada por aquele que não era ainda um viajante, um marido, um criminoso ou um solitário (que se entregou ao trabalho pela glória, e com isto se libertou do desejo da glória). De resto, se nos obstinássemos em não querer agir inutilmente, é provável que o efeito de sol não se repetisse; que, sentindo frio naquele momento, desejássemos uma sopa ao pé do fogo e não a truta ao ar livre; que nosso carro deixasse indiferente a mulher da caixa registradora, e ela, que, talvez por motivos inteiramente diversos, sentia uma grande consideração por nós, teria a desconfiança despertada por essa brusca riqueza. Em suma, vimos Swann, casado, ligar importância sobretudo às relações de sua mulher e sua filha com a sra. Bontemps. A todas as razões, extraídas do estilo Guermantes de compreender a vida mundana, que haviam levado a duquesa a jamais permitir que lhe apresentassem a sra. e a srta. Swann, pode acrescentar-se também essa segurança feliz com que as pessoas que não amam se mantêm afastadas daquilo que elas censuram nos amorosos, e que o amor destes explica.

— Oh!, eu é que não me meto nisso. Se o velho Swann sente prazer em fazer besteiras e arruinar sua vida, isso é lá com ele. Mas a gente nunca sabe bem como são essas coisas. Pode acabar mal, e o melhor é deixar que eles se arranjem...

É o *suave mari magno*,[124] que o próprio Swann me aconselhara com relação aos Verdurin, quando havia já muito tempo

124. O narrador atribui a Swann as primeiras palavras do verso de Virgílio: "É doce, quando sobre o vasto mar o vento levanta as ondas, contemplar de terra firme os terríveis perigos do próximo". (N. do T.) A mesma citação de Virgílio aparece duas vezes em *A prisioneira*. (N. do R.T.)

que deixara de estar apaixonado por Odette e não tinha mais apego ao "pequeno clã". E eis aí o que torna tão sábio o julgamento de terceiros sobre as paixões que eles não experimentam e sobre as complicações de conduta que elas acarretam. A sra. de Guermantes aplicara, mesmo, à exclusão da sra. e da srta. Swann uma perseverança espantosa. Quando a sra. Molé e a sra. de Marsantes começaram a aproximar-se da sra. Swann, levando à casa desta um grande número de mulheres de sociedade, não somente a sra. de Guermantes permaneceu intratável como agiu de modo a cortar as possibilidades, induzindo sua prima, a princesa de Guermantes, a imitá-la. Num dos dias mais graves da crise, durante o ministério Rouvier, em que parecia iminente a guerra entre a França e a Alemanha, jantando eu sozinho em casa da sra. de Guermantes com o sr. de Bréauté, achei a duquesa apreensiva. Como era seu costume envolver-se em política, imaginei que queria mostrar com isto o seu receio da guerra, tal como naquele dia em que ela se sentou à mesa tão pensativa, mal respondendo por monossílabos, e, a alguém que a interrogara timidamente sobre o motivo dessa inquietação, respondeu, gravemente:

— A China me preocupa.

Ora, ao fim de um momento, a sra. de Guermantes, explicando ela própria o ar sombrio que eu atribuíra ao temor de uma declaração de guerra, disse ao sr. de Bréauté:

— Dizem que Marie-Aynard quer estabelecer uma posição para os Swann. É absolutamente necessário que eu vá ver amanhã Marie-Gilberte, para que ela me ajude a impedir uma coisa dessas. Do contrário não haveria mais sociedade. Muito bonito, o caso Dreyfus. Mas então, basta que a vendeira da esquina se declare nacionalista e nós teremos de recebê-la!

Ante essa frase, tão frívola em comparação àquela que eu esperava, senti o espanto do leitor que, procurando no lugar costumeiro do *Figaro* as últimas notícias da guerra russo-japonesa, esbarra, em lugar disso, com a relação das pessoas que deram presentes de núpcias à srta. de Montemart, pois a importância de um casamento aristocrático expulsou para o fim do jornal as batalhas em terra e mar.[125] De resto, a duquesa acabava de experimentar, com sua perseverança mantida além de todo limite, uma satisfação de orgulho que não perdia ocasião de exprimir.

— Babal! — dizia ela — acha que nós dois somos as pessoas mais elegantes de Paris, porque só ele e eu não nos deixamos cumprimentar pela sra. e pela srta. Swann. Diz ele que a elegância está em não conhecer a sra. Swann.

E a duquesa ria, à larga.

Entretanto, quando Swann morreu, acontece que a decisão de não receber sua filha acabara por proporcionar à sra. de Guermantes todas as satisfações de orgulho, de independência, de *self-government*, de poder de perseguição que ela era capaz de extrair, e às quais pusera fim o desaparecimento do homem que lhe dera a sensação deliciosa de que ela lhe resistia, de que ele não conseguia fazê-la revogar seus decretos. Então, a duquesa passou à promulgação de outros decretos que, aplicando-se a vivos, pudessem fazer-lhe sentir que ela era senhora de fazer o que bem lhe parecesse. Não falava à pequena Swann, mas, quando

125 Mistura, tantas vezes figurada ao longo do livro, entre um fato mais geral (apreensão com uma possível declaração de guerra) e um outro de cunho puramente individual (receio de que a ascensão da sra. Swann se dê com o auxílio da princesa de Guermantes). Outras ocorrências deste procedimento estão assinaladas em nota. Lembre-se ainda que foi a família de Mortemart (citada no jornal) que inspirou a Proust o desejo de criar o frívolo e atraente "*esprit des Guermantes*" (cf. carta de 1921 a Paul Souday). O embaixador francês Maurice Paléologue, citado mais adiante, escreveu um livro justamente sobre o período histórico a que se faz alusão nesse trecho. Em seu livro, intitulado *Un grand tournant de la politique mondiale: 1904-1906* (Uma grande virada na política mundial), Paléologue relata em vários momentos a repercussão de uma possível guerra russo-japonesa nos salões parisienses por que trafega o diplomata. Além da preocupação de que a não neutralidade francesa pudesse colocar a França novamente em conflito com a Alemanha (revivendo os horrores de 1871), outras inquietações estavam ligadas aos investimentos que o país havia feito em empresas e fundos russos. (N. do R.T.)

lhe falavam dela, sentia como que a curiosidade em face de um lugar novo, que o desejo de resistir à pretensão de Swann já não mascarava a seus próprios olhos. De resto, tantos sentimentos diferentes podem contribuir para formar um só, que não se saberia dizer se não havia algo de afetuoso para Swann, nesse interesse. Sem dúvida — porque, em todas as camadas sociais, uma vida mundana e frívola paralisa a sensibilidade e elimina o poder de ressuscitar os mortos, e a duquesa era dessas que têm necessidade de presença, dessa presença que, como verdadeira Guermantes, mais do que ninguém sabia prolongar — para amar verdadeiramente, senão também, coisa mais rara, para detestar um pouco. De sorte que, muitas vezes, seus bons sentimentos para com os outros, suspensos, quando eles vivos, pela irritação que tais ou quais de seus atos lhe causavam, renasciam depois da morte. Quase que lhe assaltava aí um desejo de reparação, porque não os imaginava mais — de resto, muito vagamente — senão com suas qualidades, desprovidos das pequenas satisfações e das pequenas presunções que a irritavam neles quando viviam. Isso dava por vezes, não obstante a frivolidade da sra. de Guermantes, algo de bastante nobre — misturado a muita baixeza — à sua conduta. Ao passo que três quartas partes da humanidade lisonjeiam os vivos e não fazem o menor caso dos mortos, ela muitas vezes fazia, depois da morte deles, o que teriam desejado aqueles a quem maltratara quando vivos.

Quanto a Gilberte, as pessoas que a estimavam e lhe prezavam a dignidade só poderiam regozijar-se com a mudança de ânimo da duquesa a seu respeito, por lhes parecer que ela deveria repelir desdenhosamente essas gentilezas, que vinham depois de vinte e cinco anos de ofensas, e assim teria vingado tais ofensas. Infelizmente, os reflexos morais nem sempre são idênticos ao que o bom senso imagina. Alguém que, por uma injúria despropositada, julgue malogradas para sempre suas ambições junto a uma pessoa que lhe interessa cortejar, salva-as, pelo contrário, com isso. Gilberte, algo indiferente às pessoas que eram amáveis com ela, não deixava de sentir admiração pela insolente sra. de Guermantes, indagando de si mesma as razões dessa insolência; certa vez, até, o que faria morrerem de vergonha por sua causa todas as pessoas que lhe testemunhavam um pouco de amizade, quisera escrever à duquesa para perguntar-lhe o que tinha contra uma jovem que não lhe fizera nada. A seus olhos, os Guermantes haviam tomado proporções que a simples nobreza seria impotente para conferir-lhes. Colocava-os acima, não somente de toda a nobreza, senão mesmo de todas as famílias reais.

Antigas amigas de Swann interessavam-se muito por Gilberte. Nos meios aristocráticos, quando se soube da última herança que ela acabava de receber, começou-se a observar como era bem educada, e que esposa encantadora daria ela. Dizia-se que uma prima da sra. de Guermantes, a sra. de Lièvre, pensava em Gilberte para seu filho. A sra. de Guermantes detestava a sra. de Lièvre, e disse que tal casamento seria um escândalo. A sra. de Lièvre, assustada, jurou que nunca pensara em semelhante coisa. Um dia, depois do almoço, como fizesse bom tempo e o sr. de Guermantes devesse sair com a esposa, a sra. de Guermantes ajeitava o chapéu diante do espelho, e seus olhos azuis fitavam-se a si mesmos e a seus cabelos ainda louros; a camareira tinha na mão diversas sombrinhas, para sua senhora escolher. O sol entrava a fluxos pela janela e eles resolveram aproveitar o dia lindo fazendo uma visita em Saint-Cloud. Já pronto, com luvas cinzento-pérola e cartola à cabeça, o sr. de Guermantes dizia com seus botões:

— Oriane ainda é espantosa, realmente! Uma verdadeira delícia... — e, vendo que a mulher estava muito bem disposta:
— A propósito — disse ele —, tenho um recado da sra. de Virelef para você. Ela queria pedir-lhe um lugar na ópera, segunda-feira, mas como irá com a pequena Swann, não teve coragem e pediu-me que sondasse o terreno. Eu não dou opinião alguma, estou simplesmente transmitindo. Meu Deus, acho que talvez pudéssemos... — acrescentou, evasivo, porque, sendo a disposição de ambos com relação a qualquer pessoa uma disposição co-

letiva, e nascendo idêntica em cada um deles, sabia por si mesmo que a hostilidade de sua mulher com relação à srta. Swann havia declinado e que ela estava curiosa de conhecê-la.

A sra. de Guermantes acabou de compor o véu e escolheu uma sombrinha.

— Mas como quiser. Que quer você que eu faça? Não vejo nenhum inconveniente em conhecermos essa pequena. Você sabe muito bem que nunca tive nada *contra* ela. Simplesmente, não queria que tivéssemos o ar de receber a família clandestina de nossos amigos. É só.

— E tinha toda razão — respondeu o duque. — A senhora é a sabedoria em pessoa, e além do mais está encantadora com esse chapéu.

— O senhor é muito amável — disse a sra. de Guermantes, sorrindo para o marido e dirigindo-se para a porta. Mas, antes de entrar no carro, fez questão de dar-lhe ainda algumas explicações.

— Há muitas pessoas, agora, que recebem a mãe dessa moça. De resto, ela tem o bom gosto de ficar doente durante três quartas partes do ano... Parece que a pequena é muito gentil. E todo mundo sabe que nós gostávamos muito de Swann. Acharão isso muito natural.

E partiram juntos para Saint-Cloud.

Um mês depois, a pequena Swann, que ainda não se chamava Forcheville, almoçava em casa dos Guermantes. Falou-se de mil coisas; no fim do almoço, disse Gilberte, timidamente:

— Suponho que conheceram muito meu pai...

— Creio que sim — respondeu a sra. de Guermantes, em tom melancólico, provando que compreendia a mágoa da filha, e com um excesso voluntário de intensidade, como a dissimular que não tinha muita certeza de lembrar-se exatamente do pai. — Nós o conhecemos muito bem, lembro-me *perfeitamente* dele. — (E devia, de fato, lembrar-se, pois ele tinha ido vê-la quase todos os dias, durante vinte e cinco anos.) — Sei muito bem quem era ele. Vou lhe dizer — acrescentou, como se quisesse explicar à filha quem ela tivera como pai e dar a essa moça informações sobre ele. — Era um grande amigo de minha sogra, também muito ligado ao meu cunhado Palamedes.

— Ele vinha também aqui, até almoçava conosco — acrescentou o sr. de Guermantes, por ostentação da modéstia e escrúpulo de exatidão. — Você se lembra, Oriane? Que homem de bem era seu pai! Como se sentia que ele devia ser de uma família honesta! De resto, vi antigamente, de passagem, o pai e a mãe dele. Tanto os dois como ele, que gente boa!

Se todos três, pais e filho, ainda fossem vivos, percebia-se que o duque de Guermantes não teria hesitado em recomendá-los para lugares de jardineiro. E é assim que o *faubourg* Saint-Germain fala a qualquer burguês sobre os outros burgueses, quer para lisonjeá-lo pela exceção feita durante o tempo da conversa — em favor do interlocutor ou da interlocutora, quer antes, e ao mesmo tempo, para humilhá-lo. É assim que o antissemita, no próprio momento em que envolve a um judeu com a sua afabilidade, fala mal dos judeus, de um modo geral, que lhe permite ser ferino sem ser grosseiro.

Mas, rainha do momento presente,[126] sabendo verdadeiramente cativar, quando nos via, e não podendo resignar-se a deixar-nos partir, a sra. de Guermantes era também escrava dessa necessidade de presença. Swann pudera às vezes, na embriaguez da conversa, dar à duquesa a ilusão de ser sua amiga, mas, agora, ele já não o podia mais.

— Era encantador — comentava a duquesa com um sorriso triste, pousando em Gilberte um olhar dulcíssimo que, pelo menos, se a jovem fosse sensível, lhe mostraria que estava sendo compreendida, e que a sra. de Guermantes, se as duas estivessem sozinhas e as circunstâncias o permitissem, gostaria de desvendar-lhe toda a profundeza de sua sensibilidade. Mas, o sr. de

126 "Rainha do momento presente" é um acréscimo da edição da Bibliothèque de la Pléiade. (N. do R.T.)

Guermantes, ou porque pensasse precisamente que as circunstâncias se opunham a tais efusões, ou porque entendesse que qualquer exagero de sentimento era coisa de mulheres, e que os homens tinham tanto a ver com isso como com as suas outras atribuições, salvo a cozinha e os vinhos, que ele se reservava por ser mais entendido nessa matéria do que a duquesa, julgou de bom alvitre não alimentar, imiscuindo-se nela, essa conversa que escutava com visível impaciência.

De resto, a sra. de Guermantes, passado esse acesso de sensibilidade, acrescentou com frivolidade mundana, dirigindo-se a Gilberte:

— Olhe, ele não foi apenas um grande amigo de meu cunhado Charlus; também tinha muito boas relações com Voisenon (castelo do príncipe de Guermantes) — como se o fato de conhecer o sr. de Charlus e o príncipe tivesse sido um mero acaso para Swann; como se o cunhado e o primo da duquesa fossem dois homens a quem Swann se houvesse ligado em determinada circunstância, quando Swann tivera relações com todas as pessoas dessa mesma sociedade; e como se a sra. de Guermantes quisesse fazer compreender a Gilberte quem fora pouco mais ou menos seu pai, "situá-lo", por um desses traços característicos com o auxílio dos quais, quando queremos explicar como foi que estabelecemos relações com alguém que não teríamos empenho em conhecer, ou para singularizar a narrativa, invocamos o patrocínio particular de uma certa pessoa.

Quanto à Gilberte, foi tanto maior sua satisfação ao ver declinar a conversa, quanto ela não procurava outra coisa senão mudar-lhe o rumo, havendo herdado de Swann um tato requintado e uma forma sedutora de inteligência, reconhecidos pelo duque e pela duquesa, que lhe pediram para voltar dentro em breve. De resto, com a minúcia das pessoas cuja vida não tem objetivo, alternadamente percebiam eles, nas pessoas com quem se relacionavam, as qualidades mais simples, prorrompendo em exclamações diante delas com o deslumbramento ingênuo de um homem na cidade que descobre no campo uma folha de relva, ou, pelo contrário, aumentando, como no microscópio, comentando sem parar e abominando os menores defeitos, muitas vezes, alternadamente, na mesma pessoa. Quanto a Gilberte, foram antes de tudo os seus atrativos o que atraiu a ociosa perspicácia do sr. e da sra. de Guermantes:

— Você notou a maneira como ela pronuncia certas palavras? — disse, após sua saída, a duquesa ao marido. — Igualzinho a Swann, até parece que eu o estava ouvindo.

— Eu ia fazer a mesma observação, Oriane.

— Ela é inteligente, e inteiramente no estilo do pai.

— Acho até muito superior a ele. Lembra-se de como contou bem aquela história de banhos de mar? Tem uma vivacidade que faltava a Swann.

— Oh! Mas ele era bem inteligente...

— Não digo que não fosse inteligente. Digo que não tinha vivacidade — explicou o sr. de Guermantes, em tom gemebundo, porque a gota o punha nervoso, e, quando não tinha ninguém mais a quem demonstrar sua irritação, era à duquesa que a manifestava. Mas, incapaz de bem compreender-lhe as causas, ele preferia assumir um ar incompreendido.

Essas boas disposições do duque e da duquesa fizeram com que daí por diante, quando oportuno, se falasse por vezes a Gilberte em seu "querido pai", o que de resto não servia para nada, pois precisamente por essa época Forcheville adotara a moça. Ela tratava Forcheville de "meu pai", conquistara as senhoras idosas por sua polidez e distinção, e todo mundo reconhecia que, se Forcheville se conduzira admiravelmente a seu respeito, a pequena, por sua vez, tinha muita nobreza de coração e soubera recompensá-lo por isso. Sem dúvida porque, às vezes, podia e desejava mostrar desembaraço, forçou-me a reconhecê-la, e, diante de mim, aludia a seu verdadeiro pai. Mas fora uma exceção, e já não se devia, diante dela, pronunciar o nome de Swann. Justamente, eu acabara de observar no salão dois desenhos de Elstir, antes relegados a um cômodo de cima, onde só os vira por acaso. Elstir estava então na moda. A sra. de Guermantes não se consolava por ter dado tantos de seus quadros à prima, não porque estivessem na moda, mas porque agora gostava deles. A moda é, de fato, instituída pelo capricho de um conjunto de pessoas de quem os Guermantes são representativos. A duquesa não podia, entretanto, pensar em adquirir outros quadros, porque haviam subido, de algum tempo a essa parte, a preços astronômicos. Queria ter, pelo menos, alguma coisa de Elstir no salão, e fizera descer aqueles dois desenhos, que ela declarava "preferir à sua pintura".

Gilberte reconheceu-lhes a fatura.

— Parecem dois Elstirs — disse ela.

— Exato — respondeu estouvadamente a duquesa. — Foi precisamente seu... foram amigos nossos que nos fizeram comprá-los. É admirável. Na minha opinião, superior à pintura dele.

Eu, que não escutara o diálogo, fui ver os desenhos.

— Como, mas é aquele Elstir que...

Percebi os sinais desesperados da sra. de Guermantes.

— Ah, sim, aquele Elstir que eu admirava lá em cima... Ficou bem melhor do que no corredor. A propósito de Elstir: citei-o ontem num artigo do *Figaro*. Leram?

— O senhor escreveu um artigo no *Figaro?* — exclamou o duque de Guermantes, com a mesma violência com que teria exclamado: "Mas é minha prima!".

— Sim, ontem.

— No *Figaro*, tem certeza? Isso me surpreende bastante. Porque cada um de nós tem o seu *Figaro*, e se ele escapasse a um, o outro o teria visto. Não é, Oriane? Não havia nada.

Tendo mandado buscar o *Figaro*, o duque rendeu-se à evidência, como se, até então, houvesse mais probabilidade de que eu estivesse errado quanto ao jornal em que colaborava.

— Como! Não compreendo! Então o senhor escreveu um artigo no *Figaro?* — disse a duquesa, esforçando-se por falar de uma coisa que não a interessava. — Mas escute, Basin, você lerá isso mais tarde.

— Não, não, o duque fica muito bem assim com a sua grande barba em cima do jornal... — disse Gilberte. — Vou ler isso logo depois de chegar em casa.

— É, ele passou a usar barba depois que todo mundo anda com o rosto liso — disse a duquesa. — Nunca faz nada igual aos outros. Quando nos casamos, raspava não só a barba como até o bigode. Os camponeses que o desconheciam não acreditavam que ele fosse francês. Chamava-se então príncipe de Laumes.

— Será que existe ainda um príncipe de Laumes? — indagou Gilberte, interessada por tudo que dissesse respeito a pessoas que durante tanto tempo não tinham querido dar-lhe bom-dia.

— Não — respondeu a duquesa, com um olhar carinhoso e melancólico.

— Um título tão lindo! Um dos mais belos títulos franceses! —exclamou Gilberte, pois uma certa ordem de banalidades vem inevitavelmente, como a hora ao relógio, à boca de certas pessoas inteligentes.

— É, sim, eu também lastimo. Basin queria que o filho da irmã dele o usasse, mas não é a mesma coisa. No fundo, podia ser, porque o título não vai obrigatoriamente para o filho mais velho, pode passar do mais velho ao mais moço. Mas eu estava dizendo que Basin naquele tempo andava inteiramente barbeado; um dia, numa peregrinação, você se recorda, queridinho? — disse ela ao marido —, naquela peregrinação a Paray-le-Monial, meu cunhado Charlus, que gosta muito de conversar com camponeses, dizia a um e a outro: "E tu, donde és?" e, como ele é generosíssimo, dava-lhes alguma coisa ou os levava para beber. Porque ninguém é, ao mesmo tempo, mais simples e mais altivo do que Memé. Poderão vê-lo recusar-se a cumprimentar uma duquesa que não lhe pareça suficientemente duquesa, e cumular de atenções a um tratador de cães. Então, eu disse a Basin: "Vamos, Basiu, converse um pouco com eles, também". Meu marido, que nem sempre é lá muito inventivo...

— Obrigado, Oriane — disse o duque, sem interromper a leitura de meu artigo, em que mergulhara.

— Avistou um camponês e repetiu-lhe textualmente a pergunta do irmão: "E tu, donde és?". "Eu sou de Laumes." "Tu és de Laumes? Pois olha, eu sou teu príncipe." Então, o camponês olhou para o rosto inteiramente glabro de Basiu e respondeu-lhe: "Pois sim. O senhor é, mas é um *English*".

Via-se assim, nas historietas da duquesa, esses grandes títulos eminentes, como o do príncipe de Guermantes, surgirem em seu verdadeiro lugar, em seu estado antigo e sua cor local, como em certos livros de horas reconhecemos, em meio à multidão da época, a flecha de Bourges. O criado trouxe cartões que um lacaio acabara de deixar.

— Não sei que ideia foi essa, eu não a conheço. E a você que eu devo isto, Basin. Entretanto, esse gênero de relações não lhe foi muito propício, meu caro... — E, voltando-se para Gilberte: — Eu não saberia mesmo explicar-lhe de quem se trata. Certamente você não a conhece... Chama-se *lady* Rufus Israel.

Gilberte ficou muito vermelha:

— Não conheço — disse ela (o que era tanto mais falso quanto *lady* Israel, dois anos antes da morte de Swann, se reconciliara com ele, e chamava Gilberte pelo prenome) —, mas sei muito bem, por outras pessoas, quem é a pessoa a quem a senhora se refere.

É que Gilberte se tornara muito esnobe.[127] Assim, perguntando-lhe uma jovem, certo dia, por maldade ou falta de tato, qual era o nome de seu pai, não o adotivo mas o verdadeiro, perturbada e para desfigurar um pouco o que tinha a dizer, ela pronunciara, em lugar de Swann, Svann — mudança que, logo depois, percebeu ser pejorativa, pois fazia desse nome de origem inglesa um nome alemão. E acrescentou mesmo, aviltando-se, para realçar-se:

— Contaram uma porção de coisas a respeito de meu nascimento, mas eu prefiro ignorar tudo.

127 Essa frase, que constava da edição original, foi suprimida da edição da Bibliothèque de la Pléiade. (N. do R.T.)

Por mais envergonhada que Gilberte devesse ficar em certos instantes ao pensar nos pais (a própria sra. Swann representava para ela e, era, de fato, uma boa mãe), infelizmente devemos concluir de semelhante maneira de encarar a vida que seus elementos sem dúvida provinham dos pais, porque nós não nos fabricamos a nós mesmos com todas as peças. Mas, a uma certa dose de egoísmo que existe na mãe, um egoísmo diverso, inerente à família do pai, vem ajuntar-se, o que nem sempre quer dizer adicionar-se, nem tampouco servir justamente de múltiplo, mas, sim, criar um egoísmo novo, infinitamente mais poderoso e temível. Desde que o mundo é mundo, famílias em que existe determinado defeito sob uma forma se aliam a famílias em que o mesmo defeito existe sob outra forma, o que determina uma variedade particularmente complexa e detestável na criança, os egoísmos acumulados (para só falar aqui de egoísmo) adquiririam um tal poder que a humanidade inteira seria destruída, se do mesmo mal não nascessem, capazes de reduzi-lo a justos limites, restrições naturais, análogas às que impedem a proliferação infinita dos infusórios de aniquilar nosso planeta, ou a fecundação unissexuada das plantas, de acarretar a extinção do reino vegetal etc. De tempos em tempos, uma virtude vem compor com esse egoísmo uma potência nova e desinteressada. As combinações pelas quais, no curso de gerações, a química moral fixa desse modo, e torna inofensivos, elementos que se faziam demasiadamente perigosos são infinitas e dariam uma variedade emocionante à história das famílias. De resto, com esses egoísmos acumulados, como os devia haver em Gilberte, coincide determinada virtude encantadora dos pais; por instantes, ela vem executar sozinha um intermédio, desempenhando seu papel tocante com uma sinceridade completa. Sem dúvida, Gilberte não ia sempre assim tão longe, como ao insinuar que talvez fosse filha natural de algum grande personagem, mas, na maioria dos casos, dissimulava a origem. Talvez, simplesmente, lhe fosse demasiado penoso confessá-la e preferisse que a soubessem por outros. E talvez acreditasse realmente ocultá-la, com essa crença incerta, que não é entretanto dúvida, pela qual reservamos uma possibilidade àquilo que desejamos, e de que Musset dá um exemplo ao falar da Esperança em Deus.[128]

— Não a conheço pessoalmente — confirmou Gilberte.

Teria entretanto, ao passar a chamar-se srta. de Forcheville, esperança de que não se soubesse que era filha de Swann? Talvez com relação a certas pessoas, que, com o tempo, ela esperava se tornassem todo mundo. Não devia ter grandes ilusões sobre o número atual dessas pessoas, e sabia, sem dúvida, que muitas estariam cochichando: "É a filha de Swann". Sabia-o, porém, com essa mesma ciência relativa às pessoas que se matam de miséria enquanto vamos ao baile, isto é, ciência longínqua e vaga, que não temos empenho de substituir por um conhecimento mais preciso, resultante de impressão direta. Como o afastamento torna as coisas menores, mais incertas e menos perigosas, Gilberte achava inútil que a descoberta de que ela era Swann de nascimento acontecesse em sua presença. Gilberte pertencia, ou pelo menos pertenceu, durante esses anos, à variedade mais numerosa dos avestruzes humanos, que escondem a cabeça, com esperança, não de passarem despercebidos, o que julgam pouco verossímil, mas de não verem que são vistos, o que

128 Alusão ao poema "L'Espoir en Dieu", publicado em 1838 por Alfred de Musset e recolhido em suas *Poésies Nouvelles* (1840). O leitor verá mais adiante que Musset é um dos poetas preferidos do barão de Charlus. Embora não fosse praticante, o poeta tenta afirmar a crença em Deus; nessa busca de Deus, questiona a filosofia e a religião. Após passar em revista as respostas que recebe, resta ao poeta um campo bastante restrito para a verdadeira crença. Apesar de tudo, ele conclui o poema exaltando a presença divina nas coisas; diante das dúvidas, o final — como o próprio comportamento de Gilberte — tem algo de exaltação cega das próprias crenças. Para entender a ironia da menção do poema de Musset, lembre-se que, em seu artigo "Journées de Lecture", Proust, falando de alguns livros que são "o espelho de defeitos curiosos do espírito", cita a obra do poeta, em que percebe "tudo o que há de vazio na eloquência." (N. do R.T.)

já lhes parece muito, e lhes permite se entregarem à sorte, quanto ao resto. Gilberte preferia não estar perto das pessoas no momento de descobrirem que ela era Swann de nascimento.[129] E como estamos perto das pessoas a quem imaginamos, como podemos imaginar as pessoas lendo seu jornal, Gilberte preferia que os jornais a chamassem de srta. de Forcheville. É verdade que, nos escritos de sua responsabilidade — suas cartas —, prolongou por algum tempo a transição, assinando-se G. S. *Forcheville*: A verdadeira hipocrisia desta assinatura manifestava-se pela supressão, menos das outras letras do nome de Swann, que das letras do nome de Gilberte. De fato, reduzindo a um simples G o prenome inocente, a srta. de Forcheville parecia insinuar aos amigos que a mesma amputação aplicada ao nome de Swann também era devida apenas ao desejo de abreviatura. Dava, mesmo, importância particular ao S, e fazia dele uma espécie de longa cauda que vinha barrar o G, mas que sentia transitória e destinada a desaparecer, como aquela que, ainda longa no macaco, já não existe no homem.

Apesar disso, havia em seu esnobismo a curiosidade inteligente de Swann. Lembro-me de que, naquela tarde, perguntou à sra. de Guermantes se não podia conhecer o sr. du Lau; tendo a duquesa respondido que ele andava doente e não saía de casa, Gilberte indagou como era a sua figura, pois — acrescentou, com um leve rubor — ouvira falar a seu respeito. (O marquês du Lau fora, realmente, um dos amigos mais íntimos de Swann antes do casamento deste, e talvez mesmo Gilberte o houvesse avistado, mas num período em que não se interessava por essas relações.)

— Será que o sr. de Bréauté ou o príncipe de Agrigento dão uma ideia dele? — perguntou.

— Oh! Absolutamente! — exclamou a sra. de Guermantes, que tinha um sentimento vivo dessas diferenças provinciais e

129 Restabelecemos neste trecho a nova ordem das frases que consta na edição da Bibliothèque de la Pléiade, o que implica a repetição de alguns termos. (N. do R.T.)

fazia retratos sóbrios, mas coloridos por uma voz dourada e rouca, sob a doce florescência dos olhos de violeta. — Não, absolutamente. Du Lau era gentil-homem do Périgord, encantador, com todas as belas maneiras e a sem-cerimônia de sua província. Em Guermantes, quando lá estava o rei da Inglaterra, de quem du Lau era muito amigo, depois da caçada havia ceia... Era o momento em que du Lau tinha o hábito de tirar as botas e pôr grandes pantufas de lã. Pois muito bem, a presença do rei Eduardo e de todos os grãos-duques não o perturbava em nada: ele descia ao salão de Guermantes com suas pantufas de lã; achava que era marquês du Lau d'Allemans e não precisava constranger-se em nada diante do rei da Inglaterra. Ele e o encantador Quasímodo de Breteuil eram os dois de quem eu gostava mais. Aliás, eram grandes amigos de... — ia dizer "seu pai", mas deteve-se rapidamente. — Não, não há a menor relação, nem com Gri-Gri nem com Bréauté. É um verdadeiro grão-senhor do Périgord. Aliás, Memé cita uma página de Saint-Simon sobre um marquês d'Allemans: pois é exatamente isso.

Repeti, então, as primeiras palavras do retrato:

— "O sr. d'Allemans, que era um homem muito distinguido no seio da nobreza do Périgord, pela sua própria origem e pelo seu mérito, e considerado, por tudo que lá vivia, como árbitro geral, a quem todos recorriam por sua probidade, sua capacidade e doçura de maneiras, e como que um galo de província..."

— É, é mais ou menos isso — disse a sra. Guermantes —, tanto mais quanto du Lau sempre foi vermelho como um galo.

— É, sim, lembro-me de ter ouvido falar nesse retrato — disse Gilberte, sem acrescentar que fora por seu pai, de fato grande admirador de Saint-Simon.[130]

130 O retrato de Armand du Lau, marquês d'Allemans (1651-1727), aparece no ano de 1719, no sétimo volume das *Memórias* de Saint-Simon. O retrato, citado literalmente, é interrompido (talvez de propósito) pela duquesa bem no momento em que Saint-Simon passa a mencionar as amizades parisienses do marquês "de província" (como

Ela gostava de referir-se ao príncipe de Agrigento por uma outra razão também. Esse príncipe devia o título à herança da casa de Aragão, mas o seu senhorio provinha de Poitou. Quanto a seu castelo, pelo menos aquele em que residia, não era um castelo de sua família, e sim da família do primeiro marido de sua mãe, situado pouco mais ou menos a igual distância de Martinville e de Guermantes. Por isso, Gilberte referia-se a ele e ao sr. de Bréauté como a vizinhos de campo, que lhe recordavam sua velha província. Materialmente, havia um pouco de mentira nessas palavras, pois só em Paris, por intermédio da condessa Molé, é que ela conhecera o sr. de Bréauté, embora ele fosse velho amigo de seu pai. Quanto ao prazer de lembrar as cercanias de Tansonville, podia ser sincero. Para certas pessoas, o esnobismo é análogo a essas beberagens agradáveis, a que elas misturam substâncias úteis. Gilberte interessava-se por determinada mulher elegante porque tinha livros soberbos, e alguns Nattier, que minha amiga, sem dúvida, não iria ver na Biblioteca Nacional ou no Louvre, e eu imagino que, apesar da proximidade ainda maior, em Gilberte a atração magnética de Tansonville se teria exercido menos com relação à sra. Sazerat ou à sra. Goupil do que com relação ao sr. de Agrigento.

— Ah!, pobre Babal, pobre Gri-Gri! — exclamou a sra. de Guermantes. — Estão bem mais doentes que du Lau. Receio que um e outro não tenham vida por muito tempo.

Quando terminou a leitura de meu artigo, o sr. de Guermantes dirigiu-me cumprimentos, por sinal moderados. Lamentou a forma um tanto convencional de um estilo em que havia "ênfase e

---

Swann, que tem propriedade no campo, mantendo vida social intensa em Paris). Eis o final do retrato que o herói não pôde terminar de citar: "como que um galo de província, onde ele vivia de maneira muito honrada, tendo vindo passear em Paris e rever seus velhos amigos, e ele tinha muitos e alguns deles bastante consideráveis; pois ele vivera por muito tempo na corte e em Paris, onde de maneira geral se fizera estimar. Ele fazia parte de meus amigos desde minha juventude e seu filho também. [...] Pai e filho tinham muito *esprit*, erudição e experiência mundana". (N. do R.T.)

metáforas como na prosa antiquada de Chateaubriand"; em compensação, felicitou-me, sem reservas, por estar "me ocupando".

— Gosto das pessoas que não vivem apanhando moscas. Não gosto das pessoas inúteis, são sempre uns importantes ou uns agitados. Raça de idiotas.

Gilberte, que com extrema rapidez adquiria maneiras de sociedade, iria sentir-se orgulhosa ao dizer que era amiga de um escritor.

— Verá como eu direi que tenho o prazer, a honra de conhecê-lo!

— Não quer ir conosco, amanhã, à Opéra-Comique? — disse-me a duquesa, e pensei que, certamente, havia de ser naquele mesmo camarote onde eu a vira pela primeira vez, e que me parecera tão inatingível como o reino submarino das nereidas.

Mas respondi, com voz triste:

— Não, não estou indo ao teatro... Perdi uma amiga de quem gostava muito.

Ao dizê-lo, quase que tinha lágrimas nos olhos e, entretanto, pela primeira vez sentia certo prazer em falar nisso. Foi a partir desse momento que comecei a escrever a todo mundo que eu acabava de ter um grande desgosto, e a deixar de senti-lo.

Quando Gilberte saiu, a sra. de Guermantes me disse:

— O senhor não compreendeu meus sinais... Era para que não falasse em Swann. — E, como eu me desculpasse: — Mas eu compreendo isso muito bem. Eu mesma quase que pronunciei o nome dele. Mal tive tempo de me deter, que coisa horrível! Felizmente, parei a tempo. Você sabe que é muito constrangedor... — disse ela para o marido, a fim de diminuir um pouco minha falta, aparentando acreditar que eu obedecera a uma propensão comum a todos e à qual era difícil resistir.

— Que quer que eu faça? — respondeu o duque. — Basta você recomendar que levem esses desenhos lá para cima, já que eles lhe fazem pensar em Swann. Se você não pensar em Swann, não falará nele.

No dia seguinte, recebi duas cartas de felicitações que me surpreenderam muito. Uma carta da sra. Goupil de Combray,[131] a quem eu não via há tantos anos, e a quem, mesmo em Combray, não dirigira a palavra sequer três vezes. Lera o *Figaro* em um gabinete de leitura. Assim, quando nos acontece na vida alguma coisa de certa repercussão, chegam notícias de pessoas tão distanciadas de nossas relações, e cuja lembrança é remota, que se diria situadas a uma grande distância, sobretudo no sentido da profundidade. A amizade esquecida de colégio, e que tivera vinte ocasiões para fazer lembrar-se, dá sinal de vida, de resto, não sem compensação. Foi assim que Bloch, e eu gostaria tanto de saber o que ele pensava de meu artigo, não me escreveu. É verdade que lera esse artigo, e me devia confessá-lo mais tarde, mas, por uma espécie de contrachoque. De fato, alguns anos depois, ele próprio escreveu seu artigo no *Figaro*, e desejou assinalar-me imediatamente esse acontecimento. Como já deixara de sentir ciúme[132] pelo que considerava um privilégio, pois também lhe havia tocado a ele, a inveja que o levara a fingir ignorar meu artigo havia cessado, como um compressor se reergue: falou-me dele, mas de modo inteiramente diverso daquele com que desejaria ouvir-me falar do seu:

— Sei que tu também — disse-me ele — fizeste um artigo. Mas achei que não devia falar-te a respeito disso, pois receava ser desagradável; não se deve comentar com amigos coisas humilhantes que lhes acontecem. E, evidentemente, uma delas é escrever no jornal do sabre, da água benta e dos *five o'clock*, já não falando da pia de água benta...[133]

Seu caráter permanecia o mesmo, porém o estilo se tornara menos precioso, como acontece a certos intelectuais que põem de

131 A expressão "de Combray" é acréscimo da edição da Bibliothèque de la Pléiade. (N. do R.T.)

132 O trecho "Como deixara de sentir ciúme", que constava da edição original foi suprimido da edição da Bibliothèque de la Pléiade. (N. do R.T.)

133 Alusão satírica às tendências conservadoras e mundanas do *Figaro*. (N. do T.)

lado o maneirismo e já não fazem poemas simbolistas, passando a escrever romances-folhetins.

Para consolar-me de seu silêncio, reli a carta da sra. Goupil; faltava-lhe calor, porque, se a aristocracia tem certas fórmulas que levantam cercas entre si, por exemplo, entre o *Sr.* do princípio e os *sentiments distingués* do fim, gritos de alegria e admiração podem brotar como flores e ramos podem inclinar, por cima da cerca, o seu perfume trescalante. Mas o convencionalismo burguês encerra o próprio interior das cartas em uma rede que vai de "seu êxito legítimo" até o extremo "seu belo êxito". Cunhadas fiéis à educação recebida, e discretas dentro de seus corpetes honestos, julgam que se expandiram convenientemente na infelicidade ou no entusiasmo, ao escrever "seus melhores pensamentos". Quando "mamãe se associa a minhas palavras" é um superlativo com que raramente somos mimoseados. Recebi outra carta, além desta da sra. Goupil, porém o nome do signatário me era desconhecido.[134] Vinha com uma caligrafia popular, numa linguagem encantadora. Fiquei desolado por não poder descobrir quem a escrevera.

Dois dias depois pela manhã fiquei contente com o fato de Bergotte fosse um grande admirador de meu artigo, que não pudera ler sem inveja. Entretanto, depois de um certo tempo, cessou minha alegria. Bergotte não me havia escrito absolutamente nada. Eu apenas tinha me perguntado se ele teria gostado do artigo, temendo que não.[135] Como eu perguntasse a mim mesmo se Bergotte gostaria desse artigo, a sra. de Forcheville me respondeu que ele o teria admirado infinitamente, e que o considerava de um grande escritor. Mas disse-me isto enquanto eu dormia: era um sonho. Quase todos os nossos sonhos respondem assim às perguntas que nós nos formulamos, fazendo-o por meio

134 A edição da Bibliothèque de la Pléiade especifica o nome do signatário: "Sanilon", que o leitor ficará conhecendo em breve. Trata-se, curiosamente, da mesma pessoa envolvida em algumas das revelações feitas por Gilberte no final do volume. (N. do R.T.)

135 Todo esse trecho é um acréscimo à edição da Bibliothèque de la Pléiade. (N. do R.T.)

de afirmações complexas e pela apresentação teatral de muitas personagens, mas sem consequência.

Quanto à srta. de Forcheville, era impossível pensar nela sem tristeza. Como? Filha de Swann, que teria gostado tanto de vê-la em casa dos Guermantes, estes haviam recusado a seu grande amigo o obséquio de recebê-la e depois a tinham procurado espontaneamente, pois o tempo passara, o tempo que renova tudo para nós e insufla uma outra personalidade, conforme o que sobre elas se diga, a pessoas que há muito tempo não víamos, depois que nós mesmos mudamos de pele e adquirimos outros gostos. Eu me punha a imaginar que Swann diria às vezes à filha, apertando-a contra o peito, e beijando-a: "Que bom, querida, ter uma filha como tu. Um dia, quando eu não estiver mais vivo, se ainda falarem sobre teu pobre pai, será somente contigo e por tua causa". Depositando assim na filha, para depois de sua morte, uma tímida e ansiosa esperança de sobrevivência, Swann enganava-se tanto quanto o velho banqueiro que, tendo feito testamento em favor de uma dançarina qualquer, a quem mantém e que se distingue pela aparência muito digna, diz a si mesmo que é para ela apenas um grande amigo, mas que ela permanecerá fiel a sua memória. Sua aparência era realmente muito digna, enquanto roçava o pé, sob a mesa, nos amigos do velho banqueiro que lhe interessavam, mas tudo isso muito às escondidas, debaixo do maior decoro. Ela porá luto pelo excelente homem, sentir-se-á livre dele, desfrutará não só o dinheiro líquido, mas as propriedades e automóveis que ele deixou, mandará apagar por toda a parte o monograma do antigo proprietário, que a envergonha um bocado, e ao gozo da doação jamais associará a saudade do doador. As ilusões do amor paterno talvez não sejam menores: muitas filhas veem no pai simplesmente um velhote que lhes deixará sua fortuna. A presença de Gilberte num salão, em vez de dar motivo a que se falasse ainda algumas vezes de seu pai, era um obstáculo a que fossem aproveitadas as ocasiões, cada vez mais raras, que ainda pudessem ocorrer para fazê-lo. Mesmo a propósito de palavras que ele dissera ou de objetos que oferecera, passou a ser costume não citá-lo mais, e aquela que deveria rejuvenescer, senão perpetuar-lhe a memória, era justamente quem iria apressar e consumar a ação da morte e do esquecimento.

E não era apenas com relação a Swann que Gilberte consumava, pouco a pouco, a obra do esquecimento: apressava-a também em mim, com relação a Albertine. Sob a ação do desejo e, por consequência, do desejo de felicidade que Gilberte excitara em mim, durante as poucas horas em que eu a julgara outra, certo número de sofrimentos e de preocupações dolorosas que ainda pouco tempo antes me obcecavam o pensamento haviam fugido de mim, arrastando consigo todo um bloco de lembranças preciosas, provavelmente esfarinhadas já há muito, e concernentes a Albertine. Porque, se muitas lembranças que a ela se achavam ligadas a princípio haviam contribuído para manter em mim o pesar pela sua morte, em compensação o próprio pesar fixara as lembranças. De sorte que a modificação de meu estado sentimental, sem dúvida preparada obscuramente, dia a dia, pelas desagregações contínuas do esquecimento, mas realizada bruscamente em conjunto, me deu essa impressão, que me lembro de haver experimentado naquele dia, pela primeira vez, de vazio, de supressão em mim de toda uma porção de associações de ideias, que experimenta o homem de quem se rompe uma artéria cerebral já gasta há muito tempo e em quem uma parte da memória fica abolida ou paralisada. Eu não gostava mais de Albertine. No máximo, em determinados dias, com uma dessas temperaturas que, por modificar, por despertar nossa sensibilidade, nos colocam em contato com o real, eu me sentia cruelmente triste ao pensar nela. Eu sofria com um amor que não mais existia. Da mesma forma que os amputados, em razão de determinadas mudanças de tempo, sentem dor na perna que perderam.[136]

A desaparição do sofrimento, e de tudo que trazia consigo, dei-

136 Todo o trecho a partir de "Eu não gostava mais de Albertine" até o fim do parágrafo é um acréscimo da edição da Bibliothèque de la Pléiade. (N. do R.T.)

xava-me diminuído, como tantas vezes a cura de uma doença que ocupara em nossa vida um grande lugar. Sem dúvida, o amor não é eterno porque as lembranças não permanecem sempre verdadeiras e porque a vida se faz à custa de perpétua renovação das células. Mas essa renovação através das lembranças é, de qualquer modo, retardada pela atenção, que detém e fixa um momento destinado a mudar. E já que, com o sofrimento, sucede o mesmo que com o nosso desejo das mulheres, agravado se pensamos nelas, ter muito que fazer tornava mais fácil não só a castidade como o esquecimento.

Por uma reação distinta, embora fosse a distração (o desejo que me inspirava a srta. d'Éporcheville) que, de súbito, me tornara visual e sensível o esquecimento, e se, em verdade, é o tempo que traz progressivamente o esquecimento, este, por sua vez, não deixa de alterar profundamente a noção de tempo. Há erros ópticos no tempo, como os há no espaço. A persistência da antiga veleidade de trabalhar, de recuperar o tempo perdido e de mudar de vida, ou antes, de começar a viver, dava-me a ilusão de que eu continuava sempre jovem; entretanto, a lembrança de todos os acontecimentos que se haviam sucedido em minha vida (e também dos que se haviam sucedido em meu coração, porque, quando mudamos muito, somos induzidos a supor que vivemos mais tempo), no decorrer desses últimos meses da existência de Albertine, me levara a considerá-los bem mais longos do que um ano inteiro, e, agora, esse esquecimento de tantas coisas, separando-me, por espaços vazios, de fatos recentíssimos que assim se tornavam antigos, pois eu, como se diz, "tivera tempo" de esquecê-los, pela sua interpolação fragmentária e irregular na memória — esse esquecimento, como bruma espessa no oceano, a suprimir pontos de referência das coisas —, transtornava e deslocava o meu sentimento das distâncias no tempo, ali contraídas, aqui distendidas, e fazia com que eu me julgasse ora muito mais distante, ora muito mais perto das coisas do que realmente estava. E, como nos novos espaços ainda não percorridos que se estendiam à minha frente não haveria mais traços do amor a Albertine, como não os houvera do amor a minha avó, nos dias perdidos que eu acabara de atravessar, minha vida, oferecendo uma sucessão de períodos nos quais, depois de certo intervalo, nada do que sustentava o anterior subsistia no seguinte, me apareceu como algo de tão desamparado por um eu individual, idêntico e permanente, algo de tão inútil no futuro, e de tão longo no passado, que a morte poderia muito bem interromper-lhe o fluxo aqui ou ali, sem de nenhum modo concluí-lo, como esses cursos de história da França, que em retórica são suspensos indiferentemente, conforme a fantasia dos programas ou dos professores, na Revolução de 1830, na de 1848 ou ao fim do Segundo Império.

A fadiga e a tristeza que eu então experimentava resultariam menos, talvez, de haver amado inutilmente quem eu já esquecera do que de começar a me distrair com outras pessoas vivas, pessoas puramente da sociedade, simples amigos dos Guermantes, tão pouco interessantes em si mesmos. Consolava-me, talvez, mais facilmente, ao verificar que minha antiga amada não era, ao fim de certo tempo, senão uma pálida lembrança do que ao verificar de novo em mim essa vã atividade que nos faz perder tempo em esmaltar nossa vida com uma vegetação humana, viçosa e parasitária, que também se converterá em nada ao morrer, que já é estranha a tudo aquilo que conhecemos e à qual, entretanto, nossa senilidade faladeira, melancólica e presumida procura agradar. A criatura nova, que suportaria facilmente viver sem Albertine, fizera sua aparição em mim, pois eu pudera falar a seu respeito em casa da sra. de Guermantes, com palavras desoladas e sem sofrimento profundo. O possível advento desses novos "eus", que deviam usar um nome diferente do anterior, sempre me assustara, porque eram indiferentes ao objeto do meu amor: antes, com relação a Gilberte, quando seu pai me dizia que, se eu fosse viver na Oceania, não quereria mais voltar; e recentemente, quando li com tamanho aperto no coração a passagem do romance de Bergotte,[137]

137 A edição da Bibliothèque de la Pléiade troca "a passagem do romance de Bergotte", que constava na edição original, por "Memórias de um escritor medíocre". (N. do R.T.)

a respeito de certa personagem que a vida separou da mulher a quem adorara quando moço, e que, já velho, a encontra sem prazer, sem desejo de tornar a vê-la. Ora, pelo contrário, com o esquecimento vinha a supressão quase completa do sofrimento — uma possibilidade de bem-estar — e isso eu o ficara devendo a um ser temido e benfazejo, que não era outro senão um desses "eus" de reserva, mantidos de prontidão para nós pelo destino, e que este, por uma intervenção oportuna e contra a nossa vontade, à maneira de um médico esclarecido, e por isso mesmo autoritário, que não dá atenção a nossas súplicas, nos apresenta em lugar do "eu" excessivamente dilacerado. Substituição, de resto, que se realiza de tempos em tempos, como o desgaste e a recomposição dos tecidos, mas em que só prestamos atenção se o antigo "eu" continha uma grande dor, um corpo estranho e agressivo, que nos surpreendemos por não encontrar mais, no deslumbramento da criatura que se converteu em outra, para quem o sofrimento do antecessor não é mais do que sofrimento alheio, do qual poderá falar com compaixão porque não o sente. Até isso nos é indiferente — haver passado por tantos sofrimentos —, porque só confusamente nos lembramos de os haver experimentado. É possível que, do mesmo modo, nossos pesadelos, à noite, sejam terríveis. Mas ao acordar somos outra pessoa, que mal se preocupa com aquela a quem sucedeu e que, dormindo, era perseguida por assassinos.

Sem dúvida, esse "eu" havia mantido certo contato com o antecessor, como o amigo indiferente a um luto conversa entretanto a seu respeito com as pessoas presentes, em tom de tristeza conveniente, voltando de tempos em tempos ao quarto onde o viúvo, que o incumbira de receber as visitas, continua a fazer ouvir os seus soluços. Eu soluçava ainda, ao voltar a ser, por um instante, o antigo amigo de Albertine. Minha tendência, porém, era para recolher-me inteiramente a uma nova personagem. Não é porque os outros morreram que a afeição que lhe dedicávamos se debilita; é porque nós mesmos morremos. Não havia nada que Albertine pudesse censurar ao amigo. Quem usurpara o nome deste não era senão um herdeiro. Só podemos ser fiéis àquilo de que nos lembramos, e não nos lembramos senão daquilo que conhecemos. Meu novo "eu", enquanto crescia à sombra do antigo, ouvia-o muitas vezes falar sobre Albertine; através dele, através das narrativas que ia recolhendo, julgava conhecê-la, achava-a simpática, amava-a, mas era apenas com uma ternura de segunda mão.

Outra pessoa em que a ação de esquecimento, no que dizia respeito a Albertine, provavelmente se tornou mais rápida nessa época e, por tabela, me permitiu, um pouco mais tarde, reparar em novo progresso alcançado também em mim (e essa é minha lembrança de uma segunda etapa, antes do esquecimento definitivo) foi Andrée. É-me difícil, realmente, não considerar o esquecimento de Albertine como causa, senão única ou principal, pelo menos causa condicionante e necessária de uma conversa que Andrée teve comigo cerca de seis meses depois daquela que relatei, conversa em que suas palavras foram tão diferentes das que me dissera da primeira vez. Lembro-me de que foi em meu quarto, porque nessa época eu sentia prazer em manter relações semicarnais com ela, por causa do aspecto coletivo de que se revestia a princípio, e que agora voltaria a caracterizar o meu amor às moças do grupinho, por muito tempo indiviso entre elas e só por um momento associado exclusivamente à pessoa de Albertine, durante os últimos meses que precederam sua morte ou se seguiram a ela.

Estávamos em meu quarto por uma outra razão ainda, que me permite situar exatamente essa conversa. Eu fora expulso do resto do apartamento, porque era dia de recepção de mamãe. Apesar disto, e após alguma hesitação, mamãe fora almoçar em casa da sra. Sazerat, raciocinando que, como esta senhora tinha o hábito de nos convidar juntamente com pessoas cacetes, ela não perderia nenhum prazer voltando cedo.[138] De fato, voltara a tempo e

138 A Bibliothèque de la Pléiade traz uma versão ligeiramente diferente dessa passagem: "Era um dia em que mamãe tinha ido almoçar em casa da sra. Sazerat. Como era o dia em que mamãe recebia, ela hesitara em ir à casa da sra. Sazerat. Mas como, mes-

sem pesar, pois a sra. Sazerat só tinha em casa pessoas cacetíssimas, já assustadas pela voz especial que ela usava ao receber e que mamãe chamava de "voz de quarta-feira". De resto, mamãe gostava bastante dela, e penalizava-se com a sua pobreza — consequência das estroinices do pai, arruinado pela duquesa de X.[139] —, pobreza que a obrigava a passar quase o ano inteiro em Combray, com algumas semanas em casa da prima, em Paris, e uma grande "viagem de recreio" de dez em dez anos. Lembro-me de que, na véspera, a meu pedido insistente durante meses, e porque a princesa vivia a convidá-la, mamãe tinha ido ver a princesa de Parma, que não visitava ninguém e em cuja casa as pessoas habitualmente se contentavam em deixar um cartão, mas que insistira para que mamãe fosse vê-la, pois o protocolo impedia que Sua Alteza viesse à nossa casa. Voltou de lá muito mal satisfeita.

— Tu me fizeste cometer uma tolice — disse-me ela. — A princesa mal me deu bom-dia. Virou-se para as senhoras com quem conversava, sem se preocupar comigo. No fim de dez minutos, como não me dirigisse a palavra, retirei-me sem que ela sequer me estendesse a mão. Fiquei muito aborrecida; em compensação, diante da porta, quando ia embora, encontrei a sra. de Guermantes, que foi muito amável e falou muito a teu respeito. Que ideia a tua, falar-lhe em Albertine, contando que ficaste amargurado com a sua morte! — (Com efeito eu tinha dito isso à duquesa, mais já não me lembrava mais e nisso pouco insisti. Mas as pessoas mais distraídas prestam com frequência uma atenção toda especial a falas que deixamos escapar, que nos parecem absolutamente naturais, e que

---

mo em Combray, a sra. Sazerat tinha o hábito de nos convidar juntamente com pessoas cacetes, mamãe, estando certa de que não ia se divertir, contara com o fato de que poderia, sem perder nenhum prazer, voltar para casa cedo". (N. do R.T.)

139 Como observa o tradutor castelhano Marcelo Menarché, o autor se esquiva, neste trecho, à identificação da duquesa, ao passo que mais adiante, quando a ação se localiza em Viena, atribui o episódio à sra. de Villeparisis. (N. do T.)

excitam profundamente a curiosidade delas).[140] — Mas nunca mais voltarei à casa da princesa de Parma. Tu me preparaste uma boa!

Ora, no dia seguinte, em que mamãe recebia, como já disse, Andrée foi visitar-me. Não dispunha de muito tempo, pois devia ir procurar Gisèle, com quem fazia empenho em jantar.

— Reconheço os seus defeitos, mas, de qualquer modo, é a minha melhor amiga, a pessoa por quem tenho a maior afeição possível — disse-me ela.

E parecia mesmo sentir um certo terror ante a ideia de que eu pudesse pedir licença para jantar com as duas. Tinha avidez das criaturas, e um terceiro que a conhecesse bem, como eu, impedindo-a de abandonar-se, a impediria ao mesmo tempo de gozar junto delas um prazer completo.

É verdade que quando ela veio, eu não estava; ela estava me esperando e eu ia passar pela saleta para ir vê-la, quando me dei conta, ao ouvir uma voz, de que havia uma outra visita para mim. Com pressa de encontrar Andrée, que estava em meu quarto, não sabendo quem era a outra pessoa que evidentemente não a conhecia já que a haviam colocado em um outro cômodo, fiquei ouvindo por um instante a conversa à porta da saleta; pois o visitante falava, não estava sozinho; ele falava para uma mulher:[141] "Oh! minha querida, fica no meu coração", cantarolava ele, citando dos versos de Armand Silvestre. "Sim, você será sempre minha querida apesar de tudo o que você possa ter feito para mim:

Les morts dorment en paix dans le sein de la terre.
Ainsi doivent dormir nos sentiments éteints.

140 Todo o parêntese desse parágafo é acréscimo da edição da Bibliothèque de la Pléiade. (N. do R.T.)

141 A partir de "É verdade que quando ela veio...", trecho acrescentado à atual edição da Bibliothèque de la Pléiade. (N. do R.T.)

Ces reliques du coeur ont aussi leur poussière;
Sur leurs restes sacrés ne portons pas les mains.[142]

"É um pouco fora de moda, mas como é belo! E tem ainda o que eu poderia ter lhe dito desde o primeiro dia:

Tu les feras pleurer, enfant belle et chérie...[143]

Como, você não conhece isso?[144] Ah! Achei que pudesse por um instante dizer a mim mesmo:

142 "Os mortos dormem em paz no seio da terra./ Assim devem dormir nossos sentimentos extintos./ Essas relíquias do coração também têm seu pó;/ Em seus restos sagrados não ponhamos as mãos." Citação de versos do poema "La Nuit d'Octobre", da mesma série de *Poésies Nouvelles* (1840), de onde foi extraído o poema associado ao comportamento de Gilberte de Forcheville. Trata-se do diálogo do poeta com sua musa, em que ele lhe comunica seu sofrimento: o poeta lamenta ter sido subjugado por uma mulher que o fez conhecer a traição. O trecho citado pelo barão de Charlus faz parte dos conselhos bastante ponderados da musa em resposta a esse lamento, como o de valorizar os momentos iniciais de amor feliz, tentar uma conciliação e perdão: em resumo, conselhos bastante convenientes para quem está disposto a esquecer os males passados em favor da felicidade presente. O acréscimo desta cena de Charlus recitando poemas a Morel *é a única passagem da obra que assinala uma possível reconciliação entre os dois, após a ruptura ocorrida no quinto volume.* Charlus, entretanto, não cita o trecho dos conselhos da musa em que ela valoriza o sofrimento enquanto possibilidade de autoconhecimento dos afetos. No final da obra, o narrador vai lamentar justamente Charlus *não ter tirado proveito artístico das situações afetivas em que esteve envolvido.* A referência anterior a um verso de Émile Souvestre não foi encontrada. (N. do R.T.)

143 "Você vai deixá-los em prantos, minha bela e querida criança..." (N. do R.T.)

144 "Todos estes bebês, futuros homens,/ Que já detêm seus jovens devaneios/ Nos cílios ternos de teus olhos puros." Versos do poema dedicado ao jardim das Tulherias, em Paris, incluído no livro *Les Vaines Tendresses* (1872), de Sully Prudhomme. O que não fica claro na citação de Charlus é que, no poema, o poeta se dirige claramente a uma mulher, "sorridente, indiferente e doce", adjetivos no feminino em francês. Além disso, a terceira estrofe, que ele também não cita, traz formulação bastante pertinente à situação de Charlus com Morel: os que admiram Morel não "adivinham" "todo o mal que (ele) lhes fará"; com efeito, eles "sofrerão" com sua graça. (N. do R.T.)

Le premier soir qu'il vint ici
De fierté je n'eus plus souci.
Je lui disais: "Tu m'aimeras
Aussi longtemps que tu pourras.
Je ne dormais bien qu'en ses bras.[145]

Curioso, mesmo que tivesse que retardar por um instante minha visita urgente a Andrée, de saber a que mulher era endereçado esse dilúvio de poemas, abri a porta. Eram declamados pelo sr. de Charlus a um militar que logo reconheci ser Morel e que estava de partida para um treinamento de treze dias. Ele não mais estava em boas relações com o sr. de Charlus, mas voltava a vê-lo de vez em quando para lhe pedir um favor. O sr. de Charlus que geralmente atribuía ao amor uma forma mais máscula apresentava também momentos de languidez. Aliás, quando criança, para poder compreender e sentir os versos dos poetas, ele tinha sido obrigado a supor que eram endereçados não a uma *belle infidèle* mas a um jovem. Eu os deixei o mais depressa que pude embora sentisse que fazer visitas com Morel era uma imensa satisfação para o sr. de Charlus, a quem isso proporcionava por um momento a ilusão de ter voltado a se casar. E aliás ele reunia em si mesmo o esnobismo das rainhas e o dos serviçais.[146]

145 "Na primeira noite que ele veio aqui/ Com orgulho não mais me preocupei/ Eu lhe dizia: 'Você vai me amar por quanto tempo conseguir'. Eu só dormia bem em seus braços." Charlus cita cinco versos do poema "Nocturne", de Charles Cros. Inicialmente, ele cita os versos 7 e 9, pulando o oitavo: "Na primeira noite que ele veio aqui/ Minha alma ficou às suas ordens" ("*Mon* âme *fût à sa merci*"). E, depois, os versos 19 a 21. Charlus se detém nas imagens do encontro e omite a passagem seguinte, que se refere à partida: "Mas ele, sentindo seu coração apagar/ Foi embora numa manhã,/ Sem mim, para um país distante". No poema, o único indício de que quem fala é uma mulher é a palavra "seios" ("*seins*"). Charles Cros é o inventor do fonógrafo (1877) e das primeiras fotos coloridas (1869), mas, como poeta, não obteve o mesmo destaque de seus contemporâneos, como Verlaine, Rimbaud e Mallarmé. (N. do R.T.)

146 Todo o trecho de Charlus recitando poemas para Morel é um longo acréscimo à edição da Bibliothèque de la Pléiade. (N. do R.T.)

A recordação de Albertine tornara-se tão fragmentária que já não me causava tristeza; era apenas uma transição para novos desejos, como o acorde que prepara mutações de hamonia. E, mesmo, afastada essa ideia de capricho sensual e passageiro, enquanto eu ainda era fiel à lembrança de Albertine, tendo Andrée a meu lado eu me sentia mais feliz do que se, milagrosamente, houvesse encontrado de novo Albertine. Porque Andrée podia dizer-me mais coisas sobre Albertine do que a própria Albertine. Ora, os problemas relativos a Albertine permaneciam ainda em meu espírito quando a ternura que ela me inspirava, tanto moral como física, já havia desaparecido. E meu desejo de conhecer-lhe a vida, porque diminuíra menos, era agora, comparativamente, maior do que a necessidade de sua presença. Por outro lado, a ideia de que uma mulher tivera talvez relações com Albertine já não me causava mais senão desejo de tê-las também com essa mulher. Disse isso a Andrée, enquanto a acariciava. Então, sem procurar de modo algum harmonizar suas palavras com as pronunciadas alguns meses atrás, Andrée me disse, com um meio sorriso ambíguo.

— Ah, sim, mas você é homem. Não podemos fazer juntos exatamente as mesmas coisas que eu fazia com Albertine...

E, fosse porque ela pensava que isto excitaria meu desejo (na esperança de receber confidências, eu lhe dissera que gostaria de ter relações com uma mulher que as tivesse tido com Albertine) ou minha mágoa, ou destruiria talvez um sentimento de superioridade que porventura me atribuía, por haver sido o único a entreter relações com Albertine:

— Ah! nós duas passamos horas bem boas! Era tão carinhosa, tão apaixonada... Aliás, não era só comigo que Albertine gostava de partilhar esse prazer. Ela encontrou em casa da sra. Verdurin um bonito rapaz, chamado Morel. Os dois se entenderam imediatamente. Ele ficou encarregado de procurar para ela garotas noviças e tinha permissão para desfrutá-las por sua vez, pois também as apreciava. Logo que as punha no mau caminho, Morel as deixava. Assim, procurava atrair jovens pescadoras de uma praia afastada e pequenas lavadeiras, que namorariam um rapaz, mas que não teriam correspondido às insinuações de outra moça. Quando a pequena estava completamente dominada, ele a conduzia para um lugar seguro e a entregava a Albertine. Com medo de perder Morel, que aliás também tomava parte na história, a garota obedecia sempre e afinal acabava sem ele, porque, com medo das consequências, e também porque uma ou duas vezes lhe bastavam, Morel desaparecia, deixando um endereço falso. Certa vez, teve coragem de levar uma rapariguinha, juntamente com Albertine, a uma casa de mulheres em Couliville, e lá umas quatro ou cinco a possuíram juntas ou sucessivamente. Era a sua paixão, e também a de Albertine. Mas depois Albertine sentia remorsos horríveis. Creio que, morando com você, ela dominou essa paixão e adiava sempre o momento de satisfazê-la. Além disso, a amizade que sentia por você era tão grande que tinha escrúpulos. Mas é claro que, se algum dia o deixasse, haveria de recomeçar. Só que eu acho que, depois de ter te deixado, se ela voltou a se entregar a esse desejo furioso, depois disso seu remorso foi muito maior.[147] Ela esperava que você a salvasse pelo casamento. No fundo, sentia que era uma espécie de loucura criminosa, e muitas vezes fiquei pensando se não teria sido depois de uma coisa dessas, tendo provocado um suicídio em certa família, que ela própria se matou. Devo confessar que nos primeiros tempos, aqui em sua casa, ela não renunciara inteiramente a essas coisas comigo. Havia dias em que parecia estar muito necessitada, a tal ponto que uma vez, quando teria sido tão fácil lá fora, ela não se resignou a me dizer adeus senão depois de ficarmos juntas, aqui nesta casa. Não tivemos sorte, quase fomos apanhadas. Ela aproveitou quando Françoise desceu para ir à rua e você ainda não havia entrado. Então, apagou as luzes para que, ao abrir a porta, vocês perdessem algum tempo à procura do comutador. Não fechou a porta do quarto. Ouvi-

147 A frase é um acréscimo da edição da Bibliothèque de la Pléiade. (N. do R.T.)

mos você subir e eu mal tive tempo de me arranjar e descer. Precipitação inútil, afinal, pois, por uma sorte incrível, você tinha esquecido a chave e foi obrigado a tocar a campainha. Mas, de qualquer modo, nós perdemos a cabeça, e para disfarçar a encabulação, sem combinar, tivemos a mesma ideia: fingir que detestávamos cheiro de silindra, quando pelo contrário o adorávamos. Você trazia um grande ramo de silindra e, assim, pude virar o rosto e esconder minha perturbação. Isto não me impediu de lhe dizer, com uma inabilidade tremenda, que talvez Françoise já houvesse subido e teria podido abrir a porta, quando, um segundo antes, eu mentira que estávamos acabando de chegar do passeio, e que Françoise ainda não havia descido, mas que iria sair à rua.[148] O pior foi apagar a luz, na suposição de que você estivesse com a chave, porque tivemos medo de que, subindo, você a visse acender-se; hesitamos tanto! Durante três noites Albertine não pôde pregar olho, vivia com medo de que você desconfiasse e perguntasse a Françoise por que ela não acendera a luz antes de sair. Porque Albertine tinha muito medo de você, e às vezes dizia que você era mau e velhaco, e que no fundo a detestava. Afinal, depois de três dias, ela compreendeu, pela sua calma, que você não tinha perguntado nada a Françoise, e pôde conciliar o sono. Mas não voltou a ter relações comigo, sei lá se por medo ou remorso, pois dizia gostar muito de você, ou talvez porque gostasse de alguma outra pessoa. Em todo caso, nunca mais pudemos falar de silindra diante dela: ficava escarlate e passava a mão pelo rosto, para ocultar o rubor...[149]

Como certas felicidades, há certas desgraças que chegam tarde demais e não alcançam em nós toda a magnitude que teriam tido algum tempo antes. Tal a desgraça que era para mim a terrível revelação de Andrée. Sem dúvida, mesmo quando as

148 A frase ganhou uma variação na edição da da Bibliothèque de la Pléiade: "Françoise ainda não havia descido (o que era verdade)". (N. do R.T.)

149 O episódio da silindra está presente em *A prisioneira*. (N. do R.T.)

notícias devem entristecer-nos, acontece que, na distração e no jogo equilibrado da conversa, elas passam diante de nós sem se deter, e nós, preocupados com mil coisas a responder, transformados, pelo desejo de agradar às pessoas presentes, em outro ser, protegido momentaneamente nesse ciclo novo contra as enfermidades e os sofrimentos que deixara ao entrar, e que voltará a encontrar quando se houver rompido o curto encantamento, não temos tempo de acolhê-los. Entretanto, se esse sofrimento e enfermidades são demasiado fortes, penetramos apenas um pouco distraídos na zona desse mundo novo e momentâneo, onde, demasiado fiéis ao sofrimento, não nos podemos tornar outros, então as palavras se põem imediatamente em contato com o nosso coração, que não saiu fora do jogo. Mas, havia já algum tempo, as palavras concernentes a Albertine, como um veneno evaporado, não tinham mais poder tóxico. Ela já estava demasiado longe de mim. Como o transeunte que exclama, vendo, à tarde, um crescente nebuloso no céu: "Então é isso, a imensa lua", dizia comigo: "Como?! Então essa verdade que eu procurei tanto, que eu receei tanto, está somente nessas poucas palavras ditas em conversa, nas quais nem mesmo posso pensar exclusivamente, porque não estou só?". E depois, pegara-me realmente desprevenido, pois eu me fatigara muito com Andrée. De fato, precisaria de mais força para consagrar a uma verdade dessa ordem; ela continuava exterior, porque eu ainda não lhe havia encontrado lugar em meu coração. Desejaríamos que a verdade nos fosse revelada por meio de sinais nervosos, não por uma frase igual a outras ditas já tantas vezes. O hábito de pensar nos impede, não raro, de sentir o real, imuniza-nos contra ele, torna-o, também ele, pensamento.

Não há ideia que não traga em si uma refutação possível, nem palavra sem a sua contrária. Em todo caso, se tudo aquilo era verdadeiro, que inútil verdade sobre a vida de uma amante já morta, a remontar das profundezas, a aparecer quando já não se podia fazer mais nada com ela! Então, pensando sem dúvida em alguma outra a quem amamos agora, e com relação a quem a mesma coisa poderia acontecer (porque com aquela que já esquecemos não nos preocupamos mais), sentimo-nos desolados. Dizemos a nós mesmos: "Se ela estivesse viva!". Ou senão: "Se aquela que está viva pudesse compreender tudo isto, quando ela morresse eu saberia tudo que me esconde". Mas é um círculo vicioso. A mesma coisa que o eterno "Você verá quando eu deixar de amá-lo", tão verdadeiro e tão absurdo, pois de fato obteríamos muito se não amássemos mais, porém não nos preocuparíamos em obtê-lo. Exatamente a mesma coisa. Se a mulher que tornamos a ver quando já não a amamos nos diz tudo, é porque, realmente, não é mais ela, ou não somos mais nós: a pessoa que amava já não existe. Por aí também a morte passou, tornando tudo fácil e tudo inútil. Eu fazia tais reflexões, admitindo a hipótese de que Andrée merecia crédito — o que era possível — e se sentia impelida à sinceridade precisamente porque tinha agora relações comigo, por esse lado Saint-André-des-Champs que, a princípio, Albertine cultivara com relação a mim. Nesse caso, era favorecida pela circunstância de que já não tinha medo de Albertine, pois a realidade das pessoas sobrevive para nós durante pouco tempo apenas após sua morte, e, no fim de alguns anos, elas são como esses deuses das religiões abolidas, a quem ofendemos sem temor porque deixamos de acreditar na existência deles. Mas o fato de Andrée não acreditar mais na realidade de Albertine podia ter como resultado que ela não receasse mais (como não recearia revelar uma verdade que prometera esconder) inventar uma mentira que caluniava, retrospectivamente, sua pretensa cúmplice. Essa ausência de temor permitia-lhe enfim, ao dizer-me isto, revelar a verdade, ou então inventar uma mentira se, por qualquer razão, me achasse demasiado feliz e orgulhoso e quisesse mortificar-me. Talvez se irritasse contra mim (irritação suspensa enquanto me vira infeliz e inconsolável) porque eu tivera relações com Albertine e me invejava talvez — acreditando que eu me julgasse, por causa disso, mais favorecido do que ela — uma vantagem que porventura não houvesse obtido, nem mesmo desejado. Assim, eu a vira dizer muitas vezes que tinham o ar muito doentio a pessoas cuja boa aparência, e sobretudo a consciência que tinham dessa boa aparência, a exasperavam, acrescentando, com esperança de aborrecê-las, que ela própria ia muito bem, o que não deixou de proclamar nem quando estava muito mal, até o dia em que, no desprendimento da morte, já não lhe preocupava que os felizes andassem bem e soubessem que ela própria estava morrendo. Mas esse dia estava ainda longe. Talvez estivesse ela contra mim, sabia eu lá por que razão, numa dessas raivas como a que sentia contra o rapaz, tão sábio em coisas esportivas e tão ignorante no resto, que encontráramos em Balbec, e que passara depois a viver com Rachel; Andrée se expandia a seu respeito em palavras difamatórias, desejando ser processada por calúnia para poder articular contra o pai do rapaz fatos desonrosos, cuja falsidade ele não poderia provar. Ora, talvez essa raiva contra mim, simplesmente, a invadisse de novo, tendo, sem dúvida, cessado quando ela me vira tão triste. De fato, aqueles mesmos a quem ela, com olhos lampejantes de raiva, tinha querido desmoralizar, matar, fazer condenar, até mesmo à custa de falso testemunho, bastava que os soubesse tristes e humilhados e já não lhes queria nenhum mal, estava pronta a cumulá-los de benefícios. Porque não era fundamentalmente má, e se em sua natureza não aparente, um pouco mais profunda, não havia a gentileza que a principio se imaginava, diante de suas delicadas atenções, mas antes inveja e orgulho, sua terceira natureza, mais profunda ainda, a verdadeira, e não inteiramente realizada, tendia para a bondade e o amor ao próximo. Somente, como todas as pessoas que, num certo estado, desejam outro melhor, mas, não o conhecendo senão pelo desejo não compreendem que a primeira condição para alcançá-lo é romper com o primeiro; como os neurastênicos ou os morfinômanos que tanto desejariam curar-se, contanto que não ficassem privados de suas manias e de sua morfina; como os corações religiosos ou os temperamentos artísticos habituados à vida social, que desejam a solidão mas querem imaginá-la como não implicando uma renúncia absoluta a sua vida anterior, Andrée estava disposta a amar todas as criaturas, sob condição de conseguir ela própria não imaginá-las triunfantes e, para isso, de tê-las humilhado preliminarmente. Não compreendia que era preciso amar até os orgulhosos e vencer-lhes o orgulho pelo amor, e não por um orgulho ainda mais poderoso. Era como esses doentes que desejam a cura pelos próprios meios que mantêm a doença, a quem eles amam e a quem deixariam logo de amar, se renunciassem a eles. Queremos aprender a nadar, mas conservando um pé em terra.

No que concerne ao jovem esportista, sobrinho dos Verdurin, que eu encontrara em minhas duas estadas em Balbec, é preciso dizer, acessoriamente e por antecipação, que, algum tempo depois da visita de Andrée, visita cuja narrativa será retomada dentro de um instante, aconteceram fatos que causaram bastante impressão. Primeiro, esse rapaz (talvez como recordação de Albertine, a quem eu não sabia então que ele houvesse amado) ficou noivo de Andrée e casou-se com ela, apesar do desespero de Rachel, a que ele não deu a menor importância. Andrée já não dizia então (isto é, alguns meses depois da visita a que me refiro) que ele era um miserável, e percebi mais tarde que ela só dissera tal coisa porque estava louca por ele e não se julgava correspondida. Outro fato, porém, me impressionou ainda mais. Esse moço fez representar pequenos *sketches* com cenários e figurinos de sua criação, que trouxeram à arte contemporânea uma revolução pelo menos igual à dos Bailados Russos. Em suma, os críticos mais autorizados consideraram suas obras como algo de capital, quase obras de gênio, e eu penso de resto como eles, ratificando assim, para minha própria surpresa, a antiga opinião de Rachel. Quem o houvesse conhecido em Balbec, preocupado apenas em saber se o feitio da roupa das pessoas que ele iria frequentar era ou não elegante; quem o visse passar todo o tempo no bacará, nas corridas, no golfe ou no polo, e soubesse que nos seus estudos tinha sido sempre um vadio, conseguindo mesmo ser expulso do liceu (para irritar os pais e viver durante dois meses na grande casa de mulheres em que o sr. de Charlus julgara surpreender Morel), pensaria, talvez, que suas obras fossem da autoria de Andrée e esta, por amor, lhe quisesse atribuir a glória, ou mais provavelmente, que ele pagava, com a grande fortuna pessoal que suas loucuras mal tinham desfalcado, algum profissional necessitado e genial para fazê-las. Esse gênero de sociedade rica, não polida pelo convívio com a aristocracia e sem a menor ideia do que seja um artista — o qual é representado a seus olhos simplesmente pelo ator a quem contratam para recitar monólogos na festa de noivado da filha, entregando-se-lhe imediata e discretamente o cachê na sala próxima, ou pelo pintor em cujo ateliê a fazem posar depois do casamento, antes dos filhos e ainda em boa forma —, crê, entretanto, que todas as pessoas de sociedade que escrevem, compõem ou pintam mandam fazer duas obras e pagam para ter reputação de autor, como outros para obter uma cadeira de deputado. Mas tudo isso era falso e o tal rapaz era realmente o autor dessas obras admiráveis. Quando eu soube disto, fui levado a hesitar entre diversas suposições. Ou ele fora realmente, durante longos anos, a "besta quadrada" que parecia, e algum cataclismo psicológico despertara o gênio adormecido como a bela no bosque, ou então, à época de sua retórica tempestuosa, de seus malogros no exame de bacharelado, de suas grandes perdas no jogo em Balbec, de sua relutância em subir no bonde com os fiéis da tia Verdurin por causa de suas indumentárias plebeias, já era um homem de gênio, talvez despreocupado de seu gênio, tendo-o deixado com a chave embaixo da porta, efervescência de paixões juvenis; ou senão, mesmo, homem de gênio já consciente e último da classe, porque, enquanto o professor dizia banalidades sobre Cícero, lia Rimbaud ou Goethe. Por certo, nada levava a admitir essa hipótese quando eu o encontrei em Balbec, onde suas preocupações me pareceram circunscrever-se tão só à distinção das parelhas e à preparação de *cocktails*. Esta não é ainda, porém, uma objeção irrefutável. Ele podia ser muito vaidoso, o que às vezes se alia ao gênio, procurando brilhar da maneira que sabia própria a fascinar a sociedade em que vivia, e que não consistia absolutamente em demonstrar conhecimento profundo das afinidades eletivas, mas, antes, em guiar a quatro rédeas. De resto, não estou certo se mais tarde, quando se tornou autor dessas obras tão belas e originais, ele teria gostado muito, fora dos teatros onde era conhecido, de dizer bom-dia a alguém que não estivesse de *smoking*, como os "fiéis" na sua maneira inicial, o que provaria nele não estupidez mas vaidade e, mesmo, certo senso prático, certa clarividência em adaptar sua vaidade à mentalidade dos imbecis, a cuja estima tanto se apegava, e para os quais o *smoking* brilha talvez com um clarão mais vivo que o olhar de um pensador. Quem sabe se, visto de fora, um homem de talento, ou mesmo sem talento, mas que aprecia as coisas do espírito — eu, por exemplo —, não teria produzido em quem o encontrasse em Rivebelle, no hotel ou no dique de Balbec, a impressão de ser o mais completo e pretensioso dos imbecis? Sem contar que, para Octave, as coisas de arte deviam ser algo de tão íntimo, vivendo de tal modo nas regiões mais secretas dele mesmo que, sem dúvida, não lhe ocorreria falar sobre isso, como teria feito Saint-Loup, por exemplo, para quem as artes tinham o prestígio de que as parelhas se revestiam para Octave. Além disso, ele podia ter paixão pelo jogo, e dizem que a conservou. De qualquer modo, se a piedade que fez reviver a obra desconhecida de Vinteuil saiu de um meio tão perturbado como o de Montjouvain, não me impressionei menos ao refletir que talvez as obras-primas mais extraordinárias de nossa época tenham saído não dos concursos universitários de uma educação modelar e acadêmica, no estilo de Broglie, mas do contato com as "pesagens" e com os grandes bares.[150] Em todo caso, nessa época em Balbec as razões que me faziam desejar conhecê-lo, e a Albertine e suas amigas que eu não conhecesse, eram igualmente estranhas ao seu mérito e serviriam apenas para realçar o eterno mal-entendido entre o "intelectual" (na espécie, representado por mim) e as pessoas de sociedade (representadas pelo pequeno grupo), a respeito de uma criatura mundana (o jovem jogador de golfe). Eu não desconfiava absolutamente do seu talento, e seu prestígio a meus olhos, do mesmo gênero que o da sra. Blatin, antigamente,[151] era ser — fosse o que fosse que elas pretendessem — amigo das minhas amigas e mais do grupo do que meu. Por outro lado, Albertine e Andrée, simbolizando nisso a incapacidade mundana para formular um juízo válido sobre as coisas do espírito e a propensão que têm as pessoas de sociedade a se deixarem levar nesse terreno por falsas aparências, não só se inclinavam a julgar-me estúpido, porque semelhante imbecil me despertava curiosidade, mas, sobretudo, se espantavam porque, jogador de golfe por jogador de golfe, minha escolha recaíra justamente no mais insignificante. Se ao menos procurasse ligar-me ao jovem Gilbert de

150 Menção provável de Albert, duque de Broglie (1821-1901), autor do livro *Le Secret du Roi*, mencionado anteriormente: membro do "*Institut*" e da Academia Francesa de Letras, o duque era diplomata e político. Nos moldes de um sr. de Norpois, o duque vem de uma tradição familiar ligada à política e à guerra, dedicando seus momentos de lazer ao estudo da história e das relações exteriores na Europa. Após realizar estudos clássicos e de direito, desenvolve gosto pela literatura de sua "segunda pátria intelectual", a Alemanha, tornando-se tradutor de Leibniz. *Le Secret du Roi*, faz parte dos livros que escreveu sobre história e política estrangeira na Europa, como *A Igreja e o Império Romano no Quarto Século* (1856), *Dois retratos de Constantino* (1889) e *A Idade Média e a Igreja Católica* (1856). Ministro das Relações Exteriores depois da guerra perdida para a Alemanha, em 1871, ele defende a restauração da monarquia, na melhor tradição de sua família. O título de "duque de Broglie" seria ainda assumido por dois de seus netos, os irmãos Maurice e Louis, célebres por suas pesquisas na área de física nuclear. (N. do R.T.)

151 Alusão à senhora que passava o dia nos Champs-Élysées lendo jornal e que o herói acreditava ser íntima da família de Gilberte Swann. (N. do R.T.)

Belbeuvre: fora do golfe era um rapaz conversado, que passara no concurso geral e fazia versos agradáveis (ora, na realidade era mais idiota do que qualquer outro). Ou então, se meu objetivo era "fazer um estudo para livro", Guy Saumoy, que era completamente louco, raptara duas moças e constituía pelo menos um tipo curioso, que podia "interessar-me". Esses dois, elas me teriam "permitido" frequentá-los, mas o outro, que graça podia eu achar nele? Era o tipo do brutamontes, do cavalão.

Voltando à visita de Andrée: após a revelação que acabara de fazer-me sobre suas relações com Albertine, acrescentou que a principal razão que induzira Albertine a deixar-me era a preocupação com o que pensariam suas amigas do grupinho, e outras moças ainda, ao vê-la morar assim em casa de um rapaz com quem não era casada:

— Sei muito bem que era em casa de sua mãe. Mas isso não quer dizer nada. Você não imagina o que é essa multidão de moças, o que elas escondem umas às outras, como têm medo da opinião das outras. Conheci algumas que eram de uma severidade tremenda com os rapazes, simplesmente porque eles conheciam suas amigas e elas tinham medo de que certas coisas fossem espalhadas. — E essas mesmas cavalheiras, quis o acaso que eu as visse sob um aspecto inteiramente diverso, bem contra a vontade delas...

Alguns meses antes, esta ciência que Andrée parecia ter dos motivos a que obedeciam as moças do grupinho teria sido para mim a mais preciosa do mundo. O que ela dizia bastava, talvez, para explicar por que motivo Albertine, entregando-se imediatamente em Paris, se havia recusado em Balbec, onde eu via constantemente suas amigas — o que, absurdamente, me havia parecido uma vantagem, porque me permitia ficar mais facilmente a seu lado. Fora mesmo, talvez, por observar certos movimentos de confiança de minha parte para com Andrée, ou porque eu dissesse imprudentemente a esta última que Albertine ia dormir no Grande Hotel, que Albertine talvez uma hora antes disposta a deixar-me experimentar certos prazeres como a coisa mais simples do mundo, mudara bruscamente de intenção, ameaçando tocar a campainha. Mas então ela devia ter sido dadivosa com muitos outros. Esta ideia despertou o ciúme, e eu disse a Andrée que queria perguntar-lhe uma coisa.

— Vocês faziam isso no apartamento vazio de sua avó?

— Oh, nunca! Lá, seríamos importunadas.

— Pois olhe, eu supunha que...

— Aliás, Albertine gostava de fazer isso era no campo.

— Onde?

— Antigamente, quando ela não tinha tempo para ir muito longe, nós íamos a Buttes-Chaumont. Ela conhecia uma casa lá. Ou senão debaixo das árvores, onde não há ninguém. Na gruta do Petit Trianon, também.

— Está vendo, como posso acreditar em você? Tinha me jurado, há mais de um ano, que não fizera nada em Buttes-Chaumont...

— Eu tinha medo que você sofresse...

Como já disse, só muito mais tarde vim a pensar que, pelo contrário, desta segunda vez, no dia das confissões, é que Andrée procurara fazer-me sofrer. Esse pensamento me acudiria logo, enquanto ela falava, porque sentira necessidade dele, se eu ainda gostasse muito de Albertine. Mas as palavras de Andrée não me faziam mal bastante para que me fosse indispensável julgá-las imediatamente mentirosas. Em suma, se era verdadeiro o que dizia Andrée, e a princípio não duvidei, a Albertine real que eu descobria, depois de conhecer tantas aparências de Albertine, era muito pouco diferente da jovem bacante, surgida e adivinhada logo no primeiro dia, no dique de Balbec, e que sucessivamente me oferecera tantos aspectos, tal como se modifica sucessivamente a disposição dos edifícios, até esmagar e apagar o monumento principal que víamos sozinho, a distância, na cidade de que nos aproximamos, mas cujas proporções verdadeiras, afinal, quando já a conhecemos bem e a julgamos exatamente, são as mesmas que a perspectiva do primeiro olhar nos indicara, pois o resto por onde passamos não era mais que essa série sucessiva de linhas de defesa que todo ser levanta contra a nossa visão, e que é preciso atravessar, uma após outra, à custa de quantos sofrimentos antes de chegarmos ao coração. De resto, se não precisei de acreditar absolutamente na inocência de Albertine, porque o sofrimento diminuíra, posso dizer que, reciprocamente, se não sofri muito com essa revelação, é que, havia já algum tempo, a crença, que eu me forjara, na inocência de Albertine fora sendo pouco a pouco substituída, sem que me desse conta, pela crença, sempre presente em mim, na sua culpabilidade. Ora, se eu não acreditava mais na inocência de Albertine, é porque já não tinha aquela necessidade, aquele desejo passional de acreditar nela. É o desejo que engendra a crença, e se de ordinário não reparamos nisso é porque a maior parte dos desejos criadores de crenças não acaba — contrariamente àquele que me persuadira da inocência de Albertine — senão quando nós mesmos acabamos. A tantas provas que corroboravam minha primeira versão, eu estupidamente preferira simples afirmações de Albertine. Por que teria acreditado nela? A mentira é essencial à humanidade. Ela desempenha entre nós um papel tão grande, talvez, quanto o da procura do prazer, e, de resto, é comandada por essa procura. Mentimos para proteger nosso prazer ou nossa honra, se por acaso a divulgação do prazer é contrária à honra. Mentimos durante a vida toda, e sobretudo, e talvez somente, àqueles que nos amam. Só estes, realmente, nos fazem recear a sorte de nosso prazer e desejar-lhes a estima. A princípio, eu julgara Albertine culpada, e só o desejo, empregando numa obra de dúvida as forças de minha inteligência, me fizera seguir uma pista falsa. Talvez vivamos cercados de indicações elétricas e sísmicas, que devemos interpretar de boa-fé para conhecer a verdade dos caracteres. Se é preciso dizê-lo, por mais triste que me deixassem as palavras de Andrée, parecia-me mais belo que a realidade, afinal, concordasse antes com aquilo que meu instinto pressentira de início, do que com o miserável otimismo a que eu covardemente cedera depois. Preferia que a vida estivesse à altura de minhas intuições. Essas, de resto, ocorrendo no primeiro dia de praia, quando acreditara que aquelas moças encarnavam o vício e o frenesi do prazer, e também na noite em que vira a professora de Albertine introduzir no violino aquela jovem arrebatada, como se empurra para a jaula uma fera que, malgrado as aparências, nada no futuro poderá domesticar, não concordavam elas com o que me dissera Bloch quando me mostrava a universalidade do desejo, fazendo-me estremecer a cada encontro, em todos os meus passeios, e tornando-me a terra mais bela? Apesar de tudo, talvez tivesse sido melhor que só agora eu verificasse de novo essas intuições primeiras. Enquanto durava o meu amor a Albertine, elas me teriam feito sofrer demais e teria sido melhor que não subsistisse delas senão um traço (minha perpétua suspeita de coisas que eu não via, e que, entretanto, se passavam continuamente tão perto de mim) e talvez um outro traço ainda, anterior, mais vasto, que era o *meu próprio amor*. Afinal, e apesar de todas as negativas da razão, escolhê-la e amá-la não era conhecer Albertine, em toda a sua hediondez? E, mesmo, nos momentos em que a desconfiança adormece, não é o amor sua persistência e sua transformação, não é uma prova de clarividência (prova ininteligível ao próprio amante), pois o desejo, indo sempre na direção do que nos é mais oposto, nos impele a amar aquilo que nos fará sofrer? Contribuem certamente para o encanto de uma criatura, para a atração de seus olhos, de sua boca, de seu talhe, certos elementos que desconhecemos, suscetíveis de nos tornar mais desgraçados, de tal modo que sentirmo-nos atraídos por um ser e começar a amá-lo já é, por mais inocente que nos pareça, ler numa versão diferente todas as suas traições e suas faltas.

E tais encantos que, para atrair-me, assim materializavam as partes nocivas, perigosas, mortais, de um ser, não teriam, talvez, com esses secretos venenos, uma relação de causa e efeito mais direta do que a existente entre a sedução luxuriante e o suco envenenado de certas flores venenosas? Fora talvez, dizia comigo, o próprio vício de Albertine, causa de meus sofrimentos futuros, que lhe inspirara essas maneiras boas e francas, criando a ilusão de que era possível ter com ela a mesma camaradagem leal e sem restrições que se tem com um homem, do mesmo modo como um vício paralelo produzira no sr. de Charlus uma finura feminil de espírito e sensibilidade. Na mais completa cegueira, subsiste a perspicácia, ainda sob forma de predileção e ternura. De sorte que é um erro falar em má escolha de amor, pois, desde que há escolha, só pode ser má.

— Será que esses passeios em Buttes-Chaumont ocorreram quando você vinha procurá-la aqui em casa? — perguntei a Andrée.

— Ah, não! Desde o dia em que Albertine voltou de Balbec com você, salvo naquela ocasião que eu já contei, nunca mais ela fez nada comigo. Nem me deixava mais falar nessas coisas.

— Mas, pequena Andrée, por que mentir, outra vez? Por um acaso extraordinário, pois nunca procuro conhecer nada, soube, com os pormenores mais exatos, de coisas desse gênero que Albertine fazia (posso até esclarecer a você) à beira d'água com uma lavadeira, poucos dias antes de morrer.

— Ah, talvez depois de ter deixado você, isso não sei... Ela sentia que não pudera, não poderia nunca mais reconquistar a sua confiança.

Estas últimas palavras me acabrunharam. Mais tarde, pensei de novo na noite do ramo de silindra e lembrei-me de que, cerca de quinze dias depois, como o ciúme mudasse sucessivamente de objeto, perguntando eu a Albertine se nunca tivera relações com Andrée, ela me respondera:

— Ah, nunca! É claro que eu adoro Andrée; tenho por ela uma afeição profunda, mas é como se fosse minha irmã. E mesmo que eu tivesse esse costume em que você parece acreditar, seria a última pessoa com quem faria isso. Posso jurar por tudo que você quiser, pela vida de minha tia, pela sepultura de minha pobre mãe...

Eu acreditara nela. Entretanto, mesmo que não me alertasse a contradição entre suas meias confissões de antes, relativamente a certas coisas, e a segurança com que as negara depois, ao perceber que isso não me era indiferente, eu deveria lembrar-me de Swann, convicto do platonismo das amizades do sr. de Charlus, a afirmá-lo à noite daquele mesmo dia em que eu vira o coleteiro e o barão no pátio. Deveria refletir que, um em face do outro, existem dois mundos, um constituído pelas coisas que dizem as pessoas melhores e mais sinceras, e por trás dele o mundo composto pela sucessão daquilo que essas mesmas pessoas fazem; e tanto é assim que, quando uma mulher casada nos diz, a propósito de um rapaz: "Ah, não há dúvida nenhuma que tenho por ele uma amizade imensa, mas é qualquer coisa de muito inocente, muito puro; sou capaz de jurar pela memória de meus pais", deveríamos, sem a menor hesitação, jurar, isto sim, que provavelmente ela está saindo do quarto de *toillete*, aonde se precipita depois de cada encontro com esse rapaz, a fim de evitar filhos. O ramo de silindra me tornara mortalmente triste, e também o fato de que Albertine me julgasse e me proclamasse astucioso, dizendo que eu a detestava; e, mais do que tudo, talvez, essas mentiras, tão inesperadas que me era difícil assimilá-las ao meu pensamento. Um dia Albertine me contara que estivera num campo de aviação, que era amiga do aviador (sem dúvida para desviar minhas suspeitas das mulheres, pensando que eu fosse menos ciumento dos homens), e como fora divertido ver Andrée maravilhada diante do aviador e das homenagens que ele prestava a Albertine, a tal ponto que desejara passear de avião com ele. Ora, tudo isso fora inventado de princípio ao fim, jamais Andrée tinha ido ao tal campo de aviação.

Quando Andrée saiu, era hora do jantar.

— Não és capaz de adivinhar quem me fez uma visita de, pelo menos, três horas — disse mamãe. — Digo três horas, mas talvez fosse mais. Chegou quase ao mesmo tempo que a primeira visita, que era a sra. Cottard, viu sucessivamente, e sem se mexer, entrarem e saírem minhas diferentes amigas (e havia mais de trinta) e não me deixou senão há um quarto de hora. Se não estivesse com tua amiga Andrée, eu te teria mandado chamar.

— Mas quem era, afinal?

— Uma pessoa que nunca faz visitas.

— A princesa de Parma?

— Decididamente, tenho um filho mais inteligente do que eu pensava. Não tem graça fazer-te descobrir um nome, achas tudo imediatamente.

— Ela não se desculpou pela frieza de ontem?

— Não, seria uma tolice, e sua visita foi justamente essa desculpa. Tua pobre vovó teria achado isso perfeito. Parece que ela mandou indagar por um lacaio se eu tinha dia de receber. Responderam-lhe que era justamente hoje, e ela subiu.

Minha primeira ideia, e não ousei confessá-la a mamãe, foi que a princesa de Parma, rodeada na véspera por pessoas brilhantes, às quais era muito ligada e com quem gostava de conversar, sentira, ao ver entrar mamãe, um aborrecimento que não procurara dissimular. Estava inteiramente no gênero das grandes damas alemãs essa rigidez, que, de resto, os Guermantes haviam adotado muito bem, rigidez que procuravam compensar pela meticulosa amabilidade. Mamãe, porém, acreditou, e também passei a crer, muito simplesmente, que a princesa de Parma, não a tendo reconhecido, não achara de seu dever ocupar-se com ela; depois da saída de mamãe, ficara sabendo de quem se tratava, fosse pela duquesa de Guermantes, que mamãe encontrara lá embaixo, fosse pela lista das visitas, a quem os porteiros, à entrada, pediam o nome para inscrevê-lo num registro. Achara pouco amável dizer ou mandar dizer a mamãe: "Não a reconheci", mas — o que era menos conforme com a polidez das cortes alemãs, e com as maneiras Guermantes, do que a minha primeira versão — pensara que uma visita, coisa excepcional da parte de Sua Alteza, sobretudo uma visita de muitas horas, forneceria a mamãe, de forma indireta e igualmente persuasiva, essa explicação, o que de fato aconteceu. Não me demorei, contudo, pedindo a mamãe que narrasse a visita da princesa, pois acabava de me lembrar de muitos fatos relativos a Albertine, sobre os quais eu queria e me esquecera de interrogar Andrée. Que pouquinho, aliás, sabia eu e saberia jamais dessa história de Albertine, única história que me teria interessado particularmente, pelo menos que voltara a me interessar em certos momentos! Porque o homem é essa criatura sem idade fixa, com a faculdade de tornar-se, em poucos segundos, extremamente jovem e que, cercado pelas paredes do tempo em que viveu, flutua nele, mas como num tanque cujo nível mudasse constantemente e o pusesse ao alcance ora de uma época, ora de outra. Escrevi a Andrée pedindo-lhe que voltasse. Ela só pôde fazê-lo uma semana mais tarde. Mal acabou de chegar, disse-lhe eu:

— Em suma, já que, segundo você, Albertine não fazia mais esse gênero de coisas quando vivia aqui, na sua opinião, foi para fazê-las mais livremente que ela me deixou. Mas com qual amiga?

— Absolutamente! Não houve nada disso.

— Então é porque eu era muito desagradável?

— Não, não creio. Suponho que foi obrigada a deixar você por causa da tia, que estava de olho para ela naquele canalha, você sabe, aquele rapaz que você chamava de "Estou frito", o tal que gostava de Albertine e a pediu em casamento. Vendo que você não se resolvia, ficaram com medo de que a permanência chocante de Albertine em sua casa levasse o rapaz a desistir do casamento. A sra. Bontemps, em quem ele não deixara de influir, chamou Albertine. No fundo, Albertine dependia dos tios, e quando lhe puseram a faca ao peito ela o abandonou.

Nunca ao meu ciúme ocorrera tal explicação, e, sim, apenas o desejo de Albertine pelas mulheres e a minha vigilância; esquecera-me de que havia também a sra. Bontemps, e esta podia achar estranho, um pouco mais tarde, aquilo que chocara mamãe desde o princípio. Receava, pelo menos, que se chocasse o noivo possível, que ela mantinha de reserva, caso eu não desposasse a sobrinha. Assim, contrariamente ao que acreditara antes a mãe de Andrée, Albertine, afinal de contas, conseguira um bom partido burguês. E quando tinha querido ver a sra. Verdurin, quando lhe falara em segredo, quando ficara tão aborrecida com o fato de eu ir ia à noite sem preveni-la, a combinação que havia entre ela e a sra. Verdurin visara a encontrar-se não com a srta. Vinteuil, mas com o sobrinho que gostava de Albertine e por quem a sra. Verdurin intercedia, satisfeita de estimular um desses casamentos que surpreendem quando promovidos por certas famílias, cuja mentalidade não apreendemos completamente, supondo que se empenham por um casamento rico. Ora, jamais voltara eu a pensar naquele sobrinho, que fora, talvez, o desbravador graças ao qual ela me beijara pela primeira vez. E todo aquele sistema dos motivos de Albertine, que eu construíra, força era substitui-lo por outro ou superpô-lo; talvez não se excluíssem, pois o fato de gostar de outras mulheres não impede que a mulher se case.[152] Seria esse casamento, de fato, a razão da partida de Albertine, e fora por amor-próprio, para não parecer que dependia da tia, ou que me forçava a desposá-la, que ela não me quisera dizê-lo? Começava a me dar conta de que o sistema das causas numerosas de uma só ação, de que Albertine era adepta em suas relações com as amigas, quando fazia crer a cada uma que tinha vindo por sua causa, não era senão uma espécie de símbolo artificial, voluntário, dos diferentes aspectos que um ato assume conforme o ponto de vista em que nos colocamos. O espanto e a espécie de vergonha que eu sentia por não me ter dito uma só vez que Albertine estava numa posição falsa em minha casa, e que isso podia aborrecer sua tia, esse espanto, não

152 Foi incluída, aqui, a sequência de frases que inicia em "Assim, contrariamente" e termina em "não impede que a mulher se case". Tal sequência sofreu deslocamento na edição da Bibliothèque de la Pléiade e, para fins de identificação, foi denominada *trecho* 3. Ver, abaixo, a nota 153 que indica o lugar onde este trecho constava na edição consultada por Drummond e de onde foi excluído. (N. do R.T.)

era a primeira vez, não seria a última, que o experimentava. Quantas vezes me aconteceu, depois de procurar compreender as relações de duas pessoas e as crises que elas acarretam, ouvir de repente um terceiro falar-me sobre isso do ponto de vista dele, porque tem relações mais chegadas com uma das pessoas, ponto de vista que talvez tenha sido causa da crise. E se os atos permanecem assim incertos, como não o ficariam as próprias pessoas? Ouvindo aqueles para quem Albertine era uma espertalhona que procurava fisgar fulano ou sicrano, não é difícil imaginar como teriam classificado sua vida em minha casa. Entretanto, na minha opinião, ela fora uma vítima, talvez não inteiramente pura, mas, nesse caso, culpada por outras razões, por vícios de que ninguém falava.

Sobretudo, devemos dizer a nós mesmos o seguinte: por um lado, a mentira é às vezes um traço de caráter; por outro lado, nas mulheres que sem isso não seriam mentirosas, é uma defesa natural improvisada, depois cada vez mais bem organizada, contra esse perigo súbito, capaz de destruir qualquer vida: o amor. Por outro lado, não é por acaso que os homens intelectualizados e sensíveis se dão sempre a mulheres insensíveis e inferiores, apegando-se-lhes a tal ponto que a prova de que não são amados absolutamente não os cura do hábito de tudo sacrificar para conservarem junto a si uma tal mulher. Se digo que tais homens têm necessidade de sofrer, digo uma coisa exata, suprimindo as verdades preliminares que fazem dessa necessidade — em certo sentido involuntária — de sofrer uma consequência perfeitamente compreensível de tais verdades. Sem contar que, sendo raras as naturezas completas, a pessoa muito sensível e muito intelectualizada geralmente terá pouca vontade, será joguete do hábito e desse medo de sofrer no minuto que vem, que impele aos sofrimentos perpétuos — e, nessas condições, não quererá jamais repudiar a mulher que não o ama. Ficaremos espantados ao vê-lo contentar-se com tão pouco amor, mas deveremos antes imaginar a dor que pode causar-lhe o amor que ele sente. Dor que não se deve lastimar muito, pois com as terríveis comoções que nos dão o amor infeliz, a partida ou a morte da amante sucede o mesmo que com esses ataques de paralisia que primeiro nos fulminam, mas depois dos quais os músculos tendem pouco a pouco a retomar a elasticidade e energia vitais. Além do mais, não é uma dor sem compensação. Os seres inteligentes e sensíveis são, geralmente, pouco inclinados à mentira. Esta os apanha tanto mais desprevenidos quanto, mesmo se forem muito inteligentes, vivem no mundo dos possíveis, reagem pouco, vivem na dor que uma mulher acaba de infligir-lhes, antes que na clara percepção do que ela queria, do que ela fazia, de quem ela amava, percepção aberta, sobretudo, às naturezas voluntariosas, e que dela carecem para prevenir o futuro, em vez de chorar o passado. Assim, tais homens se sentem enganados, sem saber como. Desse modo, a mulher medíocre, que nos espantávamos ao ver preferida por eles, enriquece-lhes bem mais o universo do que o teria feito a mulher inteligente. Por trás de cada uma de suas palavras eles sentem uma mentira; por trás de cada casa onde ela disse ter ido, uma outra casa; por trás de cada ação e cada pessoa, uma outra ação e uma outra pessoa. Sem dúvida, não sabem quais: falta-lhes a energia e não teriam talvez a possibilidade de chegar a sabê-lo. A mulher mentirosa, com um truque extremamente simples e sempre repetido, pode lograr uma infinidade de homens e, o que é mais, até aquele que tinha obrigação de descobri-lo. Tudo isso cria, em face do intelectual sensível, um universo todo em profundezas que o seu ciúme desejaria sondar e que não deixa de interessar-lhe a inteligência.

Sem ser precisamente um deles, iria eu, talvez, agora que Albertine estava morta, saber o segredo de sua vida. Mas isso, essas indiscrições que não se produzem senão depois que a vida terrestre de uma pessoa está acabada, não prova antes que, no fundo, ninguém acredita em vida futura? Se são verdadeiras tais indiscrições, deveríamos temer o ressentimento daquela de quem desvendamos as ações no dia em que a encontrarmos no céu, tanto quanto o temíamos quando ela vivia e nos julgávamos obrigados a guardar segredo. E se as indiscrições são falsas, inventadas porque ela não está mais aí para desmentir, deveríamos recear mais ainda a cólera da morta, se acreditamos na vida eterna. Mas ninguém acredita nisso. Dessa maneira, podia ser que um longo drama se desenrolasse no coração de Albertine, entre ficar e me deixar, mas deixar-me por causa de sua tia ou daquele rapaz, e não por causa de mulheres nas quais talvez ela nunca tivesse pensado. O mais grave para mim foi que Andrée, já não tendo mais nada a me esconder sobre os costumes de Albertine, me jurou, entretanto, que não houvera nada desse gênero entre Albertine, de um lado, e a srta. Vinteuil e sua amiga, de outro (Albertine ignorava seus próprios gostos quando as conhecera, e elas, com esse medo de nos enganarmos no sentido que desejamos, que engendra tantos erros quanto o próprio desejo, a consideravam inteiramente hostil a tais coisas. Talvez, mais tarde, tivessem verificado sua conformidade de gostos com ela, mas, já então, conheciam demasiado Albertine, e Albertine as conhecia demasiado para que pudessem sonhar em fazer isso juntas). Em suma, eu continuava não compreendendo bem por que Albertine me deixara. Se o rosto de uma mulher é dificilmente interpretado pelos nossos olhos, que não podem aplicar-se a toda essa superfície movediça, aos lábios, mais ainda, à memória; se nuvens o alteram conforme sua posição social e conforme a altura em que estamos situados, que cortina mais espessa ainda está corrida entre os atos daquela a quem vemos, e suas razões! As razões estão em um plano mais profundo, que não percebemos, e engendram, aliás, outros atos que não aqueles que conhecemos, às vezes, em absoluta contradição com estes. Em que época deixou de haver um homem público, considerado santo pelos amigos, e que se descobriu ter cometido falsificações, roubado o Estado, traído a pátria? Quantas vezes um grão-senhor é roubado pelo intendente a quem ele criara, que ele garantia ser um homem de bem, e talvez o fosse? Ora, essa cortina corrida sobre os motivos de outrem, mais impenetrável se torna se amamos essa pessoa, pois obscurece nosso julgamento e também as ações da criatura que, sentindo-se amada, deixa subitamente de dar valor ao que teria muito na circunstância contrária, como, por exemplo, a fortuna. Talvez, também, seja ela impelida a fingir, em parte, esse desdém pela fortuna, com esperança de obter mais fazendo sofrer. O instinto de negociar pode também misturar-se a tudo isso. Assim também, certos fatos positivos de sua vida, alguma história que ela não confiara a ninguém, receando nos fosse revelada, e que muitos, apesar disso, teriam talvez podido conhecer, como se sentissem conosco o desejo apaixonado de conhecê-la, embora guardando mais liberdade de espírito, despertando na interessada menos suspeitas — história que alguns outros não ignoram —, mas alguns que não conhecemos, e que não saberíamos onde encontrar. E entre todas as justificativas de ter para conosco uma atitude inexplicável, cumpre incluir essas singularidades de caráter que levam a pessoa, seja por descuido de seu interesse, seja por ódio, seja por amor à liberdade, seja por um impulso repentino de cólera, ou por medo do que pensarão certas pessoas, a fazer o contrário daquilo que esperávamos. E depois, há as diferenças de meio e de educação, nas quais não queremos acreditar, porque, quando conversamos um com o outro, nós as apagamos com palavras, mas que voltamos a encontrar quando sozinhos a dirigirem os atos de cada um, de um ponto de vista tão oposto que não há possibilidade de um verdadeiro encontro.

— Mas, pequena Andrée, você está mentindo outra vez. Lembre-se, você mesma me confessou isso: eu lhe telefonei naquele dia em que Albertine (recorda-se?) às escondidas, para que eu não soubesse, tinha querido ir à matinê da sra. Verdurin, onde também deveria estar a srta. Vinteuil...

— Sim, mas Albertine ignorava completamente que a srta. Vinteuil iria lá.

— Como? Você mesma me disse que, alguns dias antes, ela encontrara a sra. Verdurin. Aliás, Andrée, é inútil nos enganarmos um ao outro. Encontrei certa manhã um papel no quarto de Albertine, um recado da sra. Verdurin, insistindo para que ela fosse à matinê.

E mostrei-lhe o bilhete que, com efeito, Françoise tinha disposto de modo a que eu pudesse vê-lo, bem por cima dos objetos de Albertine, alguns dias antes de sua partida e, receio, deixando-o ali para fazer crer a Albertine que eu remexera nos seus guardados, ou, de qualquer modo, para lhe mostrar que eu vira aquele papel. Muitas vezes eu me perguntara se essa astúcia de Françoise não teria contribuído muito para a partida de Albertine, ao ver que já não podia ocultar-me nada e sentir-se vencida e sem forças. Mostrei-lhe o papel: "Não sinto nenhum remorso, desculpada que estou por esse sentimento tão familial...".

— Você bem sabe, Andrée: Albertine sempre dizia que a amiga da srta. Vinteuil era de fato, para ela, uma verdadeira mãe ou irmã.

— Mas você compreendeu mal este bilhete. A pessoa que a sra. Verdurin, naquele dia, desejara aproximar de Albertine não era absolutamente a amiga da srta. Vinteuil, era o noivo, o tal "Estou frito", e o sentimento familial é o que a sra. Verdurin devotava àquele crápula, sobrinho dela. Mas acho que, depois, Albertine ficou sabendo que a srta. Vinteuil deveria comparecer; a sra. Verdurin lhe teria comunicado isso de passagem. Certamente, a ideia de tornar a ver sua amiga lhe dera prazer, lembrando um passado agradável, assim como você, tendo de ir a um lugar, ficaria satisfeito ao saber que Elstir estaria lá. Não foi mais do que isso, talvez nem tanto. Não, se Albertine queria ir à casa da sra. Verdurin e escondia o motivo, é porque havia lá um ensaio para o qual a sra. Verdurin tinha convidado muito pouca gente, inclusive aquele sobrinho que você encontrou em Balbec; a sra. Bontemps o reservava para marido de Albertine, e esta queria falar com ele. E, aliás, uma bela canalha...[153]

153 O *trecho* 3, que sofreu deslocamento na atual edição da Bibliothèque de la Pléiade, constava aqui na edição consultada por Drummond. (N. do R.T.)

— E depois, não há necessidade de procurar tantas explicações — acrescentou Andrée. — Deus sabe como eu gostava de Albertine, e que boa criatura era ela, mas, sobretudo depois que teve febre tifoide (um ano antes de você conhecer a todas nós), era uma verdadeira cabeça de vento. De repente, enjoava do que fazia, tinha de mudar num minuto, nem ela mesma sabia por quê. Lembra-se do primeiro ano em que você foi a Balbec, o ano em que nos conheceu? Um belo dia, ela inventou um telegrama que a chamava a Paris, e mal houve tempo de fazer as malas. Ora, não tinha razão alguma para partir. Todos os pretextos que deu eram falsos. Paris naquele momento era cacetíssimo para ela. Nós todas estávamos ainda em Balbec. O golfe prosseguia, e até as provas para o grande prêmio, que ela ambicionava tanto, não tinham acabado. Ela iria ganhar, na certa. Era questão de esperar oito dias. Pois bem, partiu a toda! Muitas vezes tornei a lhe falar nisso, depois. Respondia-me que ela mesma não sabia por que tinha partido, que fora nostalgia (nostalgia de Paris, veja se tinha cabimento), que se aborrecia em Balbec, achava que lá caçoavam dela...

Eu dizia comigo que havia algo de verdadeiro nas palavras de Andrée: se a diversidade dos espíritos explica as impressões diferentes produzidas sobre tal ou qual pessoa pela mesma obra, as diferenças de sentimento e a impossibilidade de persuadir uma pessoa que não nos ama, há também diferenças entre caracteres, particularidades de caráter, que constituem igualmente causa de ação. Depois, deixava de pensar nessa explicação e refletia como é difícil saber a verdade nesta vida. Observara perfeitamente o desejo dissimulado que tinha Albertine de ir à casa da sra. Verdurin e não me enganara. Mas então, mesmo quando dispomos assim de um fato, dos outros não percebemos senão a aparência; porque o avesso da tapeçaria, o avesso real da ação, do enredo — tanto quanto o da inteligência e do coração — se oculta e, não vendo desfilar senão silhuetas chatas, exclamamos: é isto, é aquilo; é por causa dela, ou daquela outra. A revelação de que a srta. Vinteuil deveria ir parecera-me uma explicação lógica, tanto mais quanto Albertine, antecipando-se, me falara sobre isso. Mais tarde, não se recusara a jurar que a presença da srta. Vinteuil não lhe causara nenhum prazer? Aí, a propósito do tal rapaz, lembrei-me de algo que esquecera: pouco tempo antes, quando Albertine morava em minha casa, eu o avistara, e, contrariamente à sua atitude em Balbec, ele fora excessivamente amável, até afetuoso comigo, suplicando-me que o deixasse vir visitar-me, o que eu recusei por muitas razões. Ora, pois, eu compreendia agora que, sabendo que Albertine vivia lá em casa, ele tinha querido muito simplesmente pôr-se em bons termos comigo para ter todas as facilidades de vê-la e arrebatá-la, e concluí que se tratava de um miserável. Algum tempo depois, assistindo à representação das primeiras obras desse rapaz, sem dúvida continuei a pensar que, se ele quisera tanto vir à minha casa, fora por causa de Albertine e, embora achando isto censurável, me lembrei de que antes, quando fui visitar Saint-Loup em Doncières, na realidade o fiz porque amava a sra. de Guermantes. É verdade que o caso não era o mesmo, pois Saint-Loup não amava a sra. de Guermantes, de modo que havia talvez em minha ternura um pouco de duplicidade, mas nenhuma traição. Acudiu-me logo, porém, este pensamento: se experimentamos ternura por uma pessoa que detém algo de cobiçado por nós, continuaremos a experimentá-la mesmo se essa pessoa também deseja para si a coisa cobiçada. Sem dúvida, nesse caso cumpre lutar contra uma amizade que conduzirá diretamente à traição. E creio que foi o que eu sempre fiz. Mas, com relação aos que não têm força para tanto, não se pode dizer que neles a amizade demonstrada pelo detentor seja pura astúcia; experimentam-na sinceramente e por causa disso a manifestam com um ardor que, uma vez consumada a traição, leva o marido ou o amante enganado a exclamar, entre estupefato e indignado: "Se o senhor ouvisse os juramentos de afeição que me prodigalizava aquele miserável! Que se furte a um homem o seu tesouro, ainda compreendo. Mas que se experimente a necessidade diabólica de primeiro convencê-lo de nossa amizade, isso atinge a um grau de ignomínia e perversidade que não se pode conceber!". Ora, nem há nisso perversidade, nem mesmo mentira inteiramente lúcida. A cordialidade desse gênero, que, naquele dia, me manifestara o pseudonoivo de Albertine, tinha ainda outra desculpa, sendo mais complexa que um simples derivado do amor a Albertine. Só de pouco tempo àquela data é que ele se sabia, se confessava, e queria ser proclamado intelectual. Pela primeira vez os valores não esportivos, não boêmios, existiam para ele. O fato de eu ser estimulado por Elstir e Bergotte, e o fato de Albertine falar-lhe, talvez, da maneira como eu julgava os escritores, e que eu mesmo, na sua opinião, poderia tornar-me um deles, faziam com que, de repente, eu me tornasse para ele (para o homem novo que enfim ele percebia ser) alguém interessante, com quem teria prazer em relacionar-se, a quem desejaria confiar seus projetos, pedir, quem sabe, que eu o apresentasse a Elstir. De sorte que era sincero, pedindo para vir à minha casa e exprimindo-me uma simpatia a que razões intelectuais, ao mesmo tempo que um reflexo de Albertine, conferiam sinceridade. Sem dúvida, não era *por isso* que fazia tanta questão de vir à minha casa, disposto a largar tudo para isso. Mas essa razão última, que não fazia senão elevar a uma espécie de paroxismo apaixonado as duas primeiras, ele mesmo talvez a ignorasse, e as duas outras existiam realmente, como pudera realmente existir em Albertine quando ela quis ir, na tarde do ensaio, à casa da sra. Verdurin, o prazer perfeitamente honesto de tornar a ver amigas de infância, que não eram, a seus olhos, mais viciadas do que ela própria o seria para elas, de conversar com essas amigas, de mostrar-lhes, pela simples presença em casa dos Verdurin, que a pobre menina que elas haviam conhecido era agora recebida num salão notável; o prazer, também, que poderia talvez sentir, ouvindo música de Vinteuil. Se tudo isso era verdadeiro, o rubor que aflorara ao rosto de Albertine quando falei na srta. Vinteuil provinha de que eu o fizera a propósito dessa *matinée* que ela quisera esconder-me, por causa do projeto de casamento que eu deveria ignorar. A recusa de Albertine em jurar que não teria prazer em tornar a ver naquela *matinée* a srta. Vinteuil aumentara então meu tormento e fortalecera minhas suspeitas, mas provava retrospectivamente que ela fizera questão de ser sincera, mesmo em se tratando de coisa inocente, talvez até porque se tratasse de coisa inocente. Restava o que Andrée me dissera a respeito de suas relações com Albertine. Contudo, embora sem ir ao ponto de acreditar que Andrée as inventara inteiramente para que eu não fosse feliz nem me pudesse considerar superior a ela, talvez me fosse ainda lícito supor que exagerara um pouco o que fazia com Albertine, do mesmo modo que esta, por restrição mental, diminuía também um pouco aquilo que fizera com Andrée, servindo-se sistematicamente[154] de certas definições que eu estupidamente formulara sobre esse assunto por lhe parecer que suas relações com Andrée não entravam no rol do que ela devia confessar-me, e que não poderia negá-las sem mentir. Mas por que acreditar que era antes ela, e não Andrée, quem mentia? A verdade e a vida são bem árduas, e restava-me delas, sem que em suma eu as conhecesse, uma impressão em que a tristeza talvez ainda fosse inferior à fadiga. Quanto à terceira vez em que me lembra ter tido consciência de estar próximo da indiferença absoluta com relação a Albertine (e essa última vez, a ponto de sentir que eu chegara por completo a alcançá-la) foi num dia em Veneza, bastante tempo após a última visita de Andrée.

154 A edição da Bibliothèque de la Pléiade substitui "sistematicamente" da edição original por "jesuiticamente" ("*jésuitiquement*"). (N. do R.T.)

estada em veneza

Mamãe me levara a passar algumas semanas em Veneza, e — como pode haver beleza tanto nas coisas mais humildes como nas mais preciosas — eu ali experimentava impressões análogas às que, antes, frequentemente, sentira em Combray, mas transpostas a um modo inteiramente diverso e mais rico. Quando, às dez da manhã, vinham abrir as janelas, eu via flamejar não o mármore negro em que, resplandecendo, se convertiam os telhados de ardósia de Saint-Hilaire, mas o Anjo de Ouro do *campanile* de São Marcos. Rutilante ao sol que tornava quase impossível fixá-lo, fazia-me, com os braços largamente abertos, para quando, meia hora mais tarde, eu estivesse na *piazzeta*, uma promessa de alegria mais certa do que aquela que, antigamente, teria ele se encarregado de anunciar aos homens de boa vontade. Deitado, eu nada podia perceber além dele, mas, como este mundo não passa de um vasto quadrante solar em que um único segmento ensolarado basta para nos indicar as horas, logo à primeira manhã pensei nas lojas da praça da igreja de Combray, no domingo, prestes a se fecharem quando eu chegava para a missa, enquanto a palha no mercado tinha um cheiro forte, sob o sol já quente. Mas, já no segundo dia, o que eu vi ao acordar, o que me fez levantar (pois se tinha substituído na minha memória, e no meu desejo, às lembranças de Combray) foram as impressões da primeira saída matinal em Veneza, essa Veneza onde a vida cotidiana não era menos real que em Combray, e onde, como em Combray, domingo pela manhã, se tinha realmente a satisfação de descer por uma rua festiva, mas onde essa rua era toda uma safira líquida, refrescada pelo ventinho frouxo, e de uma cor tão resistente que meus olhos fatigados nela podiam repousar, sem medo de que se esgarçasse. Como a boa gente da rua do Pássaro, em Combray, também nessa nova cidade os habitantes saíam realmente de casas alinhadas na rua principal, mas esse papel de casas a projetarem um pouco de sombra a seus pés, em Veneza, estava confiado a palácios de pórfiro e jaspe, por cima de cuja porta abobadada a cabeça de um deus barbudo (ultrapassando o alinhamento, como numa aldrava de porta, em Combray) tinha como consequência tornar mais carregado, graças ao reflexo, não o castanho-escuro do sol, mas o azul esplendido da água. Na *piazza*, a sombra que tinham espalhado o toldo da loja de novidades e a tabuleta do cabeleireiro de Combray era constituída pelas florzinhas azuis que semeia a seus pés, no deserto do calçamento banhado de sol, o relevo de um frontispício da Renascença — não que, quando o sol batia forte, fosse possível, em Veneza como em Combray, deixar suspensas as cortinas à beira do canal, mas é que elas baixavam entre quadrilóbulos e folhagens de janelas góticas. Direi o mesmo daquela em nosso hotel, diante de cujos balaústres mamãe me esperava, a olhar o canal, com uma paciência que não teria mostrado antes em Combray, no tempo em que, depositando em mim esperanças que não se confirmaram mais tarde, não queria dar-me a perceber o quanto me amava. Agora, ela sentia que sua frieza aparente não teria mudado nada, e a ternura que me prodigalizava era como esses alimentos proibidos que já não recusamos aos doentes, quando está provado que eles não podem curar-se. Por certo as humildes particularidades que tornavam individual a janela do quarto de tia Léonie, na rua do Pássaro, sua assimetria causada pela distância desigual entre as duas janelas próximas, a altura excessiva do parapeito de madeira e a alavanca articulada que servia para abrir as persianas, as cortinas de cetim azul brilhante que um cordão separava e mantinha afastadas, o equivalente de tudo isso existia no hotel de Veneza em que eu ouvia também essas palavras tão particulares, tão eloquentes, que nos fazem reconhecer de longe a casa aonde voltamos para almoçar e, mais tarde, permanecem na lembrança como testemunho de que, durante certo tempo, essa casa foi nossa: mas em Veneza, o cuidado de dizê-las estava reservado, não como em Combray e um pouco em toda parte, às coisas mais simples, até mesmo às mais feias, e sim à ogiva ainda semiárabe e a uma fachada reproduzida em todos os museus de moldagens e todos os livros ilustrados de arte, como uma das obras-primas da arquitetura doméstica na Idade Média;

de bem longe, e quando mal eu ultrapassara Saint-Georges-le-Majeur, percebia aquela ogiva que me tinha visto, e o impulso dos seus arcos quebrados lhe acrescentava ao sorriso de boas-vindas a distinção de um olhar mais elevado, quase incompreendido. E porque, atrás desses balaústres de mármore de diversas cores, mamãe lia à minha espera, o rosto coberto pelo veuzinho de tule, de uma alvura tão aflitiva quanto a de seus cabelos, para mim que sentia que mamãe o acrescentara, ocultando as lágrimas, a seu chapéu de palha, um pouco a fim de parecer "preparada" às pessoas do hotel, mas sobretudo para me parecer menos enlutada, menos triste, quase consolada da morte de minha avó; porque, não me tendo reconhecido imediatamente enquanto eu a chamava da gôndola, ela mandava para mim, do fundo do coração, seu amor que não se detinha senão onde já não havia matéria para sustentá-lo à superfície do olhar apaixonado, tão próximo de mim quanto possível, e que ela procurava alterar, pelo avanço dos lábios, em um sorriso que parecia beijar-me, no quadro e sob o dossel do sorriso mais discreto da ogiva iluminada pelo sol do meio-dia — por causa disso, essa janela adquiriu na memória a doçura das coisas que, ao mesmo tempo em que nós, e a nosso lado, tomaram parte em certa hora que soava, tanto para nós como para elas; e, por mais cheios de formas admiráveis que sejam os seus mainéis, essa janela ilustre guarda para mim o aspecto íntimo de um homem de gênio em cuja companhia houvéssemos passado um mês em vilegiatura e que adquirisse um pouco de amizade por nós, e se depois, toda vez que vejo a moldagem dessa janela em um museu, sou obrigado a reter as lágrimas, é muito simplesmente porque ela me diz a coisa que mais poderia comover-me: "Lembro-me muito bem de sua mãe".

Indo procurar mamãe, que saíra da janela, acudia-me perfeitamente, ao deixar o calor do céu aberto, essa sensação de frescura, experimentada antes em Combray quando subia para o quarto, mas que em Veneza era a corrente de ar marinho que a sustentava, não já numa pequena escada de madeira, de degraus estreitos, e, sim, na nobre superfície de degraus de mármore, salpicados a cada instante por um raio de sol glauco, e que a útil lição de Chardin, outrora recebida, acrescentavam a de Veronese.[155] E já que em Veneza são as obras de arte, as coisas magníficas, que se encarregam de comunicar-nos as impressões familiares da vida, seria omitir o caráter da cidade, sob pretexto de que a Veneza de certos pintores é friamente estética em sua parte mais célebre, reproduzir apenas (excetuemos os soberbos estudos de Maxime Dethomas) seus aspectos miseráveis, onde se obscurece aquilo que faz o seu esplendor, e, para tornar Veneza mais íntima e verdadeira, fazê-la parecida com Aubervilliers.[156] Foi um erro de grandíssimos artistas, por uma reação muito natural contra a Veneza factícia dos maus pintores, o se terem apegado unicamente à Veneza, que eles julgaram mais realista, dos humildes *campi*, dos pequenos *rii*[157] desertos. Era ela que eu explorava muitas vezes à tarde, quando não saía ao lado de mamãe. Com efeito, encontrava nela mais facilmente essas mulheres do povo, vendedoras de fósforos, enfiadeiras de pérolas, trabalhadoras de vidro, rendeiras, pequenas operárias com grandes xales negros, de franjas de quem nada me impedia de gostar, porque eu havia em grande parte esquecido Albertine, e que me pareciam mais desejáveis do que outras, porque ainda me lembravam um pouco dela. Aliás quem poderia me dizer exatamente o que era próprio das mulheres de Veneza, de Albertine, de meu

155 Proust desenvolvera em um artigo de juventude a importância da arte de Chardin na minúcia da figuração das coisas mais simples do cotidiano (cf. o artigo "Chardin et Rembrandt" presente em seus *Essais et Articles*). Esse procedimento de aproximação entre opostos (Chardin/Veronese) é desenvolvido no paralelo entre Combray e Veneza, logo adiante. (N. do R.T.)

156 Maxime Dethomas ilustrou justamente "À Venise", trecho extraído de *A fugitiva* publicado em 1919 nos *Feuillets d'Art*: uma gravura no início e outra no final do texto mostram pessoas do povo — pescadores passando com um barco, uma mulher de pé segurando uma criança em algum pequeno "*calli*" perdido da cidade. (N. do R.T.)

157 Regatos. (N. do T.)

antigo desejo de viagem à cidade,nessa busca apaixonada pelas venezianas que eu agora realizava? Nosso menor desejo, embora único como um acorde, admite em si as notas fundamentais sobre as quais toda nossa vida é construída. E às vezes se suprimíssemos uma delas, que entretanto não ouvimos, da qual não temos consciência, que em nada se liga ao objeto que perseguimos, veríamos no entanto todo nosso desejo por esse objeto se esvanecer. Havia muitas coisas que eu não procurava esclarecer, distinguir na emoção que sentia em correr em busca das venezianas.[158] Minha gôndola seguia pelos canaizinhos; como o dedo misterioso de um gênio a conduzir-me pelos meandros de uma cidade do Oriente, eles pareciam, à medida que eu avançava, abrir-me um caminho cavado em pleno coração de um bairro a que cortavam, mal afastando, com um fino sulco arbitrariamente traçado, as altas casas de janelinhas mouriscas; e, como se o guia mágico trouxesse uma vela na mão e me iluminasse a passagem, faziam brilhar à sua frente um raio de sol e devassavam-lhe a rota. Entre as humildes edificações que o pequeno canal acabava de separar, e que sem isso formariam um todo compacto, sentia-se que nenhum espaço fora reservado. De sorte que o *campanile* da igreja e as latadas dos jardins se aprumavam sobre o rio, como numa cidade inundada. Mas, para as igrejas como para os jardins, graças à mesma transposição do Orande Canal, o mar se prestava tão bem a desempenhar o papel de via de comunicação, de rua grande ou pequena, que de cada lado do *canaletto* as igrejas subiam da água no velho bairro populoso, convertendo-se em modestas e frequentadas matrizes e levando consigo o selo de sua pobreza e da frequência de inúmeros pobres; os jardins, atravessados pela perfuração do canal, arrastavam na água suas folhas ou seus frutos espantados; e no rebordo da casa cujo grés, grosseiramente fendido, estava ainda rugoso como se acabasse

158 Todo trecho desde "de quem nada me impedia de gostar" até "correr em busca das venezianas" é um acréscimo da edição da Bibliothèque de la Pléiade. (N. do R.T.)

de ser bruscamente serrado, moleques surpreendidos, mas conservando o equilíbrio, deixavam pender as pernas, bem a prumo, ao jeito de marinheiros na ponte móvel cujas metades acabam de se afastar, concedendo ao mar passagem por entre elas.

Às vezes, aparecia um monumento mais belo, que se achava ali como uma surpresa na caixa que acabamos de abrir — um templozinho de marfim, com suas ordens coríntias e sua estátua alegórica no frontão, algo deslocado entre as coisas costumeiras no meio das quais se ia arrastando, pois, embora lhe déssemos espaço, o peristilo que lhe reservava o canal tinha o aspecto de um cais de desembarque para verdureiros.[159] Eu tinha a impressão, aumentada ainda por meu desejo, não de estar do lado de fora, mas de penetrar cada vez mais no fundo de algo secreto, pois sempre eu encontrava algo novo que vinha se situar de um lado ou do outro, pequeno monumento ou *campo* imprevisto, conservando a aparência surpreendente das belas coisas que vemos pela primeira vez e cuja finalidade e utilidade ainda não compreendemos bem. Eu voltava a pé por pequenos *calli*, parava moças do povo como talvez Albertine tivesse feito e gostaria que ela estivesse comigo. Entretanto, não podiam ser as mesmas; na época em que Albertine estivera em Veneza, elas deviam ser crianças ainda. Mas após ter sido outrora, num primeiro sentido e por covardia, infiel a cada um de meus desejos, tomado como único, já que eu havia buscado um objeto análogo, e não o mesmo, o qual eu não esperava encontrar, agora era sistematicamente que eu procurava justamente mulheres que Albertine não tinha conhecido, mesmo se eu não mais buscasse aquelas que outrora eu desejara. É claro que me acontecia muitas vezes de me lembrar, com uma violência inaudita de desejo, uma certa jovem de Méséglise ou de Paris, a leiteira que eu tinha visto ao pé de uma colina, de manhã, em minha primeira viagem a Bal-

159 O trecho "embora lhe déssemos espaço" é acréscimo da edição da Bibliothèque de la Pléiade. (N. do R.T.)

bec. Mas infelizmente eu me lembrava delas como eram então, ou seja, como agora elas com certeza não eram mais. De forma que se outrora eu fora levado a relativizar minha impressão quanto à unicidade de um desejo buscando, em vez de uma jovem educada num convento que perdera de vista, uma jovem análoga, agora, para encontrar as moças que haviam perturbado minha adolescência ou a de Albertine, eu devia permitir mais uma derrogação ao princípio da individualidade do desejo: o que eu devia buscar não eram as que tinham dezesseis anos naquela época, mas as que tinham dezesseis anos hoje, pois agora, na falta do que havia de mais particular na pessoa e que me escapara, o que eu gostava mesmo era da juventude. Eu sabia que a juventude daquelas que eu conhecera não mais existia a não ser em minha lembrança ardente, e que não eram elas, por mais desejoso que eu estivesse de alcançá-las quando minha memória as representava, não eram elas que eu devia colher, caso quisesse realmente fazer a colheita da juventude e da flor da idade.[160]

O sol ainda estava alto, quando fui encontrar mamãe na *piazzeta.* Chamávamos uma gôndola. "Como sua pobre avó teria gostado dessa grandiosidade tão simples!", dizia-me mamãe mostrando o palácio ducal que contemplava o mar com o pensamento que seu arquiteto lhe confiara e que ele mantinha fielmente, na muda espera dos doges desaparecidos. "Ela teria gostado até da suavidade dessas tonalidades róseas, porque é desprovida de afetação. Como sua avó teria gostado de Veneza, e que familiaridade que pode rivalizar com a da natureza ela teria encontrado em todas essas belezas tão cheias que não precisam de qualquer arranjo, que se apresentam tais como são, o palácio ducal em sua forma cúbica, as colunas que você diz serem as do palácio de Herodes, em plena Piazzetta, e, ainda menos dispostos, colocados ali por falta de lugar, os pilares de São João d'Acre, e os cavalos no balcão de São Marcos! Sua avó teria tanto

160 Todo o trecho a partir de "Eu tinha a impressão" até o final do prágrafo é um acréscimo da edição da Bibliothèque de la Pléiade. (N. do R.T.)

prazer em ver o sol se pôr sobre o palácio dos doges quanto sobre uma montanha." E havia uma parte de verdade no que dizia mamãe, pois, enquanto[161] tornávamos a subir de gôndola o Grande Canal, víamos a fila dos palácios entre os quais íamos passando refletir a luz e a hora em seus flancos róseos e mudar com elas, menos à maneira de habitações privadas e de monumentos célebres, do que como uma cadeia de falésias de mármore, ao pé da qual vamos passear de barco, ao entardecer, para apreciar o crepúsculo. Assim, as casas dispostas dos dois lados do canal faziam pensar em sítios naturais, mas de uma natureza que criasse suas obras com imaginação humana. Ao mesmo tempo, entretanto ("pelo caráter invariavelmente urbano das impressões que Veneza sugere quase em pleno mar, com suas águas, cujo fluxo e refluxo se fazem sentir duas vezes por dia, e que, alternadamente, recobrem na maré alta e descobrem na maré baixa, as magníficas escadarias exteriores dos palácios), tal como faríamos em Paris, nos bulevares, nos Champs Élysées, no Bois, em toda avenida larga e na moda, à luz pulverizada do entardecer, cruzávamos mulheres elegantíssimas, quase todas estrangeiras, e que, reclinando-se molemente nas almofadas de seus carros flutuantes, faziam fila, paravam diante de um palácio onde tinham uma amiga para visitar, mandavam perguntar se ela estava; e, enquanto, à espera de resposta, de qualquer modo já preparavam seu cartão para deixá-lo, como à porta do palacete dos Guermantes, iam procurando no guia qual o estilo e a época do palácio, não sem serem sacudidas, como no alto de uma onda azul, pelo redemoinho da água faiscante e empinada, que se assustava por estar assim comprimida entre a gôndola dançarina e o mármore sonoro. E assim os passeios, mesmo simplesmente para fazer visitas ou dar uma volta, eram triplos e únicos nessa Veneza em que as simples idas e vindas mundanas tomam, ao mesmo tempo, a forma e o encanto da visita a um museu e de um bordejo marítimo.

161 O trecho a partir de "Chamávamos uma gôndola" é acréscimo da edição da Bibliothèque de la Pléiade. (N. do R.T.)

Muito palácios do Grande Canal estavam transformados em hotéis, e, pelo prazer da mudança, ou por gentileza para com a sra. Suzerat, que havíamos encontrado — conhecimento imprevisto e inoportuno, com o qual sempre esbarramos em viagem — e que mamãe convidara, quisemos certa noite, a título de experiência, jantar num hotel que não era o nosso, e cuja cozinha era melhor, ao que se dizia. Enquanto mamãe pagava ao gondoleiro e entrava com a sra. Suzerat na sala que reservara, eu quis dar uma olhadela no grande salão do restaurante, de belas pilastras de mármore, antes inteiramente coberto de pinturas a fresco, mal restauradas depois. Dois garçons conversavam, num italiano que traduzo:

— Será que os velhos vão comer no quarto? Eles nunca previnem a gente. É cacete, isso... Nunca se sabe quando é preciso reservar a mesa (*non so se bisogna conservar loro la tavola*). Ora bolas, tanto pior se descerem e não houver mais lugar. Não compreendo como é que aceitam *forestieri* dessa qualidade num hotel tão chique. Essa gente não é para nós.

Não obstante o desdém, o garçom gostaria de certificar-se do que devia fazer relativamente à mesa, e ia pedir ao ascensorista que subisse para se informar, quando, antes que tivesse tempo de fazê-lo, a resposta lhe foi dada: acabava de perceber a velha dama, que entrava. Não tive dificuldade, sem embargo do ar de tristeza e fadiga que dá o peso dos anos, e apesar de uma espécie de eczema, de uma lepra vermelha que lhe cobria o rosto, em reconhecer por baixo da touca, em sua jaqueta negra da casa W., mas, para os profanos, igual à de uma velha porteira, a marquesa de Villeparisis.[162] Por acaso, o lugar onde eu estava, de pé, examinando os vestígios da pintura a fresco, ao longo das belas paredes de mármore, se situava exatamente atrás da mesa onde acabava de sentar-se a sra. de Villeparisis.

162 A touca da marquesa, que, desde o primeiro volume, a identifica, foi feita provavelmente no ateliê de Charles Frédéric Worth (1825-1895), célebre costureiro inglês radicado em Paris, na rue de la Paix. (N. do R.T.)

— Então, o sr. de Villeparisis não demora a descer. Há um mês que eles estão aqui, e só uma vez comeram separados — disse o garçom.

Eu perguntava a mim mesmo qual o parente que com ela viajava e que era chamado de sr. de Villeparisis, quando, alguns instantes depois, vi avançar para a mesa e sentar-se a seu lado seu velho amante, o sr. de Norpois.

A idade avançada enfraquecera-lhe a sonoridade da voz, mas em compensação dera à sua linguagem, antes tão discreta, uma verdadeira intemperança. Talvez se devesse procurar a causa em ambições que ele sentia não ter mais tempo para realizar e que, por isso mesmo, o enchiam de maior veemência e arrebatamento; ou talvez assim fosse porque, posto à margem da política e ansiando por voltar, acreditasse, na ingenuidade de seu desejo, levar ao ostracismo, pelas críticas ferozes que lhes dirigia, aqueles a quem tinha empenho em substituir. Assim, vemos certos políticos certíssimos de que o gabinete de que eles não participam não durará três dias. De resto, seria exagero supor que o sr. de Norpois houvesse perdido inteiramente a tradição da linguagem diplomática. Em se tratando de "assuntos importantes", ele voltava a ser, como se verá, o homem que já conhecemos, mas no resto do tempo investia sobre esse ou aquele com essa violência senil de certos octogenários, que os leva a se atirarem sobre mulheres a quem já não podem mais fazer grande mal.

Durante alguns minutos, a sra. de Villeparisis guardou o silêncio de uma senhora idosa, a quem a fadiga da velhice torna difícil emergir das recordações do passado até o presente. Depois, entrou a fazer essas perguntas inteiramente práticas, onde se estampa a longa permanência de um mútuo amor:

— Você passou pelo Salviati?[163]

— Passei, sim.

163 Loja de objetos em vidro que ainda se encontra no Grande Canal de Veneza. (N. do R.T.)

— Eles mandam amanhã?

— Eu mesmo trouxe a taça. Depois do jantar lhe mostrarei. Vejamos o cardápio.

— Deu instruções à Bolsa, quanto às minhas ações de Suez?

— Não, neste momento a atenção da Bolsa está concentrada em títulos de petróleo. É o compartimento que está em evidência. A Royal Dutch não teve uma nova alta de três mil francos. A cotação de quarenta mil francos está sendo prevista. A meu ver, não seria prudente esperar até lá.[164] Mas não há razão para nos apressarmos, dadas as excelentes disposições do mercado. Aqui está o cardápio. Como entrada, há uns salmonetes. Vamos provar?

— Eu vou, mas você está proibido. Em lugar disso, peça um risoto, embora eles não saibam fazê-lo.

— Não tem importância. Garçom, traga-nos, primeiro, salmonetes para madame e um risoto para mim.

Novo e longo silêncio.

— Olhe, trouxe-lhe jornais: o *Corriere della Sera*, a *Gazzetta del Popolo* etc. Você sabe que se cogita vivamente de um movimento diplomático cujo primeiro bode expiatório seria Paléologue,[165] notoriamente incapaz na Sérvia? Ele talvez seja substituído por Lozé[166] e estaria vago o posto em Constantinopla. Mas — apressou-se a ajuntar com acrimônia o sr. de Norpois — para uma embaixada de tal envergadura, um lugar onde é de toda evidência que a Inglaterra deverá sempre, aconteça o que acontecer, ter a primazia na mesa das deliberações, seria prudente que chamassem homens de experiência, mais aparelhados para resis-

164 O trecho a partir de "É o compartimento que está em evidência" é acréscimo da edição da Bibliothèque de la Pléiade. (N. do R.T.)

165 Maurice Paléologue (1859-1944), diplomata e escritor francês, representou seu país em Sófia até 1912, e era embaixador em São Petersburgo, ao iniciar-se a Primeira Guerra Mundial (N. do T.) Escreveu um livro tratando da ameaça de uma guerra russo-japonesa, tema das preocupações da duquesa de Guermantes. (N. do R.T.)

166 Henri-Auguste Lozé, diplomata e político, foi embaixador da França em Viena, de 1893 a 1897. (N. do T.)

tir às ciladas dos inimigos de nossa aliada britânica. Esses diplomatas da escola nova cairiam, de olhos fechados, na esparrela...

A volubilidade irritada com que o sr. de Norpois pronunciou estas últimas palavras provinha, sobretudo, de que os jornais, em vez de mencionar seu nome, como ele pedira, davam como "grande favorito" um jovem ministro das relações exteriores.

— Deus sabe se não estará longe o dia em que, como consequência de não sei que tortuosas manobras, os homens de idade passarão a falar em nome desses recrutas mais ou menos incapazes. Muitos conheci eu, de todos esses pretensos diplomatas de método empírico, que depositavam sua maior esperança em balões de ensaio que eu não tardava a furar... Está fora de dúvida: se o governo comete a falta de juízo de entregar as rédeas do Estado a mãos turbulentas, ao apelo do dever um conscrito responderá sempre: Presente! Mas, quem sabe — e o sr. de Norpois tinha o ar de saber muito bem de quem falava — se não seria a mesma coisa no dia em que se fosse buscar algum veterano cheio de ciência e habilidade? No meu entender (cada qual pode ter sua maneira de ver as coisas) o posto de Constantinopla não deveria ser aceito senão depois de resolvidas nossas dificuldades com a Alemanha. Não devemos nada a ninguém, e é inadmissível que de seis em seis meses nos venham reclamar, por manobras dolosas e à força, não sei que espécie de pagamento, sempre lembrada por uma imprensa de vendilhões. Isso precisa acabar, e naturalmente um homem de alto valor, que já tenha mostrado seus dotes, um homem que, se assim me posso exprimir, dê palmadinhas no Imperador, gozaria de mais autoridade do que nenhum outro para pôr ponto final no conflito.

Um cavalheiro que acabava de jantar cumprimentou o sr. de Norpois.

— Oh, é o príncipe Foggi! — exclamou o marquês.

— Ah, não sei ao certo quem você quer dizer — suspirou a sra. de Villeparisis.

— Mas claro que sabe. O príncipe Odon, cunhado de sua

prima Doudeauville... Lembra-se, naturalmente, de que cacei com ele em Bonnétable?

— Ah, Odon, aquele que pintava?

— De modo algum. Aquele que se casou com a irmã do grão-duque N...

O sr. de Norpois dizia isso no tom bastante desagradável de um professor mal satisfeito com o aluno e, com seus olhos azuis, encarava fixamente a sra. de Villeparisis.

Quando o príncipe, acabado o café, saiu da mesa, o sr. de Norpois levantou-se, caminhou apressadamente até ele e, com um gesto majestoso, afastando-se, para se apagar a si próprio, o apresentou à sra. de Villeparisis. Durante os minutos em que o príncipe permaneceu de pé junto deles, o embaixador não deixou um instante de vigiar a sra. de Villeparisis com a sua pupila azul, por complacência ou severidade de velho amante, mas, sobretudo, receoso de que ela se entregasse a um desses excessos de linguagem que ele apreciava, mas temia. Se dizia ao príncipe qualquer coisa inexata, ele retificava logo a frase, cravando os olhos na marquesa, dócil e acabrunhada, com a intensidade contínua de um hipnotizador.

Um garçom veio dizer que mamãe estava à minha espera; fui procurá-la e desculpei-me com a sra. Sazerat, dizendo que me distraíra vendo a sra. de Villeparisis. A esse nome, a sra. Sazerat empalideceu, como quem fosse desmaiar. Procurou dominar-se:

— A sra. de Villeparisis, antiga srta. de Bouillon?... — perguntou-me.

— Ela mesma.

— Será que eu não podia espiá-la um segundo? É o sonho de minha vida...

— Então não perca tempo, minha senhora, porque ela está acabando de jantar. Mas por que lhe interessa tanto?

— É que a sra. de Villeparisis foi, em primeiras núpcias, duquesa de Havré. Bonita como um anjo, ruim como o demônio, enlouqueceu meu pai, arruinou-o e abandonou-o logo depois. Pois bem, embora tenha agido com ele como a última das prostitutas, e por sua causa eu e os meus estejamos condenados a viver mesquinhamente em Combray, agora que meu pai morreu meu consolo é que ele tenha amado a mulher mais linda de seu tempo. E como eu nunca a vi, apesar de tudo, seria para mim uma alegria...

Levei a sra. Sazerat, trêmula de emoção, ao restaurante, e mostrei-lhe a sra. de Villeparisis.

Mas como os cegos, que dirigem os olhos para uma direção diversa do alvo, a sra. Sazerat não pousou os seus na mesa em que jantava a sra. de Villeparisis, procurando-a em outro ponto da sala.

— Já deve ter saído, não a vejo onde você me disse.

E procurava sempre, buscando a visão detestada e adorada que, havia tanto tempo, lhe enchia a imaginação.

— Mas está na segunda mesa, sim.

— Então, nós não estamos contando a partir do mesmo ponto. Para mim, a segunda mesa é aquela em que há somente, ao lado de um senhor idoso, uma corcundinha rubicunda, horrível...

— Pois é essa!

Entretanto, havendo a sra. de Villeparisis pedido ao sr. de Norpois que convidasse o príncipe Foggi a sentar-se, começou entre os três uma conversa amável. Falou-se de política, o príncipe declarou que era indiferente à sorte do gabinete, e que ficaria ainda uma boa semana em Veneza. Esperava que, daí até lá, qualquer crise ministerial fosse evitada. Supôs, no primeiro instante, que essas questões de política não interessassem ao sr. de Norpois, pois este, que até então se exprimira com tamanha veemência, se pusera, subitamente, a guardar um silêncio quase angélico, que parecia não poder expandir-se, caso lhe voltasse a voz, senão num canto inocente e melodioso de Mendelssohn ou de César Franck. Parecia-lhe também que esse silêncio era devido à reserva de francês diante de um italiano, evitando falar de negócios na Itália. Ora, o erro do príncipe era completo. O silêncio e o ar de indiferença tinham permanecido no sr. de Norpois não como sinal de reserva, mas como prelúdio costumeiro à penetração em assuntos importantes. Como já vimos, o marquês ambicionava nada menos que Constantinopla, com um acerto preliminar dos assuntos alemães, e para obter o qual, tinha esperança de influir no gabinete de Roma. Achava, com efeito, que de sua parte um ato de alcance internacional poderia constituir um digno coroamento de carreira, ou talvez mesmo o começo de novas honrarias e de funções difíceis, a que não renunciara. Porque a velhice nos torna, antes de tudo, incapazes de empreender, porém não de desejar. Só num terceiro período, aqueles que chegam à extrema velhice renunciam ao desejo, como antes tiveram de abandonar a ação. Já não se apresentam nem mesmo a eleições fúteis, onde tantas vezes haviam tentado triunfar, como a de presidente da República. Contentam-se em sair, comer, ler jornais, e sobrevivem a si mesmos.

Para deixar o marquês à vontade e mostrar que o considerava como a um compatriota, o príncipe começou a falar dos sucessores possíveis do presidente do Conselho de então. Sucessor cuja tarefa seria difícil. Ao citar mais de vinte nomes de políticos que lhe pareciam ministeriáveis, nomes que o antigo embaixador escutou de pestanas semicerradas sobre os olhos azuis, sem fazer um movimento, o sr. de Norpois rompeu enfim o silêncio, para pronunciar estas palavras que deveriam, durante vinte anos, alimentar a conversa das chancelarias, e, mais tarde, uma vez esquecidas, ser exumadas por uma dessas personalidades que se assinam "Um bem informado", "Testis" ou "Maquiavel", nalgum jornal em que o próprio esquecimento em que elas caíram lhes vale o benefício de novamente causar sensação. Assim, pois, acabava o príncipe Foggi de citar esses vinte e tantos nomes diante do diplomata, imóvel e calado como um surdo, quando o sr. de Norpois levantou ligeiramente a cabeça, e, na forma em que foram redigidas suas intervenções diplomáticas mais grávidas de consequência, embora desta vez com audácia maior e brevidade menor, perguntou, com finura:

— E será que ninguém pronunciou o nome do sr. Giolitti?[167]

A essas palavras, o príncipe sentiu cair-lhe a venda dos olhos e escutou um murmúrio celeste. Logo depois, o sr. de Norpois pôs-se a falar de outras coisas, não receando fazer um pouco de ruído, do mesmo modo que, terminada a última nota de uma ária sublime de Bach, não nos importamos de falar em alta voz e vamos procurar nossas coisas no vestiário. Tornou, mesmo, a fratura mais nítida, pedindo ao príncipe que depositasse suas homenagens aos pés de Suas Majestades o rei e a rainha, quando tivesse ocasião de vê-los, frase de despedida correspondente a estas palavras ululadas, ao fim de um concerto: "Cocheiro Augusto, da rua Belloy!". Ignoramos quais foram, exatamente, as impressões do príncipe Foggi. Estava certamente encantado por ter ouvido esta obra-prima: "E o sr. Giolitti, será que ninguém pronunciou o nome dele?". Porque o sr. de Norpois, em quem a idade havia extinguido ou desarticulado as qualidades mais belas, em compensação aperfeiçoara as "árias de bravura", como certos músicos idosos, em decadência quanto a tudo mais, adquirem para a música de câmara um virtuosismo perfeito, que não conseguiram até então.

O fato é que o príncipe Foggi, que contava passar duas semanas em Veneza, voltou a Roma no mesmo dia e foi recebido pouco depois em audiência pelo rei, a propósito de umas propriedades que, como supomos já ter dito, possuía na Sicília. O gabinete vegetou por mais tempo do que o esperado. Por ocasião de sua queda, o rei consultou diversos homens de Estado sobre a escolha do novo primeiro-ministro. Depois, mandou chamar o sr. Giolitti, que aceitou. Três meses mais tarde, um jornal contava a entrevista do príncipe Foggi com o sr. de Norpois. A conversa era relatada como fizemos; apenas em vez de: "O sr. de Norpois perguntou, com finura", lia-se: "disse com esse fino e

167 Giovanni Giolitti, estadista italiano (1842-1928), dominou a política de seu país no período de 1903 a 1914. (N. do T.)

encantador sorriso que se lhe conhece". O sr. de Norpois julgou que "com finura" já tinha força explosiva suficiente para um diplomata, e que esse acréscimo era, pelo menos, intempestivo. Pediu mesmo ao Quai d'Orsay que publicasse um desmentido oficial, mas o Quai d'Orsay não sabia para que lado se mexer. Com efeito, depois que a conversa fora revelada, o sr. Barrère[168] telegrafava a cada minuto para Paris, queixando-se de haver um embaixador oficioso junto ao Quirinal, e relatando o descontentamento que esse fato produzira na Europa inteira. O descontentamento não existia, mas os diferentes embaixadores eram demasiado polidos para desmentir o sr. Barrère, e este lhes assegurava que, certamente, todo mundo estava revoltado. Não escutando senão o seu próprio pensamento, o sr. Barrère interpretava como adesão esse silêncio cortês. E logo telegrafava a Paris: "Conversei durante uma hora com o marquês Visconti-Venosta"[169] etc. Seus secretários estavam exaustos.

Entretanto, o sr. de Norpois tinha às suas ordens um antiquíssimo jornal francês, que, já em 1870, sendo ele ministro da França em um país germânico, lhe prestara grande serviço. Esse jornal (sobretudo o artigo de fundo, não assinado) era admiravelmente bem redigido. Mas interessava mil vezes mais quando esse artigo (chamado "*premier-Paris*" naqueles tempos longínquos, e hoje, não se sabe por quê, "editorial") era, pelo contrário, mal torneado, com infinitas repetições de palavras. Todos sentiam, emocionados, que o artigo fora "inspirado". Talvez pelo sr. de Norpois, talvez por algum outro mestre da hora. Para dar uma ideia antecipada dos acontecimentos da Itália, mostremos como o sr. de Norpois se servira desse jornal em 1870 — inutilmente, pensarão, pois a guerra veio da mesma maneira; muito eficazmente, pensava o sr. de Norpois, cujo axioma era que, antes

168 Camille Barrère, embaixador francês junto ao Quirinal a partir de 1897. (N. do T.)

169 Emilio, marquês de Visconti-Venosta, ministro das Relações Exteriores italiano. (N. do R.T.)

de tudo, devemos preparar a opinião. Seus artigos, em que cada palavra era pesada, se assemelhavam a esses comunicados otimistas aos quais se segue, imediatamente, a morte do doente. Por exemplo, na véspera da declaração de guerra, em 1870, com a mobilização já quase pronta, o sr. de Norpois ("permanecendo na sombra, naturalmente") julgara de seu dever enviar a esse jornal famoso o editorial seguinte:

> A opinião parece prevalecer nos círculos autorizados, de que desde ontem, pelo meio da tarde, a situação, sem ter, bem entendido, caráter alarmante, podia ser encarada como séria, e mesmo, por certos lados, como suscetível de ser considerada como crítica. O sr. marquês de Norpois teria tido vários entendimentos com o sr. ministro da Prússia, a fim de examinar, com espírito de firmeza e de conciliação, e de maneira inteiramente concreta, os diferentes motivos de fricção existentes, se se pode falar assim. A notícia, infelizmente, não foi recebida por nós, à hora de entrar no prelo, de que Suas Excelências[170] tenham podido pôr-se de acordo sobre uma fórmula que possa servir de base a um instrumento diplomático. *Última hora*: Soube-se com satisfação, nos círculos bem informados, que um ligeiro desafogo parece ter se produzido nas relações franco-prussianas. Ligar-se-ia uma importância toda particular ao fato de que o sr. de Norpois teria encontrado *unter den Linden*[171] o ministro da Inglaterra, com quem se entreteve durante uns vinte minutos. Esta notícia é considerada como satisfatória.

(Acrescentou-se entre parênteses, depois de "satisfatória", a palavra alemã equivalente: *befriedigend).* No dia seguinte, lia-se no editorial: "Dir-se-ia, apesar de toda a habilidade do sr. de Nor-

170 A edição da Bibliothèque de la Pléiade substitui "Suas Excelências", da edição original, por "os dois ministros". (N. do R.T.)

171 No ministério das Relações Exteriores da Alemanha, localizado na avenida das Tílias, Berlim, e conhecido por essa designação. (N. do T.)

pois, a quem todo mundo se compraz em render homenagem pela hábil energia com que soube defender os direitos imprescritíveis da França, que uma ruptura não tem, por assim dizer, mais nenhuma possibilidade de ser evitada".

O jornal não podia deixar de acrescer a semelhante editorial alguns comentários, enviados, é claro, pelo sr. de Norpois. Observou-se talvez, nas páginas precedentes, que o condicional era uma das formas gramaticais preferidas pelo embaixador, na literatura diplomática. ("Ligar-se-ia uma importância particular" por "parece que se liga uma importância particular".) Mas o presente do indicativo, não em seu significado habitual, e sim no de antigo optativo, não era menos caro ao sr. de Norpois. Os comentários que se seguiam ao editorial estavam assim redigidos:

"Jamais o público deu prova de uma calma tão admirável" (o sr. de Norpois gostaria bem que fosse verdade, mas receava precisamente o contrário). "Ele está cansado das agitações estéreis e soube com satisfação que o governo de Sua Majestade assumiria suas responsabilidades conforme as eventualidades que poderiam se produzir. O público não pede" (optativo) "mais do que isso. Ao seu admirável sangue-frio, que já é um indício de êxito, acrescentaremos ainda uma notícia própria realmente para tranquilizar a opinião pública, se isso fosse necessário. Assegura-se com efeito que o sr. de Norpois, que por motivo de saúde há muito devia fazer em Paris uma pequena estação de tratamento, teria deixado Berlim, onde não mais julgava útil sua presença. Última hora: Sua Majestade o Imperador deixou esta manhã Compiègne rumo a Paris, a fim de conferenciar com o marquês de Norpois, o ministro da Guerra e o marechal Bazaine, em quem a opinião pública tem uma confiança particular. S. M. o Imperador cancelou o jantar que devia oferecer a sua cunhada, a duquesa de Alba. Esta medida produziu em toda parte, logo que foi conhecida, uma impressão particularmente favorável. O Imperador passou em revista as tropas, cujo entusiasmo é indescritível. Alguns corpos, ante uma ordem de mobilização dada logo após a chegada dos soberanos a Paris, estão, para qualquer eventualidade, prontos a partir na direção do Reno".

Por vezes, ao crepúsculo, voltando para o hotel, eu sentia que a Albertine de outrora, invisível a mim mesmo, estava entretanto encerrada no fundo de mim como nos cárceres de uma Veneza interior, de que a espaços um incidente fazia deslizar a tampa endurecida, proporcionando-me uma abertura sobre o passado.

Assim, por exemplo, certa noite, uma carta de meu corretor reabriu por um instante as portas da prisão onde Albertine vivia em mim, mas tão longe e tão profundamente que me era inacessível. Depois de sua morte, eu não me ocupara mais com as especulações que empreendera a fim de lhe proporcionar mais dinheiro. Ora, o tempo havia passado; grandes atos de prudência da época anterior eram desmentidos por essa, como aconteceu outrora com o sr. Thiers, ao dizer que as estradas de ferro jamais triunfariam. Os títulos a respeito dos quais o sr. de Norpois nos dissera: "A renda não é muito alta, sem dúvida, mas pelo menos o capital nunca será desvalorizado" eram quase sempre os que tinham baixado mais. Eu tinha de pagar diferenças consideráveis, e, levianamente, decidi vender tudo: achei-me apenas com a quinta parte do que possuía quando viva Albertine.[172] A notícia chegou a Combray, até os elementos restantes de nossa família e de nossas relações, e, como sabiam que eu frequentava o marquês de Saint-Loup e os Guermantes, comentaram: "Eis aonde leva a mania de grandeza". Ficariam espantados ao saber que fora por uma moça de condição tão modesta quanto Albertine, quase uma protegida de Vinteuil, ex-professor de piano de

172 A edição da Bibliothèque de la Pléiade traz alguns acréscimos a esse trecho sobre as perdas financeiras do herói: "Só para as ações da dívida inglesa e as Refinarias Say, eu tinha de pagar para os corretores diferenças tão consideráveis, assim como juros e dívidas atrasadas que, levianamente, decidi vender tudo e, de repente, achei-me apenas com a quinta parte do que herdara de minha avó e que ainda possuía quando vivia Albertine". (N. do R.T.)

minha avó, que eu fizera aqueles negócios.[173] De resto, naquele meio de Combray, em que cada pessoa é classificada para sempre, como em uma casta hindu, segundo as rendas que se lhe conhecem, não se poderia fazer ideia dessa grande liberdade que reinava no mundo dos Guermantes, onde se não dava nenhuma importância à fortuna e onde a pobreza era considerada tão desagradável quanto uma doença do estômago, mas de nenhum modo mais depreciativa, ou afetando mais a condição social, do que esta. Sem dúvida, e pelo contrário, imaginava-se em Combray que Saint-Loup e o sr. de Guermantes deviam ser nobres arruinados, com seus castelos hipotecados, e eu lhes emprestava dinheiro, ao passo que, se eu estivesse arruinado, eles seriam os primeiros a se oferecer realmente para auxiliar-me. Quanto à minha relativa ruína, aborrecia-me tanto mais quanto minhas curiosidades venezianas se tinham concentrado, pouco antes, em uma jovem vendedora de cristais, de carnação em flor, que oferecia ao encantamento dos olhos uma gama de tons alaranjados e me inspirava tamanho desejo de tornar a vê-la diariamente que, sentindo que dentro em pouco teria de deixar Veneza em companhia de mamãe, estava eu resolvido a estabelecer-lhe em Paris uma situação qualquer, de modo a não nos separarmos mais. A beleza de seus dezessete anos era tão nobre, tão radiosa, que constituía um verdadeiro Ticiano a adquirir antes de ir-me embora. Mas o pouco que me restava de fortuna constituiria tentação bastante para induzi-la a deixar a Itália e ir viver comigo em Paris? Como eu acabasse de ler a carta do corretor, uma frase em que ele dizia: "Cuidarei de seus interesses" recordou-me uma expressão da mesma hipocrisia profissional que a encarregada do quarto de banhos, em Balbec, empregara falando de Albertine a Aimé: "Era eu quem cuidava dela", e essas palavras, que

173 É um acréscimo da Bibliothèque de Pléiade a especificação de que a moça de condição modesta era Albertine, "quase uma protegida do ex-professor de piano de minha avó". (N. do R.T.)

jamais me tinham voltado à lembrança, fizeram girar, como um "abre-te, Sésamo", os gonzos do calabouço. Ao fim de um instante, porém, eles voltaram a fechar-se sobre a emparedada — que eu não tinha culpa de não querer encontrar, pois não conseguia mais vê-la nem lembrar-me dela, e as pessoas não existem para nós senão pela ideia que delas temos —, e esse abandono, embora ignorado por ela, tornava tão comovedora a sua figura que, num relâmpago, tive saudade do tempo já longínquo em que sofria dia e noite no convívio de sua lembrança. Outra vez, em San Giorgio dei Schiavoni, uma águia junto a um dos apóstolos, estilizada da mesma maneira, despertou a recordação, e quase o sofrimento causado pelos dois anéis de que Françoise me revelara a semelhança, e que eu nunca soube quem dera a Albertine. Certa noite, enfim, produziu-se uma circunstância de tal ordem que me pareceu que meu amor ia renascer. No momento em que a nossa gôndola se detinha junto aos degraus do hotel, o porteiro me entregou um telegrama que o estafeta já tinha vindo trazer-me três vezes, pois, devido à inexatidão do nome do destinatário (que entretanto compreendi ser o meu, através das alterações introduzidas pelos empregados italianos), cumpria assinar um recibo, certificando que o despacho me era realmente destinado. Abri-o logo que entrei no quarto, e, lançando um olhar sobre o papel coberto de palavras mal reproduzidas, pude ler, entretanto: "Mas caro, você me supunha morta. Perdoe, estou vivíssima. Queria vê-lo, falar-lhe de casamento. Quando volta? Carinhosamente, Albertine". Então, passou-se de maneira inversa a mesma coisa que com relação a minha avó: ao saber que ela morrera, a princípio não senti o menor desgosto. Não sofri efetivamente com a sua morte, senão quando lembranças involuntárias a tornaram viva para mim. Agora que Albertine, em meu pensamento, não vivia mais para mim, a notícia de que estava viva não me causava a alegria que eu teria imaginado. Ela não tinha sido para mim senão um feixe de pensamentos, e sobrevivera à morte material enquanto esses pensamentos viviam em mim;

em compensação, agora que os pensamentos estavam mortos, ela de modo algum ressuscitava para mim, com seu corpo. Percebendo que já não sentia alegria por sabê-la viva e que já não a amava, eu deveria ficar mais transtornado do que alguém que, diante do espelho, depois de meses de viagem ou de enfermidade, se vê com cabelos brancos e com rosto diverso, de homem maduro ou de velho. Isso transtorna, pois quer dizer: o homem que eu era, aquele rapaz louro, não existe mais; agora sou outro. Ora, a impressão que eu experimentava não provaria uma mudança tão profunda, uma morte tão completa do "eu" antigo, e a substituição tão completa de um "eu" novo a esse "eu" antigo quanto a visão de um rosto enrugado, recoberto por uma peruca branca, a substituir o rosto de outrora?[174] A verdade, porém, é que não nos afligimos mais por nos termos tornado outros, em virtude da passagem do tempo e pela ordem natural das coisas, do que nos afligiríamos em determinada época por sermos, alternadamente, sujeitos contraditórios — perversos, delicados, sensíveis, grosseiros, desinteressados, ambiciosos, como, alternadamente, somos a cada dia. E a razão pela qual não nos afligimos é a mesma: o "eu" eclipsado — momentaneamente no último caso, quando se trata do caráter, ou para sempre, no primeiro caso, quando se trata de paixões — não está presente para deplorar o outro, esse outro que, neste momento mesmo, ou daí por diante, é todo nós; o grosseiro sorri de sua grosseria porque é grosseiro, e o esquecido não se entristece com a falta de memória precisamente porque esqueceu.

Eu seria incapaz de ressuscitar Albertine, porque o era de ressuscitar a mim mesmo, de ressuscitar o meu "eu" de então. A

174 A edição da Bibliothèque de la Pléiade traz um texto um pouco diferente da edição original, consultada por Drummond: "Ora, será que não é uma mudança tão profunda, uma morte tão total do eu que éramos, a substituição tão completa desse eu novo, ver um rosto enrugado encimado por uma peruca branca que substituiu o rosto antigo?". (N. do R.T.)

vida, conforme seu hábito que consiste, através de trabalhos incessantes e infinitamente pequenos, em mudar a face do mundo, não me dissera, no dia seguinte à morte de Albertine: "Torna-te outro", mas, por meio de mudanças demasiado imperceptíveis para me permitirem reparar o próprio fato da mudança, renovara quase tudo em mim, de sorte que o pensamento já estava habituado a seu novo amo — meu novo "eu" —, ao perceber que esse havia mudado; era a este que se apegava. Como se viu, minha ternura por Albertine e meu ciúme se apegavam à irradiação, por associação de ideias, de certas impressões doces ou dolorosas,[175] à lembrança da srta. Vinteuil em Montjouvain, aos suaves beijos noturnos que Albertine me dava no pescoço. Mas, à medida que essas impressões se iam enfraquecendo, o imenso campo de impressões que elas coloriam com uma tinta angustiosa ou meiga recuperara tons neutros. Uma vez que o esquecimento se apoderara de alguns pontos dominantes do sofrimento e de prazer, a resistência de meu amor fora vencida, eu não gostava mais de Albertine. Tentava lembrá-la. Tivera um pressentimento justo, dois dias após a partida de Albertine, ao me aterrorizar por ter podido viver quarenta e oito horas sem ela. Acontecera o mesmo quando escrevia antes a Gilberte, dizendo comigo: "Se isto continuar assim por dois anos, não gostarei mais dela". E se, quando Swann me pediu para visitar Gilberte isso me pareceu tão incômodo como rever uma pessoa morta, com relação a Albertine, a morte — ou aquilo que me parecera morte — fizera a mesma obra que com relação a Gilberte o rompimento prolongado. A morte age do mesmo modo que a ausência. O monstro a cuja aparição meu amor estremecera — o esquecimento — tinha de fato, como eu supunha, acabado por devorá-lo. Não somente a notícia de que ela estava viva não despertou o amor, não somente me permitiu verificar como já ia

175 A edição da Bibliothèque de la Pléiade traz: "de certos núcleos (*noyaux*) de impressões doces ou dolorosas". (N. do R.T.)

avançada a volta à indiferença, como, instantaneamente, lhe imprimiu uma aceleração tão brusca que me perguntei, retrospectivamente, se antes a notícia contrária, a da morte de Albertine, arrematando a obra de sua partida, não exaltara inversamente meu amor e lhe retardara o declínio. E agora que sabê-la viva e poder encontrá-la a tornavam de repente tão pouco preciosa, eu perguntava a mim mesmo se as insinuações de Françoise, o próprio rompimento e até a morte (imaginária mas julgada real) não haviam prolongado esse amor, tanto os esforços de terceiros, e mesmo do destino, separando-nos de uma mulher não fazem senão prender-nos a ela. Agora, o contrário é que se produzia. De resto, tentei lembrar-me dela e talvez porque precisasse apenas fazer um sinal para tê-la comigo, a recordação que me veio foi a de uma rapariga muito gorda, machona, em cujo rosto fanado aflorava já, como um germe, o perfil da sra. Bontemps. O que ela poderia ter feito com Andrée ou com outras já não me interessava. Eu não sofria mais com o mal que por tanto tempo me parecera incurável e, no fundo, teria podido prever a mudança. Por certo, a saudade da amante e o ciúme que lhe sobrevive são doenças físicas, do mesmo jeito que a tuberculose ou a leucemia. Entre os males físicos, porém, cabe distinguir os que são causados por um agente puramente físico e aqueles que não agem sobre o corpo senão por intermédio da inteligência. Se a parte da inteligência que serve de fio transmissor é a memória — isto é, se a causa destrói ou afasta —, por mais cruel que seja o sofrimento, e mais profunda que pareça a perturbação trazida ao organismo, é bem raro, pois o pensamento tem um poder de renovação, ou antes, uma impotência de conservação de que não dispõem os tecidos, que o prognóstico não seja favorável. Ao fim do tempo necessário para que um canceroso tenha morrido, é raro que um viúvo ou um pai inconsoláveis não estejam curados. Eu estava. Era, então, por essa rapariga que nesse momento eu via de novo tão balofa, e que certamente envelhecera, como tinham envelhecido as raparigas que ela amara, era por ela que eu devia renunciar à deslumbrante rapariga que constituía a minha lembrança de ontem e a minha esperança de amanhã (a quem eu não podia dar mais nada, como também a nenhuma outra, se me casasse com Albertine), que eu devia renunciar a essa nova Albertine, não "tal como a viram os infernos", mas fiel, e "até um pouco feroz"?[176] Ela é que era agora o que Albertine tinha sido antes: meu amor a Albertine fora apenas uma forma passageira de devoção à mocidade. Julgamos amar uma jovem e não amamos nela, ai de nós!, senão essa aurora de que seu rosto reflete momentaneamente o rubor. Passou-se a noite. Pela manhã, restituí o telegrama ao porteiro, dizendo que me fora entregue por engano, que não era para mim. Respondeu-me que, estando o telegrama aberto, ele iria meter-se em complicações e era preferível que eu o guardasse; tornei a pô-lo no bolso, mas prometi a mim mesmo fazer de conta que jamais o recebera. Deixara definitivamente de amar Albertine. De sorte que esse amor, depois de se afastar de tal modo do que eu tinha previsto em face de meu amor a Gilberte, depois de me ter feito dar uma tão longa e dolorosa volta, acabava também, ele que era uma exceção a isso, por entrar, exatamente como o amor de Gilberte, na lei geral do esquecimento.

Mas, então, pensei: eu tinha mais interesse por Albertine do que por mim mesmo; não o tenho mais porque, durante certo tempo, deixei de vê-la. Meu desejo de não separar-me de mim mesmo pela morte, de ressuscitar depois da morte, esse desejo, porém, não era como o de jamais separar-me de Albertine, pois durava ainda. Proviria isso do fato de que eu me julgava mais precioso do que ela, de que ao amá-la, era a mim mesmo que eu mais amava? Não provinha antes de que, deixando de vê-la, eu

176 O texto da edição da Bibliothèque de la Pléiade acrescenta um adjetivo: "mas fiel, orgulhosa (*fière*) e até um pouco feroz". Também neste trecho o autor retoma o paralelo entre o casal e os personagens da peça *Fedra*, de Racine (cf. nota 13). (N. do R.T.)

tinha deixado de amá-la, pois meus laços cotidianos comigo mesmo não tinham sido rompidos como foram os laços com Albertine. Mas se os laços com o meu corpo, comigo mesmo, o fossem também?... De certo, aconteceria a mesma coisa. Nosso amor à vida não é senão uma velha ligação de que não sabemos desembaraçar-nos. Sua força reside na permanência. Mas a morte, que rompe essa ligação, nos há de curar do desejo da imortalidade.

Depois do almoço, quando não ia errar sozinho através de Veneza, eu subia ao quarto para me preparar e sair em companhia de mamãe e para pegar alguns cadernos nos quais eu tomava notas referentes a um trabalho que eu estava fazendo sobre Ruskin.[177] Na brusca direção do cotovelo das paredes, eu sentia as restrições impostas pelo mar e a parcimônia do solo. E descendo para ir encontrar mamãe que me esperava, nessa hora em que era tão bom saborear o sol pertinho, na escuridão mantida pelas persianas fechadas de Combray, aqui, de alto a baixo da escadaria de mármore, da qual, como se figurasse em uma pintura do Renascimento, não se podia saber se estava presa a um palácio ou a uma galera, a mesma frescura e o mesmo sentimento do esplendor externo eram proporcionados pelo toldo que se movia diante das janelas continuamente abertas, e pelas quais, numa incessante corrente de ar, a sombra tépida e o sol esverdinhado deslizavam como por uma superfície flutuante, evocando a vizinhança móbil, a iluminação, a espelhante instabilidade da onda. Na maioria das vezes era para São Marcos que eu ia, e com mais prazer ainda porque, como era preciso primeiro tomar uma gôndola para chegar até lá, para mim, a igreja não se apresentava como um simples monumento, mas como o término de um percurso sobre a água marítima e primaveril com a qual São

177 A informação sobre esses cadernos em que toma notas sobre Ruskin é um acréscimo da edição da Bibliothèque de la Pléiade. O tema da pesquisa sobre o crítico inglês aproxima o herói do próprio Proust, que realizou duas viagens a Veneza em 1900 (a primeira, acompanhado da mãe). (N. do R.T.)

Marcos formava para mim um todo indivisível e vivo. Entrávamos, minha mãe e eu, no batistério, caminhando sobre os mosaicos de mármore e vidro do pavimento, tendo diante de nós as largas arcadas cujas superfícies cônicas e rosadas foram ligeiramente modificadas pelo tempo, o que dá à igreja, nos lugares em que ele respeitou o frescor das cores, a aparência de ter sido construída com uma matéria doce e maleável como a cera de alvéolos gigantescos; já nos lugares em que ele endureceu a matéria e onde os artistas a perfuraram e a realçaram com ouro, aparentava ser a preciosa encadernação em couro de Córdoba, do colossal evangelho de Veneza. Vendo que eu devia permanecer durante muito tempo diante dos mosaicos que representam o batismo de Cristo, minha mãe, sentindo a temperatura glacial do batistério, jogava um xale em meus ombros. Quando eu estava com Albertine em Balbec, eu achava que ela dava mostras de uma dessas ilusões inconsistentes que dominam a mente de tantas pessoas que não pensam com clareza, quando me falava do prazer — a meu ver baseado em nada — que teria em ver determinada pintura comigo. Hoje pelo menos estou convencido de que existe o prazer se não de ver, pelo menos de ter visto algo belo com uma determinada pessoa. Chegou o momento para mim em que quando me lembro do batistério, diante das ondas do rio Jordão onde são João imerge Cristo, enquanto a gôndola nos esperava diante da Piazzetta, não me é indiferente que nesta fresca penumbra, a meu lado houvesse uma mulher envolta em seu luto com o fervor respeitoso e entusiasta da mulher já de idade que vemos em Veneza na *Santa Úrsula* de Carpaccio, e que tal mulher de faces rubras, com olhos tristes, véus negros, e que, para mim, nunca mais nada conseguirá desvincular do santuário docemente iluminado de São Marcos em que estou certo de encontrá-la porque ali ela tem um lugar reservado e imutável como um mosaico, que esta mulher seja minha mãe. Carpaccio que acabo de citar e que era o pintor que, quando não estava trabalhando em São Marcos, visitávamos mais frequentemente, um dia quase reacendeu meu amor por Albertine. Eu estava vendo pela primeira vez *O patriarca de Grado exorcizando um possesso.* Olhava o admirável céu encarnado e violeta sobre o qual se destacam as altas chaminés incrustadas, cuja forma cônica e o florescer vermelho de tulipas faz pensar em tantas Venezas de Whistler. Depois meus olhos passavam da velha ponte Rialto de madeira para o Ponte Vecchio do século XV, para os palácios de mármore decorados com capitéis dourados, voltavam para o Canal onde as embarcações são conduzidas por adolescentes em trajes cor-de-rosa, com gorros encimados por *aigrettes*, semelhantes a ponto de confundi-los a um personagem que evocava de fato Carpaccio nessa deslumbrante *Lenda de José* de Sert, Strauss e Kessler. Por fim, antes de terminar de ver o quadro, meus olhos voltaram para a margem em que pululam cenas da vida da Veneza da época. Eu olhava o barbeiro enxugar a navalha, o negro carregando o tonel, as conversas dos muçulmanos, dos nobres senhores venezianos com amplos trajes de brocados, de adamascados, com gorros de veludo cereja, quando de repente senti no coração como uma leve pontada. Nas costas de um dos membros da Calza, reconhecível pelos bordados de ouro e pérolas que traçam na manga ou na gola o emblema da alegre confraria a que eram afiliados, eu acabava de reconhecer o casaco que Albertine usava para ir comigo em carro aberto a Versalhes, na noite em que eu estava longe de suspeitar que apenas umas quinze horas me separavam do momento em que ela iria embora de minha casa. Sempre disposta a tudo, quando lhe pedira que fosse embora, naquele dia triste que em sua última carta ela chamaria de "duas vezes crepuscular porque caía a noite e íamos nos separar", ela jogara nas costas um casaco de Fortuny que levara com ela no dia seguinte e que desde então nunca mais revira em minhas lembranças. Ora, era desse quadro de Carpaccio que o filho genial de Veneza o extraíra, era dos ombros desse membro da Calza que ele o retirara para colocá-lo sobre os ombros de tantas parisienses que evidentemente ignoravam como eu até então que seu modelo existia no interior de um grupo de senhores, no primeiro plano do *Patriarche di Grado*, numa sala da Academia de Veneza. Eu reconhecera tudo, e por um instante, o casaco esquecido tendo me trazido de volta para que o olhasse, os olhos e o coração daquele que ia naquela noite a Versailles com Albertine, fui invadido durante alguns instantes por um sentimento vago e logo dissipado de desejo e de melancolia.

Enfim, havia dias em que eu e minha mãe não nos contentávamos com museus e igrejas de Veneza e foi assim que certa vez em que fazia um tempo muito bom, para rever os Vícios e as Virtudes cujas reproduções me haviam sido dadas pelo sr. Swann, reproduções que provavelmente ainda estão dependuradas no escritório da casa de Combray, fomos até Pádua;[178] depois de atravessar, com o sol a pino, o jardim da Arena, entrei na capela dos Giotto, em que a abóbada inteira e os fundos das pinturas a fresco são tão azuis que é como se também o dia radioso houvesse transposto o umbral em companhia do visitante, indo por um momento colocar na frescura da sombra o seu céu límpido, apenas um pouco mais escuro porque se desembaraçou dos raios dourados da luz, como nessas pausas breves que interrompem os dia mais claros, quando, sem que se visse qualquer nuvem, e tendo o sol virado sua pálpebra por um instante para mais longe, o azul, mais doce ainda, se obscurece. Nesse firmamento, sobre a pedra azulada, anjos voavam que eu via pela primeira vez, pois a sra. Swann dera-me apenas reproduções das Virtudes e dos Vícios, e não das pinturas a fresco que contam a história da Virgem e de Cristo. Pois bem, no voo dos anjos, eu recuperava a mesma impressão de ação efetiva, literalmente real que me haviam dado os gestos da Caridade ou da Inveja. Com tanto fervor celeste ou, pelo menos, com seriedade e aplicação infantis com que juntam suas mãozinhas, os anjos são representados na Are-

178 Todo o trecho desde "Na maioria das vezes era para São Marcos" (p. 292) é um longo acréscimo da edição da Bibliothèque de la Pléiade. (N. do R.T.)

na, mas como[179] aves de uma espécie particular que realmente houvesse existido, figurando na história natural dos tempos bíblicos e evangélicos e voando invariavelmente à passagem dos santos; há sempre alguns, soltos por cima deles, e, como criaturas reais e efetivamente volantes, vemos que se elevam e descrevem curvas, e executam *loopings* com a maior habilidade e mergulham em direção ao solo, de cabeça para baixo, com grande auxílio das asas, que lhes permitem manter-se em condições contrárias às leis da gravidade, e lembram muito mais certa variedade de pássaros, ou jovens discípulos de Garros, a se exercitarem em voo de planagem, do que anjos de arte do Renascimento e das épocas seguintes cujas asas não são mais que emblemas e cujo aspecto se assemelha, habitualmente, ao de personagens celestes que não sejam alados.[180]

Voltando para o hotel, eu encontrava moças que sobretudo da Áustria vinham a Veneza para passar os primeiros dias de sol daquela primavera sem flores. Os traços do rosto de uma delas não se assemelhavam aos de Albertine, mas ela me agradava pelo mesmo frescor da pele, o mesmo olhar risonho e desenvolto. Não demorou para eu sentir que começava a dizer-lhe as mesmas coisas que no começo eu dizia a Albertine, que eu lhe dissimulava o mesmo sofrimento quando ela me dizia que não me encontraria no dia seguinte, que ia para Verona, e logo depois eu dissimulava o desejo de também ir a Verona. Isso durou pouco, ela devia voltar para a Áustria, eu não a encontraria nunca mais, porém já ligeiramente enciumado, como ficamos quando começamos a nos apaixonar, ao olhar sua figura encantadora e enig-

179 Desde "que eu via pela primeira vez" é um acréscimo da edição da Bibliothèque de la Pléiade. (N. do R.T.)

180 Excetuando os fragmentos a que se referem às duas notas antecedentes, o restante do parágrafo é composto por sequência de frases que sofreu deslocamento na atual edição da Pléiade, tendo sido incluída aqui. Para fins de identificação, tal sequência foi denominada *trecho* 4. Ver, a seguir, a nota 181 que indica o lugar onde este trecho constava na edição consultada por Drummond e de onde foi excluído. (N. do R.T.)

mática, eu me perguntava se ela também gostava de mulheres, se o que tinha em comum com Albertine, essa transparência da tez e do olhar, esse ar de franqueza amável que a todos seduzia e que tinha mais a ver com o fato de não procurar de forma alguma conhecer as ações dos outros que não a interessavam em absoluto, do que com o fato de expor as próprias ações que, pelo contrário, ela dissimulava com as mentiras mais pueris, eu me perguntava se tudo isso era parte integrante do caráter morfológico da mulher que gosta de mulheres. Será que era isso que, sem que eu pudesse captar racionalmente o porquê, exercia atração sobre mim, causava minhas preocupações (talvez causa mais profunda de minha atração por aquilo que nos leva ao que vai nos fazer sofrer), dava-me, quando a via, tanto prazer e tanta tristeza, como os elementos magnéticos que não vemos e que, na atmosfera de algumas regiões, nos fazem sentir tanto mal-estar? Infelizmente, nunca o saberia. Eu gostaria de lhe dizer, quando tentava decifrar seu rosto: "Você deveria me dizer, isso teria interesse para que eu pudesse conhecer uma lei de história natural humana", mas ela nunca me diria; ela manifestava por tudo aquilo que se assemelhava a esse vício um horror especial, e mantinha uma grande frieza com suas amigas. Talvez fosse mesmo a prova de que ela tivesse algo a esconder, talvez tivessem caçoado dela ou a tivessem discriminado por causa disso, e que a expressão que ela assumia para evitar que pensassem isso dela era como essa distância reveladora que os animais adotam com relação às pessoas que os agrediram. Quanto a me informar sobre sua vida, era impossível; mesmo sobre Albertine, quanto tempo levei antes de saber alguma coisa! foi preciso haver a morte para soltar as línguas, tamanha a prudente circunspeção que, como a jovem austríaca, Albertine mantinha em sua conduta! E mesmo sobre Albertine, será que eu poderia ter certeza de saber alguma coisa? E depois, da mesma forma que as condições de vida que mais desejamos tornam-se indiferentes se deixarmos de amar a pessoa que, a nossa revelia, nos levava a desejá-las porque elas nos permitiam viver junto a ela, satisfazê-la no que fosse possível, o mesmo acontece com certas curiosidades intelectuais. A importância científica que eu via em conhecer o tipo de desejo que se ocultava sob as pétalas levemente rosadas daquelas faces, na clara transparência sem sol como o amanhecer daqueles olhos pálidos, naqueles dias nunca relatados, desapareceria talvez quando eu não mais amasse Albertine ou quando eu não mais amasse aquela jovem austríaca.[181]

À noite, eu saía sozinho, pelo coração da cidade encantada, personagem das *As mil e uma noites* entre bairros a explorar. Era raro que não descobrisse, ao acaso desses passeios, alguma praça desconhecida e espaçosa, de que nenhum guia, nenhum viajante me havia falado. Metera-me em uma rede de pequenos becos, de *calli*.[182] À noite, com suas altas chaminés cônicas às quais o sol imprime mais vivos tons róseos, os vermelhos mais claros, é um verdadeiro jardim que floresce acima das casas, com nuances tão variadas que diríamos, semeado sobre a cidade, um jardim de um colecionador de tulipas de Delft ou de Haarlem. E aliás a extrema proximidade das casas fazia de cada janela a moldura em que devaneava uma cozinheira olhando através dela, ou a moldura de uma rapariga que, sentada, deixava-se pentear por uma velha, entrevista no escuro, com cara de feiticeira — fazia como que uma exposição de cem quadros holandeses justapostos, de cada pobre casa silenciosa e muito próxima por causa da grande estreiteza desses *calli*. Comprimidos uns contra os outros, esses *calli*[183] dividiam em todos os sentidos, com suas ranhuras, o trecho de Veneza recortado entre um canal e uma laguna, como se esse trecho se houvesse cristalizado segundo essas fórmulas inumeráveis, tênues e minuciosas. De repente, ao fim de

181 Todo este parágrafo é acréscimo da edição da Bibliothèque de la Pléiade. (N. do R.T.)

182 Caminhos. (N. do T.)

183 O trecho que se inicia por "À noite, com suas altas chaminés" é acréscimo da edição da Bibliothèque de la Pléiade. (N. do R.T.)

uma dessas ruelas, parecia que na matéria cristalizada se produzia uma distensão. Um vasto e suntuoso *campo*, de que, certamente, naquela rede de ruelas, eu não poderia adivinhar a importância, nem mesmo localizá-lo, estendia-se diante de mim, cercado de palácios encantadores, pálidos de luar. Era um desses conjuntos arquitetônicos para os quais, em outra cidade qualquer, as ruas se dirigem, nos conduzem e o designam. Aqui, parecia escondido de propósito num cruzamento de becos, como esses palácios de contos orientais a que é conduzido, à noite, alguém que, transportado para casa antes do amanhecer, não deverá localizar o sítio mágico e acaba acreditando que lá só esteve em sonho. No dia seguinte, partia eu à procura de minha bela praça noturna, através de *calli* que se assemelhavam todas e se recusavam a dar-me qualquer informação, salvo para melhor me perder. Às vezes, um vago indício, que eu julgava reconhecer, dava a impressão de que iria ver ressurgir, em sua clausura, sua solitude e seu silêncio, a bela praça exilada. Nesse momento, algum gênio mau, que tomara a aparência de uma nova rua, me fazia retroceder a contragosto, e eu me via bruscamente reconduzido ao Grande Canal. E, como não existe grande diferença entre a lembrança de um sonho e a lembrança de uma realidade, acabava por perguntar a mim mesmo se não fora durante o sono que se produzira, em um bloco sombrio de cristalização veneziana, aquela estranha flutuação que oferecia uma vasta praça, rodeada de palácios românticos, à meditação[184] do luar.[185]

Mas o desejo de não perder para sempre determinadas mulheres, bem mais do que determinadas praças, mantinha em mim, em Veneza, uma agitação que se tornou febril no dia em que minha mãe decidiu que iríamos embora, quando no final da

184 A edição da Bibliothèque de la Pléiade acrescenta: "à meditação prolongada (*prolongée*) do luar". (N. do R.T.)

185 O *trecho* 4, que sofreu deslocamento na atual edição da Bibliothèque de la Pléiade, constava aqui na edição consultada por Drummond. (N. do R.T.)

tarde, quando nossa bagagem já havia sido enviada de gôndola para a estação, eu li no registro dos estrangeiros aguardados no hotel: "Baronesa Putbus e comitiva". Imediatamente, o sentimento de todas as horas de prazer carnal de que nossa partida ia me privar elevou esse desejo, que existia em mim em estado crônico, ao nível de um sentimento, e mergulhou-o na melancolia e na incerteza;[186] pedi a mamãe que retardássemos a partida por alguns dias; sua atitude, não tomando em consideração e nem mesmo a sério esse pedido, despertou em meus nervos excitados pela primavera veneziana aquele velho desejo de resistência às conspirações imaginárias, tramada contra mim por meus pais (imaginavam eles que eu seria, afinal, compelido a obedecer), aquela vontade de luta, aquele desejo que me impelia antes a impor bruscamente minha vontade às pessoas de quem mais gostava, pronto a me conformar com a deles depois que houvesse conseguido fazê-los ceder. Disse a mamãe que eu não viajaria, porém ela, julgando mais hábil não dar impressão de que acreditava nisso, nem sequer me respondeu. Insisti: veria afinal se era, ou não, a sério. O porteiro do hotel veio trazer três cartas, duas para ela, uma para mim que coloquei na carteira no meio de todas as outras sem nem mesmo olhar o envelope.[187] E quando chegou a hora em que, levando toda a minha bagagem, lá se foi ela para a estação, mandei vir uma bebida no terraço, diante do canal, e aí me instalei, olhando o crepúsculo, enquanto numa barca parada em frente ao hotel um músico entoava o "Sole mio". O sol ia baixando. Mamãe não devia estar longe da estação. Daí a pouco teria partido, e eu estaria em Veneza, sozinho com a tristeza de sabê-la aflita por minha causa, e sem sua pre-

186 Para realizar o acréscimo que se inicia em "Mas o desejo de não perder para sempre", fomos obrigados a eliminar uma frase que constava da edição original e da tradução de Drummond: "Quando eu soube, já no dia em que regressávamos a Paris, que a sra. Putbus, e por conseguinte sua camareira, acabavam de chegar a Veneza". (N. do R.T.)

187 Toda essa frase é um acréscimo da edição da Bibliothèque de la Pléiade. (N. do R.T.)

sença para consolar-me. Aproximava-se a hora do trem. Minha solidão irrevogável estava tão próxima que já me parecia começada e completa. Porque eu me sentia só. As coisas tinham se tornado estranhas para mim. Faltava-me a calma necessária para tirar de meu coração palpitante alguma estabilidade, que introduzisse nelas. A cidade que eu via diante de mim deixara de ser Veneza. Sua personalidade, seu nome, pareciam-me ficções mentirosas, que eu já não tinha coragem de inculcar às pedras. Os palácios afiguravam-se-me reduzidos às suas simples partes, porções de mármores iguais a todas as outras, e a água era uma combinação de oxigênio e hidrogênio,[188] eterna, cega, anterior e exterior a Veneza, alheia aos Doges e a Turner. Entretanto, esse lugar qualquer era estranho como um lugar onde acabamos de chegar e que não nos conhece ainda — como um lugar de onde partimos e que já nos esqueceu. Eu não podia dizer-lhe mais nada de mim, não podia deixar mais nada de mim pousar nele; deixava-me contraído, eu não era mais que um coração batendo, uma atenção seguindo ansiosamente o desenrolar do "Sole mio". Em vão, e desesperadamente, ligava meu pensamento ao belo arco, tão característico, da ponte do Rialto; com a mediocridade da evidência, essa ponte me parecia não somente inferior, mas estranha à ideia que eu fazia dela, como o ator que, apesar da peruca loura e da vestimenta preta, nós sabemos muito bem que, em sua essência, não é absolutamente Hamlet. Assim, os palácios, o canal, o Rialto se achavam despidos da ideia que lhe constituía a individualidade e dissolvidos em seus vulgares elementos materiais. Mas, ao mesmo tempo, esse lugar medíocre me parecia longínquo. No lago do arsenal, também por causa de um elemento científico, a latitude, havia a singularidade das coisas, que, mesmo semelhantes na aparência às de nossa terra, se revelam estrangeiras, no exílio sob outros céus;

188 A edição da Bibliothèque de la Pléiade traz "uma combinaçao de hidrogênio e azoto". (N. do R.T.)

eu sentia que esse horizonte tão próximo, que me seria fácil alcançar dentro de uma hora, constituía uma curvatura da terra inteiramente diversa da dos mares da França, uma curvatura longínqua, fundeada perto de mim pelo artifício da viagem; de tal modo que o lago do arsenal, ao mesmo tempo insignificante e longínquo, me enchia dessa mistura de repugnância e de susto que eu experimentara em pequeno, na primeira vez em que acompanhei mamãe aos banhos Deligny; realmente, no sítio fantástico formado por uma água escura que nem o céu nem o sol recobriam, e que, entretanto, comprimida em cabinas, sentíamos comunicar-se através de invisíveis profundezas, repletas de corpos humanos de calção, eu perguntava a mim mesmo se aquelas profundezas, ocultas a olhos mortais pelas barracas, que não permitiam sequer que as suspeitássemos da rua, não seriam a entrada dos mares glaciais que ali começavam; se os polos não estariam ali compreendidos e se aquele estreito espaço não seria precisamente o mar livre em torno ao polo. Essa Veneza sem simpatia por mim, e onde eu ficaria sozinho, não me parecia menos isolada, menos irreal, e era a minha angústia que o "Sole mio", erguendo-se como uma lamentação da Veneza que eu conhecera, parecia tomar como testemunha. Sem dúvida, seria preciso deixar de escutá-lo, se eu quisesse poder alcançar ainda mamãe e tomar o trem em sua companhia; seria preciso resolver, sem perda de tempo, que eu partiria, mas era justamente o que eu não podia fazer: permanecia imóvel, incapaz não somente de me levantar como até mesmo de decidir que me levantaria. Meu pensamento, sem dúvida para não ter de tomar uma resolução, ocupava-se inteiramente em seguir o desenrolar das frases sucessivas do "Sole mio"; acompanhando mentalmente o cantor, previa para cada frase o impulso que iria arrebatá-la e me deixava ir com ela, para com ela também recair em seguida. Sem dúvida, essa canção insignificante, ouvida cem vezes, de modo algum me interessava. Eu não podia dar prazer a ninguém, nem a mim mesmo, escutando-a tão religiosamente até o fim. Nenhum dos motivos, conhecidos previamente por mim, dessa vulgar romança podia fornecer-me a resolução de que eu necessitava; mais ainda, cada uma dessas frases, ao passar por sua vez, tornava-se um obstáculo a que eu tomasse eficazmente essa resolução, ou antes, obrigava-me à resolução contrária de não partir, porque me fazia perder a hora. Assim, a ocupação, sem prazer em si mesma, de escutar o "Sole mio" se carregava de uma tristeza profunda, quase desesperada. Sentia bem que, na realidade, era a resolução de não partir que eu tomava, pelo fato de ficar ali sem mexer-me; mas dizer a mim mesmo: "Eu não viajo", se não me era possível sob essa forma direta, já o era sob esta outra: "Vou escutar ainda uma frase do 'Sole mio'"; porém a significação prática dessa linguagem figurada não me escapava e, ao mesmo tempo que dizia: "Afinal de contas, não faço mais que escutar ainda uma frase", sabia que isso queria dizer: "Vou ficar sozinho em Veneza". E era talvez essa tristeza, com uma espécie de frio entorpecente, que fazia o encanto, desesperado mas fascinante, da canção. Cada nota que a voz do cantor emitia com uma força e uma ostentação quase musculares vinha ferir-me em pleno coração; quando a frase se consumava e o trecho parecia acabado, o cantor não se dava por satisfeito, recomeçando mais alto, como se precisasse proclamar ainda uma vez minha solidão e meu desespero. Mamãe devia ter chegado à estação. Daí a pouco teria partido. Oprimia-me, com a vista do canal tornado pequenino depois que a alma de Veneza se lhe escapara, e do Rialto banal que não era mais o Rialto, a angústia causada por esse canto de desespero que se tornara o "Sole mio" e, que, clamado assim diante dos palácios inconsistentes, acabava de esmigalhá-los, consumando a ruína de Veneza; eu assistia à lenta realização de meu infortúnio, construído artisticamente e sem pressa, nota por nota, pelo cantor que olhava com espanto o sol parado atrás de Saint Georges-le-Majeur,[189] tão bem que essa luz

189 Aludindo à "geografia confusa" deste capítulo, observa C. K. Scott Moncrieff que, evidentemente, Proust transferiu o nome de Saint-Georges-le-Majeur para uma das igrejas do Grande Canal. (N. do T.)

crepuscular devia constituir para sempre em minha memória, com o arrepio de minha emoção e a voz de bronze do cantor, uma liga imutável, equívoca e pungente.

Assim permanecia eu, imóvel, com a vontade dissolvida, sem decisão aparente; por certo, nesses momentos ela já foi tomada: nossos próprios amigos podem muitas vezes prevê-la. Nós, porém, é que não podemos, e, não fora isso, muitos sofrimentos nos seriam poupados.

Afinal, de abismos mais obscuros do que aqueles de onde se projeta o cometa que podemos prever — graças à insuspeitada potência defensiva do hábito inveterado, graças às reservas ocultas que, num impulso repentino de última hora, ele atira à luta — minha ação apareceu: disparei na corrida e cheguei, com as portinholas do trem já fechadas, mas a tempo de encontrar mamãe, vermelha de emoção e esforçando-se para não chorar, porque achava que eu não viria mais. Depois, o trem partiu e vimos Pádua e Veneza aproximar-se de nós, dizer-nos adeus da estação e, quando nos afastamos, voltar — pois não partiam, precisavam recomeçar a vida — uma à sua planície, e outra à sua colina.

As horas passavam. Mamãe não tinha pressa de ler as duas cartas que guardava na mão e apenas abria, e procurava também evitar que eu sacasse logo da carteira a outra que o porteiro do hotel me entregara. Ela continuava a recear que eu achasse as viagens demasiado longas e fatigantes e adiava para o mais tarde possível, a fim de encher o meu tempo durante as últimas horas, o momento em que procuraria para mim novas distrações,[190] desembrulharia os ovos cozidos, me passaria os jornais, abriria o pacote de livros que comprara sem eu saber. Tínhamos atravessado Milão havia muito tempo, quando ela se decidiu a ler a primeira das duas cartas.[191] Olhei para mamãe:

190 O trecho "procuraria para mim novas distrações" constava da edição original, mas foi suprimido na edição da Bibliothèque de la Pléiade. (N. do R.T.)

191 Frase que também foi suprimida da edição da Bibliothèque de la Pléiade. (N. do R.T.)

lia com espanto, depois levantava a cabeça, e seus olhos pareciam pousar alternadamente sobre lembranças distintas, incompatíveis, que ela não conseguia articular. Nesse entrementes, eu reconhecera a letra de Gilberte no envelope que acabava de tirar da carteira.[192] Abri-a. Gilberte anunciava-me seu casamento com Robert de Saint-Loup. Dizia que me telegrafara a esse respeito para Veneza e não tivera resposta. Lembrei-me de que me haviam dito que o serviço telegráfico de lá era mau. Eu jamais recebera esse telegrama. Talvez ela não acreditasse nisso. De repente, senti em meu espírito um fato, aí instalado em forma de lembrança, sair do lugar e cedê-lo a outro. O telegrama que eu recebera dias antes, e que supusera de Albertine, era de Gilberte. Como a originalidade bastante artificial da letra de Gilberte consistia principalmente, quando escrevia uma linha, em fazer figurar na linha superior as barras do *t*, que pareciam sublinhar as palavras, ou os pingos dos *ii*, que pareciam interromper as frases da linha de cima, e, em troca intercalar na linha de baixo as caudas e arabescos das palavras que lhe eram superpostas, era muito natural que o empregado do telégrafo houvesse interpretado as curvas de *s* ou de *z* da linha superior como um *ina* que acabasse a palavra *Gilberte.* O pingo do *i* de *Gilberte* subira para compor, lá em cima, uma espécie de reticências. Quanto ao seu G, tinha o ar de um *A* gótico. Além disso, bastava que duas ou três palavras fossem mal lidas e confundidas com outras (algumas, de resto, me haviam parecido incompreensíveis), e explicavam-se os pormenores de meu erro; nem mesmo isso era necessário. Quantas letras não lê em uma palavra a pessoa distraída, e sobretudo prevenida, partindo da ideia de que a carta é de certa pessoa, e quantas palavras na frase? Adivinhamos ao lê-la, criamos; tudo parte de um erro inicial; os erros que se seguem (e não é somente na leitura de cartas e telegramas, ou em qualquer

192 O trecho "que acabava de tirar da carteira" foi suprimido na edição da Bibliothèque de la Pléiade. (N. do R.T.)

leitura), por mais extraordinários que pareçam a quem não haja partido do mesmo ponto, são inteiramente naturais. Boa parte daquilo em que acreditamos (e assim acontece até nas conclusões extremas) com igual teimosia e boa-fé resulta de um primeiro engano sobre as premissas.

novo aspecto de robert de saint-loup

— Ah, é incrível! — disse mamãe. — Olha, já não me espanto com coisa alguma na minha idade, mas garanto que não há nada mais inesperado do que a notícia desta carta.

— Pois olha — respondi —, não sei o que é, mas, por mais espantoso que seja, não há de ser tanto quanto a notícia desta outra. É um casamento: Robert de Saint-Loup com Gilberte Swann...

— Ah — retrucou mamãe —, então sem dúvida é o que me conta esta segunda carta, que ainda não abri; reconheci no envelope a letra de teu amigo.

E mamãe sorriu, fiel a essa leve emoção de que, após a morte de minha avó materna, se revestia para ela qualquer acontecimento, por mínimo que fosse, ligado a criaturas humanas capazes de dor e de recordação, e tendo, também elas, seus mortos. Sorriu-me e falou com voz doce, como se receasse, comentando superficialmente esse casamento, omitir o quanto ele poderia despertar, em matéria de impressões melancólicas, à filha e à viúva de Swann, e à mãe de Robert, prestes a separar-se do filho, e às quais, por bondade, e por simpatia em face da bondade delas para comigo, mamãe emprestava sua própria emotividade filial, conjugal e materna.

— Não tinha razão em te dizer que não acharias nada de mais espantoso? — perguntei-lhe.

— Pois achei, sim — respondeu-me docemente. — Eu é que tenho a notícia mais extraordinária, não te direi a maior, a menor etc., porque esta citação de Sévigné, feita por todas as pessoas que dela não conhecem mais nada além disso, repugnava tanto a tua avó quanto "a bonita coisa que é fumar".[193] Não nos dignemos apanhar esse Sévigné de todo mundo. Esta carta me anuncia o casamento do pequeno Cambremer.[194]

193 A edição da Bibliothèque de la Pléiade traz outro infinitivo: "a bela coisa que é fenecer (*fâner*)". "Fumar", entretanto, constava do original consultado por Drummond. (N. do R.T.)

194 Embora a mãe descarte o que chama de "Sévigné de todo mundo", todo esse tre-

— Ora! — retruquei, indiferente —, com quem? De qualquer modo, a personalidade do noivo basta para tirar a esse casamento qualquer caráter sensacional...

— A menos que esse caráter lhe advenha da personalidade da noiva...

— E qual é a noiva?

— Ah! Se eu disser logo, perde a graça. Vamos, pensa um pouco — disse mamãe; vendo que não tínhamos ainda chegado a Turim, queria deixar-me como que um pouco de pão para roer e de água para matar a sede.

— Mas como queres que eu saiba? É com alguém brilhante? Se Legrandin e a irmã estiverem satisfeitos, então não há dúvida de que se trata de um casamento brilhante.

---

cho em que se dá a notícia dos casamentos está pautado pelo efeito de retardamento que se observa na conhecida carta de Mme. de Sévigné sobre o casamento da "Grande Mademoiselle": filha de Gaston d'Orléans, irmão do rei Luís XIII, ela permanecera solteira pela própria dificuldade de encontrar um partido à altura de sua ascendência. Mme. de Sévigné faz preceder esse anúncio bombástico de uma sequência de dezenove superlativos: "Vou lhe contar a coisa mais espantosa, mais surpreendente, mais maravilhosa, mais miraculosa [...]", mantendo o suspense sobre a revelação até o final da carta, datada de 15 de dezembro de 1670. A outra carta, de 22 de julho de 1671, é mais agressiva justamente por desqualificar o comportamento de um certo Picard, irmão do lacaio da sra. de Coulanges, destinatária da carta de Mme. de Sévigné. Nessa outra carta, ela também se utiliza do efeito de retardamento para manter a atenção de seu correspondente antes de falar ("Estou dando uma grande volta, mas, porém, chegaremos ao objetivo."). O problema, bastante circunstancial e banal, diz respeito à preocupação de receber uma amiga com a propriedade limpa; Picard se recusa a limpar o feno (*fâner*). Em francês, o verbo *fâner* tem o duplo sentido de colocar o feno para secar e também envelhecer, perder o viço; daí o efeito de *esprit* de Mme. de Sévigné: se fosse envelhecer, Picard estaria certo em não se dispor a fazê-lo, mas não se dispor a trabalhar com o feno é atitude arrogante que não combina com o comportamento dos outros criados, por isso ele é demitido. As citações combinam o efeito de retardamento no anúncio de uma notícia à atitude aristocrática de apontar caprichos no mundo dos criados. A mãe (e a avó) não levam em conta o conteúdo dessa carta, mas o julgamento das diferenças sociais está diretamente implicado na avaliação da surpresa do anúncio do casamento do "pequeno Cambremer" e de Gilberte (tanto é que a mãe gostaria de poupar a avó dessas notícias) (N. do R.T.).

— Legrandin, eu não sei, mas a pessoa que me deu a notícia diz que a sra. de Cambremer está encantada. Não sei se chamarás a isto um casamento brilhante. A mim, dá a impressão de um casamento do tempo em que os reis desposavam as pastoras, e aqui a pastora é menos que isso ainda, embora encantadora. Tua avó ficaria estupefata, mas haveria de gostar.

— Mas, enfim, quem é a noiva?

— A srta. d'Oloron.

— Isso me parece grandioso, e absolutamente nada pastoril, mas não vejo quem possa ser. É um título que havia na família Guermantes, não?

— Justamente, e o sr. de Charlus o deu à sobrinha de Jupien, ao adotá-la. É ela quem vai casar com o pequeno Cambremer...

— A sobrinha de Jupien? Não é possível!

— É a recompensa da virtude. Um casamento de fim de romance da sra. Sand — disse mamãe.

"É o prêmio do vício, um casamento de fim de romance de Balzac", pensei comigo.[195]

— Afinal de contas — continuou mamãe —, pensando bem, é natural. Eis os Cambremer ancorados nesse clã dos Guermantes, onde jamais pensariam em erguer sua tenda; além do mais, a pequena, adotada pelo sr. de Charlus, terá muito dinheiro, e isso era indispensável depois que os Cambremer perderam o deles; finalmente, é filha adotiva, e, segundo os Cambremer, provavelmente verdadeira (filha natural) de alguém que eles consideram príncipe de sangue. Um bastardo de casa meio real sempre foi considerado como aliança lisonjeira para a nobreza francesa e estrangeira. Não é preciso ir tão longe, às Lucinge;[196]

195 A mãe vê o casamento na chave do final feliz a que a virtude sempre conduz os personagens de G. Sand; já o herói, consciente da natureza da relação entre o barão de Charlus e Jupien, vê o reconhecimento, por parte do barão, da sobrinha de seu amante como sofisticação perversa de um personagem balzaqueano como Vautrin. (N. do R.T.)

196 A expressão "às Lucinge" é acréscimo da edição da Bibliothèque de la Pléiade. Essa menção é sinal provável da leitura de um episódio narrado nas *Memórias da*

pertinho de nós, há apenas seis meses, lembras-te?, o casamento do amigo de Robert com aquela moça cuja única razão social era que se supunha, certo ou erradamente, ser filha natural de um príncipe soberano...

Sem pôr de lado esse sentido de casta de Combray, que faria com que minha avó se escandalizasse ante esse casamento, e querendo antes de tudo mostrar o valor da opinião de sua mãe, ela acrescentou:

— De resto, a mocinha é perfeita, e tua querida vovó não precisaria de sua imensa bondade e de sua indulgência infinita para considerar com simpatia a escolha do jovem Cambremer. Lembraste como ela achou distinta essa pequena, há muito tempo, ao entrar em casa de Jupien para costurar a saia?[197] Então, era apenas uma criança. Agora, se bem que já madura, e mesmo solteirona, é outra mulher, mil vezes mais perfeita. Mas tua avó, num lance de olhos, tinha apanhado tudo isso. Achou a humilde sobrinha de um coleteiro mais "nobre" que o duque de Guermantes.

Mais ainda do que louvar minha avó, impunha-se a mamãe achar "melhor" para ela já não assistir a tudo isso. Era a suprema finalidade de sua ternura, como se lhe poupasse com isso um último desgosto.

— Afinal de contas — continuou —, vê lá se o velho Swann, que não conheceste, é verdade, seria capaz de imaginar, algum dia, que havia de ter um bisneto ou uma bisneta em que se misturasse o sangue da velha Moser, que dizia "*pon tia, zenhorres*", com o sangue do duque de Guise!

---

condessa de Boigne: quando do assassinato do duque de Berry, em 13 de dezembro de 1820, durante as horas de agonia em que, com o punhal sob o braço, o duque, moribundo, ainda conversa com as pessoas que vêm vê-lo, ele "recomenda à mulher duas meninas que tivera na Inglaterra com uma certa sra. Brown e das quais ele sempre se ocupara com esmero." As filhas bastardas do duque são adotadas pela duquesa, passando a frequentar a corte, onde fazem bons casamentos. (N. do R.T.)

197 Uma das cenas capitais da avó no livro é narrada de passagem no início de *No caminho de Swann*. (N. do R.T.)

— Mas repara, mamãe, é muito mais espantoso do que pensas. Porque os Swann eram pessoas muito bem, e com a situação que tinha o filho, se ele tivesse feito um bom casamento, sua filha estaria em condições de fazer um ótimo. Mas tudo caiu por terra, quando ele se casou com uma cocote.

— Cocote? Ora, as pessoas talvez fossem maldosas. Eu nunca acreditei muito nisso.

— Cocote, sim. Um dia desses, eu te farei revelações sensacionais.[198]

Perdida em suas divagações, mamãe prosseguiu:

— A filha de uma mulher que teu pai nunca teria permitido que eu cumprimentasse, casando-se com o sobrinho da sra. de Villeparisis, que no começo teu pai não me permitia visitar porque achava o seu convívio demasiado brilhante para mim! — E depois: — O filho da sra. de Cambremer, a quem Legrandin tinha tanto medo de nos recomendar porque não nos achava suficientemente elegantes, casando-se com a sobrinha de um homem que nunca ousaria ir à nossa casa a não ser pela escada de serviço!... Afinal de contas, tua pobre avó tinha razão, lembras-te?, ao dizer que a grande aristocracia faz coisas que escandalizariam os pequeno-burgueses, e que a rainha Marie Amélie, a seu ver, se rebaixara interessando-se junto à amante do príncipe de Condé para que este fizesse testamento em favor do duque de Aumale. Lembras-te?[199]

198 Em vez de "sensacionais", que constava do original, lê-se "familiares" na edição da Bibliothèque de la Pléiade. (N. do R.T.)

199 Menção de episódio ocorrido em 1830 e registrado pela condessa de Boigne em suas *Memórias*: filho do príncipe de Condé, o duque de Bourbon, já idoso, vivia ainda "nas tristes desordens que marcaram toda sua vida". O velho duque era dominado por uma amante inglesa, Sophie Dawes, que, além de fazer realizar um casamento de fachada com um amigo do duque, expulsara a filha dele de casa e passara a controlar o castelo de Chantilly e o palácio Bourbon. Para fazer com que o duque concordasse em transmitir seu título de nobreza e sua imensa fortuna a um único membro da família Bourbon era necessário convencer primeiro sua amante para que, em seguida, ela o fizesse assinar o testamento. A sra. de Feuchères coloca, então, como "primeira condição de seus serviços a de que ela seria recebida na corte".

Ela também se sentia chocada pelo fato de, durante séculos, as moças da casa de Gramont, umas verdadeiras santas, terem usado o nome de Corisande em memória da ligação de uma de suas avós com Henrique IV. Essas coisas talvez se façam também na burguesia, porém mais às escondidas. Não achas que isso teria divertido tua querida avó? — indagou mamãe com tristeza, pois as alegrias que lamentávamos não estar ao alcance de minha avó eram as mais simples da vida: uma notícia, uma peça, menos que isso, uma "imitação", que a teria divertido. — Achas que ela ficaria espantada? Pois tenho certeza de que isso teria chocado tua avó. Esses casamentos, tudo isso seria penoso para ela... É melhor que ela não tenha sabido de nada — prosseguiu mamãe, pois, diante de qualquer acontecimento, gostava de pensar que minha avó teria recebido dele uma impressão toda particular, ligada à maravilhosa singularidade de sua natureza, e de uma importância extraordinária. Diante de qualquer acontecimento triste que não teria sido possível prever antigamente, o infortúnio ou a ruína de um de nossos velhos amigos, alguma calamidade pública, epidemia, guerra, revolução, mamãe pensava comigo que talvez fosse melhor que minha avó nada tivesse visto de tudo isso, pois lhe causaria demasiado desgosto e ela não poderia suportá-lo. E quando se tratava de uma coisa chocante como essa, por um movimento de coração, inverso ao dos maus, que se prazem em imaginar que seus desafetos sofreram mais do que se supõe, mamãe, em sua ternura por minha avó, não queria admitir que algo triste ou de depressivo pudesse atingi-la. Idealizava sempre minha avó fora do alcance de qualquer mal que devesse produzir-se, e parecia-lhe que, afinal de contas, sua morte fora talvez um bem, poupando o espetáculo demasiado feio do presente a essa natureza tão nobre, que a ele não saberia resignar-se. Porque o otimismo é a filosofia do passado.

Condição aceita de imediato por Marie-Amélie (filha do rei Luís XVI e futura rainha), a sra. de Feuchères é apresentada em sua corte e o testamento assinado em favor do duque d'Aumale. (N. do R.T.)

Como, entre todos os acontecimentos possíveis, os que se verificaram os únicos que nós conhecíamos, o mal que eles nos causaram nos parece inevitável, e o pequeno benefício que não puderam deixar de trazer consigo a eles o atribuímos, imaginando que sem eles não se teria produzido. Ela, porém, procurara adivinhar o que teria experimentado minha avó ao saber dessas notícias e, ao mesmo tempo, acreditara que tal adivinhação era vedada a espíritos como os nossos, menos elevados que o de minha avó. — Imagina — disse logo mamãe — como tua avó teria ficado espantada!

E eu sentia o sofrimento de mamãe por não poder contar-lhe nada, seu pesar pelo fato de que minha avó não pudesse sabê-lo, seu sentimento ante a injustiça da vida, ao trazer à luz fatos em que minha avó não seria capaz de acreditar, tornando assim, retrospectivamente, falso e incompleto o conhecimento que ela levara das criaturas e da sociedade, pois o casamento da sobrinha de Jupien com o sobrinho de Legrandin era de natureza a modificar as noções gerais de minha avó, tanto quanto a notícia — caso mamãe houvesse podido transmiti-la — de que se conseguira resolver o problema, tido como insolúvel por minha avó, da navegação aérea e do telégrafo sem fio. Mas veremos que esse desejo de fazer com que minha avó partilhasse das benfeitorias de nossa ciência logo pareceu mais uma vez muito egoísta para minha mãe.[200] O que eu devia saber mais tarde — porque não pudera assistir a tudo isso de Veneza — é que a srta. de Forcheville fora pedida em casamento primeiro pelo príncipe de Silístria,[201] ao passo que Saint-Loup procurava desposar a srta. d'Entragues, filha do duque de Luxembourg. Eis o que se tinha passado. Como a srta. de Forcheville possuía uma fortuna de cem milhões, a sra. de Marsantes viu nela um partido excelente para seu filho. Cometeu o erro de

200 Toda esta última frase é acréscimo da edição da Bibliothèque de la Pléiade. (N. do R.T.)

201 A edição da Bibliothèque de la Pléiade traz "pelo duque de Châtellerault e pelo príncipe de Silístria". (N. do R.T.)

dizer que se tratava de uma jovem encantadora; ignorava absolutamente se era rica ou pobre, nem queria sabê-lo, porém, mesmo sem dote, seria uma sorte para o rapaz mais exigente arranjar uma companheira assim. Era demasiada audácia para uma mulher tentada somente pelos cem milhões, que lhe fechavam os olhos quanto ao resto. Logo se compreendeu que pensava na moça para o seu filho. A princesa de Silístria deu alarme por toda parte, apregoando as grandezas de Saint-Loup e clamando que, se ele desposasse a filha de Odette com um judeu não haveria mais *faubourg* Saint-Germain. Por muito segura de si que estivesse, a sra. de Marsantes não ousou ir mais longe e recolheu-se diante dos gritos da princesa de Silístria, que mandou logo fazer o pedido para o seu próprio filho. Gritara apenas para se reservar a posse de Gilberte. Mas a sra. de Marsantes, não querendo ser derrotada, logo se voltou para a srta. d'Entragues, filha do duque de Luxembourg. Tendo apenas vinte milhões, convinha-lhe menos; disse, porém, a todo mundo que um Saint-Loup não podia casar com uma Swann (já nem mesmo era uma Forcheville). Algum tempo depois, como alguém dissesse, levianamente, que o duque de Châtellerault pensava em casar com a srta. d'Entragues, a sra. de Marsantes, que era suscetível como ninguém, olhou-o com altivez e virou suas baterias, voltando a Gilberte; mandou pedi-la em casamento para Saint-Loup e o noivado se celebrou imediatamente.

Noivado que despertou vivos comentários nas rodas mais diversas. Outras amigas de mamãe, que tinham visto Saint-Loup em nossa casa, vieram no seu "dia" perguntar se o noivo seria mesmo o que era meu amigo. Certas pessoas chegavam a pretender, no tocante ao outro casamento, que não se tratava dos Cambremer-Legrandin. Soubera-se de boa fonte, pois a marquesa, Legrandin de nascimento, lançara esse desmentido na véspera mesmo do dia em que se divulgou o noivado. Por minha vez, eu perguntava a mim mesmo por que motivo o sr. de Charlus, de uma parte, e Saint-Loup, de outra, os quais tinham tido ocasião de me escrever pouco antes, me haviam falado de projetos amistosos e de viagens, cuja realização deveria excluir a possibilidade dessas cerimônias, e nada me haviam dito a esse respeito. Concluía daí, sem pensar no segredo que se guarda até o fim sobre essa ordem de coisas, que era menos ligado a eles do que acreditava, o que, no tocante a Saint-Loup, me entristecia. Também, havendo observado que a amabilidade, a lhaneza, o jeito de igual para igual da aristocracia eram uma farsa, por que me espantava ser excluído?

Na casa de mulheres onde o sr. de Charlus surpreendera Morel — e onde os homens eram cada vez mais procurados — a "vice-diretora", assídua leitora do *Gaulois,* comentando as notícias mundanas, dizia a um cavalheiro gordo, que lá ia continuamente beber champanhe em companhia de rapazes porque, já muito cheio de corpo, queria tornar-se bastante obeso para não ser "pego" em caso de guerra:

— Parece que o pequeno Saint-Loup também é, e o jovem Cambremer, igualmente. Coitadinhas das noivas! Mas, se o senhor os conhece, deve trazê-los a esta casa. Aqui terão tudo o que desejarem, e há muito dinheiro a ganhar com eles...

Ao que o cavalheiro gordo, embora ele próprio também *fosse*, rompeu em exclamações, replicando, um pouco esnobe, que encontrava muitas vezes Cambremer e Saint-Loup em casa de suas primas d'Ardouvillers, e que eram ambos grandes amadores de mulheres, exatamente o contrário dos que *são.*

— Ah! — concluiu a "subdiretora", em tom cético, mas sem provas, e persuadida de que, neste século, a perversão dos costumes corre parelha com o absurdo calunioso dos fuxicos.[202]

Algumas pessoas com quem não me avistei escreveram-me perguntando o que é que pensava dos dois casamentos, como se

202 Além da sugestão que antecipa as informações sobre a homossexualidade dos noivos, a presença do cavalheiro gordo, futuro desertor, na cena dessa "casa de mulheres", "onde os homens eram cada vez mais procurados" antecipa as cenas dos último volume, em que Jupien é quem recebe clientes homens e angaria jovens desertores, em plena guerra. Note-se que o herói toma os casamentos como "um triplo pressentimento". (N. do R.T.)

fosse uma enquete sobre o tamanho dos chapéus no teatro ou sobre o romance psicológico. Não tive coragem de responder. Eu não pensava nada, mas sentia uma tristeza imensa, como acontece quando duas partes da nossa existência antiga, ancoradas junto a nós, e sobre as quais depositáramos, preguiçosamente talvez, no dia a dia, alguma esperança não confessada, se afastam em definitivo, com um alegre palpitar de flâmulas, para rumos estranhos, como dois navios. Quanto aos interessados, tiveram a respeito de seus próprios casamentos uma opinião bastante natural, pois não se tratava dos outros, e sim deles mesmos. Jamais tinham zombado bastante desses "grandes casamentos" fundados numa tara secreta. E mesmo os Cambremer, de casa tão antiga e de pretensões tão modestas, teriam sido os primeiros a esquecer Jupien e a se lembrar somente das grandezas inauditas da casa d'Oloron, se uma exceção não se produzisse na pessoa que mais deveria sentir-se lisonjeada com esse casamento, a marquesa de Cambremer-Legrandin. Má de natureza, colocava o prazer de humilhar os seus acima do prazer de se glorificar a si mesma. Não amando o filho, e começando logo a antipatizar com a futura nora, declarou que era uma desgraça para um Cambremer casar com uma pessoa que, afinal de contas, vinha não se sabe de onde e tinha dentes tão mal enfileirados. Quanto ao jovem Cambremer, já com certa propensão para frequentar literatos, como Bergotte por exemplo e mesmo Bloch,[203] percebe-se que uma aliança tão brilhante não teve como resultado torná-lo mais esnobe, mas que, sentindo-se agora sucessor dos duques d'Oloron — "príncipes soberanos", como diziam os jornais —, estava suficientemente persuadido de sua grandeza para poder conviver com quem quer que fosse. E abandonou a pequena nobreza pela burguesia inteligente, nos dias em que não se consagrava às altezas. As notas dos jornais, sobre-

203 O trecho "como Bergotte por exemplo e mesmo Bloch" é acréscimo da edição da Bibliothèque de la Pléiade. (N. do R.T.)

tudo no tocante a Saint-Loup, deram a meu amigo, cujos antepassados reais eram enumerados, uma grandeza nova, mas que não fez senão entristecer-me — como se ele se houvesse tornado outro, descendente de Robert, o Forte, e não o amigo que se colocara, havia bem pouco tempo, no assento de dobradiça do carro, a fim de que eu ficasse melhor atrás; o fato de não ter suspeitado antes de seu casamento com Gilberte, cuja realidade me aparecera subitamente naquela carta, tão diferente do que eu podia pensar de cada um deles na véspera, e o fato de que ele não me houvesse advertido me faziam sofrer,[204] quando seria melhor imaginar que ele tivera muito que fazer, e que, de resto, na sociedade os casamentos se fazem assim de golpe, não raro substituindo uma combinação diferente que se malogrou — inopinadamente como um precipitado químico. E a tristeza tão depressiva quanto uma mudança de casa e amarga como um ciúme, que me causaram, pela sua brusquidão e pelo seu choque acidental, esses dois casamentos foi tão profunda que mais tarde houve quem a recordasse, gabando-me absurdamente por isso, como tendo sido exatamente o contrário do que foi naquele momento: um duplo, e mesmo triplo, e quádruplo pressentimento.

Pessoas da sociedade, que não haviam prestado a mínima atenção a Gilberte, disseram-me com um grave interesse: "Ah, é aquela que vai se casar com o marquês de Saint-Loup" e fitavam-na atentas como pessoas não apenas gulosas dos acontecimentos da vida parisiense, mas que também procuram instruir-se e acreditam na acuidade de sua própria visão. Aqueles que, pelo contrário, só conheciam Gilberte, olharam para Saint-Loup com extrema atenção, e me pediram (muitas vezes, eram pessoas que mal me conheciam) que os apresentasse a ele; voltavam dessa apre-

204. O trecho "o fato de que ele não me houvesse advertido" foi eliminado da edição da Bibliothèque de la Pléiade; o verbo vai para o singular ("me fazia sofrer"), antecedido da imagem do "precipitado químico": "inopinado como um precipitado químico, me fazia sofrer". (N. do R.T.)

sentação ao noivo, adornados com as alegrias da fatuidade, dizendo-me: "É uma boa figura". Gilberte se convencera de que o nome de marquês de Saint-Loup era mil vezes maior que o de duque de Orléans, mas como ela pertencia antes de mais nada a sua geração espiritual (com tendências igualitárias), ela não quis parecer ter menos *esprit* do que os outros, e se divertiu em dizer *mater semita*, ao que ela acrescentava, para parecer totalmente espirituosa: "No meu caso, pelo contrário, é meu *pater*".[205]

— Parece que foi a princesa de Parma quem promoveu o casamento do jovem Cambremer — disse-me mamãe.

Era exato que a princesa de Parma, havia muito tempo, graças às suas obras, conhecia, de um lado, Legrandin, que lhe parecia um homem distinto, e, de outro lado, a sra. de Cambremer, que mudava de assunto quando a princesa lhe perguntava se ela era mesmo irmã de Legrandin. Estava a par do desgosto experimentado pela sra. de Cambremer por ter ficado à porta da grande aristocracia, onde não era recebida. E quando a princesa, que se encarregara de achar um partido para a sra. d'Oloron, perguntou ao sr. de Charlus se ele sabia quem era um cavalheiro amável e instruído chamado Legrandin de Meséglise (era assim que Legrandin se intitulava agora), o barão respondeu negativamente, mas de súbito se lembrou de um viajante com quem travara conhecimento no vagão, certa noite, e que lhe deixara o seu cartão; esboçou um sorriso vago.

"Talvez seja o mesmo", disse consigo.

Ao saber que se tratava de um filho da irmã de Legrandin, exclamou:

— Puxa, seria realmente extraordinário! Se sair ao tio, afinal de contas, não haveria de me espantar: eu sempre disse que eles dão ótimos maridos...

— Eles quem? — perguntou a princesa.

205 O trecho a partir de "mas como ela pertencia" até o final do parágrafo é um acréscimo da edição da Bibliothèque de la Pléiade. (N. do R.T.)

— Oh, eu lhe explicaria direito, se nós nos víssemos mais a miúdo. Com Vossa Alteza pode-se conversar: é tão inteligente... — respondeu Charlus, invadido por uma necessidade de confiança que, entretanto, não foi mais longe.

Agradou-lhe o nome de Cambremer, se bem que não gostasse de parentes, mas sabia que era uma das quatro baronias da Bretanha, e o que podia esperar de melhor para sua filha adotiva? Era um nome antigo, respeitado, com sólidas alianças na sua província. Um príncipe seria impossível e, de resto, pouco desejável. Aquilo era o de que se precisava. A princesa mandou logo chamar Legrandin. Fisicamente, ele mudara um pouco, e para melhor, de algum tempo a essa parte. Como essas mulheres que sacrificam resolutamente o rosto à esbelteza do talhe e não saem mais de Marienbad, Legrandin tomara o aspecto desenvolto de um oficial de cavalaria. À medida que o sr. de Charlus se ia tornando mais pesado e embrutecido, Legrandin se fazia mais esbelto e mais ágil, por um efeito contrário da mesma causa. Sua velocidade tinha, de resto, razões psicológicas. Habituara-se a frequentar certos lugares de má fama e não gostava que o vissem entrar ou sair: engolfava-se neles.[206] Dedicara-se ao tênis aos cinquenta e cinco anos de idade. Quando a princesa de Parma lhe falou dos Guermantes e de Saint-Loup, respondeu que sempre os conhecera, fazendo uma espécie de mistura entre o fato de haver conhecido sempre de nome os castelões de Guermantes e o de haver encontrado Swann em casa de minha tia — aquele mesmo Swann, pai da futura sra. de Saint-Loup, de quem Legrandin não queria frequentar nem a esposa nem a filha, em Combray.

— Até viajei ultimamente com o irmão do duque de Guermantes, o sr. de Charlus. Ele, espontaneamente, puxou a conversa, o que é sempre bom sinal, pois prova que não se trata nem de

206 O autor aqui descreve mudanças físicas e comportamentais partilhadas em seguida com Robert de Saint-Loup. (N. do R.T.)

um idiota nem de um presunçoso. Ah, eu sei de tudo que se diz sobre ele. Mas não acredito nunca nessas coisas. De resto, a vida particular dos outros não me interessa. Deu-me a impressão de um coração sensível, de um homem fino.

Então, a princesa de Parma lhe falou sobre a srta. d'Oloron. No meio dos Guermantes, todos se enterneceram com a nobreza de coração do sr. de Charlus, que, dando mais uma prova de bondade, fazia feliz uma jovem pobre e encantadora. E o duque de Guermantes, que sofria com a fama do irmão, deu a entender que, por muito bonito que fosse o gesto, era uma coisa natural.

— Não sei se me faço entender bem, mas tudo é natural neste caso — dizia desajeitadamente, à força de habilidade. Mas tinha um objetivo: dar a entender que a moça era filha de seu irmão e que este a reconhecia.

Do mesmo golpe, isso explicava Jupien. A princesa insinuou essa versão, para mostrar a Legrandin que, afinal, o jovem Cambremer desposaria alguém assim como a srta. de Nantes, uma dessas bastardas de Luís XIV que não foram desdenhadas pelo duque de Orléans nem pelo príncipe de Conti.[207]

207 Querendo atribuir um embasamento histórico para a atitude "real" do barão de Charlus junto à srta. d'Oloron, a princesa de Parma acaba tocando, talvez sem querer, no tema da homossexualidade e das uniões infelizes. Segundo Saint-Simon, o rei Luís XIV, almejando estabelecer uma posição de prestígio para suas filhas bastardas, já havia realizado o casamento da srta. de Blois, filha que tivera com a sra. de La Vallière, com um príncipe de sangue real, o príncipe de Conti; a srta de Nantes, sua filha bastarda com a sra. de Montespan, também já se casara com um príncipe de sangue, o príncipe de Condé, chamado "monsieur le Duc". Segundo Saint-Simon, esses dois casamentos "tinham escandalizado todo mundo". Restava ainda uma outra filha bastarda do rei com a sra. de Montespan, que, com o casamento da irmã, assumira o título de srta. de Blois. No início de suas *Memórias*, Saint-Simon narra justamente as intrigas em torno do casamento da srta. de Blois com outro príncipe de sangue, o jovem duque de Chartres, sobrinho de Luís XIV que, com a morte do rei, em 1715, se tornaria príncipe regente da França sob o nome de duque d'Orléans, título que herdara do pai (cf. Saint-Simon, *Mémoires*, t. I, pp. 32 ss.). Em ambos os casamentos mencionados pela princesa de Parma está implícita a questão da promiscuidade e da homossexualidade: Saint-Simon se

Esses dois casamentos, que eu e mamãe já comentávamos no trem, de volta a Paris, exerceram efeito bastante notável sobre certas personagens que figuraram até aqui nesta narrativa. Primeiro, sobre Legrandin; inútil dizer que ele entrou como um tufão no palacete do sr. de Charlus, tal e qual o faria numa casa mal afamada, onde não devemos ser vistos, e também, ao mesmo tempo, para mostrar bravura e esconder a idade — porque nossos hábitos nos seguem até mesmo onde já não nos servem mais para nada —, e quase ninguém observou que, ao dizer-lhe bom-dia, o sr. de Charlus lhe dirigiu um sorriso difícil de perceber, mais ainda de interpretar; esse sorriso, aparentemente igual, era no fundo exatamente oposto àquele que dois homens, habituados a se avistarem na melhor sociedade, trocam quando por acaso se encontram no que lhes parece um mau lugar (o Eliseu, por exemplo, onde o general de Froberville, em tempos passados, avistando Swann, tinha, ao percebê-lo, o olhar de irônica e misteriosa cumplicidade, próprio a dois frequentadores da princesa des Laumes, que se comprometiam indo à casa do sr. Grévy).[208] Mas o que foi bastante notável foi a melhora efetiva

afasta do companheiro de infância, o duque de Chartres, justamente por sua vida promíscua (ele parecia querer deixar claro para o rei que não aceitava o casamento que lhe fora imposto); já o pai do noivo, o duque d'Orléans, seria manipulado por seu amante, o *chevalier* de Lorraine, no sentido de conseguir sua aprovação para um casamento tão desigual. Saint-Simon escreve um retrato bastante negativo de "monsieur le Duc", depois de narrar sua morte devido a seus excessos no carnaval de 1710: sua mulher, madame la Duchesse, tinha lágrimas que não eram "excitadas pela ternura, mas sobretudo [...] por um alívio que havia custado para chegar". O memorialista complementa: "Não há ninguém que não tenha visto sua morte como um alívio para todo mundo". (cf. Tomo III das *Mémoires*) Citados como modelo pela princesa de Parma, os dois casamentos são símbolo de uniões infelizes, como se ficasse implicitamente sugerido que não é, sobretudo, a felicidade do casal que se leva em conta em tais momentos. (N. do R.T.)

208 Mesmo sorriso que Swann, aliás, crê identificar no Dr. Cottard quando da primeira visita que faz ao salão dos Verdurin. É também durante uma das visitas de Swann a esse salão que ficamos sabendo que ele frequentava os jantares do presidente da República, o sr. Grévy. (N. do R.T.)

de sua natureza.[209] Legrandin cultivava obscuramente, havia já muito tempo — desde o tempo em que, ainda muito criança, eu ia passar as férias em Combray — certas relações aristocráticas, capazes de render, no máximo, um convite isolado para alguma vilegiatura infecunda. De repente, como o casamento de seu sobrinho viesse reunir entre si esses fragmentos distantes, adquiriu ele uma situação mundana à qual, retroativamente, suas antigas relações com pessoas que só o tinham frequentado em caráter particular, mas intimamente, deram uma espécie de solidez. Senhoras a que alguém pretendia apresentá-lo contavam que, de vinte anos a essa parte, ele passava quinze dias no campo em companhia delas, e fora ele que lhes oferecera o lindo barômetro antigo da saleta. Por acaso, surpreenderam-no em "grupos" onde figuravam duques que lhe eram aparentados. Ora, desde que teve essa situação mundana, deixou de aproveitá-la. Não foi apenas porque, agora que o sabiam recebido, já não experimentava prazer em ser convidado; é que, dos dois vícios que por tanto tempo o haviam disputado, o menos natural, o esnobismo, cedia lugar a outro menos factício, pois marcava pelo menos uma espécie de volta, ainda que tortuosa, à natureza. Sem dúvida, eles não são incompatíveis, e a exploração de certo bairro pode ser feita ao se deixar a reunião de uma duquesa. Mas o resfriamento da idade afastava Legrandin da acumulação de tantos prazeres e das saídas a esmo, e também tornava para ele os da natureza bastante platônicos, consistindo sobretudo em amizades, em conversas que tomam tempo, e fazia-lhe passar quase todo o seu no meio do povo, pouco lhe deixando para a vida de sociedade. A própria sra. de Cambremer tornou-se meio indiferente à amabilidade da duquesa de Guermantes. Esta, obrigada a frequentar a marquesa, percebera, como acontece toda vez que convivemos mais com seres humanos, ou seja, com essa mistura de qualidades que acabamos por descobrir e

209 Esta frase é um acréscimo à edição da Bibliothèque de la Pléiade. (N. do R.T.)

de defeitos aos quais acabamos por nos habituar, que a sra. de Cambremer era dotada de inteligência e provida de uma cultura que, da minha parte, eu apreciava pouco, mas que pareceram notáveis à duquesa. Foi assim, muitas vezes, à tardinha, ver a sra. de Cambremer e fazer-lhe longas visitas. Mas o encanto maravilhoso que esta supunha existir na duquesa de Guermantes se desvaneceu logo que a sra. de Cambremer se viu procurada por ela; recebeu-a antes por delicadeza do que com prazer. Mudança mais impressionante, simétrica à verificada em Swann depois de casado, e ao mesmo tempo diferente dela, se manifestou em Gilberte. Por certo, nos primeiros meses ela se sentira feliz ao receber em casa a sociedade mais escolhida. Sem dúvida, era apenas por causa da herança que convidava as amigas íntimas que sua mãe fazia tanta questão, mas só em certos dias, quando não estavam senão elas, encerradas à parte, longe das pessoas elegantes, como se o contato da sra. Bontemps ou da sra. Cottard com a princesa de Guermantes, como o de dois pós instáveis, pudesse produzir catástrofes irreparáveis. Entretanto, embora desapontados por jantarem entre si, os Bontemps, os Cottard e outros sentiam orgulho em dizer: "Jantamos em casa da marquesa de Saint-Loup", tanto mais quanto às vezes se levava a audácia a ponto de convidar juntamente com eles a sra. de Marsantes, que se mostrava realmente uma grande dama, com seu leque de tartaruga e plumas, sempre com o pensamento na herança. Apenas, de tempos em tempos, tinha ela o cuidado de elogiar as pessoas discretas que só vemos quando lhes fazemos um sinal, advertência mediante a qual dirigia aos bons entendedores do tipo Cottard, Bontemps etc. sua mais graciosa e altiva saudação. Talvez, por causa de minha "namorada de Balbec", por cuja tia eu gostaria de ser visto nesse meio,[210] eu preferisse pertencer a essas séries. Mas Gilberte, para quem eu era

210 O trecho "por causa de minha 'namorada de Balbec', por cuja tia eu gostaria de ser visto nesse meio" é um acréscimo da edição da Bibliothèque de la Pléiade. (N. do R.T.)

agora, sobretudo, um amigo do marido e dos Guermantes (e que talvez já desde Combray, onde meus pais não frequentavam sua casa — na idade em que não acrescentamos apenas essa ou aquela qualidade às coisas, mas as classificamos por espécies —, me haviam dotado desse prestígio que não se perde mais), considerava tais noites indignas de mim e, à saída, me dizia:

— Fiquei muito satisfeita em vê-lo, mas venha depois de amanhã. Verá minha tia Guermantes, a sra. de Poix. Hoje, eram amigas de mamãe, para dar prazer a mamãe.

Mas isso durou só alguns meses, e, depressa, tudo foi radicalmente mudado. Seria que a vida social de Gilberte devesse apresentar os mesmos contrastes que a de Swann? Em todo caso, Gilberte, que só há pouco tempo se tornara marquesa de Saint-Loup (e logo depois, como se verá, duquesa de Guermantes),[211] havendo alcançado o que há de mais brilhante e mais difícil, passou a considerar o nome de Saint-Loup incorporado à sua pessoa como um esmalte luzidio e achava que, fossem quais fossem as suas relações, daí por diante continuaria para todo mundo marquesa de Saint-Loup,[212] o que era um erro, pois, como na bolsa, o valor de um título de nobreza sobe quando é procurado e baixa quando oferecido. Tudo que julgamos imperecível tende à destruição; uma situação mundana, como qualquer outra coisa, não é criada de uma vez para sempre, mas, tanto quanto o poderio de um império, se reconstrói a cada instante por uma espécie de criação contínua e perpétua, o que explica as anomalias aparentes da história social ou política no curso de meio século. A criação do mundo não se efetuou no começo, realiza-se todos os dias. A marquesa de Saint-Loup di-

211 Comentário de C. K. Scott Moncrieff: "Inteiramente sem explicação, Gilberte reaparecerá como viúva de Saint-Loup, enquanto o duque de Guermantes e sua esposa ainda estão vivos". (N. do T.)

212 O texto da Bibliothèque de la Pléiade troca "marquesa de Saint-Loup" por "duquesa de Guermantes". (N. do R.T.)

zia consigo: "Sou a marquesa de Saint-Loup", e sabia que recusara na véspera três jantares em casa de duquesas. Mas se, em certa medida, seu título valorizava os elementos tão pouco aristocráticos que ela recebia, por um movimento inverso os salões que ela frequentava lhe desvalorizaram o título. Nada resiste a tais movimentos, e os maiores nomes acabam sucumbindo. Não conhecera Swann certa duquesa da casa de França, cujo salão, onde qualquer pessoa era recebida, baixara à última classe? Um dia, a princesa des Laumes, por obrigação, passou um instante pela casa dessa Alteza e lá só encontrou pessoas insignificantes; chegando depois à casa da sra. Leroi, disse para Swann e o marquês de Modena: "Afinal, estou em país amigo! Venho da casa da duquesa X.,[213] onde não havia três caras conhecidas". Participando, numa palavra, da opinião dessa personagem de opereta que declara: "Meu nome me dispensa, creio eu, de dizer mais nada", Gilberte pôs-se a ostentar desprezo pelo que desejara tanto, a declarar que todos os moradores do *faubourg* Saint-Germain eram idiotas e infrequentáveis, e, passando da palavra à ação, deixou de frequentá-los.[214] Pessoas que só a conheceram

213 A edição da Bibliothèque de la Pléiade trocou "duquesa de X." por "condessa de X.". (N. do R.T.)

214 Gilberte incorpora fala do personagem de Agamenão, personagem de tragédia, tomando parte em uma ópera-cômica de bulevar parisiense do século XIX, composta por Meilhac e Halévy, com música de Offenbach — *La Belle Hélène* (1869). É a primeira peça de grande sucesso do trio tantas vezes citado por Proust. A fala de Agamenão faz parte do "recital dos reis", apresentação cantada dos reis da Grécia: Aquiles, Menelau, Agamenão. Tal fala é repetida mais duas vezes ao longo da peça. A seriedade das falas de Agamenão destoa do contexto da ópera-cômica, em que um ambiente de alusões à Grécia é mero pano de fundo para o encontro entre Helena e Páris. Na disputa por Helena, Agamenão, enquanto "rei dos reis", pede ao irmão Menelau que obedeça aos desígnios de Vênus e ceda a esposa a Páris. Curioso notar que, no terceiro volume, o narrador associa o *esprit* dos Guermantes ao talento cômico de Meilhac e Halévy, e agora, no momento em que Gilberte se aproxima dos Guermantes, ela passa justamente a incorporar uma frase de uma peça composta pela dupla. (N. do R.T.)

depois dessa época, tendo-a ouvido, nos primeiros contatos, convertida em duquesa de Guermantes, zombar alegremente da sociedade que lhe seria tão fácil ver, e, como não a vissem receber uma só pessoa dessa sociedade, pois se a mais brilhante de todas se aventurasse a ir visitá-la, seria recebida de cara com um bocejo, envergonham-se retrospectivamente de terem podido achar algum encantamento na alta-roda, e nunca ousariam revelar esse segredo humilhante de suas fraquezas passadas a uma senhora que, por uma elevação essencial de sua natureza, se lhes afigura jamais seria capaz de compreendê-las. Ouvem-na zombar com tanto espírito dos duques e veem-na, coisa ainda mais significativa, harmonizar inteiramente sua conduta com essas zombarias! Sem dúvida, não cogitam de apurar as causas do acidente que transformou a srta. Swann em srta. de Forcheville, e a srta. de Forcheville em marquesa de Saint-Loup, e depois em duquesa de Guermantes. Talvez não lhes ocorra também que esse acidente serviria, menos por seus efeitos do que por suas causas, para explicar a atitude ulterior de Gilberte, pois o convívio com plebeus não é concebido da mesma maneira como o faria a srta. Swann por uma dama a quem todo mundo chama de "senhora duquesa", e as duquesas, que a aborrecem, de "minha prima". Desdenhamos de bom grado um objetivo que não logramos atingir ou que atingimos definitivamente. E esse desdém se nos afigura como fazendo parte das pessoas que não conhecemos ainda. Talvez, se pudéssemos retroceder no curso do tempo, nós as víssemos dilaceradas, mais freneticamente do que quaisquer outras, por esses mesmos defeitos que elas conseguiram mascarar ou vencer de modo tão completo, que as julgamos incapazes, não apenas de algum dia ter sido atingidas por eles, como, até mesmo, de desculpá-los sequer nos outros, por não serem capazes de concebê-los. De resto, o salão da nova marquesa de Saint-Loup adquiriu logo sua feição definitiva, pelo menos do ponto de vista mundano, pois veremos as perturbações que deveriam atingi-lo; ora, semelhante feição tinha isso de surpreendente: convinha-se ainda em que as mais pomposas, as mais requintadas recepções de Paris, tão brilhantes quanto as da princesa de Guermantes, eram as da sra. de Marsantes, mãe de Saint-Loup. Por outro lado, nos últimos tempos, o salão de Odette, infinitamente menos qualificado, não fora menos cintilante em matéria de luxo e elegância. Ora, Saint-Loup, feliz por possuir, graças à enorme fortuna de sua mulher, tudo quanto pudesse desejar para seu bem-estar, só pensava em ficar tranquilo depois de um bom jantar em que artistas lhe proporcionassem boa música. E esse rapaz, que parecera antes tão orgulhoso, tão ambicioso, convidava para partilhar seu luxo camaradas que sua mãe não teria recebido. Gilberte, por seu lado, punha em prática a frase de Swann: "A qualidade pouco me importa, o que receio é a quantidade". E Saint-Loup, tão de joelhos diante da mulher, e porque a amasse e lhe devesse precisamente esse luxo extremo, não pensava em contrariar gostos assim tão iguais aos seus. De sorte que as grandes recepções da sra. de Marsantes e da sra. de Forcheville, durante anos, visando sobretudo a uma situação espetacular para seus filhos, não deram lugar a recepção alguma do sr. e da sra. de Saint-Loup. Eles possuíam os mais belos animais de montaria, o mais belo iate para cruzeiro — mas, no máximo, levavam nele dois convidados. Em Paris, todas as noites, tinham três ou quatro amigos para jantar, nunca mais do que isto; de sorte que, por uma regressão imprevista e contudo natural, cada um dos dois imensos viveiros maternos fora substituído por um ninho silencioso.

Quem menos se aproveitou das duas uniões foi a jovem srta. d'Oloron, que já acometida de febre tifoide no dia do casamento religioso, se arrastou penosamente até a igreja e faleceu daí a semanas. A participação, expedida pouco depois de sua morte, misturava a nomes como o de Jupien quase todos os maiores títulos da Europa, como os do visconde e da viscondessa de Montemorency; de Sua Alteza Real, a condessa de Bourbon-Soissons;

do príncipe de Modena-Este; da viscondessa de Edumea; de *lady* Essex etc., etc. Sem dúvida, mesmo a quem soubesse que a finada era sobrinha de Jupien, o acúmulo dessas grandes alianças não podia surpreender. Tudo está, realmente, em selar uma grande aliança. Então, ocorrendo um *casus foederis*,[215] a morte da pequena plebeia envolve de crepe todas as famílias principescas da Europa. Nas novas gerações, muitos jovens que não conheciam as situações verdadeiras poderiam não apenas tomar Marie Antoinette d'Oloron, marquesa de Cambremer, por uma dama do mais alto nascimento, como, ainda, cometer muitos outros erros, ao lerem essa participação. Assim, mesmo que suas excursões através da França lhes houvessem proporcionado certo conhecimento da região de Combray, ao verem a assinatura do conde de Méséglise entre as primeiras na participação,[216] e tão próxima da assinatura do duque de Guermantes, poderiam não experimentar o menor espanto. O lado de Méséglise e o lado de Guermantes se tocam: velha nobreza da mesma região — poderiam dizer consigo mesmo. "Quem sabe?, talvez seja um ramo dos Guermantes que usa o nome de conde de Méséglise." Ora, o conde de Méséglise não tinha nada que ver com os Guermantes e nem sequer fazia parte do lado Guermantes, mas do lado Cambremer, pois o conde de Méséglise, que, por um avanço rápido, não ficara mais que dois anos como Legrandin de Méséglise, era o nosso velho amigo Legrandin. Sem dúvida, falso título por falso título, poucos haveria tão desagradáveis como este aos Guermantes. Eles se haviam aliado outrora aos verdadeiros condes de Méséglise, dos quais restava apenas uma mulher, filha de pessoas obscuras e decadentes, ela própria casada com um gordo

215 "Caso de aliança": expressão latina, significando a circunstância prevista em um tratado e que, ao ocorrer, permite invocar suas cláusulas. (N. do T.)

216 A edição da Bibliothèque de la Pléiade traz uma pequena modificação para esse trecho: "ao verem a sra. L. de Méséglise, o conde de Méséglise entre os primeiros na participação...". (N. do R.T.)

sitiante enriquecido de minha tia, chamado Ménager, que lhe comprara Mirougrain e se fazia chamar agora Ménager de Mirougrain; assim, quando se dizia que sua mulher era nascida de Méséglise, pensava-se antes que devia ter nascido em Méséglise, e que era de Méséglise como seu marido era de Mirougrair.

Qualquer título falso daria menos aborrecimento aos Guermantes. Mas a aristocracia sabe enfrentá-los, e a muitos outros ainda, desde que entre em jogo um casamento considerado útil, de qualquer ponto de vista que seja. Acobertado pelo duque de Guermantes, Legrandin foi, para uma parte dessa geração, e o será para a totalidade daquela que se seguir, o verdadeiro conde de Méséglise.

Outro erro, ainda, que o leitor jovem e mal informado poderia ser induzido a cometer: supor que o barão e a baronesa de Forcheville assinavam a participação na qualidade de parentes e sogros do marquês de Saint-Loup, isto é, do lado Guermantes. Ora, nesse lado não lhe cabia figurar, pois Robert é que era parente dos Guermantes e não Gilberte. Não, se é exato que o barão e a baronesa de Forcheville, malgrado essa aparência enganosa, figuravam do lado da noiva, e não do lado Cambremer, não foi isso por causa dos Guermantes, mas de Jupien, de quem o nosso leitor deve saber que era primo de Odette.

Toda a preferência do sr. de Charlus recaíra, desde o casamento de sua filha adotiva, sobre o jovem marquês de Cambremer. Os gostos deste, semelhante aos do barão, desde o momento em que não haviam impedido que Charlus o escolhesse para marido da srta. d'Oloron, não fizeram naturalmente senão torná-lo mais apreciado, ao enviuvar. Não é que faltassem ao marquês outras qualidades que faziam dele um companheiro encantador para o sr. de Charlus. Mas, ainda quando se trata de homem de alto valor, uma qualidade não desprezível para quem o admite na intimidade, e que o torna particularmente cômodo, é o fato de ele também jogar uíste. Era notável a inteligência do jovem marquês e, como se dizia já em Féterne, quando ele era apenas um menino, pertencia inteiramente ao "lado de sua avó", com igual entusiasmo e igual pendor musical. Reproduzia-lhe também certas particularidades, mas antes por imitação, como toda a família, do que por atavismo. É assim que, algum tempo depois da morte de sua mulher, havendo eu recebido uma carta assinada por *Léonor*, prenome que já não me lembrava pertencer-lhe, só atinei com a pessoa que me escrevia quando li a fórmula final: "Creia na minha simpatia verdadeira". "Verdadeira", posto no devido lugar, acrescentava ao prenome Léonor o sobrenome Cambremer.

O trem chegou à estação de Paris e conversávamos ainda sobre essas duas notícias que, para tornar o percurso menos longo, mamãe reservara para a segunda parte da viagem, só me permitindo conhecê-las depois de Milão. Minha mãe retornara bem depressa ao ponto de vista que, para ela, era realmente o único, o de minha avó. Inicialmente minha mãe dissera para si mesma que minha avó teria ficado surpresa, depois que ela teria ficado triste, o que era simplesmente uma maneira de dizer que minha avó teria tido prazer com um acontecimento tão surpreendente e que minha mãe, não podendo admitir que minha avó tivesse sido privada de um prazer, preferia pensar que estava tudo bem, já que essa notícia era daquelas que só poderiam magoá-la. Porém mal tínhamos chegado em casa, minha mãe já estava achando egoísta demais lamentar que minha avó não pudesse participar de todas as surpresas que a vida traz. Ela preferiu supor que não teriam surpreendido minha avó cujas previsões elas vinham apenas ratificar. Ela quis ver nessas notícias a confirmação das visões divinatórias de minha avó, a prova de que minha avó tinha sido um espírito ainda mais profundo, mais clarividente, mais justo, do que pensávamos. De forma que minha mãe, para atingir esse ponto de vista de admiração pura, não demorou a acrescentar: "E, no entanto, quem sabe se tua pobre avó não teria aprovado? Ela era tão indulgente. E depois, tu sabes, para ela a condição social não era nada, o que valia era a distinção natural. Ora, lembra-te, lembra-te, é curioso, todas as duas foram de seu agrado. Tu te lembras da primeira visita à sra. de Villeparisis, quando ela voltou e nos disse o quanto tinha achado o sr. de Guermantes comum, por outro lado, quantos elogios para os Jupien. Coitada da mamãe, tu te lembras? Ela disse sobre o pai: 'Se eu tivesse uma outra filha, eu a entregaria a ele, e sua filha é ainda melhor do que ele'. E a pequena Swann! Ela dizia: 'Digo que ela é encantadora, vocês vão ver que ela vai fazer um ótimo casamento'. Coitada da mamãe! Se ela pudesse ver isso, como ela previu direitinho! Até o fim, mesmo não estando mais aqui, ela vai nos dar lições de clarividência, de bondade, de correta apreciação das coisas". E como as alegrias de que sofríamos que minha avó delas tivesse sido privada, eram todas elas as modestas e pequenas alegrias da vida: a entonação de um ator que a teria divertido, um prato de que ela gostava, um novo romance de um autor preferido, mamãe dizia: "Como ela teria ficado surpresa, como isso a teria divertido! Com que bela carta ela teria respondido!".[217] E já estávamos em casa, quando ela exclamou:[218]

— Coitado de Swann, queria tanto que Gilberte fosse recebida em casa dos Guermantes... Achas que ele se sentiria feliz se pudesse ver sua filha tornar-se uma Guermantes?

— Sob um nome diferente do dele, conduzida ao altar como srta. de Forcheville, achas que ele se sentiria tão feliz assim?

— Ah, é verdade, não pensei nisso. Por isso é que não posso me regozijar com essa marotinha. Só de pensar que ela teve coragem de renegar o nome do pai, que era tão bom para ela!

— Sim, tens razão. Afinal de contas, talvez seja melhor que ele não tenha sabido.

Tanto para os mortos como para os vivos, não se pode saber se uma coisa lhe causaria satisfação ou desgosto.

217 O trecho a partir de "minha mãe retornara bem depressa" é um acréscimo à edição da Bibliothèque de la Pléiade. (N. do R.T.)

218 A edição da Bibliothèque de la Pléiade substituiu essa frase por "E minha mãe continuou:". (N. do R.T.)

— Parece que os Saint-Loup vão morar em Tansonville. O velho Swann, que desejava tanto mostrar o seu tanque a teu saudoso avô, jamais poderia imaginar que o duque de Guermantes iria vê-lo com frequência sobretudo se chegasse a saber do casamento infamante[219] do filho... Enfim, a ti que lhe falaste tanto dos pilriteiros cor-de-rosa dos lilases e dos íris de Tansonville, Saint-Loup compreenderá melhor. Vai ser dono deles.

Assim se desenrolava em nossa sala de jantar, sob a luz da lâmpada de que são amigas, uma dessas conversas em que a sabedoria, não das nações mas das famílias, apoderando-se de algum acontecimento — morte, noivado, herança, ruína — e fazendo-o passar pelo vidro de aumento da memória, lhe dá todo o relevo, dissocia ou recua uma superfície,[220] e situa em perspectiva, em diferentes pontos do espaço e do tempo, aquilo que, para os que não viveram na mesma época, parece amalgamado numa superfície única — nomes de mortos, endereços sucessivos, origem e transformações de fortuna, mudanças de propriedade. Essa sabedoria não é inspirada pela Musa a quem devemos ignorar durante o maior tempo possível, se quisermos guardar certa frescura de impressões e certa capacidade criadora, e a quem até aqueles que a ignoraram encontram no crepúsculo da vida no interior da nave da velha igreja provinciana, à hora em que, de súbito, se reconhecem menos sensíveis à beleza eterna expressada pelas esculturas do altar do que à concepção da sorte variada que elas experimentaram, passando a uma ilustre coleção particular, a uma capela, daí a um museu, voltando depois à igreja; ou ao sentirem, no instante de calcar uma laje quase pensante, que ela recobre as cinzas de Arnault ou de Pascal; ou, simplesmente, a decifrarem, idealizando talvez a imagem de uma viçosa paroquiana, sobre a placa de cobre do genuflexório de madeira, o nome das filhas de um fidalgote de província ou de um

219 O termo “infamante” é acréscimo da edição da Bibliothèque de la Pléiade. (N. do R.T.)
220 A edição da Bibliothèque de la Pléiade suprime “uma superfície”. (N. do R.T.)

cidadão notável. A Musa que recolheu tudo isso que os museus mais altos da filosofia e da arte rejeitaram, tudo isso que não tem como fundamento a verdade, tudo isso que não é senão contingente, mas que revela também outras leis, chama-se História.

Velhas amigas de mamãe, mais ou menos ligadas a Combray, vieram visitá-la para falar do casamento de Gilberte, que absolutamente não as deslumbrava.

— A senhora sabe que a srta. de Forcheville é apenas a srta. Swann. E a testemunha de casamento, o "barão" de Charlus, como ele faz questão de ser chamado, é aquele velho que já sustentava a mãe dela antigamente, às barbas de Swann, interessado nisso.

— Mas que está me dizendo? — protestava mamãe. — Em primeiro lugar, Swann era riquíssimo!

— É de crer que não fosse tanto assim, para precisar do dinheiro dos outros. Mas que é que tem afinal aquela mulher para prender assim os antigos amantes? Ela achou jeito de casar com o terceiro, e puxar da beira da cova o segundo, para servir de testemunha à filha que teve do primeiro ou de um outro qualquer, pois como reconhecê-los nessa multidão? Ela própria não sabe nada a respeito... Disse terceiro, mas é tricentésimo que devia dizer. Aliás, a senhora sabe que ela é tão Forcheville quanto a senhora ou eu, e isso combina com o marido, que não tem nada de nobre. A senhora não vê logo que só um aventureiro era capaz de casar com uma rapariga dessas? Parece que é um tal de Dupont ou Durand. Se não houvesse agora um *maire* radical em Combray, que nem cumprimenta o sr. vigário, eu sabia o fim da coisa. Porque, a senhora compreende, na hora de correr os proclamas, foi preciso dizer o nome verdadeiro. E muito bonito para os jornais ou o papeleiro que fez os cartões de participação uma pessoa se intitular marquês de Saint-Loup. Não faz mal a ninguém, e se dá prazer a essa boa gente, não seria eu que havia de implicar com isso! Em que é que isso pode me aborrecer? Como eu não frequentarei nunca a filha de uma mulher que deu tanto que falar, ela pode ser marquesa quanto quiser, para os criados.

Mas no registro civil não é a mesma coisa. Ah, se meu primo Sazerat fosse ainda primeiro-adjunto, eu lhe escreveria; a mim ele diria com que nome fez a publicação!

Com frequência, por essa época, eu via Gilberte, a quem de novo me ligara: porque nossa vida, em sua extensão, não é calculada pela vida de nossas amizades. Basta escoar-se um certo período de tempo e vemos reaparecer (do mesmo modo que, em política, antigos ministérios, e, no teatro, peças esquecidas que ressurgem) relações de amizade reatadas entre as mesmas pessoas, após longos anos de interrupção, e reatadas com prazer. Ao fim de dez anos, deixam de existir as razões que tinha um para amar demais, e outro para não suportar um despotismo demasiado exigente. Só a conveniência subsiste, e tudo que Gilberte me teria recusado antigamente, o que lhe parecera intolerável, inadmissível, ela agora o concedia facilmente — sem dúvida porque eu não o desejava mais. Sem que jamais nos disséssemos a razão da mudança, uma vez que estava sempre disposta a vir até mim e jamais tinha pressa em deixar-me, é porque o obstáculo havia desaparecido: meu amor.

Fui, de resto, um pouco mais tarde, passar alguns dias em Tansonville. O deslocamento me aborrecia bastante, pois eu tinha em Paris certa moça que dormia num apartamento por mim alugado. Como outros precisam do aroma das florestas ou do murmúrio de um lago, eu necessitava de seu sono perto de mim, à noite, e, durante o dia, de tê-la sempre a meu lado no carro. Por mais que se esqueça um amor, ele pode determinar a forma do amor que se seguirá. Já no próprio seio do amor precedente existiam hábitos cotidianos de que nós mesmos não recordávamos a origem. Foi a angústia de um primeiro dia que nos fez desejar apaixonadamente e, depois, adotar de maneira fixa, como certo costume cujo sentido já esquecemos, essas voltas de carro até a própria casa da amada, ou sua residência em nossa casa, nossa presença, ou a de alguém de nossa confiança, em todas as saídas, em suma, todos esses hábitos, espécies de grandes caminhos uniformes por onde passa cada dia nosso amor, fundidos outrora no fogo vulcânico de uma emoção ardente. Mas esses hábitos sobrevivem à mulher, e até à recordação da mulher. Tornam-se a forma, senão de todos os nossos amores, pelo menos de certos amores que alternam entre si. Assim, minha casa exigira, em lembrança da esquecida Albertine, a presença da atual amante, que eu escondia das visitas e que me enchia a vida como antes o fizera Albertine. E para ir a Tansonville, tive que obter que ela se deixasse guardar, durante alguns dias, por um de meus amigos que não gostava de mulheres. Eu tinha sabido que Gilberte era infeliz, pois Robert a enganava, não, porém, da maneira que todo mundo supunha, que talvez ela mesma supusesse ainda, ou que, pelo menos, dizia supor. Opinião justificada pelo amor-próprio,[221] pelo desejo de enganar os outros e de se enganar a si mesmo, e pelo conhecimento, aliás imperfeito, das traições que têm todas as pessoas enganadas, tanto mais quanto Robert, como verdadeiro sobrinho do sr. de Charlus, se mostrava em companhia de mulheres às quais comprometia, que a sociedade acreditava, e que, afinal de contas, Gilberte supunha serem suas amantes. Achava-se mesmo, em sociedade, que ele não se resguardava bastante, não largando nas festas determinada mulher com quem saía em seguida, deixando a de Saint-Loup voltar como pudesse. Quem dissesse que a outra mulher a quem ele assim comprometia não era na realidade sua amante passaria por ingênuo e cego diante da evidência, mas eu, infelizmente, fora orientado para a verdade, para essa verdade que me causou um desgosto infinito, por algumas palavras escapadas a Jupien. Qual não foi minha estupefação quando, alguns meses antes de viajar para Tansonville, tendo ido pedir noticias do sr. de Charlus, cujas perturbações cardíacas preocupavam muito os amigos,

221 A edição da Bibliothèque de la Pléiade substitui este início de frase da edição original por "Mas o amor-próprio, o desejo...". (N. do R.T.)

e, falando a Jupien, que encontrei sozinho, sobre uma correspondência amorosa dirigida a Robert e assinada por Bobette, que a sra. de Saint-Loup havia surpreendido, soube, pelo antigo factótum do barão, que Bobette não era outro senão o violinista que desempenhava um tão grande papel na vida do sr. de Charlus. E não era sem indignação que Jupien a ele se referia:

— Esse rapaz podia agir como bem lhe parecesse. Mas um lado para onde não devia olhar era o do sobrinho do barão. Tanto mais que o barão gostava do sobrinho como de um filho. Ele procurou separar o casal, e isso é uma vergonha. E deve ter usado de uma astúcia diabólica pois ninguém era mais avesso de natureza a essas coisas do que o marquês de Saint-Loup. Quantas loucuras ele fez pelas amantes! Não, o fato de esse músico miserável ter deixado o barão da maneira como deixou, sujamente, pode-se dizer assim, isso é lá com ele. Mas virar-se para o sobrinho! Há coisas que não se fazem...

Jupien era sincero em sua indignação; nas pessoas chamadas imorais, as indignações morais são tão fortes como nas outras; apenas, mudam um pouco de objeto. Além do mais, aqueles cujo coração não está diretamente em causa, julgando sempre os maus casamentos e as ligações a evitar, como se fôssemos livres de escolher o objeto do nosso amor, não se dão conta da miragem deliciosa que o amor projeta e que envolve tão completa e unicamente a pessoa de quem estamos enamorados, que a "burrice" feita por um homem casado com uma cozinheira ou com a amante de seu melhor amigo é, em geral, o único ato poético que ele realiza no curso da existência. Compreendi que estivera iminente a separação entre Robert e sua mulher (sem que Gilberte ainda se desse bem conta do que se passara), e fora a sra. de Marsantes, mãe amorosa, ambiciosa e filósofa, quem arranjara e impusera a reconciliação. Ela pertencia a esses meios em que a mistura dos sangues que se cruzam incessantemente e o empobrecimento dos patrimônios fazem reflorir a todo momento, no domínio das paixões, como no dos interesses, os vícios e compromissos hereditários. Com a mesma energia com que antes protegera a sra. Swann, ajudou o casamento da filha de Jupien e promoveu o do seu próprio filho com Gilberte, usando assim para si mesma, com uma resignação dolorosa, dessa mesma sabedoria atávica de que fizera aproveitar todo o *faubourg*. E talvez não houvesse, em dado momento, precipitado o casamento de Robert com Gilberte — o que, certamente, lhe dera menos trabalho e custara menos lágrimas do que fazê-lo romper com Rachel — senão por medo de que ele começasse com outra cocote — ou talvez com a mesma, pois Robert custou a esquecer-se de Rachel — uma nova ligação que teria sido, quem sabe, sua salvação. Agora, eu compreendia o que Robert tinha querido dizer-me, em casa da princesa de Guermantes:

— É uma pena tua amiguinha de Balbec não ter a fortuna exigida por mamãe. Creio que nós dois nos entenderíamos muito bem...

Queria dizer que ela era de Gomorra, como ele de Sodoma, ou talvez, se ainda não o era, que já gostava apenas das mulheres a quem pudesse amar de certa maneira, e com outras mulheres. Gilberte, por sua vez, teria podido informar-me quanto a Albertine. Se, portanto, salvo alguns raros retrocessos, eu não perdera a curiosidade de saber tudo sobre minha amiga, poderia interrogar a seu respeito não somente Gilberte, mas seu marido também. Em suma, era o mesmo fato que nos dera, a Robert e a mim, o desejo de desposar Albertine (ou seja, que ela gostasse de mulheres). As causas de nosso desejo, como seus fins, também eram opostas. Eu, era pelo desespero em que mergulhara ao sabê-lo; Robert, pela satisfação; eu, para impedi-la, graças a uma vigilância perpétua, de se abandonar ao seu gosto; Robert, para cultivá-lo, deixando-lhe liberdade para que ela lhe trouxesse amigas. Se Jupien fazia assim remontar a tão pouco tempo a nova orientação, tão divergente da primitiva, tomada pelos gostos carnais de Robert, uma conversa que tive com Aimé, e que me deixou muito infeliz, me mostrou que o antigo *maître d'hôtel* de Balbec fazia remontar essa divergência, ou essa inversão, muito mais longe. Ocorrera tal conversa quando fui passar alguns dias em Balbec, aonde também Saint-Loup, de licença,[222] fora com sua mulher, a quem, nessa primeira fase, ele não largava um só momento. Eu estava admirado como a influência de Rachel ainda se fazia sentir sobre Robert. Só o recém-casado que teve uma amante por muito tempo é capaz de tirar tão bem a capa de sua esposa, ao entrar no restaurante, e dispensar-lhe as atenções convenientes. Ele recebera nessa convivência a instrução que deve ter um bom marido. Não longe, em mesa próxima à que eu ocupava, e no meio de uns jovens universitários pretensiosos, Bloch fingia-se muito à vontade, berrando para um de seus amigos e passando-lhe com ostentação a carta, num gesto que derrubou duas garrafas de água:

— Não, não, meu caro, peça você! Nunca em minha vida soube escolher um cardápio. Nunca soube pedir! — repetia, com orgulho pouco sincero, e, misturando o espírito literário à gula, imediatamente opinou por uma garrafa de champanhe, que lhe aprazia ver, "de maneira inteiramente simbólica", enfeitando a conversa.

Saint-Loup, este, sabia pedir. Sentara-se ao lado de Gilberte — já grávida (não deixaria nunca, daí por diante, de fazer-lhe filhos[223]) — como se deitava ao seu lado na cama de casados do hotel. Não falava senão com a esposa, o resto do hotel parecia não existir para ele, mas, no momento em que um garçom tomava nota de um pedido e chegava bem perto, ele erguia rapidamente os olhos claros, lançando-lhe um olhar que não durava mais de dois segundos, mas que, em sua límpida clarividência, parecia testemunhar uma ordem de curiosidades e de pesquisas

222 A expressão "de licença" é acréscimo da edição da Bibliothèque de la Pléiade. (N. do R.T.)

223 Comentário de C. K. Scott Moncrieff: "*Dis aliter visum* (os deuses resolveram de outro modo). Veremos, na continuação, Gilberte aparecer viúva e mãe de uma só filha". (N. do T.).

inteiramente distinta daquela que poderia animar um cliente qualquer, ao olhar, mesmo demoradamente, um *groom* ou um caixeiro, para fazer a seu respeito, aos amigos, observações humorísticas ou de outra natureza. Essa olhadela aparentemente desinteressada mostrava que o garçom lhe interessava por si mesmo, revelaria, a quem a observasse, que na vida desse marido excelente, desse antigo amante apaixonado de Rachel, existia um segundo plano, infinitamente mais interessante para ele do que o outro em que se movia por obrigação. Mas só neste último ele era visto. Já seus olhos se tinham voltado para Gilberte, que nada percebia, e ele lhe apresentava um amigo de passagem, saindo para passear com ela. Foi nesse momento que Aimé me falou de uma época bem mais antiga, em que eu conhecera Saint-Loup por intermédio da sra. de Villeparisis, nessa mesma Balbec.

— Mas, sim senhor — disse-me ele —, é coisa mais do que sabida, há muito tempo que eu sei disso. No primeiro ano em que o senhor veio a Balbec, o sr. marquês se trancou com o ascensorista, sob pretexto de revelar fotografias da senhora sua avó. O pequeno quis se queixar e nós tivemos as maiores dificuldades deste mundo para abafar a coisa. Olhe, o senhor se lembra, sem dúvida, daquele dia em que almoçou no restaurante com o sr. marquês de Saint-Loup e sua amante, que servia para ele de proteção. O senhor se lembra, sem dúvida, de que o sr. marquês foi-se embora, pretextando um acesso de raiva. Bem, não quero dizer que a razão estivesse com a madame. Ela lhe pregava boas. Mas naquele dia, ninguém me tira da cabeça que a raiva do sr. marquês era fingida, e que ele queria se ver livre do senhor e de madame.

Quanto àquele dia, pelo menos, tenho certeza de que, se não mentia de caso pensado, Aimé se enganava redondamente. Lembrava-me bem do estado de Robert, e da bofetada que ele dera no jornalista. De resto, no tocante a Balbec, fora a mesma coisa: ou havia mentido o ascensorista, ou era Aimé quem mentia. Pelo menos assim o supus; certeza, não podia tê-la, pois não vemos nunca senão um lado das coisas. Se isso não me causasse mágoa, eu teria achado uma certa ironia em que, enquanto para mim a ida do ascensorista ao quarto de Saint-Loup fora um meio cômodo de lhe mandar uma carta e obter resposta, para ele equivalia a ter conhecido alguém que lhe agradara. De fato, as coisas são, pelo menos, duplas. No ato mais insignificante que praticamos, outro homem entronca uma série de atos inteiramente diversos; é certo que a aventura de Saint-Loup e do ascensorista, se existiu, me parecia contida na banal entrega de minha carta, tanto quanto alguém que não conhecesse de Wagner senão o dueto de Lohengrin poderia prever o prelúdio de Tristão. Por certo, para os homens, e graças à pobreza dos sentidos, as coisas não oferecem senão um número restrito de seus incontáveis atributos. São coloridas porque temos olhos; a quantos outros epítetos não fariam jus, se dispuséssemos de centenas de sentidos? Mas este aspecto diferente, que elas poderiam ter, se torna mais facilmente compreensível comparado ao que é, na vida, um acontecimento, embora mínimo, de que conheçamos uma parte supondo conhecê-lo todo, e que já outro verá como de uma janela do lado oposto da casa, que dá para uma vista diversa. Supondo que Aimé não se houvesse enganado, o rubor de Saint-Loup, quando Bloch lhe falou do ascensorista, não resultaria de tê-lo ouvido pronunciar "*laift*"?[224] Mas eu estava convencido de que a evolução fisiológica de Saint-Loup começara por essa época, e que, então, ele ainda amava exclusivamente mulheres. Mais do que por outro sinal qualquer, podia recebê-lo retrospectivamente na amizade que Saint-Loup me testemunhara em Balbec. Só enquanto amou as mulheres é que ele foi, realmente, capaz de amizade. Depois disso, pelo menos durante algum tempo, aos homens que não lhe interessassem diretamente ele manifestava uma indiferença,

224 Proust emprega a palavra inglesa *lift* (elevador). (N. do T.) A cena sobre a pronúncia de "ascensorista" está presente no volume *À sombra das raparigas em flor*. Ali, o herói supõe que o rubor de Saint-Loup se devia à pronúncia incorreta de Bloch, não à alusão a seu possível interesse pelo jovem que trabalhava no elevador. (N. do R.T.)

em parte sincera, creio eu — pois se tornara muito seco —, exagerando-a também para fazer crer que só prestava atenção às mulheres. Não obstante, recordo-me de que um dia, em Doncières, jantando em casa dos Verdurin, ele me disse, depois de olhar um tanto demoradamente para Morel:

— Curioso, esse pequeno tem alguma coisa de Rachel. Não observaste? Sinto entre os dois certa identidade... De qualquer modo, não me interessa.

Ainda assim, seus olhos permaneceram longo tempo perdidos no horizonte, como a gente faz quando, antes de iniciar a partida de cartas ou de sair para jantar na cidade, sonha com umas dessas longínquas viagens que não empreenderá nunca, mas de que sente a nostalgia, por instantes. Mas, se Robert achava alguma coisa de Rachel em Charlie, Gilberte, por sua vez, procurava ter alguma coisa de Rachel, a fim de agradar ao marido, copiando-lhe os laços de fita encarnada, rósea ou amarela nos cabelos e penteando-se do mesmo modo, pois supunha que o marido a amava ainda, e sentia ciúmes dela. É possível que o amor de Robert, por momentos, houvesse atingido a fronteira que separa o amor de um homem a uma mulher, do amor de um homem a outro homem. Em todo caso, a recordação de Rachel não representava mais, a esse respeito, senão um papel estético. Nem é provável que pudesse representar outro. Um dia, Robert pediu-lhe que se vestisse de homem e deixasse caída uma longa mecha de cabelos, e entretanto se limitara a olhá-la, insatisfeito. Não se lhe mostrava menos afeiçoado e pagava-lhe, mas sem prazer, a mesada enorme que lhe prometera, o que não a impediu de ter para com ele, mais tarde, o procedimento mais mesquinho. Gilberte não sofreria com essa generosidade para Rachel se soubesse que era apenas o cumprimento resignado de uma promessa a que já não correspondia nenhum amor. Mas, pelo contrário, era amor que ele fingia consagrar a Rachel. Os homossexuais seriam os melhores maridos do mundo, se não representassem a comédia de amar as mulheres. De resto, Gilberte não se queixava. A suposição de que Rachel amava Robert, e já o amava por tanto tempo, é que a levara a desejá-lo e a renunciar por ele a partidos mais sedutores; era como se ele fizesse uma espécie de concessão, desposando-a. E, de fato, nos primeiros tempos, a comparação entre as duas mulheres (tão desiguais, todavia, como encanto e como beleza) não foi favorável à deliciosa Gilberte. Esta cresceu, porém, com o tempo, na estima do marido, enquanto Rachel diminuía a olhos vistos. Outra pessoa se contradisse: a sra. Swann. Se, para Gilberte, já antes do casamento, Robert estava cingido pela dupla auréola que lhe criavam, de um lado, o fato de viver com Rachel, continuamente evidenciado pelas lamentações da sra. de Marsantes, e, de outro lado, o prestígio que os Guermantes sempre tiveram perante seu pai e que ela herdara, em compensação a sra. de Forcheville teria preferido um casamento mais espetacular, talvez principesco (havia famílias reais pobres, que aceitariam o dinheiro — o qual, de resto, se verificou ser muito inferior aos oitenta[225] milhões prometidos —, limpo que ele estava pelo nome de Forcheville), e um genro menos desvalorizado pela vida passada fora do convívio mundano. Não pudera torcer a vontade de Gilberte e queixara-se amargamente a todo mundo, deprimindo o genro. Um belo dia, tudo mudou: o genro tornara-se um anjo e não se zombava mais dele senão às escondidas. E que a idade conservava na sra. Swann (convertida em sra. de Forcheville) o gosto, que sempre tivera, de ser mantida, mas, com a deserção dos admiradores, lhe retirara os meios para isso. Desejava, cada dia, novo colar, novo vestido recamado de brilhantes, um automóvel mais luxuoso, mas sua fortuna era pequena, pois Forcheville comera quase tudo, e — que ascendente israelita governaria Gilberte nesse ponto? — tinha uma filha adorável mas terrivelmente sovina, que regateava dinheiro ao marido e, naturalmente, muito mais à sua mãe. Ora, esse protetor, de repente ela o farejara e,

225 A palavra "oitenta" é acréscimo da edição da Bibliothèque de la Pléiade. (N. do R.T.)

depois, achara em Robert. O fato de já não estar na primeira mocidade pouco importava aos olhos de um genro que não gostava de mulher. Tudo o que pedia à sogra era aplanar essa ou aquela dificuldade entre ele e Gilberte, obtendo o consentimento desta para ele viajar em companhia de Morel. Bastava que Odette se empenhasse nisto e logo um rubi magnífico a recompensava. Para tanto, era mister que Gilberte fosse mais generosa com o marido. Odette pregava essa doutrina com tanto maior calor quanto era ela que devia beneficiar-se com a generosidade. Assim, graças a Robert, no limiar dos cinquenta (outros diziam dos sessenta), podia ela fascinar, com um luxo inaudito, cada mesa onde fosse jantar, cada festa em que aparecesse, sem necessidade, como antigamente, de ter um "amigo" que, agora, já não "marcharia" — isto é, não soltaria o cobre. Assim, entrara ela, para sempre, segundo parecia, no período de castidade final, e jamais fora tão elegante.

Não era somente a maldade, o ressentimento do antigo pobre contra o senhor que o enriquecera, e que de resto pelo caráter, e mais ainda pelo vocabulário do sr. de Charlus) lhe fizera sentir a diferença de situações, que levara Charlie para Saint-Loup, a fim de causar mais sofrimento ao barão. Talvez fosse também interesse. Tive a impressão de que Robert devia dar-lhe muito dinheiro. Antes de minha partida para Combray, voltando de uma festa em que encontrei Robert — e em que a maneira como ele se exibia ao lado de certa mulher bem vestida, considerada sua amante, como se prendia a ela, formando os dois uma só pessoa, enrodilhado em público às suas saias, me fizera pensar, com algo a mais de trepidante e nervoso, numa espécie de involuntária repetição do gesto ancestral que eu pudera observar no sr. de Charlus, como que envolto nos enfeites da sra. Molé ou de qualquer outra, bandeira de uma causa ginófila que não era sua, mais que ele amava, embora sem direito a ostentá-la assim, porque lhe achasse um sentido protetor ou estético —, impressionou-me ver como aquele rapaz, tão generoso quando era muito menos rico, se tornara econômico. O fato de a gente só se apegar ao que possui, e de aquele que antes esbanjava o dinheiro que possuía tão escassamente entesourá-lo agora que dele estava provido é, sem dúvida, fenômeno bastante geral, mas que me pareceu revestir, neste caso, uma forma particular. Saint-Loup recusou tomar um fiacre, e vi que ele guardara um passe de bonde. Sem dúvida, exercitava assim, para fins diferentes, dons que adquirira no descurso de sua ligação com Rachel. O rapaz que viveu por muito tempo com uma mulher não é tão inexperiente quanto o donzel para quem a moça com quem se casa é a primeira. Bastava ver, nas raras vezes em que Robert levou sua mulher ao restaurante, a maneira refinada e respeitosa com que ele retirava seu casaco, a arte de escolher o cardápio e fazer o pedido, a atenção com que arrumava as mangas do vestido de Gilberte antes que ela vestisse a jaqueta, para se entender que ele fora durante muito tempo o amante de uma mulher antes de ser o marido de Gilberte.[226] Do mesmo modo, tendo precisado ocupar-se, nos pormenores extremos, com a casa de Rachel, de um lado, porque ela não entendia nada do assunto, e depois porque, em virtude de seu ciúme, queria ter mão na criadagem, pôde ele, na administração dos bens de sua esposa e na direção da casa continuar no desempenho desse papel hábil e entendido, que talvez Gilberte não soubesse sustentar, e que ela de bom grado lhe confiava. Sem dúvida, porém, ele fazia isso principalmente para que Charlie se beneficiasse com sua verdadeira economia de palitos, e em suma se mantivesse na opulência, sem que Gilberte o percebesse ou sofresse com tal coisa. Talvez mesmo, por achar que o violonista era gastador "como todos os artistas" (Charlie assim se intitulava sem convicção e sem orgulho para poder se desculpar por não responder às cartas etc., para se desculpar de uma porção de defeitos que acreditava que faziam

226 Todo trecho a partir de "Bastava ver" é um acréscimo da edição da Bibliothèque de la Pléiade. (N. do R.T.)

parte da psicologia inconteste dos artistas). Pessoalmente eu achava absolutamente indiferente do ponto de vista moral que se tivesse prazer com um homem ou com uma mulher, e muito natural e humano que o buscassem onde pudessem encontrá-lo. Portanto, se Robert não fosse casado, sua ligação com Charlie não teria que me magoar de forma alguma. E, no entanto, eu achava que teria sentido a mesma mágoa se Robert tivesse permanecido solteiro. Vindo de outra pessoa, o que ele fazia teria me deixado indiferente. Mas[227] vieram-me lágrimas aos olhos, ao pensar que eu dedicara antes a um Saint-Loup diferente uma afeição tão grande e que, bem o sentia pelas suas maneiras frias e evasivas de agora, já não era correspondida, pois, desde que se haviam tornado suscetíveis de inspirar-lhe desejo, os homens já não podiam inspirar-lhe amizade. Como pudera nascer isso em rapaz que gostava tanto de mulheres, que eu vira desesperado e chegara a recear que se matasse, porque "Rachel quando do Senhor" tinha querido abandoná-lo? Teria sido a semelhança — invisível para mim — entre Charlie e Rachel que permitira a Robert passar das inclinações de seu pai para as de seu tio, a fim de cumprir a evolução fisiológica que, mesmo nesse último, se produzira bem tarde? Por vezes, entretanto, as palavras de Aimé voltavam a preocupar-me; lembrava-me de Robert naquele ano em Balbec; tinha, falando ao ascensorista, um jeito de não prestar atenção no interlocutor que lembrava muito o do sr. de Charlus ao dirigir a palavra a certos homens. Mas Robert podia muito bem ter puxado isso do sr. de Charlus, de uma certa altivez e atitude física dos Guermantes, sem de modo algum devê-lo aos gostos especiais do barão. É assim que o duque de Guermantes, que não possuía absolutamente tais inclinações, tinha a mesma maneira nervosa do sr. de Charlus de revirar o pulso, como se ajustasse nele um punho de rendas, e, na voz, entonações agudas

227 De "Talvez mesmo" (p. 345) até aqui, acréscimo da edição da Bibliothèque de la Pléiade. (N. do R.T.)

e afetadas, maneiras essas a que, manifestadas pelo sr. de Charlus, seríamos tentados a atribuir outra significação, e às quais ele próprio dera outra, pois o indivíduo exprime suas particularidades com auxílio de traços impessoais e atávicos, que não são, talvez de resto, senão particularidades antigas, fixadas no gesto e na voz. Nessa última hipótese, que confina com a história natural, não seria o sr. de Charlus a quem se pudesse chamar de Guermantes afetado por uma tara, e exprimindo-a, em parte com o auxílio dos traços raciais dos Guermantes; o duque de Guermantes é que, numa família pervertida, seria a criatura de exceção, a quem o mal hereditário poupou de tal modo que os estigmas exteriores, que nele deixou, perderam todo o sentido. Lembrei-me de que, ao ver Saint-Loup pela primeira vez em Balbec, tão louro, de uma matéria tão preciosa e tão rara, contornar as mesas, fazendo voar o monóculo à sua frente, eu lhe achara um ar afeminado que, certamente, não resultava daquilo que eu agora soubera dele, mas da graça particular aos Guermantes, da finura dessa porcelana de Saxe em que também a duquesa fora modelada. Lembrava-me de sua afeição a mim, de sua maneira terna e sentimental de exprimi-la, e pensava comigo que também isso que poderia enganar a qualquer outro significava coisa então inteiramente diversa, e até mesmo o oposto do que eu ficara hoje sabendo. Mas de quando datava isso? Se era do ano em que eu voltara a Balbec, como não fora ele uma só vez procurar o ascensorista e nunca me falara dele? E se fosse do primeiro ano, como poderia prestar atenção ao rapazinho, se Rachel lhe inspirava uma paixão intensa? Nesse primeiro ano, eu achara Saint-Loup especial, como um verdadeiro Guermantes. Ora, ele era mais especial ainda do que eu supunha. Mas aquilo de que não tivemos intuição direta, aquilo que soubemos somente por outrem, já não temos meio algum, passou a hora de transmiti-lo a nossa alma; suas comunicações com o real estão fechadas; já não podemos nos regozijar com a descoberta, é muito tarde. De resto, e afinal de contas, esta me causava demasiado desgosto para que pudesse me regozijar com ela. Por certo, depois do que me dissera o sr. de Charlus em casa da sra. Verdurin em Paris, eu não duvidava mais que o caso de Robert fosse o de numerosas pessoas de bem, e recolhido mesmo entre as melhores e mais inteligentes. Sabê-lo com referência a qualquer um me seria indiferente — a qualquer um menos Robert. A dúvida que me deixavam as palavras de Aimé embaçava toda amizade de Balbec e de Doncières, e, se bem que eu não acreditasse em amizade, e jamais a sentisse verdadeiramente com relação a Robert, voltando a pensar nessas histórias do ascensorista e do restaurante em que eu almoçara com Saint-Loup e Rachel era obrigado a fazer força para não chorar.

De resto, não precisaria deter-me quanto a essa excursão pelos lados de Combray, talvez o momento de minha vida em que menos pensei em Combray, se, justamente por isso, não me houvesse ela proporcionado a verificação, pelo menos provisória, de certas ideias que me ocorreram, primeiro, do lado de Guermantes, como também a verificação de outra que tivera do lado de Méséglise. Eu repetia cada noite, em outro sentido, os passeios que fazíamos em Combray, à tarde, quando caminhávamos na direção de Méséglise. Jantava-se agora em Tansonville a uma hora em que, antigamente, já se estava dormindo havia muito tempo, em Combray. Isso, por causa do verão. E também porque, à tarde, como Gilberte pintasse na capela do castelo, não podíamos sair a passeio senão cerca de duas horas antes do jantar. Ao antigo prazer de contemplar, na volta, o céu púrpuro emoldurando o calvário ou se banhando no Vivonne, sucedia o de partir, chegada a noite, quando não se encontrava mais na aldeia senão o triângulo azulado, irregular e movediço dos carneiros que voltavam. Em metade do campo, extinguia-se o crepúsculo; a lua, que dentro em pouco iria banhá-lo inteiramente, já se acendera acima do astro. Às vezes Gilberte me deixava ir sozinho e eu caminhava deixando atrás minha sombra, como um barco prossegue em sua navegação através de extensões encantadas. Quase sempre, porém, ela me acompanhava. Os passeios que assim fazíamos eram, não raro, os que eu fizera quando menino; ora, como não experimentaria eu então, mais vivamente ainda do que naquele tempo, do lado de Guermantes, o sentimento de que jamais seria capaz de escrever, ao qual se acrescentava o de que minha imaginação e minha sensibilidade se tinham enfraquecido, quando percebi que Combray me despertava tão pouco interesse? Entristecia-me ver como eu revivia escassamente os tempos passados. Achava o Vivonne insignificante e feio, à beira do caminho de sirga. Não que eu observasse grandes inexatidões materiais naquilo de que me lembrava. Mas, separado, por toda uma vida diferente, dos lugares que me acontecia percorrer de novo, não havia entre mim e eles essa contiguidade de que nasce, antes mesmo que o percebamos, a imediata, deliciosa e total deflagração da lembrança. Não compreendendo bem, sem dúvida, qual era a sua natureza, entristecia-me pensar que minha faculdade de sentir e de imaginar devia ter diminuído, para que eu não experimentasse mais prazer nesses passeios. E até Gilberte, que me compreendia ainda menos do que eu próprio, aumentava essa tristeza partilhando o meu espanto.

— Mas será possível — dizia-me ela — que você não sinta nada ao tomar por esta ladeirinha que subia antigamente?...

Ela própria mudara tanto que eu não a achava mais bonita, e absolutamente não o era mais. Enquanto caminhávamos, eu via a paisagem transformar-se; era preciso galgar morros, depois baixavam encostas. Conversávamos — muito agradavelmente para mim — porém, não sem dificuldade. Em muitas pessoas há diferentes camadas que não são semelhantes (nela, eram o caráter paterno e o caráter materno); atravessamos uma, depois outra. Mas, no dia seguinte, a ordem de superposição está invertida. Finalmente, não se sabe mais quem decidirá a partida, em quem nos fiarmos para a sentença. Gilberte era como esses países com os quais não se ousa fazer aliança, porque mudam frequentemente de governo. O que, no fundo, é um erro. A memória da criatura mais sucessiva estabelece nela uma espécie de identidade, induzindo-a a faltar a promessas de que se lembra mesmo que não as tenha subscrito. Quanto à inteligência, descontados alguns absurdos de sua mãe, era muito viva em Gilberte. Mas, o que não está ligado a seu valor pessoal,[228] lembro-me de que, nessas conversas durante os passeios, ela me dizia coisas que às vezes me espantavam muito. A primeira foi esta:

— Se você não estivesse com tanta fome e não fosse tão tarde, tomando esse caminho à esquerda, e dobrando depois à direita, em menos de um quarto de hora estaríamos em Guermantes. — Foi como se ela me dissesse: "Dobre à esquerda, tome depois a direita, e você tocará o intangível, chegará às inacessíveis lonjuras de que na terra jamais conheceremos senão o rumo, ou" (o que eu acreditava outrora que podia conhecer somente de Guermantes, e talvez, em certo sentido, não me enganasse) "o 'lado'".

Outro de meus espantos foi ver as "nascentes do Vivonne", que eu imaginava algo tão extraterrestre como a Entrada dos Infernos, e que não eram mais do que uma espécie de lavadouro quadrado, de onde subiam bolhas.

Da terceira vez, foi quando Gilberte me disse:

— Se quiser, podemos afinal de contas sair uma tarde dessas e ir até Guermantes, tomando por Méséglise; é o caminho mais bonito — frase que, subvertendo todas as noções de minha infância, me ensinou que os dois lados não eram tão inconciliáveis quanto eu acreditara.

Mas o que me impressionou mais, durante essa estada, foi como eu revivi pouco meus tempos de outrora, como desejei pouco rever Combray, como achei feio e insignificante o Vivonne. Onde, porém, Gilberte verificou para mim certas imaginações que eu tivera outrora do lado de Méséglise, foi durante um desses passeios, noturnos afinal de contas, embora se realizassem antes do

228 O trecho "Mas, o que não está ligado a seu valor pessoal," é acréscimo da edição da Bibliothèque de la Pléiade. (N. do R.T.)

jantar — ela jantava tão tarde! No momento de baixar ao mistério de um vale perfeito e profundo que o luar atapetava, detivemo-nos um instante, como dois insetos prestes a mergulhar no coração de um cálice azulado. Então, talvez simplesmente por gentileza de dona de casa, que lamenta nossa breve partida e que desejaria ter-nos feito melhor as honras dessa região que parecíamos apreciar, Gilberte proferia algumas dessas palavras com que a dama de sociedade, sabendo tirar partido do silêncio, da simplicidade e da sobriedade na expressão dos sentimentos procura fazer-nos crer que ocupamos em sua vida um lugar que ninguém mais poderia preencher. Derramando bruscamente sobre ela a ternura de que me enchiam o ar delicioso e a brisa que respirávamos, eu lhe disse:

— Você falou outro dia sobre a ladeirinha... Como eu lhe queria bem, naquele tempo!

Ela me respondeu:

— E por que não me disse? Eu não tinha desconfiado. E olhe que eu gostava de você. Até, por duas vezes, me fiz de oferecida...

— Mas quando?

— A primeira vez, em Tansonville. Você passeava com sua família, e eu voltava para casa. Nunca tinha visto um menino tão bonito. Eu tinha o costume — acrescentou, com ar vago e pudico — de brincar com uns amiguinhos, nas ruínas do torreão de Roussainville. Você dirá que eu era muito mal-educada, pois lá dentro havia meninas e rapazes de todo o gênero, que se aproveitavam da escuridão. O coroinha de Combray, Théodore, que, vamos falar verdade, era um amor (que encanto, meu Deus) e que ficou tão feio (hoje é farmacêutico em Méséglise), se divertia lá com todas as camponesinhas da redondeza. Como me deixassem sair sozinha, logo que podia escapar corria para lá. Não posso lhe dizer como eu desejei que você também fosse, lembro-me muito bem de que, tendo só um minuto para manifestar o meu desejo, e com risco de ser vista por seus pais e pelos meus, mostrei isso a você de um modo tão cru que até hoje sinto vergonha... Mas você me olhou de uma maneira tão má que eu vi logo que você não queria...

Súbito, pensei comigo que a verdadeira Gilberte — a verdadeira Albertine — eram, talvez, aquelas que ao primeiro instante se entregaram pelo olhar, uma diante da cerca de pilriteiros cor-de-rosa, outra na praia. E era eu que, não tendo compreendido isso, e não o tendo considerado senão mais tarde, na memória, após um intervalo em que, pelas minhas conversas, todo um intermédio de sentimento lhes fizera recear serem tão francas quanto nos primeiros minutos, tinha estragado tudo com a minha inabilidade. Eu "errara" nelas mais completamente — se bem que, a dizer a verdade, o malogro relativo com ambas fosse menos absurdo — do que Saint-Loup "errara" em Rachel, mas pelas mesmas razões.

— A segunda vez — continuou Gilberte — foi muitos anos depois, quando encontrei você à porta de sua casa, na antevéspera do dia em que nos vimos em casa de tia Oriane. Não o reconheci logo, ou antes, reconheci sem saber, pois tive o mesmo desejo de Tansonville.

— No intervalo, houve entretanto os Champs Élysées...

— Sim, mas aí você gostava de mim, e eu sentia uma espécie de inquisição pairar sobre tudo o que eu fazia.

Não lhe perguntei então quem era aquele rapaz com quem descera a avenida dos Champs Élysées, no dia em que eu saíra para revê-la e em que eu me teria reconciliado enquanto ainda era tempo, aquele dia que talvez houvesse mudado toda a minha vida se eu não houvesse encontrado as duas sombras caminhando lado a lado, no crepúsculo. Se lhe perguntasse isso, pensei comigo, talvez me houvesse confessado a verdade, e assim também Albertine, se ressuscitasse. Realmente, não é a morte que existe entre nós e as mulheres a quem não amamos mais e que encontramos anos depois, exatamente como se não fossem mais deste mundo, pois o fato de o nosso amor já não existir converteu em mortos aquelas que eram então, ou aqueles que éramos nós? Pensei que talvez também ela não se lembrasse, ou mentisse. Em todo caso, já não me interessava sabê-lo, pois meu coração tinha mudado ainda mais do que o rosto de Gilberte. Este já não me agradava quase nada, mas, sobretudo, eu não era mais infeliz e não poderia mais conceber, se tornasse a pensar nisso, que tinha sido capaz de sofrer tanto por encontrar Gilberte caminhando lentamente ao lado de um rapaz, e por ter de dizer a mim mesmo: "Está acabado, renuncio para sempre a vê-la". Do estado de alma que, naquele ano longínquo, não tinha sido para mim senão uma longa tortura, nada subsistia. Porque há no mundo, onde tudo se gasta e tudo perece, uma coisa que tomba em ruínas, que se destrói ainda mais completamente, deixando ainda menos vestígios do que a Beleza: é o Sofrimento.

Não me surpreendo, assim, por não lhe haver perguntado, então, com quem descia ela os Champs Élysées, pois já vi muitos exemplos dessa incuriosidade trazida pelo tempo, mas me surpreende um pouco não haver contado a Gilberte que, antes de encontrá-la naquele dia, eu vendera um vaso de porcelana antiga para lhe comprar flores. De fato, durante os tempos tão tristes que se seguiram, meu consolo único tinha sido pensar que, um dia, eu poderia sem perigo contar-lhe esse gesto tão terno. Mais de um ano depois, na iminência de um carro chocar-se contra o meu, só não desejei morrer para poder contar isso a Gilberte. Consolava-me, dizendo comigo: "Não há pressa, tenho a vida inteira diante de mim para isso". E por causa disso, não desejava perder a vida. Agora, acharia pouco agradável dizê-lo, quase ridículo, meio grandiloquente.

— De resto — prosseguiu Gilberte —, ainda no dia em que o encontrei à porta de sua casa, você continuava o mesmo de Combray. Se soubesse como mudou pouco!

Revi Gilberte na memória. Poderia desenhar o quadrilátero de luz que o sol compunha sob os pilriteiros, a pá de jardinagem que aquela menina tinha na mão, o longo olhar que se prendeu a mim. Apenas, devido ao gesto grosseiro que o acompanhara, imaginei que fosse um olhar de desprezo, pois aquilo que eu desejava me parecia algo que as meninas não conheciam e não faziam senão na minha imaginação, durante as horas de desejo solitário. Muito menos teria eu acreditado que, tão fácil e rapidamente, quase aos olhos de meu avô, uma entre elas tivesse a audácia de manifestá-lo.

Muito tempo depois dessa conversa, perguntei a Gilberte com quem ela passeava pela avenida dos Champs Élysées, na tarde em que eu vendera os vasos:[229] era com Léa, vestida de homem. Gilberte sabia que ela conhecera Albertine, mas não podia dizer mais nada. Assim, pois, certas pessoas estão sempre aparecendo em nossa vida, a preparar nossos prazeres ou nossas dores.

O que houvera de real sob a aparência de então perdera totalmente a importância para mim. Contudo, quantos dias e quantas noites passara eu sofrendo, a me perguntar quem teria sido, e, ao pensar nisso, retendo as pancadas do coração, talvez ainda mais do que antigamente, para não voltar a dizer boa-noite a mamãe, naquela mesma Combray! Dizem, e é o que explica o enfraquecimento progressivo de certas afecções nervosas, que o nosso sistema nervoso envelhece. Isso não é verdade apenas para o nosso "eu" permanente, que se prolonga por toda a duração da vida, mas também para todos os nossos "eus" sucessivos, que em suma o compõem em parte.[230]

Assim, pois, devia eu, a tantos anos de distância, retocar certa imagem de que me lembrava tão bem — operação que me deixou bastante feliz, mostrando que o abismo intransponível que eu antes acreditava existir entre mim e certo gênero de moças de cabelos dourados era tão imaginário quanto o abismo de

229 Trata-se de um vaso apenas, como é dito pouco antes, e relatado em *À sombra das raparigas em flor*. (N. do T.)

230 Os dois últimos parágrafos foram suprimidos da edição da Bibliothèque de la Pléiade, aparecendo apenas em nota no final do volume. Versão diferente do livro, com cortes bruscos e acréscimos que sugeriam novas expansões, foi publicada em 1993 por Nathalie Mauriac, na coleção *Le Livre de Poche*. No Brasil, essa versão diferente do livro foi traduzida por Ivan Junqueira para a editora Nova Fronteira. (N. do R.T.)

Pascal, e que achei poética, por causa da longa série de anos no fim da qual me fora dado completá-la. Percorreu-me um arrepio de desejo e saudade, ao pensar nos subterrâneos de Roussainville. Entretanto, sentia-me satisfeito dizendo a mim mesmo que essa felicidade, a que aspiravam todas as minhas forças, e que nada mais podia restituir-me, teria existido então em algum ponto fora do meu pensamento, na realidade tão perto de mim, naquela Roussainville de que eu falara tantas vezes, que eu avistava do escritório cheirando a íris! E eu não soubera de nada! Em suma, Gilberte resumia tudo que eu havia desejado em meus passeios, a ponto de não poder me decidir a voltar, e de ver as árvores se entreabrirem, se animarem... O que então eu desejara tão febrilinente, bastaria que tivesse sabido compreendê-lo e encontrá-la, pois estivera na iminência de gozá-lo desde a adolescência, graças a ela. Mais completamente ainda do que eu imaginara, Gilberte, àquela época pertencia, de fato, ao lado de Méséglise.

Mesmo naquele dia em que a encontrei no pórtico, embora a confundisse com a sra. de l'Orgeville, que Robert conhecera nas casas de *rendez-vous* (que coisa engraçada: logo ao seu futuro marido é que fui pedir esse esclarecimento!), eu não me enganara de todo quanto à significação de seu olhar, nem quanto à espécie de mulher que ela era, e, agora, me confessava ter sido.

— Tudo isso já vai longe — conclui. — Nunca mais pensei senão em Robert, desde que ficamos noivos. E, veja você, nem sequer esse capricho de infância é o que mais censuro a mim mesma...

resumo

"A srta. Albertine foi-se embora!" — sofrimento com a partida de Albertine, que julgava ser nada para mim (21); simulando indiferença diante de Françoise, prometo a mim mesmo fazer Albertine voltar imediatamente (21); eu supunha não gostar mais de Albertine, mas o hábito de tê-la perto de mim me impedia de me dar conta do quanto estava ligado a ela (22).

Leio a carta deixada por ela antes de partir, carta em que afirma que sua "decisão é irrevogável" (22-23); a carta só reforça minha decisão de fazê-la voltar na mesma noite, oferecendo dinheiro a seus tios (23); planejo encomendar o iate e o Rolls Royce que ela desejava, disposto a aceitar que, no futuro, ela saia sozinha, como quiser (23); com sua fuga e sua carta, Albertine quer que eu me case com ela, como antigamente Odette com relação a Swann (24); percebo claramente que o que ela fez foi partir sem me prevenir nem me dar tempo de impedi-la (25).

Papel da razão e da inteligência na percepção de algo novo (25); sinais anteriores, que eu não ousara interpretar até o fim, já antecipavam a infelicidade em que me debato (26); paralelo entre a imaginação e a sensibilidade: eu talvez não conseguira imaginar o horror da partida de Albertine (26); a fuga é sinal do poder de uma mulher sobre um homem: fugitiva por ser rainha (27); Albertine devia estar à espera de um sinal para ir embora encontrar outras pessoas (28); a origem dos grandes acontecimentos é como a dos rios: retrospecto dos eventos que antecederam a fuga (29).

Querendo pôr fim à angústia que meu coração já não pode suportar, prometo trazê-la de volta (31); levanto-me, pela primeira vez depois que ela se fora — os objetos do quarto e as ações cotidianas notificam sua partida a cada um de meus inúmeros "eus" (33); minha esperança é de que Albertine tenha ido para a Touraine, em casa de sua tia; mas quando confirmam que ela efetivamente foi para lá, essa residência me parece a mais terrível de todas (34).

Levo para meu quarto uma menina pobre que encontro na rua, embalo-a no colo e lhe dou uma nota de quinhentos francos; surge então o sonho de ter outra menina junto de mim (35); a pessoa em si pouco tem a ver com quase todo o processo de emoções e angústias que despertou em nós: natureza subjetiva do amor (36).

Albertine se fora só para obter de mim melhores condições, mais liberdade, mais luxo; eu sairia vencedor se soubesse esperar sua volta: risco da estratégia do *bluff* (36); minha razão tem dificuldade de acreditar que sua partida foi pura simulação (37); Saint-Loup é encarregado por mim de trazê-la de volta (37); adoto em parte a estratégia do *bluff*, enviando uma carta de adeus a Albertine, ao mesmo tempo em que mando Saint-Loup negociar seu retorno com a sra. Bontemps (38); sem pensar nas consequências da viagem, fico muito alegre que alguém enviado por mim vá trazer Albertine de volta (39); Saint-Loup pede que lhe mostre a fotografia dela (40); sua reação diante da foto é semelhante à que tive quando descobri que sua amante era "Rachel quando do senhor" (43); o rosto que o amante vê está distante do rosto que viu pela primeira vez e, em sentido inverso, igualmente distante daquele visto agora por um outro espectador (43); fenômeno rompido apenas quando o amante é um artista como Elstir, que nos mostra o que ninguém, salvo o artista, consegue enxergar naquele rosto sem importância e, aparentemente, sem beleza (44); Robert acha exagerada a oferta em dinheiro aos tios de Albertine; faz parte de meu plano simular que esse dinheiro me fora emprestado por um amigo com a única finalidade de contribuir para o comitê eleitoral do tio de minha noiva (45); Françoise vem saber se deve tirar do escritório a cama de Albertine; irrito-me por estar certo agora de seu retorno (46); Saint-Loup já estando a caminho da Touraine, cruzo com Bloch na saleta, que diz já ter reclamado com o sr. Bontemps pelo comportamento que sua sobrinha tivera comigo (47); fico enfurecido com o efeito que isso poderá ter nas negociações empreendidas por Saint-Loup; além disso, Françoise está ouvindo tudo (47).

Tendo despachado Bloch, recebo intimação para comparecer à delegacia por corrupção de menores (48); o diretor de segurança, que me reprova diante dos pais da menor, também aprecia meninas e me dá conselhos de prudência (48).

Uma vez que Saint-Loup se incumbira de procurar a sra. Bontemps, meus sofrimentos se haviam dispersado (49); não tendo recebido resposta de Saint-Loup desde o primeiro dia, recomeço a sofrer (49); releio na carta deixada por Albertine a frase que torna ainda mais aguda minha dor: "Minha decisão é irrevogável" (50); depois do caso da menor, um inspetor passa a vigiar a casa; daí por diante, seria impossível mandar vir uma garota para me consolar (51); quando me dou conta de que a corrupção de menores também é aplicável a Albertine, sinto a vida trancada por todos os lados; deixo de desejar seu retorno, que me assusta (51); logo me invade o desejo apaixonado de que ela volte (52).

Os primeiros dias de primavera me conduzem às primeiras manifestações do Esquecimento, ao imaginar Veneza e lindas mulheres desconhecidas (52); mas ainda penso o tempo todo em Albertine, mesmo dormindo (53).

Depois de quatro dias de espera, chega enfim um telegrama de Saint-Loup: "*Senhoras ausentes três dias*" (53); exercícios de esquecimento depois dessas quatro noites sem Albertine (53); sou sondado pelos Guermantes para casamento com uma sobrinha deles, considerada a moça mais bonita de Paris (54); oscilações de humor entre telegrafar a Albertine e não querer mais vê-la (55); com o silêncio de Saint-Loup surge uma ansiedade secundária: a de saber se Albertine voltará (56); explosão de fúria ao saber que Albertine avistara Saint-Loup em negociações com a sra. Bontemps (56); aplico a Albertine as palavras de uma ária tocada por uma vizinha (57); envio telegrama pedindo Robert que volte para Paris, mas recebo resposta da própria Albertine: basta escrever-lhe que ela voltará (58-59); é, entretanto, necessário apagar a má impressão causada pela missão de Saint-Loup (59).

Releio sua carta, tentando capturar o que há de Albertine nas letras (59); escrevo-lhe também uma carta em que registro indiferença diante de seu possível retorno e, ao mesmo tempo, menciono nosso casamento e a compra de um iate e de um Rolls Royce (60-61); com envio da carta e a volta garantida de Albertine, arrependo-me de havê-la enviado (65); abro o jornal, que anuncia um espetáculo da Berma; lembro-me então das duas maneiras diferentes como eu escutara *Fedra* e penso na semelhança da cena da declaração com minha situação (66); Françoise volta com a carta sem selo, mas não a impeço de enviá-la, pois o retorno de Albertine me parece indispensável (68).

Sei por minha experiência com Gilberte que o tempo passa e que nossas palavras mentirosas se tornam verdadeiras (69); o início do esquecimento me fornece uma imagem sumária de Albertine — uma pessoa mais meiga — o que me leva a desejar ainda mais seu regresso (70).

Querendo diminuir o prazer de Françoise com a viagem de Albertine, deixo-lhe entrever que ela seria curta (70); ao arrumar o quarto de Albertine, Françoise descobre o par de anéis em que estão gravados imagens de águias com a inicial de Albertine (70-71); a dor de que ela tenha recebido esse presente desperta o desejo de vê-la imediatamente (72).

Não paro de sofrer com o afastamento de Albertine e penso sempre em meios materiais de fazê-la voltar (73-74); se ela nunca me perguntava por que a vigiava era porque havia compreendido as razões (75).

Françoise parece saber que estou mentindo quando aludo ao regresso próximo de Albertine (75); a ideia que ela faz da natureza interesseira de Albertine e o lucro que imagina que ela tinha a meu lado podem abalar sua certeza (75); uma carta que endereço à sra. Bontemps e a outra que recebo de Albertine a exasperam (76).

Na carta, Albertine se dispõe a cancelar o pedido do Rolls Royce e relembra nosso último passeio "duplamente crepuscular" (76); admiro o quanto ela se enriqueceu de qualidades novas desde que viera morar em nossa casa (76); como se ainda não tivesse recebido sua carta, informo-lhe do convite que fiz a Andrée para se instalar por alguns dias em minha casa (77); suspeito de que, com essa informação, Albertine se sinta menos livre para se entregar a seus vícios (78).

Incidente perturbador imediatamente anterior à visita de Saint-Loup abala minha confiança nele (79); minha dor se torna atroz com sua chegada (79); não havia ele organizado toda uma conspiração para me separar de Albertine? (84); chego a desejar que ela sofra um acidente e morra, provocando a supressão de meu sofrimento (85); acreditaria eu nisso, como o fizera Swann? (85); pondo de lado todo o orgulho, envio telegrama a Albertine pedindo que volte sob quaisquer condições (85); mal parte o telegrama, recebo outro da sra. Bontemps relatando acidente que causara a morte da sobrinha (86); em vez da esperada supressão de meu sofrimento, a morte de Albertine me coloca em contato com uma dor desconhecida, a de saber que ela não voltará mais (86); Françoise adentra o quarto trazendo duas cartas de Albertine, escritas antes de seu acidente (87).

Mesmo morta, nunca ela estivera tão viva em mim (88); minha vida se torna um perpétuo renascimento de momentos antigos (88); Françoise não simula tristeza pela morte de Albertine (90); recordações associadas aos dias de verão (92); a única esperança que me resta para o futuro é a de esquecer Albertine (92); mesmo a recordação dos prazeres de que ela me privava está impregnada por ela (93); o inverno poria fim a essas lembranças, mas traria outras (94); apenas a minha morte será capaz de me consolar da sua (95); lembrança da tarde em que Françoise fora buscá-la no Trocadero (96); mais do que às estações do ano, sua lembrança está associada a dias e a momentos específicos (98); a tamanha riqueza de lembranças corresponde enorme profusão de sentimentos (101); mesmo suas traições e meu próprio ciúme são vividos como presentes (102); tomo a decisão de investigar seu passado em Balbec, para onde envio Aimé (103-104).

O que me enche agora o coração é a lembrança comovida dos momentos de ternura (105); poder da arte e da dor de colocar encanto nas coisas (106); lembranças despertadas pelo soluço do aquecedor de água e pelo nome "Brichot" mostram que me enganara ao avaliar meu amor por Albertine (106-107); porque eu preferia sua inteligência à de Elstir (108); sinto vergonha de sobreviver-lhe; minha vida está marcada por um duplo assassínio: o dela e o de minha avó (109); a alegria por haver possuído um pouco da inteligência de Albertine está ligada ao desejo de ser compreendido e amado (109); jamais tornaria a encontrar essa coisa divina: uma pessoa com quem pudesse conversar sobre tudo (110).

Semelhanças e diferenças de minha relação com Albertine e a de Swann com Odette (111); bem-estar trazido pela lembrança das horas doces tornam a morte indiferente (112); imagens de Balbec e de Paris (112); encadeamento de circunstâncias que levaram a uma evolução rápida e a um desenlace precipitado de nosso amor (113-114); meu amor por Albertine comparado ao que sentira por Gilberte (115); não é única a mulher que amamos; ela apenas congrega elementos de ternura antes em estado fragmentário (117); papel da separação na percepção da existência do amor e do sofrimento (120-121); verdades que externamos sem o saber (122); ideia que fazemos da morte de alguém (123); sinto-me feliz por ter recebido carta e telegrama, provando-me que, se ela estivesse viva, teria voltado (123); caso ela tivesse confessado seus gostos, permitiria que os satisfizesse (124); mesmo depois de morta, ela teria ficado comovida se soubesse que ainda penso nela (125); mesmo assim, receio de ser julgado por ela e por minha avó (125-126); desejo ainda saber o que Albertine fizera com outras mulheres (126); eu não acreditara que Albertine partira porque assim o desejara e, porque o desejo, acredito que ela não está morta (127).

Arbitrariedade da escolha dos fatos para cujo esclarecimento contava com Aimé (128-129); conto com o que dirá a encarregada das duchas de Balbec para dissipar para sempre minhas dúvidas a respeito dos costumes de Albertine (130); a carta de

Aimé revela detalhes que jamais supusera sem ela e me atinge profundamente (130); vejo afinal diante de mim um fragmento desse passado de Albertine que não conseguira imaginar (133); dor física provocada pela imagem da chegada de Albertine às duchas de Balbec junto com a mulher de cinzento (134); as revelações de Aimé de nada valem, pois Albertine ignora que delas tomei conhecimento (136); lembrança de uma frase da sra. de Villeparisis sobre a encarregada das duchas me é de grande auxílio (137); o ciúme renasce com a imagem das raparigas do povo ao lado de pequeno-burguesas como Albertine, na escuridão, diante da sala de jantar do Grande Hotel de Balbec (138).

Minha tristeza ressurge com o ruído do elevador que não se detém em meu andar (138); comparados à minha tristeza, as notícias e artigos de jornal parecem mentirosos e pálidos (139); cada impressão evoca uma impressão idêntica, porém arruinada, porque dela fora suprimida a existência de Albertine (140).

Envio Aimé à Touraine, para passar alguns dias nas proximidades da vila da sra. Bontemps (140); nova carta de Aimé traz revelações sobre a intimidade de Albertine com uma lavandeirinha (142); tais revelações me conduzem às profundezas da dor (144); o mal que Albertine me fizera foi o último laço entre mim e ela (144); lembrança de um quadro de Elstir figurando poses semelhantes às de Albertine com a lavandeirinha (145); poses também evocadas pela imagem de Leda com o cisne (146); sofro em não poder revelar-lhe o que sei agora sobre ela (147); enquanto isso, entro em contato com uma Albertine generosa; o fracionamento de Albertine ajuda-me a superar minha dor (147-148); se ela me ocultara seus gostos, era para não me magoar (149); recupero instantes preciosos passados a seu lado (150).

A necessidade de viver outro grande amor e o renascimento do ciúme apenas confirmam que ainda amo Albertine (151); a carta de Aimé é um incidente secundário num sofrimento amoroso próximo da cura (153); a ideia da morte de Albertine constitui o fundo de minhas divagações e a mantém viva em mim

(153); a ideia de sua morte progride em mim, mas a ela ainda se opõe a sensação de que Albertine está viva (155); o conhecimento doloroso de sua culpa seria expulso de mim pelo hábito e, por fim, pelo esquecimento, que, entretanto, ainda não chegara (156); intermitência do amor e da dor com certas suspeitas (156-157).

Poder de evocação de uma palavra e até mesmo de uma sílaba (158); papel desempenhado pelos sonhos (158); intensidade das emoções experimentadas durante a leitura de um romance de Bergotte levam-me a refletir na realidade da morte de Albertine (161); lembranças despertadas pela visão de algumas cidades no mapa da França (162); a leitura dos jornais, pelo seu poder de evocação, me é também dolorosa: exemplo do parque Buttes-Chaumont e a revivescência de dias aparentemente sepultados (163-165).

Primeira visita de Andrée após a morte da amiga (168-169); ela lastima Albertine, mas não sente sua falta, abandonando-me a amiga, porém morta (169); confessa-me tudo sobre sua atração por mulheres e suas relações com a srta. Vinteuil (170); enquanto está presente, não posso mergulhar em mim mesmo para examinar a dor que me trouxe (170); pressinto que vai me contar tudo o que fizera com Albertine (170); fingindo indiferença e domínio da situação, peço-lhe que faça com outra amiga o que fazia com Albertine e menciono a visita que queriam fazer ao salão da sra. Verdurin (171); vejo em seus olhos o lampejo da verdade de que me aproximara (172); percebo no espelho certa semelhança entre mim e Andrée (172); tal semelhança devia ter precipitado a partida de Albertine de Balbec para se encontrar com a amiga em Paris (172); Andrée nega tais afirmações e tenta me dissuadir a tentar saber a verdade por Gisele (172); suas negativas me acalmam (173).

Reconstituir a vida de Albertine e suas aventuras são as únicas coisas que têm encanto para mim (175); prestígio que assumem para mim mulheres que Albertine conhecera ou teria podido conhecer (175); o que começa a renascer em mim é o imenso desejo de conhecer a vida (177); meu amor por Albertine me faz procurar exclusivamente certo gênero de mulheres (177); possuo única curiosidade: ver Albertine com outras mulheres, para ter a medida exata de seus prazeres (180); todo desejo de carícias está pautado pelas lembranças do corpo de Albertine (180-181); meu amor era menos um amor a ela que um amor em mim (182); uma hora viria em que daria seu quarto à primeira chegasse (182).

A SRTA. DE FORCHEVILLE

Já não gosto mais de Albertine como antes, mas ainda sou tomado de assalto por algumas lembranças suas (184); vivo três paradas no caminho que conduz ao esquecimento (184); a primeira é quando recordo, perto do Bois, o dia em que Albertine voltara do Trocadero com Françoise (185); já no Bois, cantarolo, sem tristeza, frases da sonata de Vinteuil que ela tocava para mim (185); meu amor parece desagregar-se diante de mim, na pequenina frase dispersa (186-187); em umas aleias isoladas, me vem a lembrança de um passeio em que Albertine estivera a meu lado no carro (187); o esquecimento faz tais progressos em mim que a recordação de Albertine já não me é mais cruel (187).

Sendo Albertine representativa das moças que sempre me detivera para olhar, volto a identificá-la nas moças que circulam pelo Bois (189); sigo três delas (duas morenas e uma loura) que desaparecem em um carro; volto a revê-las alguns dias depois saindo do pórtico de nossa casa e a loura me lança olhares furtivos (189-190); descubro pelo porteiro que se trata da srta. d'Éporcheville, jovem da aristocracia que Robert de Saint-Loup encontrara em um bordel e com quem tivera relações (190); sinto-me louco de amor por ela; seria ela precisamente a loura? (191); o porteiro confirma que sim (192); telegrafo a Saint-Loup para pedir-lhe o nome exato e a descrição da jovem e decido fazer uma longa visita à duquesa de Guermantes (193); diferença do desejo impotente que nutria sozinho por Gilberte e os recursos que agora mobilizo para saber mais da srta. d'Éporcheville (193); a resposta de Saint-Loup, entretanto, revela-me que não se trata da mesma pessoa (194).

Pouco antes de Françoise trazer essa notícia, mamãe entra no quarto com a correspondência e se retira logo, sorrindo, para deixar-me sozinho (194-195); trata-se do artigo que enviara ao *Figaro* e que é finalmente publicado nesse jornal (196); vou à casa dos Guermantes mais para saber a repercussão do artigo do que pela suposta srta. d'Éporcheville (202); significado do salão da duquesa (203).

Entrando no salão, a duquesa me apresenta a moça loura como srta. de Forcheville (204); desejosa de prevenir alguma pergunta desagradável, ela esclarece que se trata de ninguém menos que minha amiga Gilberte Swann, "adotada" por Forcheville após a morte do pai (205); a apresentação de Gilberte aos Guermantes, sonho de Swann ao se casar com Odette, se dá no momento em que ele não pode mais presenciá-la (206); razões da duquesa para não ter recebido Gilberte antes em seu salão (207); mudança de sua postura após a morte de Swann (209); durante o longo período em que permanecera excluída, Gilberte nutria admiração pela insolente sra. de Guermantes (210-211); herdeira rica, Gilberte passa a ser cotejada para casamento aristocrático (211).

O sr. de Guermantes sonda a esposa quanto a se encontrarem com Gilberte (211-212); primeira visita de Gilberte ao salão do duque e da duquesa de Guermantes: Swann é o tema principal da conversação (212-213); com a adoção por Forcheville, já não se devia mais pronunciar o nome de Swann diante de Gilberte (215).

Em visita ao salão da duquesa, Gilberte aponta para dois desenhos de Elstir, tudo o que restou da antiga coleção (215); pergunto-lhes se leram meu artigo no *Figaro* em que citei justamente Elstir (216); inconformado por não terem sequer notado o artigo, o duque se põe a lê-lo (216); enquanto isso, Gilberte conversa com a duquesa, procurando se ilustrar quanto à história dos Guermantes (217); o criado traz o cartão de visitas da sra. Rufus Israel, que Gilberte afirma ignorar completamente quem seja

(218) ela preferia não estar perto das pessoas quando elas descobrissem que era Swann de nascimento (220-221); apesar disso, há em seu esnobismo a curiosidade inteligente de Swann (221); ao terminar a leitura de meu artigo, o duque me cumprimenta com certas reservas, mas se diz contente por eu estar me ocupando (223); convidam-me para ir à Opera Comique (224); não aceito o convite por ter perdido uma amiga de que gostava, justificativa que já é sinal de final de meu sofrimento (162); quando Gilberte se retira, a sra. de Guermantes ressalta o cuidado necessário para que o nome de Swann não seja pronunciado (224).

No dia seguinte, recebo duas cartas de felicitações: uma da sra. Goupil, de Combray, outra de um signatário cujo nome desconheço (225); a sra. de Forcheville me fala da admiração de Bergotte por meu artigo em um sonho (226).

Swann enganara-se ao depositar na filha esperanças de que permaneceria fiel a sua memória: Gilberte consuma a obra do esquecimento do pai (227); enquanto a tomara pela srta. d'Éporcheville, ela apressara também em mim a chegada do esquecimento com relação a Albertine (228);

Outra pessoa que também atuou nesse sentido foi Andrée (232); conversa com Andrée seis meses mais tarde contendo revelações insuspeitadas em nossa primeira conversa (232); sua visita acontece em meu quarto, por ser dia de recepção de mamãe; visita de mamãe à sra. Sazerat e à princesa de Parma (232); a recordação de Albertine é apenas uma transição para novos desejos, no caso, os de ter relações com mulheres com quem ela também pudera ter tido, como Andrée (237); o desejo de conhecer a vida pregressa de Albertine é agora maior do que a necessidade de sua presença (237); revelações de Andrée sobre o passado de Albertine, como sua intimidade e cumplicidade com Morel (237); sua versão para o que aconteceu no dia em que ela e Albertine afirmaram detestar o cheiro de silindra (239); tais revelações chegam tarde demais (239); razões possíveis para Andrée fazer essas revelações só agora (241); exemplo da raiva que ela sentia pelo rapaz sábio em coisas esportivas que encontramos em Balbec (242); sobrinho dos Verdurin, ele se casa com Andrée e faz obras que revolucionam a arte contemporânea (243); segundo Andrée, Albertine me deixara pela preocupação com o que pensariam suas amigas do grupinho ao vê-la morar em casa de um rapaz com quem não era casada (247); revela-me ainda que se encontravam preferencialmente no parque Buttes-Chaumont (248); a Albertine que descubro é a mesma que adivinhava no primeiro dia em que a vi no dique de Balbec (248); não sofro tanto com as revelações porque já deixara de acreditar na inocência de Albertine (249); contribuem para o encanto de uma criatura elementos que desconhecemos, suscetíveis de nos tornar mais desgraçados: desde que há escolha no amor, ela só pode ser má (251).

Albertine negara ter tido relações com Andrée quinze dias depois da noite do ramo de silindra (251); existência de dois mundos: aquele em que as pessoas dizem algo e outro em que fazem uma outra coisa (252); Andrée vai embora e mamãe vem relatar a visita de três horas que a princesa de Parma lhe fizera (252-253); não me demoro com mamãe, pois me lembro de outras perguntas que quero fazer a Andrée (254); ela só pode vir ver-me uma semana mais tarde, quando me expõe outra versão para a partida de Albertine: o projeto da sra. Bontemps de casá-la com o sobrinho dos Verdurin (254-255); diferentes aspectos que um ato assume conforme o ponto de vista em que nos colocamos (255); atração de homens intelectualizados por mulheres insensíveis e mentirosas: elas enriquecem-lhes o universo (257); sem ser precisamente um deles, ia saber o segredo da vida de Albertine (257); o fato de não temermos a cólera da morta é prova de que ninguém acredita na vida eterna (257-258); Andrée jura não ter havido nada entre Albertine e a srta. Vinteuil e sua amiga (258); continuo não compreendendo bem por que Albertine me deixara, pois a cortina que recobre as razões dos atos de uma pessoa torna-se tanto mais impenetrável se amarmos essa pessoa (258).

Questionada sobre o desejo que tinha Albertine de ir à matinê dos Verdurin para se encontrar com srta. Vinteuil, Andrée revela que, na verdade, ela ia se encontrar com o sobrinho dos Verdurin (259); passo a refletir como é difícil saber a verdade nesta vida e que, na maioria das vezes, não percebemos senão as aparências dos fatos (261); lembro-me, então, de que, quando Albertine morava em minha casa, encontrei o sobrinho dos Verdurin que externara desejo de visitar-me (262); seu pedido não era de todo falso: queria me frequentar porque fazia pouco tempo que os valores intelectuais se sobrepunham para ele aos valores esportivos (263); Albertine também tivera o desejo sincero de voltar a encontrar amigas de infância na matinê dos Verdurin (263); meu cansaço é superior à tristeza (264); muito tempo depois, sinto-me próximo da indiferença absoluta em viagem que faço a Veneza (264).

ESTADA EM VENEZA

Mamãe me leva a passar algumas semanas em Veneza — paralelo entre impressões sentidas em Combray e em Veneza (266); à diferença de Combray, mamãe não simula tristeza e deixa transparecer toda sua ternura por mim (267); erro de alguns artistas de recusarem a figurar o esplendor de Veneza em favor de imagens "realistas" e humildes (269); é justamente esta Veneza humilde que exploro à tarde à procura de mulheres do povo (269); com sol ainda alto, encontro mamãe na *piazetta* para passeio de gôndola (272); cruzamos mulheres elegantíssimas que saem para fazer visitas (273).

Convidamos a sra. Sazerat para jantar conosco em um palácio do Grande Canal transformado em hotel (274); vou até o grande salão olhar os afrescos e presencio a chegada e a conversação de dois hóspedes de idade avançada: o sr. de Norpois e sua velha amante, a sra. de Villeparisis (275-276); a sra. Sazerat quer ver quem é a sra. de Villeparisis, ex-amante de seu pai que o arruinara (278-279); conversa amável da marquesa, do sr.

de Norpois e do príncipe Foggi sobre política externa (279-280); grande repercussão alcançada por uma frase cheia de finura do velho embaixador (281).

Aberturas repentinas sobre meu passado com Albertine (285); exemplo da carta de meu corretor revelando-me que reviravoltas da bolsa acarretaram a perda de boa parte de minha fortuna (285); lamento tanto mais essas perdas por não poder levar de volta para Paris uma jovem vendedora de cristais (286); uma frase do corretor desperta lembrança de frase semelhante sobre Albertine empregada pela encarregada de banhos em Balbec (286); uma águia em San Giorgio dei Schiavoni desperta a recordação e quase o sofrimento causado pelo episódio dos dois anéis esquecidos por Albertine (287); recebo, por fim, um telegrama assinado pela própria Albertine, que está viva (287); a notícia de que está viva não me causa a alegria que eu teria imaginado, pois eu não sou mais o mesmo (287); meu amor a Albertine fora apenas a forma passageira de devoção à mocidade (291).

Impressões sob o sol de Veneza, antes de sair em companhia de mamãe (292); à noite, saio sozinho, explorando bairros desconhecidos, como um personagem de *As mil e uma noites* (298); na véspera de nossa partida, visitamos a capela da Arena, em Pádua (295); fico sabendo, no dia de nosso regresso a Paris, que a sra. Putbus e sua camareira acabaram de chegar a Veneza; decido ficar na cidade e deixar minha mãe ir embora sozinha (300); tormento do crepúsculo ao som de "Sole mio" (300-303); chego à estação com as portas do trem já fechadas, mas a tempo de partir com mamãe (304); ela não tem pressa de ler duas cartas que recebera e procura evitar que eu leia a minha (304); muito depois de Milão, ela lê espantada uma das cartas; eu também leio na minha o anúncio do casamento de Gilberte com Robert de Saint-Loup (305); o telegrama que atribuíra a Albertine havia sido enviado por Gilberte (305).

NOVO ASPECTO DE ROBERT DE SAINT-LOUP

A primeira carta aberta por mamãe anuncia o casamento da srta. d'Oloron, sobrinha de Jupien, com o jovem sr. de Cambremer (308-310); mamãe levanta suposições quando à reação de vovó a esses casamentos (312-313); já em casa, continuamos conversando sobre as duas notícias (331); fico sabendo mais tarde das verdadeiras circunstâncias do pedido de casamento de Gilberte (314-315); velhas amigas de mamãe vêm visitá-la para comentar os casamentos (334); eu me pergunto por que nem Saint-Loup, nem o sr. de Charlus me advertiram sobre os casamentos (315-316); repercussão do casamento no bordel onde o sr. de Charlus surpreendera Morel — ali já se fala da homossexualidade dos noivos (316); não penso nada sobre o tema, mas sinto uma tristeza profunda (317); o que pensam os interessados a respeito dos próprios casamentos (317); foi a princesa de Parma que tratou o casamento da jovem Cambremer, para satisfação do pai adotivo da noiva, o barão de Charlus (319); no meio dos Guermantes, todos se enternecem com a nobreza de coração do barão (321); efeito do casamento do sobrinho sobre Legrandin (322); efeito sobre sua irmã, sobre a duquesa de Guermantes e a própria Gilberte (323-324).

Gilberte de Saint-Loup exclui de seu salão as pessoas do *faubourg Saint-Germain* (326); quem menos aproveitou das duas uniões foi a jovem srta. d'Oloron, morta daí a semanas (328); os jornais registram em seu enterro, ao lado de Jupien, quase todos os maiores títulos da Europa, incluindo o do conde de Méséglise, ou seja, nosso velho amigo Legrandin (328-329); preferência do sr. de Charlus pelo jovem viúvo de sua filha adotiva (330).

Vejo com frequência Gilberte por essa época (335); vou até passar alguns dias em suas propriedade de Tansonville (335); viagem que me aborrece por ter deixado em Paris a moça que dormia num apartamento alugado por mim: forma padrão de nossos amores (335); ficara sabendo que Gilberte era infeliz pelas traições de Robert (336); encontro um Jupien indignado pois "Bobette", suposta amante de Saint-Loup, é, na verdade, Morel (336-337); a reconciliação do casal Saint-Loup fora imposta pela mãe de Robert, a sra. de Marsantes (337); só agora entendo a insinuação de Robert de que teria se entendido muito bem com Albertine (338); novo retorno a Balbec, onde Aimé me faz revelações sobre os gostos carnais de Robert (338); na mesa ao lado do restaurante do Grande Hotel, fico admirado ao constatar a influência de Rachel na atenção que Robert prodiga a Gilberte (339); Bloch finge estar à vontade no meio de jovens universitários, (339); Robert lança olhares furtivos, mas significativos para os garçons do restaurante (339); segundo Aimé, Robert já dava provas de seu interesse por homens na primeira estadia em Balbec (340); recordo-me do jantar nos Verdurin em que Robert enxergava semelhanças entre Rachel e Morel (342); Gilberte, por sua vez, procura ter algo de Rachel, que Robert finge amar ainda (342).

No início, Odette ficara descontente com o casamento da filha, mas logo descobre em Robert um aliado para conseguir extrair dinheiro de Gilberte (343-344); vejo Robert em uma festa, envolto, como seu tio, no vestido de sua suposta amante (344); ele se tornara econômico e administra a casa de modo a que Morel se beneficie de sua fortuna (345); embora não acredite em amizade, entristeço-me ao constatar as mudanças de Robert (346); retrospecto de suas "novas" inclinações (346).

Visita a Gilberte em Tansonville; passeios noturnos nas cercanias de Combray (348); entristece-me ver como revivo escassamente os tempos passados e não tenho prazer algum nesses passeios (349); Gilberte já não é mais bonita e muda tando de um dia para o outro que, talvez, não seja uma pessoa confiável (349); indica-me uma trilha que sai de Méséglise e desemboca em Guermantes; depois, me conduz às nascentes do Vivonne (350); mas o que me impressiona mais, durante essa estada, é minha indiferença pelos tempos de outrora (350); Gilberte dá versão surpreendente da primeira vez que a vi e, talvez por gentileza de dona de casa, faz revelações sobre brincadeiras com amiguinhos e com Theodore no torreão de Roussainville (351); ela afirma ainda ter experimentado o mesmo desejo de que me aproximasse dela quando me vira na porta de casa (352); a verdadeira Gilberte e a verdadeira Albertine eram talvez as que se entregaram ao primeiro instante pelo olhar (352); não lhe pergunto quem era o rapaz com quem descera a avenida dos Champs Élysées, fato que determinara meu afastamento definitivo dela (352); muito tempo depois dessa conversa, Gilberte me revela que foi com Léa vestida de homem que ela passeava pelos Champs Élysées (354); tenho arrepio de desejo e saudade, ao pensar nos subterrâneos de Roussainville (355); Gilberte resume tudo que eu havia desejado em meus passeios de outrora nas cercanias de Combray (355); "Tudo isso já vai longe", conclui Gilberte (355).

posfácio

O enigma do amor retorna com força diante de frase de Françoise: "A senhorita Albertine foi-se embora". A experiência é muito distinta do conhecimento: este pode analisar acontecimentos e até antecipá-los, mas isto não é nada perante o impacto da realidade vivida. Mostra-o a comparação entre a indiferença do narrador enquanto tem Albertine como prisioneira e o seu sofrimento quando descobre que ela se foi. E, no entanto, não se trata de um evento inesperado: o narrador *sabe* que Albertine, que mal esconde a angústia de se sentir tolhida, mais cedo ou mais tarde o abandonaria. A realidade é sempre mais compreensível do que o que se pode sentir a respeito dela; nossas reações são bem menos previsíveis do que os acontecimentos que as provocam.

Ora, se a indiferença tem algo a ver com o esquecimento, então o que se opera é uma terrível inversão: enquanto tinha Albertine como sua prisioneira, o compromisso do guardião foi fazendo com que se sentisse, aos poucos, prisioneiro de Albertine. Quantas coisas ele poderia fazer, se não estivesse preso ao desejo obsessivo de decifrar Albertine, de conhecer os pormenores mais íntimos da mulher em quem o objeto de amor e o objeto de ciúme parecem ter-se separado e, por um destes paradoxos que governam os vínculos humanos, o distanciamento amoroso não faz diminuir a intensidade do ciúme, como se conhecer e decifrar se tivessem tornado fins em si mesmos e não meios para reter o amor e a amada. Enquanto o narrador sabe que Albertine está junto dele, a indiferença progride e a presença da prisioneira tende a fazê-lo esquecer-se de Albertine.

Mas quando ela vai embora, quando a frase de Françoise o faz *saber* que a prisioneira se libertou, que a possibilidade antes ambiguamente estabelecida agora se realizara, o narrador se vê tomado pela memória, pela intensidade da ausência, e tudo que ele sabia ou previa se esvai rapidamente, sua alma sendo então preenchida pelo sofrimento. Num gesto de autodefesa, o narrador recusa o saber, isto é, a inevitabilidade do acontecimento. Ela voltará logo mais, sua decisão jamais foi definitiva, ela deseja apenas afirmar certo poder de domínio sobre as condições de sua permanência, em suma, ela teria ido embora para voltar e, assim, não há com que se preocupar: a prisioneira não se tornou fugitiva. O narrador sabe onde ela está, poderá negociar com a tia, sempre sensível a vantagens pecuniárias.

Entretanto, o próprio narrador intui que a consideração destes aspectos aparentemente favoráveis significa apenas a racionalização do sentimento: a tentativa de tornar racionalmente improvável a perda que a emoção vai tornando certeza, que por sua vez se traduz na intensificação do sofrimento. Percebe-se que se instala no narrador algo como um conflito: de um lado, a tentativa de estabelecer pela razão o caráter improvável da fuga definitiva de Albertine; de outro o sofrimento que testemunha, mais do que a probabilidade razoável, o caráter irreversível de seu gesto. E quanto mais o narrador rememora, nos episódios passados, os traços da personalidade de Albertine, mais ele encontra elementos para justificar a expectativa da volta ou para aprofundar a certeza desesperada de que ela não voltará — isto conforme o espírito se incline para a recusa do acontecimento ou para a sua aceitação dolorosa.

O que parece relacionar reações tão opostas e remetê-las a um mesmo sujeito é a perplexidade que seria, neste caso, a condição de passagem de uma a outra. Um sentimento muito peculiar, pois não se trata simplesmente de ser surpreendido pelo inesperado e pelo desconhecido. Trata-se da dificuldade de compreender o desenlace de uma situação sobre a qual se julgava ter pleno domínio. Pois o fato de Albertine sentir-se infeliz com a sua condição de prisioneira não a tornava, na concepção do narrador, menos sujeita à prisão e de forma alguma inclinada à fuga. A preocupação do narrador era com o que ela poderia fazer enquanto prisioneira e que ele acreditava ser muito menos do que ela poderia fazer em liberdade. O exercício da psicologia pelo narrador, e o conhecimento que assim podia obter acerca de Albertine, configurava, no entanto, um saber muito mais referido ao próprio narrador do que a Albertine. Na verdade, era um saber derivado da posse e por ela possibilitado. É por isso que a decisão de Albertine o deixa inicialmente perplexo: ele veio a saber acerca de Albertine algo que não se projetava dele, mas que provinha dela. E o lado impenetrável de Albertine, que sempre angustiara o narrador, se mostra assim entre a simplicidade da realidade e a impossibilidade do absurdo: a senhorita Albertine foi-se embora. E o narrador se recusa a aceitar que a Albertine que ele não logrou compreender inteiramente enquanto estava junto de si, deverá compreender agora como aquela que se foi. Ele permanecerá na incompreensão, porque o entendimento se mostra pequeno diante de um grande sofrimento.

Mas esta incompreensão não é e nunca será um dado estabelecido; *acontecerá* como uma atividade permanente, ao mesmo tempo afetada pela necessidade e pela inutilidade, como se o sujeito estivesse destinado ao fracasso no que respeita ao conhecimento e, no que concerne à afetividade, a um sentimento experimentado no limite de suas próprias forças. Com efeito, como se pode compreender alguém se o sentido a ser apreendido está *entre* tê-lo e não tê-lo? O narrador não compreendia Albertine enquanto ela estava com ele e não a compreenderá quando ela dele se afastar porque o *sentido* estaria entre estas duas situações, e a revelação se faria na contradição entre a presença e a ausência de Albertine. E isto porque os signos do amor estão sempre entre a posse e a perda, entre a confiança e o ciúme, como uma espécie de verdade instável, a ser perpetuamente construída e desconstruída, essencialmente comprometida com a mentira. Tensão que o narrador tentou suprimir fazendo de Albertine uma prisioneira, o que ela nunca foi inteiramente, pois nunca se entregou completamente, retendo, por trás das aparências e dos sinais, algo que o narrador sempre buscou sem encontrar. Busca que prosseguirá na ausência de Albertine, por todos os meios, e que nem mesmo a sua morte irá interromper, como se precisasse existir, em toda relação amorosa, um segredo que guarda o inevitável fracasso.

Se o narrador se ia tornando indiferente à presença de Albertine, e agora a ausência o faz lembrá-la com intensidade e dor, isto significa que a presença nunca foi a posse e que a ausência não anula propriamente a presença, mas a indiferença que a acompanhava. Pois certamente o narrador se preocupa mais com Albertine depois que ela se foi. Na verdade, não se trata de uma preocupação maior, mas sim de outra preocupação, como se a ausência interferisse na qualidade da relação. O que poderia ser explicado em função da memória, como se a presença restringisse a lembrança ou como se o presente obstruísse o passado. Albertine livre transforma-se na lembrança de Albertine, e o narrador arrisca-se a tornar-se prisioneiro das lembranças. Ele alimenta a expectativa de que isto não acontecerá na medida em que a lembrança destinar-se-ia ao esquecimento como a uma conclusão natural. Lembrar faria parte do processo de esquecer, se levarmos em conta a característica do espírito que consiste no progressivo enfraquecimento das impressões. Mas, como sabemos, elas podem retornar com intensidade, sob o pretexto de causas ocasionais. Assim, o anel esquecido por Albertine, e que Françoise insiste em relacionar com um presente de outro homem, faz com que o narrador volte a sentir com intensidade a dor da ausência e o tormento do ciúme. Neste sentido, o esquecimento possui suas intermitências. O transcurso do tempo, ou o futuro, produz esquecimento, mas, como o passado não desaparece rapidamente, a lembrança, por sua vez, produz reviravoltas, retorno tanto mais doloroso quanto, ao acontecer, converte-se em testemunho da ausência e da perda.

No entanto, seria preciso indagar sobre o significado da perda. O período em que Albertine esteve junto do narrador pode ser definido como o esforço ou a tentativa de possuí-la, mas não como a realização desta posse. Consequentemente, o narrador perdeu Albertine antes de possuí-la de fato. E isto pela complexidade da relação: Albertine se furtava a uma entrega completa, e o narrador experimentava a transmutação do desejo em tédio, do amor em indiferença. O fato de que ambos, talvez a despeito de si mesmos, conspiravam para o mesmo desfecho, é mais uma indicação de que o amor carrega nele o seu próprio contrário, a fatalidade do fim como possibilidade realizada pela ação corrosiva do tempo. Nada mais trivial do que dizer: aquilo que temos nos entedia; aquilo que desejamos nos excita. Mas esta constatação óbvia traz com ela uma experiência maior do que a nossa capacidade de compreensão, algo que a psicologia não pode conter e explicar, um saber que adquirimos afetivamente e cuja mediação não é o entendimento, mas o sofrimento. Assim, no jogo de lembrar e esquecer, há uma dupla significação que não compreendemos, mas sentimos. Numa está o prazer da presentificação, como o achado de tesouros escondidos; noutra está a frustração trazida pela ausência de realidade atual daquilo que nos encanta. A crueldade da memória está em nos dizer que aquilo que nos regozija é também aquilo que já não temos, como se a nossa alegria estivesse necessariamente vinculada àquilo que já não é. O futuro envolve, pelo menos, a expectativa; mas o passado diz respeito ao que definitivamente já aconteceu e que, mesmo que se repita, não terá o mesmo sabor. E isto se agrava quando a lembrança, aquilo que retorna do passado, é algo que não se completou, uma experiência inacabada de um presente irrealizado. A *madeleine* traz com ela Combray, a infância, a alternância da alegria e da angústia; a lembrança de Albertine trará, não as alegrias e angústias da realidade vivida, mas aquelas motivadas pelas expectativas mescladas com as incertezas. Se os verdadeiros paraísos são os paraísos perdidos, ainda assim é preciso que tais paraísos sejam definidos pela felicidade não encontrada, porque, se esta fosse *a priori* impossível, nem mesmo os paraísos perdidos seriam objetos de nosso desejo. Ora, a posição de Albertine na vida do narrador foi sempre a de um desejo contraditório, como um desejo não acompanhado da esperança de sua realização. Conforme a destinação do amor, a relação com Albertine sempre supôs a perda e, de alguma forma, o narrador a perdia enquanto tentava tê-la somente para si.

É neste sentido que a surpresa do narrador, diante do anúncio de Françoise, tem como referência, sobretudo, ele próprio, e não tanto o gesto de Albertine. De alguma maneira, como já vimos, o narrador sabia que ela iria embora, mas quando se completasse o processo de indiferença e, por assim dizer, adviesse a certeza de que não a amava. A atitude de Albertine foi inesperada porque ocorreu antes de se completar o tempo da indiferença, o esquecimento conjugado com a presença. Se assim fosse, o gesto de Albertine não seria algo inesperado, mas uma consequência. O narrador sabia que perderia Albertine, mas que este acontecimento seria produzido por ele, a *seu* tempo. Mas Albertine assume o fracasso e precipita a perda, como se ela também fosse sujeito do processo do amor em vias de extinção. Assim, o narrador deve compreender o acontecimento não exclusivamente com referência a si próprio, mas também em relação a Albertine. Por isso a surpresa é também dor e sofrimento, pois a emoção como que o impede de lembrar que o amor fracassa independentemente dos amantes, atendendo a um chamado intrínseco do destino e como que por via de sua própria constituição. E aí ocorre aquilo que talvez fosse o verdadeiramente inesperado: o amor fracassa enquanto o sentimento de amar ainda persiste, mesmo que camuflado no egoísmo da posse e na vontade de poder sobre o outro. Somente a reflexão trará a compreensão de que o amor é bifronte: intensifica e arrefece, ao mesmo tempo e de modo incompreensível, desafiando a unidade e a diferença que gostamos de supor em nós e em nossos sentimentos, contrariando a separação entre realidade e ilusão.

Isto explica também porque o narrador, ao mesmo tempo em que sabe que terminará por esquecer Albertine, no entanto a procura e envida esforços para que volte. Isto ocorre porque compreender Albertine significa também compreender o fenômeno do amor. Compreender por que Albertine se foi é o mesmo que compreender o fracasso do amor. Assim, a ausência de Albertine ampliará o campo de investigação que o narrador já vinha explorando para dirimir suas dúvidas, confirmar suas suspeitas e afastar Albertine, "do mal", impedindo-a, por exemplo, de encontrar a srta. Vinteuil. Já não se trata apenas deste empenho, até porque, na ausência de Albertine, o narrador começa a refletir sobre a possibilidade de impedir que Albertine seja ela mesma. O ímpeto da decifração aumenta proporcionalmente ao sofrimento motivado pela ausência. Quem é Albertine? e O que é o amor? São duas perguntas que se associam, e cada uma amplifica o alcance da outra. Se é verdade que só se toma consciência do amor no momento da separação, então é coerente que se procure conhecer o amor a partir da sua própria impossibilidade. Assim, é a separação que abre a possibilidade de se entender verdadeiramente o que é amar. Talvez, no limite, somente se chegue a compreender o que é de fato amar alguém quando terminamos por esquecer a pessoa amada. O que também explica porque dúvidas e suspeitas podem conviver com um amor que nada tem de simulado. Como se os momentos felizes em que o amor se manifesta suprimissem, ainda que transitoriamente, o tormento do ciúme. Convivemos com a duplicidade, mas nos esforçamos por supor que só existe um lado, que a face oculta na verdade desaparece quando se vive a realidade do amor, por mais duvidosa que seja. É uma consequência, talvez benéfica, do fato de que nunca sabemos tudo, de que nunca temos plena certeza de quem está diante de nós.

Assim, ao saber da morte de Albertine, o narrador se lembra de que, mesmo quando estava dividido entre a certeza da volta e a perda irremediável, acreditara muito mais — e mesmo exclusivamente — que Albertine voltaria, crença suscitada não por razões, mas pela necessidade de sua presença. A certeza de que nunca mais a veria torna esta necessidade mais intensa. O que podemos imaginar é muito mais do que aquilo que podemos compreender, mesmo quando compreendemos. Saber que Albertine está morta em nada interfere no desejo de sua presença, pelo contrário, agora que não mais existe aquela de que duvidava, o narrador se apega exclusivamente àquela que amava, como se precisasse "menos de sua fidelidade do que de sua volta".

O tempo decorrido entre o anúncio de Françoise — "a srta. Albertine foi-se embora" — e o telegrama da senhora Bontemps — "nossa Albertine já não existe" — foi o tempo daquela singular espera em que a evidência da perda convivera com a certeza do coração: ela voltará. Por isso agora o narrador experimentará "uma dor desconhecida, a de saber que ela não voltaria mais". O sofrimento perante a fatalidade não prolonga aquele que medrou durante a espera desesperada: é outro sofrimento, a dor ainda desconhecida, "*saber* que ela não voltaria mais". Albertine morrera na Touraine, mas não morrera no narrador. "Nunca ela aí estivera tão viva". E o que contribui para que aquela que morreu continue "tão viva" é a carta que o narrador recebe e em que ela lhe pergunta se consentiria em aceitá-la de novo. A expressão da morte é duplamente cruel: significa a perda definitiva, o cessar de toda esperança; e significa também que o narrador estava certo em seu coração: ela voltaria, ele a teria de novo para si. Assim, é possível sofrer pelo acontecido, e é possível sofrer também pelo que poderia ter sido.

O passado deixa de ser uma possibilidade de futuro. Os passeios com Albertine, no verão escaldante, transformam-se no terror sentido pelo narrador ante a entrada dos raios de sol no seu quarto escuro, quando Françoise involuntariamente faz oscilar a cortina. Os planos, as promessas do cotidiano, até mesmo as mentiras de Albertine, tudo isto fora cortado pela morte. O futuro: "meu coração atirou-se a ele, mas já não estava mais ali. Albertina morrera".

Como ficam os segredos de quem morre? A quem referir os signos quando a referência das suspeitas já não existe, e ficamos ante as várias possibilidades dispersas de recomposição de quem não mais existe? De que adiantam as investigações de Aimé, a disposição de Saint-Loup, o exercício de perspicácia ante as dissimulações de Andrée? Pode ser que a morte transforme as dúvidas em enigmas, já que, por mais que nos esforcemos por reproduzir na memória a trajetória das suspeitas, sempre haverá de faltar o último elo da cadeia. Uma lembrança vaga, algo já quase esquecido, um gesto, uma roupa, uma palavra, um lugar, um objeto — uma percepção que retorna e cujo significado se procura, associando-a com outras, rememorando as circunstâncias, aquilo de que se ouviu falar, encadeamentos, quase deduções, mas às quais falta a conclusão: muito mais fácil teria sido perguntar a Albertine, mas um misto de pudor e de suspeita, talvez a vontade de não ouvir a resposta, impediu o narrador. Mesmo depois da morte de Albertine, os fios permanecem soltos; mas valeria a pena juntá-los? Isto levaria a ela, que agora "já não estava mais em parte alguma", rastro apagado para sempre? Talvez seja melhor se conformar com as lacunas da memória, conservar o que sabemos de alguém, sobretudo quando isto não é tudo.

Entretanto, basta um fato, "se ele for positivo" para extrair, "como o sábio que experimenta [...] uma lei geral, que dará a conhecer a verdade sobre milhares de fatos análogos". Um fato, uma situação, uma fração de tempo, como o que Aimé relatara ter descoberto no balneário de Balbec. No entanto, mesmo de posse desta revelação, o narrador não pode confrontar Albertine, não pode ouvir de seus lábios outra mentira, alguma dissimulação, ou mesmo uma confirmação. A verdade só fora descoberta porque Albertina morrera. Então, de que vale a verdade? Ela está fora de lugar. Albertine nunca saberá o que o narrador ficara sabendo. A srta. Albertine foi-se embora. A nossa Albertine já não existe. Albertine gostava de mulheres. Por que esta sequência não fora invertida? De um lado, Albertine fora aquela que ocultara do narrador que se encontrava com mulheres; de outro, Albertine é aquela que já não existe. "Albertine não era mais nada. Mas, para mim, era a pessoa que me escondera seus encontros com mulheres em Balbec." Isto significa que pensar em Albertine morta como aquela que gostava de mulheres é ainda projetá-la como viva. Raciocínio absurdo e tão ridículo como supor que alguém se lembrará de nós dentro de um século, como se estivéssemos ainda vivos. Não será nesta mesma linha de raciocínio que nos dispomos a julgar uma mulher que já não existe, baseados no que descobrimos ter ela feito anos atrás? Traduzindo mais concretamente a questão: não poderiam as informações de Aimé ser interpretadas de outra maneira, como que Albertine gostava de ir ao balneário com suas amigas? Não há, talvez, como decidir, mas o narrador sabe que está dividido "entre o desejo de saber e o medo de sofrer". O tormento do ciúme torna-se mais intenso quando sabemos, no caso do "ciúme retrospectivo", que nada poderá mudar o que aconteceu. Mesmo que a ternura renasça nos momentos em que o narrador sente a falta de Albertine a ponto de duvidar de sua morte, o ciúme ainda retorna, e o narrador é o artífice desta alternância angustiante, pois foi o "desejo de saber" que o levou, através de Aimé, a colocar-se na pista da mulher do balneário e de outras personagens vividas por Albertine, que até então eram apenas sinais e suspeitas.

Entre o "desejo de saber" e o "medo de sofrer" o narrador não está apenas dividido, mas perdido. É neste sentido que se pode relacionar a perda de Albertine com a perda do próprio narrador. Isto também se deve ao vínculo intrínseco entre amor e ciúme. O amor é uma referência que orienta; o ciúme, uma obsessão que desorienta. Como se só pudéssemos voltar-nos para nós mesmos quando nos voltamos para o ser amado, alguém que confere integridade ao nosso ser, um polo de identificação a partir do qual o amante se reconhece no ato de amar. Daí o risco inerente à denominação extrínseca de si. Teríamos de acrescentar outra pergunta àquelas já mencionadas: quem é o ser amado? O que é o amor? Quem sou eu? seria a questão que parece posta nos casos de amor, que recua para o ocultamento e renasce a cada revivescência do amor. Assim foi com Gilberte; assim é com Albertine. Por isso, a decifração de Albertine é também o conhecimento de si. Aquele que ama e que não *vê* através dos sinais é também aquele que não se conhece naquilo em que os sinais do outro podem repercutir em si. A intimidade é feita de ternura, mas também de ilusões e enganos. Por isto, no ímpeto de decifração que se segue à morte de Albertine, o medo de sofrer não anula o desejo de saber. A angústia que o narrador sente ao ler os relatos de Aimé não se deve apenas às informações acerca de Albertine; refere-se também ao que vai descobrindo sobre si mesmo, como luz impiedosa lançada sobre a condição do amante. Assim, saber e sofrer se associam e o narrador não pode evitar esta confluência, como se a busca de Albertine fosse também a procura de si. E, nas condições em que esta busca se dá, orientação e desorientação mostram-se igualmente muito próximas, já que saber quem era Albertine e saber quem é o narrador redundam em sofrimento, que pode ser descrito como a decepção, que não é menos forte por ter sido constantemente antecipada. Assim se dá o aprendizado da relação entre os signos e a realidade. A verdade parece conter sempre a segurança do saber e a instabilidade do sentir.

A representação da morte não se faz apenas com ecos da vida, como uma reverberação do ser no nada, mas a intensidade do amor provoca uma desesperada continuidade pela qual projetamos a vida na morte, como se a crença na imortalidade não se referisse mais ao destino da alma e sim ao desejo da carne, às carícias de Albertine que o narrador imagina depois de sua morte. Este prolongamento da vida na morte corresponde à confirmação, após sua morte, das suspeitas que Albertine suscitara em vida. Pois a confirmação não apenas se dá *após* a morte, mas também *porque* Albetina morreu. Esta é a razão pela qual a certeza oferecida por Aimé não satisfaz o narrador. Ali está tudo que ele desejava saber; ao mesmo tempo, estando ausente a amada, a referência da verdade perde-se no vácuo deixado pela ausência definitiva. O gozo de Albertine, que Aimé, com involuntária crueldade, descreve a partir de seu próprio prazer com a parceira de Albertine, transmuta-se no sofrimento do narrador. A verdade está inteira nas duas situações: no prazer e na dor, e este é também o motivo pelo qual o saber coincide com o sofrimento. Mas como Albertine já não existe, o prazer que ela usufruiu em vida alimenta a dor que decorre do saber adquirido pelo narrador. A verdade do fato é como que potencializada pelo relato de Aimé, como se *narrar* acrescentasse ao *viver* uma dor essencial; como se o sofrimento do narrador já estivesse virtualmente presente no gozo de Albertine; como se o *acontecido* se transfigurasse num *acontecimento* em que o presente intensifica o passado. Mas Albertine está morta, pertence ao passado; o narrador deve sofrer, então, duplamente, pelo passado de Albertine e pelo seu próprio presente.

Mas isto já antecipa o que virá. Albertine está morta e o narrador está só em seu sofrimento. A amada está morta e o amante está só em seu amor. Ora, não teria sido sempre assim? Não teria sido o amor sempre intransitivo e o sofrimento sempre solitário? O ciúme é a suspeita de que o outro não me pertence inteiramente, portanto algo necessariamente egoísta e narcísico. O ciúme leva o amante a acreditar que só ele ama, que a correspondência é uma ilusão. Um sentimento paradoxal, pois nele se associam amor e solidão, já que *sei* do meu amor, mas não *sei* do amor do outro. Por isto seria preciso encontrar o amor no outro tornado enigma, por via da decifração, mas este procedimento só leva à exacerbação do ciúme, uma vez que a traição está sempre associada ao amor dissimulado. Se refletirmos assim, pouco a pouco o nosso pensamento passará da suspeita de um amor não correspondido à certeza de que somente nós é que amamos, e que o amor do outro não passa de uma projeção do nosso desejo. Se amar é desejar que o outro nos ame, o único amor real e efetivo é aquele que sentimos. "Quando compreendi [...] que meu amor era menos um amor a ela do que um amor em mim, eu poderia ter deduzido diversas consequências deste caráter subjetivo de meu amor." Dentre estas "consequências", destaquemos uma: *esquecer não é esquecer a pessoa amada, mas esquecer que a amamos*. De algum modo, é esquecer de nós mesmos, lá naquele *tempo* em que sentíamos o amor em nós, e como que à revelia do que poderia sentir o outro. Quando o narrador se deu conta de que o amor era algo que existia *nele* e não *para ela*, neste momento podemos dizer que Albertine morreu no narrador, muito tempo depois de ter morrido na Touraine. E isto pode explicar a dificuldade em aceitar a morte de Albertine: viva e morta, viva ou morta, o amor que sentia por ela estava *nele* e era isto que deveria ser esquecido.

Para isto existe o trabalho do tempo: o esquecimento é uma das formas de que se reveste o tempo. A passagem do tempo confere ao esquecimento a força que o narrador experimenta como a destruição, em nós, do "passado sobrevivente", isto é, aquilo que sobrevive à pessoa, mas que acaba por desaparecer, pois o amor é essencialmente subjetivo, um "estado mental" que será, finalmente, deixado lá onde existiu, por mais forte que tenha sido, pois "as almas se movem no tempo, como os corpos no espaço". E este movimento não significa que deixamos para trás a quem amamos, mas sim que nos deixamos para trás: transformamo-nos menos devido ao futuro que projetamos do que ao passado que esquecemos. Completado o processo de esquecimento, decorrente de serem as criaturas "demasiadamente perecíveis em nosso pensamento", o narrador pode, outra vez, experimentar em si o amor e oferecer, "de bom grado [...] à primeira que chegasse o quarto de Albertine como, sem pesar, dera à Albertine a bolinha de ágata e outros presentes de Gilberte".

Não se trata de volubilidade, mas de uma "infelicidade para as criaturas" esta relação entre tempo, esquecimento e perecimento. E o escritor Proust, sensível a esta "infelicidade", criará uma narrativa que só se torna real porque, pela arte, é possível lembrar-se de tudo que se esqueceu.

O amor e a morte são as experiências mais significativas para o ser humano, mas há uma diferença fundamental entre as duas. Na primeira, é possível viver uma história: encontrar, conviver, amar, afastar, deixar de amar; na segunda, há apenas o rompimento abrupto, o deixar de existir. Na primeira, a vida não nos informa se vamos amar e se seremos amados, tudo acontece de modo imprevisível; na segunda, o simples fato de estar vivos nos assegura de que vamos morrer e, como se costuma dizer, seria esta a única certeza. Mas há ainda uma diferença mais nítida: vivemos em nós o nosso próprio amor e, como vimos, ele é em nós antes de ser pelo outro; quanto à morte, vivemos a morte do outro, porque a inevitabilidade do acontecimento é também a impossibilidade de que possamos observá-lo em nós, já que só podemos sentir acerca de nossa própria morte o seu prenúncio. Quem cultivasse paradoxos poderia dizer que nosso amor é nosso, mas nossa morte é dos outros. O amor que está em cada um, nós o vivemos, sofremos por ele e o esquecemos; nossa morte, os outros a levarão consigo, sofrerão por ela até que a esqueçam. E como a criatura humana é ser de memória, amar e morrer são jogos dramáticos de lembrar e esquecer.

Franklin Leopoldo e Silva

Este livro, composto na
fonte Walbaum e paginado
por warrakloureiro, foi impresso
em pólen soft 70g/m^2 na
gráfica BMF, São Paulo,
Brasil, setembro de 2019.